龍　馬　五

流星篇

津本　陽

集英社文庫

目次

龍馬　五

流星篇

●単位換算表

一寸＝一〇分＝約三・〇三センチメートル
一尺＝一〇寸＝約三〇・三センチメートル
一丈＝一〇尺＝約三・〇三メートル
一間＝六尺＝約一・八二メートル
一丁（町）＝六〇間＝約一〇九メートル
一里＝三六丁＝約三・九三キロメートル

一歩（坪）＝一平方間＝約三・三平方メートル
一反（段）＝一〇畝＝三〇〇歩＝約九九一・七平方メートル

一匁＝一〇分＝一〇〇厘＝三・七五グラム
一貫＝一〇〇〇匁＝三・七五キログラム
一斤＝一六〇匁＝六〇〇グラム
一ポンド＝約四五三・六グラム

一升＝一〇合＝一〇〇勺＝約一・八リットル
一石＝一〇斗＝一〇〇升＝約一八〇リットル

混迷

龍馬《りょうま》は溝渕広之丞《みぞぶちひろのじょう》を木戸孝允《きどたかよし》（桂小五郎《かつらこごろう》）にひきあわせたことで、土佐《とさ》と長州《ちょうしゅう》が昔の関係に戻るだろうと、楽観していた。

龍馬はしばらく下関《しものせき》に残留するつもりで、長崎に帰る溝渕のために、下関本陣伊藤助太夫《いとうすけだゆう》に便船の周旋をたのみ、あわせて自分の長崎へ戻る旅費の立替えをも、依頼した。

そのときの、伊藤にあてた書状は、龍馬のきわめて金銭的にこまかい一面をあらわしており、浪人の身で、金に窮していた実情がうかがわれる。

慶応《けいおう》二年（一八六六）十二月二十日、伊藤助太夫あて。

「此《この》溝渕広ハ一日も早く長崎にかへし申度《もうしたく》、されバ、船の事ハ伊藤先生及洪《こう》堂《どう》兄（山本《やまもと》洪堂、土佐出身の海援隊士《かいえんたいし》）等の御周旋可レ被レ遣《つかわさるべく》候《そうろう》。築前（ママ）くろ崎《さき》まで船か、長崎まで船か、夫《そ》レハ広が心次第也《なり》。然《しか》るに用向がすめバ一日も止《とどま》り候ハ、甚《はなはだ》よろしからぬ事故《ゆえ》、早〻出船御セ話可レ被レ遣候。

助大夫（ママ）先生に御頼事、
○洪堂がよく知りておるけれども又記す。
一、長崎よりの船代、三十四両
一、広が出セし金
龍が出セし金
右算用高、金お四分ニ割り、一分は大村の村瀬が出したり。洪堂ハ金がなければ出すものなし。のこりハ溝渕と龍馬が二ッ割ニして出すはずなり。然るに龍馬も今日ハ金がなければ其《その》尻《し》りハ、伊藤先生おわづらハせんとす。
それで大兄が算用しておやりのうへ、龍馬の一分ハどふぞや御手本（許）ハ御面遠（倒）ながら御出シ置可レ被レ遣候。呼嗚（ママ）、空袋の諸生かしこみ〳〵て申《もうす》。頓首《とんしゅ》〳〵。　　龍

廿日

伊藤先生　　足下《そっか》　」

長崎では、大洲《おおず》藩郡中奉行国嶋六左衛門《くにしまろくざえもん》が苦境に立っていた。
伊予《いよ》へ戻ったいろは丸が、生晒蠟《きざらしろう》、木附子《きぶし》、松板《まついた》などの物資を満載して、十

一月十九日に大洲長浜《ながはま》を出帆し、二十二日朝、長崎に到着した。

積荷を陸揚げして、六左衛門が仕入れておいた舶来雑貨、石炭などを船に積みこむ。

「明日は長崎を出て、仕入れた品を売りさばきに、大坂《おさか》へいくんぞ。ひと商いしてから、大洲へ帰るんじゃ」

「やっぱり蒸気船は、利器じゃのう。向かい風でもお構いなしで走りよるんじゃけん」

士官、水夫《かこ》たちは、明るい声でよろこびあう。

大洲藩は慶応二年六月から、西宮打出浜《にしのみやうちでのはま》ご陣屋警衛を幕府から命ぜられ、十月からは西宮海陸警衛という重任を与えられた。

西宮警衛総督は、物頭《ものがしら》加藤頼母《かとうたのも》、番頭《ばんがしら》は後藤勘左衛門、大目付は鵜飼《うがい》嘉内。警衛隊の総勢は百二十二人である。

装備は大砲四門、鉄砲二十挺《ちょう》、弓二張《はり》、長柄《ながえ》十本である。西宮警衛隊は、出張所を西宮、番所を浜手に置き、二十六人の隊士を増員する。

西宮は幕府にとって、重要な戦略拠点であった。長州勢が京都へ攻めのぼってくれば、西宮でくいとめる。下関の長府《ちょうふ》藩から大洲藩へ、激動にむかう天下の形勢が伝えられてくる。

薩摩《さつま》の西郷吉之助《さいごうきちのすけ》（隆盛《たかもり》）と長州の桂小五郎が手をむすび、幕府に対抗しようと画策し、坂本《さかもと》龍馬たちが両者のあいだを斡旋《あっせん》して、長州と幕軍との戦争にも参加したという噂《うわさ》が、ひろまっていた。

大洲藩の士民は、暴騰する米価高にともなうインフレーションに悩まされつつ、西宮警衛の出費を負担していた。

農民の生活は窮迫し、いつ一揆《いっき》がおこるかも知れない情勢であった。

「いろは丸は、どうしよるんなら。四万二千両の大金をはたいて買いようた船は、打出《うちで》の小槌《こづち》になるというとったけんど」

「この難儀な時節に、大金を儲《もう》けて帰れんようなら、六左衛門は腹を切らにゃあ申しわけが立つまい」

長崎へ商いに出向いた商人が、いろは丸についての悪い噂をもたらした。

「長崎 表《おもて》じゃ、伊予の大洲は阿呆《あほう》じゃといわれとるんぞ。薩摩の五代才助《ごだいさいすけ》（友厚《ともあつ》）と土佐の才谷梅太郎《さいたにうめたろう》（龍馬の変名）の口車にのせられ、三万両ほどの値打ちの蒸気船を、がいな（たいそうな）高値でつかまされたというんじゃ。郡中奉行さまも、早ういろは丸をはたらかせて、しっかり金儲けをせにゃ、ご家中に申しわけの立たんことになってしまうじゃろう」

国嶋六左衛門は、悪評を聞き流すことにしていた。いろは丸が順調にはたらいてくれたなら、出費をとりもどし、利を生みだしてくれよう。

　だがいろは丸が長崎を出航し、大坂へむかう朝になって、思いがけないことがおこった。社中の士官三人が、乗船してこない。

　船将の松田六郎、玉井俊次郎と士官たちは、運用方と機関方をつとめる、社中同志の橋本久太夫《はしもときゅうだゆう》、山本謙吉（菅野覚兵衛《すがのかくべえ》こと千屋寅之助《ちやとらのすけ》）、柴田八兵衛《しばたはちべえ》（渡辺剛八《わたなべごうはち》）が不在であれば、いろは丸を運転できない。

　船将の松田は、六左衛門の責任を問う。

「国嶋殿、これはいったい何事でしょうか。いろは丸を買い求めるとき、本藩乗組みの士官らが操船に慣れるまで、社中の者が運用、機関運転につき伝授をすると約束したはずでしょうが」

　社中へ六左衛門が出向き、かけあおうとしたが、橋本、山本、柴田の姿はなく、坂本龍馬は不在であるという。

　亀山《かめやま》の屯所にいる社中隊士は、これまでとは態度がちがった。六左衛門にするどい眼差《まなざ》しをむけ、言葉すくなく応答する。

「当社中は、商いをせんと食うていけません。それゆえこのたびプロシャ商人チョルチーより、風帆船《ふうはんせん》を買いもとめたがです。橋本氏《うじ》らは、ただいまその船を受けとりに出向いちょって、いつ戻《も》んてくるか、分かりません」

六左衛門は、怒りをおさえかねた。

「いろは丸の運用、機関の扱いについては、社中より、すべて伝授するとの約束をしておるはずじゃ。いろは丸をいつまでも長崎へ繋留《けいりゅう》しておけば、諸式《しょしき》がかさむばかりじゃ。

坂本氏はいずれへ参られたか。是非にも面会して、然るべき処置をとっていただかねばなりません。出向かれた先をおたずねいたす。拙者は、坂本氏からご意見を承りたい」

社中隊士は、吐きすてるようにいった。

「坂本さんの所在については、一向に分かりません」

「たわけたことを申されるな。貴公がたは、われらを嘲弄《ちょうろう》しておられるのか」

「さようなことを申されちゃ、おだやかに済まんですろう。黙って聞いちゃおれん」

土佐訛《とさなまり》をあらわし、刀を引き寄せる隊士は、長崎市中に「亀山の白袴《しろばかま》」として知られる乱暴者のひとりである。

道理を説いても聞きいれてくれる相手ではない。

十日が過ぎ、半月が経《た》っても、橋本、山本、柴田は乗船してこなかった。六左衛門は長崎に出張している宇和島《うわじま》藩士、長府藩士に尽力を乞《こ》い、社中と交渉したが、龍馬は五代才助とともに長州にむかったらしいという様子が判っただけであった。

十二月になって、六左衛門は船手《ふなて》奉行所下目付井上将策《いのうえしょうさく》にうちあけた。長崎では十二月のはじめに節季候《せきぞろ》と称し、太鼓を打ち、三味線を弾いてにぎやかにはやしたてる芸人の群れが、往来を通る。

その物音が表に聞こえる宿屋の二階座敷で、六左衛門は大火鉢にもたれるようにして語りはじめた。

「儂《わし》は五代と坂本に謀られたようじゃなあ」

将策は身を乗りだす。

「それは、どういうことですかのう」

六左衛門は、重い口をひらいた。

「あやつらは当家にいろは丸を買わせ、それを借りうけて、商いをするつもりでいたんよ。それが、当家中で運用するというたがために、嫌がらせをはじめよったにちがいない。

儂らがまだ蒸気船の運用ができんけん、手伝いを雲隠れさせて、こっちが音《ね》をあげていろは丸を借りてくれと、頼ませようとしよるんじゃ」

六左衛門は、血走った眼《め》を将策にむけ、低い唸《うな》り声を洩《も》らした。

将策がたずねる。

「社中では、プロシャ商人から風帆船を買うたと聞いとりますが、その操船に橋本氏らが出向いているというのは、まことでしょうかのう」

将策は親切に操船の技術を教えてくれた、橋本らの顔を思いうかべる。

「嘘《うそ》ではないようじゃ。長崎の大商人小曾根英四郎《こそねえいしろう》が請人《うけにん》（保証人）となって、船を買うたらしいが、それにしても戻りが遅すぎる。こっちを困らせようとの魂胆にちがいなあぞ」

いろは丸滞船の諸費用は、日々に嵩《かさ》むばかりである。

「なんとか社中と折りあいをつけて、船を動かさにゃ、どうにもなりませんなあ。私にできることなら何でもやりますすけん、いうてつかあさい」

社中運用方の協力を受けなければ、冬季の荒天を航海するのはおよそ不可能であった。

いろは丸に乗り組む大洲藩士、水夫たちは、長崎でなすこともなく一ヵ月を過ごした。町々の煤払《すすはら》いが終わった十二月二十日になって、社中からようやく連絡があった。いろは丸を二十五日に出航させるというのである。

不安の日々を過ごしていた大洲藩士たちは、ようやく活気をとりもどし、出航の支度を急いだ。

十二月二十四日は、長崎では酒精進の日とされ、妓楼《ぎろう》もすいている。六左衛門は将策を連れ、丸山《まるやま》へ出向いた。

将策は、翌日に出航をひかえ前祝いをするのであろうと思っていた。六左衛門は将策としばらく盃《さかずき》を交わしたのち、芸妓をいったん退《さが》らせ、内心をうちあけた。

「お前は明日には長崎を出立《しゅったつ》して大洲へ帰るが、儂は帰国できんようになってしもうたんじゃ」

六左衛門は、懊悩《おうのう》を隠さず顔にあらわす。涙をふくんだ低い声音に、将策はおどろく。

「それはなにゆえですかのう。船も動くようになったけん、ごいっしょに大洲へ帰って、正月を迎えましょうや」

六左衛門は首を振った。

「いや、そうはできん。五代と坂本は、今朝長崎に帰ってきようたが、あれらは長州の広沢《ひろさわ》兵助（真臣《さねおみ》）らと相談して、こがあな箇条書をこしらえよった。こがあなことをやられりゃ、大洲藩はこののち、いろは丸で交易できんようにならあ。商社が薩長の話しあいでできりゃ、馬関《ばかん》（下関）を勝手に通行させんというんじゃけ、どうにもならん」

「ほんじゃあ、いろは丸は使えんのですか」

「そうじゃ。蒸気船で交易をやって、貧乏な家中の台所むきを立てなおそうと思うたんじゃが、五代と坂本の口車に乗せられたんよ」

六左衛門は、涙を拳《こぶし》でぬぐった。

「五代らは、馬関の通行をおさえる約定を長州と交わし、馬関商社をこしらえる談合を進めながら、儂には一言も洩らさず、いろは丸を売りつけた。

いろは丸も、いま買わにゃ幕府に買いとられると煽《あお》りたてられて、高値でつかんでしもうたが、阿呆なことをしてしもうた。十月に社中がプロシャの風帆船を買いようたが、あれはいろは丸をうちへ売って儲けた金を、薩摩から借用してできたことよ。

それまで社中は、借金ばっかりの火の車じゃったそうじゃ」

六左衛門は、懐中から馬関商社示談箇条書の写しをとりだし、将策に見せた。

六左衛門はそれを五代から渡されたが、長州藩主が関門《かんもん》海峡封鎖に反対している事実は、告げられなかった。五代は社中がいろは丸を借りうけ、交易で実績をあげる方針を、あくまでもつらぬこうとして、六左衛門に強硬な談判をつづけていた。

六左衛門は溜息《ためいき》をついていう。

「このちは、五代、坂本を頼ったところでどうにもならんけん、別の方途を考えにゃならん。この先、世間もどう変わりよるか分からんし、儂も気を取りなおして、いろは丸を使うて銭儲けする道を考えらあ」

将策は、六左衛門が一ヵ月に及ぶいろは丸滞船のあいだに費やした、数百両の経費の遣《や》り繰《く》りに苦労した実情を知っている。

彼は疲れきった上司をふるいたたせようとした。

「いろは丸は、航海の利器ですけん、使い道はいくらでもありますけんなあ。こがあな商社示談書をお奉行に見せたのは、気落ちさせて、いろは丸を借りうけるためかも分からんですけん。ここはしばらく粘って、私らが運用の術さえ学んだら、社中の者がおらいでも動かせますけん、気落ちすることはないですろう」

「ほんにそうじゃなあ。儂は気が小《こ》んまいので、じきに思いつめてしまうんよ」

六左衛門と将策は、夜がふけてから宿に戻り、二階座敷で床についた。

将策は、六左衛門の寝ている座敷と一間をへだてた座敷で寝た。

二十五日の明けがた、将策は六左衛門の呼び声でめざめた。

「将策、将策」

将策ははね起き、六左衛門の寝室にいった。

六左衛門は行灯《あんどん》の光のなかで、全身血まみれになり、血に染まった手に握った短刀を振り動かし、喘《あえ》ぎつついった。

「介錯《かいしゃく》、介錯。早う楽にしてくれ」

将策はうろたえたが、介錯はしなかった。

「しばらく待ってつかあされ。医者を連れてきますけんのう」

将策がまだ暗い道を走り、医師を連れてきたが、六左衛門は息が絶えていた。

六左衛門は短刀で心臓を刺したが傷が浅かったので、頸動脈《けいどうみやく》を切ろうとしたが果たさず、静脈《じょうみやく》を切ったので、たやすく死ねなかったのである。

六左衛門の自害は、大洲藩内の派閥争いもからみ、複雑な事情があったので、いろは丸の船将、士官が相談して極秘とした。

旅宿の梯子段《はしごだん》に番人を置き、大洲藩の水夫さえ、宿への出入りを拒まれた。

だがふしぎなことに、朝になって、龍馬が五代才助とともに六左衛門の宿をおとずれた。二人は、どうして知ったのか、六左衛門の死を耳にしており、遺骸《いがい》に訣別《けつべつ》したいという。

いろは丸船将らは、龍馬たちの願いを聞きいれないわけにはゆかない。船を動かすためには、社中の協力が必要である。

龍馬は才助とともに六左衛門の遺骸を拝したのち、血に濡《ぬ》れた衣類をひろげ、左胸の疵口《きずぐち》を指先で探りながら嘆息した。

「武士という者《も》んは、己《おのれ》の所存が成りたたんかったら、死んで責めを負うほかないがじゃ。しょうことがない。ああ、一知己を失うたか」

龍馬はうなだれて遺骸の傍《そば》を離れ、才助に従い立ち去った。

井上将策は家中で居合の達者として知られていた。彼は龍馬と才助の後ろ姿を見つつ、両手を震わす。船将玉井俊次郎が声をかけた。

「将策、早まったことをするではなあぞ。あやつらに斬《き》りかけたりすりゃあ、藩に迷惑がかかる。いろは丸も動けんようになるんじゃ」

いろは丸は、十二月二十六日に長崎を離れ、大洲長浜へむかった。六左衛門の遺骸は白金巾《しろカナキン》で包まれ、石灰詰めにされ木箱に納められた。箱の蓋《ふた》には、「国嶋六左衛門小銃入」と記され、甲板に置かれた。

龍馬は慶応三年の正月を、下関阿弥陀寺町《あみだいじちょう》、伊藤助太夫方で迎えた。

一月三日、木戸孝允あてに、つぎの書状を送った。

「○広沢（兵助）先生及、山田《やまだ》（宇右衛門《うえもん》）先生の方にも万々よろしく御頼申上候。再拝。

改《あらためて》　年賀事御同意御儀《ごどういのおんぎと》奉ㇾ存候。

然《しかる》ニ御別後三田尻《みたじり》の方ニ出かけんとする所、井上《いのうえ》兄より御咄《おはなし》置候《おきそうらい》て、すぐ下の関ニ罷帰《まかりかえ》り申候。兼而《かねて》御示の如《ごと》く越荷方《こしにかた》久保松太《くぼまった》（郎《ろう》）先生に御目ニ懸り、止宿の所お御頼、則《すなわ》チ阿弥太寺《(陀)》伊藤助太夫方ニ相成申候。是《これ》より近日長崎ニ参り、又此地ニ帰リ可レ申《もうすべし》と存居申候。何《いず》レ其《そ》の節又々御咄もうかゞい候。先《ま》ず八草〻、拝稽首《けいしゅ》。

正月三日　　　　龍馬

木圭《もくけい》先生

足下

追白、井上氏ニ送リ候手紙、御面遠《(倒)》ながらよろしく御頼申上候。

木圭先生

御膝下

龍」

木戸孝允は、三田尻に寄港した英国軍艦に座乗していた水師提督キングを、十二月二十九日、山口に迎え、藩主毛利敬親《もうりたかちか》に謁見させた。

このとき、龍馬は木戸に会うため、山口に出向いていたようである。この書状の冒頭にある「御別後」の意は、そのときの会見をさすものであるといわれている。

龍馬は木戸に、井上聞多《いのうえもんた》（馨《かおる》）への書状の伝送を依頼しているが、このとき井上は、遠藤謹助《えんどうきんすけ》とともに英国軍艦に便乗し、大坂へむかっていた。

山田宇右衛門は、萩《はぎ》藩参政をつとめ、慶応元年表番頭格、兵学教授。幕府との戦いに功績をたてたが、慶応三年十一月、五十五歳で山口で病死した。
久保松太郎は、龍馬より三歳年上の天保《てんぽう》三年（一八三二）生まれ。萩藩士、吉《よし》田松陰《だしょういん》と親戚《しんせき》で松下村塾《しょうかそんじゅく》に入り、八組士、郡代を歴任した。
このとき、北前船《きたまえぶね》貿易を取締るために、下関に設けた越荷方という役所に勤仕しており、龍馬の宿所を世話した。
龍馬は木戸に書状を送ったおなじ日に、久保につぎの書状を送った。
「先刻御面倒御頼み申し上げ候。
さっそく御世話遣わされ有り難き次第、万謝奉り候。
しかるに別封桂小五郎先生まで相達申したく、いつにてもよろしく御便の節、御送り願い奉り候。
なにとぞよろしく御願い申し上げ候。
正月三日　拝稽首
才谷梅太郎
龍
久保先生
左右
久保松太郎様

虎皮下《こひか》」

伊藤家は下関で代々大年寄をつとめていた旧家である。大年寄は、ひと口でいえば、民政を委《ゆだ》ねられた職で、参観交代《さんきんこうたい》の大名が宿泊する本陣もつとめ、朝鮮通信使、オランダカピタン一行なども泊まったという。（一坂太郎《いちさかたろう》著『龍馬が愛した下関』）

江戸末期の当主、伊藤杢之允《いとうもくのじょう》は、オランダ医師フォン・シーボルトと交遊があり、「フォン・デル・ベルク」というオランダ名を持っていたという。

助太夫は、杢之允の子である。

彼が龍馬と友人の交わりをはじめた機会について、伊藤家につぎの伝説が残っていると、一坂氏は記す。

慶応元年閏《うるう》五月一日、龍馬は薩長同盟を周旋のため、安芸守衛《あきもりえ》（本名黒岩直《くろいわなお》方《かた》）とともに下関の堂崎《どうさき》というところに上陸した。

津口《つぐち》番所の人別改めを通過し、外浜町《とばまちょう》の船宿伊勢屋小四郎方に泊まろうとした。

だが龍馬は皺《しわ》だらけの袷《あわせ》に、膝《ひざ》の折目も消えた紬《つむぎ》の短い袴をはき、頭髪はのびほうだい、顔は垢《あか》だらけで、襟《えり》や袖口《そでぐち》は垢で光っており、乞食《こじき》としか思えない姿であった。

伊勢屋の主人は、こんな男を客にしては迷惑がかかると思い、宿替えをするよう要求したので、龍馬は阿弥陀寺町安徳《あんとく》天皇陵の下にあった、伊倉屋という安宿に移らされた。

変な男が町内にきたと聞いた大年寄伊藤助太夫が出向いて龍馬に会った。風采《ふうさい》は決して悪くはなく、ただものではない悠揚磊落《ゆうようらいらく》な風格がある。顔を見ると、そばかすが一面にあった。

助太夫は、龍馬にすすめた。

「ともかく、拙宅へお越し下さい」

龍馬はその日から伊藤家に起臥《きが》することになった。

助太夫の妻おりうは、汚れた衣服をまとった龍馬を嫌がったが、助太夫は諭した。

「三世相《さんぜそう》によれば、顔に彗星《すいせい》のようにそばかすのあるのは龍相といい、末はたいそうな貴人になる相じゃ」

助太夫は、龍馬を奥の八畳間に案内し、丁重に扱った。

龍馬は助太夫の妻おりうに「唐人の寝言」という俚謡《りよう》を教え、いまも伊藤家に伝わっているという。

〽さいふ、さざいふ、しんちゃ〳〵、あずまかいどで、エイラそつきのや、かつのや、おしゆ、てれんこ、てんしようが、おにやうぼに、こにやうぼに、ちうちうや、すみやのまんちゆう、きんちゆうさんは、ぜぜす、ややす、いまからやいて、やけのせんてい、こんぽうたんは、いけづるや、ぜつくりや、おせぜつくり、せつくりと、づうぼがはまから、パーパー。

これらの話は、郷土史家島田昇平《しまだしようへい》氏著の『長州物語』に、伊藤家より取材した話として紹介されたものであるそうだが、龍馬の日記とくらべても史実とのくいちがいが目立ち、信を置きがたい伝承である。

薩長連合斡旋のため、決死の覚悟で下関に渡り、桂小五郎、土方久元《ひじかたひさもと》（楠左衛門《くすざえもん》）、時田少輔《ときたしようすけ》らと懇談をかさねている龍馬が、乞食のような身なりをしていたとは考えられない。

太宰府《だざいふ》で五卿《きよう》に謁した龍馬は、堂々とした上士《じようし》のような服装をしていたであろう。

いずれにしても、こんな伝承が残るほど、慶応元年以来、伊藤助太夫と親交をかさねていた龍馬が、あらためて伊藤家を宿所にするため、慶応三年一月に、桂、久保に斡旋を頼んだのは、このときから長州藩の用務に関係するようになったためであるという。

歴史家松浦玲《まつうられい》氏は、慶応三年一月九日に下関を出発し、長崎に到着した龍馬が、伊藤に送った書状に注目している。

「九日下の関を発ス。

同十一日長崎港の口に来る。夫《それ》より私壱人上陸、水夫等ハ同十四日ニ上陸、荷物もあげ申候。

右よふ御役所まで御達可レ被レ遣《つかわさるべく》候。百拝。

十七日

才谷梅太郎

伊藤九三《きゅうぞう》（助太夫）様

御直披

」

松浦氏は、文中末尾の、「右よふ御役所まで御達可レ被レ遣候」のくだりに注目し、解釈する。

「この時の龍馬が何か長州の公的な船を宰領していったか、すくなくとも宰領に近い便乗をしていったことを示すのではないだろうか。そうして、公的な船を宰領していったのと、旧知の伊藤家をあらためて越荷方の久保松太郎の世話で宿にしたのとは、おそらく無関係ではあるまい」

一坂氏もこの説に賛成する。

龍馬がこの頃《ころ》から、長州藩の仕事にかかわるようになり、伊藤家に止宿することも、それまでの私的な行為から、長州藩に公的に承認されねばならなくなったというのである。

龍馬は活躍の本拠を薩摩藩から長州藩に変えようとしていた。

今後の政治変革の局面では、長州が大発展を遂げるだろうと推測したためである。

伊藤家は、関門海峡を見下ろす、二千坪の屋敷であった。部屋数は二十、千百畳の広大な建物のなかで、龍馬の借りうけた部屋は、小門（脇門《わきもん》）に近く、うしろは蘇鉄《そてつ》、松などの茂った庭から、山続きに引接寺《いんじょうじ》という寺に出られた。

龍馬の部屋は、東側に幅一間の廊下があり、床板は一寸厚みの檜板《ひのきいた》で、それをあげると床下は人が立ったまま歩くことができ、台所へ抜けられた。戸締りは、堅固な錠がつけられていた。

突然刺客に襲撃されても、たやすく逃げられる仕掛けがなされていた。

龍馬の部屋には、「自然堂《じねんどう》」と横書きにした、長州の書家岡三橋《おかさんきょう》の揮毫《きごう》した扁《へん》額《がく》が掲げられていた。助太夫は、自然居士《こじ》と称していたので、その部屋が気にいっていたのであろう。龍馬との親交が、いかに深かったか、推測できる。

慶応二年には、幕府の長州再征が頓挫《とんざ》し、小倉《こくら》城が下関海峡を渡ってきた長州勢の猛攻により、八月一日に陥落したが、その直前、七月二十日に大坂城で将軍家茂《いえもち》が脚気衝心《かっけしょうしん》で世を去ってのち、政情がめまぐるしく変わった。

勝安房守《かつあわのかみ》（麟太郎《りんたろう》、海舟《かいしゅう》）は失脚して江戸赤坂元氷川《あかさかもとひかわ》の屋敷にいたが、五月末に軍艦奉行を命ぜられ、大坂に呼び出された。

彼は八月十六日に一橋慶喜《ひとつばしよしのぶ》の密命により、安芸《あき》の宮島《みやじま》におもむき、九月二日、長州藩広沢兵助らと停戦を約したが、一命を賭《と》してのはたらきにもかかわらず、手当百両を与えられただけで、江戸に帰された。

第十五代将軍となった慶喜が、長州問題の始末もつけられず、政局は失速状態となったまま、慶応二年の師走《しわす》をむかえた。

朝廷では十二月十一日に、内侍所《ないしどころ》臨時神楽《かぐら》がおこなわれ、天皇が出御《しゅつぎょ》された。風邪の気があったが、日頃壮健で風邪などものともされなかった。

しかし、翌日から発熱され、十四日から高熱がつづき、夜も御寝《ぎょしん》されず、食《しょく》膳《ぜん》にも手をつけられなくなった。

典薬大允《てんやくのだいじょう》の診断では、軽い痘症《とうしょう》による発熱ということで、十六日夜になって痘瘡《とうそう》があきらかになった。

発疹《はっしん》は十九日から丘疹《きゅうしん》、水疱《すいほう》とすすみ、二十三日には膿疱期《のうほうき》に入った。症状は落ち着き、回復にむかうとの医官たちの診断であったが、二十四日から症状に変調が出て、二十五日には、「御様子よろしからず」ということで、睦仁《むつひと》親王も風邪で引きこもっておられたが、ただちに御前へうかがった。

この夜、亥《い》の半刻（午後十時）頃、天皇は崩御された。

崩御ののちも大喪は発せられず、「主上御違例につき、御機嫌伺いのため」と称し、朝臣を参内させ、将軍慶喜も伺候した。御重態と発表したのみである。二十九日になって、辰《たつ》の刻（午前八時）頃に崩御と発表された。宝算《ほうさん》三十六歳である。

家茂が七月に世を去り、十二月に天皇崩御とつづき、時代の変動が迫っているという、緊迫した空気が世上に満ちていた。

慶応三年正月九日、睦仁親王は十六歳で天皇に即位された。のちの明治《めいじ》天皇で、満年齢は十四歳四カ月である。

関白二条《にじょう》斉敬《なりゆき》が摂政として、天皇の輔佐《ほさ》をつとめることになった。

元治《げんじ》元年（一八六四）七月、長州藩士と策動をした廉《かど》により、謹慎を命ぜられていた中務卿《なかつかさきょう》熾仁《たかひと》親王、大宰帥《だざいのそつ》熾仁《たるひと》親王、前関白鷹司《たかつかさ》輔熙《すけひろ》以下に、謹慎を解き、参朝を許した。

慶応三年正月二十三日には、国喪をもって長州征討解兵の勅許が出された。同日、太宰府にいる元権中納言《ごんのちゅうなごん》三条実美《さんじょうさねとみ》、同三条西季知《さんじょうにしすえとも》、元左近衛権少将《さこんえごんのしょうしょう》東久世《ひがしくぜ》通禧《みちとみ》、元修理権大夫《しゅりごんのだいぶ》壬生《みぶ》基修《もとなが》、元侍従四条《しじょう》隆謌《たかうた》の帰京をゆるし、その警固を福岡、久留米《くるめ》、鹿児島、佐賀の四藩に命じた。
慶応二年十月と十二月に、
一、諸藩召御直之《の》事
一、三ヵ度幽閉の輩、免ぜられ候事
一、長防征伐解兵御沙汰《ごさた》の事
の三ヵ条を献言し、朝政改革をとなえ、蟄居《ちっきょ》閉門、差控えを命ぜられた山階《やましなの》宮晃《みやあきら》親王、参議中御門経之《なかみかどつねゆき》ら二十四人も処分を解かれた。
岩倉具視《いわくらともみ》は、住居は以前と変わらず洛外《らくがい》に置くが、市中の自邸に月に一度、一泊を許されることになった。

伊藤助太夫方で長州藩士たちと活潑《かっぱつ》に時勢を論じていた龍馬は、旧友中岡慎太郎《なかおかしんたろう》が下関の長太楼《ちょうたろう》という旅宿にいると聞き、夜が更けていたが雨のなかを出向き、翌朝まで歓談した。

中岡は太宰府の五卿に大喪を報告するため、大晦日《おおみそか》の夜に便船で大坂を出帆し、正月三日、芸州御手洗《げいしゅうみたらい》に上陸した長州藩士井原小七郎《いばらこしちろう》に木戸への手紙を托《たく》した。内容の大要はつぎの通りである。

「さて天下の事はここに至って、天変地異がきたといおうか、ただならない事態でありますそのうえ外夷《がいい》の圧迫は日にさし迫り、奸邪《かんじゃ》の驕暴《きょうぼう》はきわまれりというべく、今後の成行きはどうなることであろうかと、京都を出立するまえ、ひそかに一愚策をたて、西郷らに説いたところ、西郷もおおいに意にかなった様子でした。

僕はまた、弊藩の在京有志とひそかに会い意見をたずねましたが、これも薩摩と同論であったので、その返答を西郷に告げました。西郷はおおいによろこび、ついに京都を離れる日、西郷は僕に語りました。

今夜小松帯刀《こまつたてわき》に会い、事を議決し、なるだけすぐさま帰国のうえ、西郷、小松両人のうちいずれかが、尊藩（長州藩）へ使節にゆくことにしますと、いってくれました。

おくればせながら土佐藩も、この頃よほど奮起して、老公（山内容堂《やまうちようどう》、豊信《とよしげ》）も大分尊王の志をおこしたとのことで、実は先日来、君側《くんそく》の者一人が上京し、僕らにも面談せよとの密命があったとのことで、度々面会して、鼓舞したことです。

ご一笑下さい。　頓首」

中岡は孝明《こうめい》天皇崩御ののち、薩藩の西郷、小松、吉井《よしい》（幸輔《こうすけ》、のちの友実《ともざね》）らを説いた。

「大行（先代）天皇在天の英霊を慰め奉るの道は、一日もすみやかに皇運の恢復《かいふく》を期することです。それには五卿をはじめ、その他の大赦につき尽力いたさねばなりません。そのため久光《ひさみつ》公にはすみやかに兵を率い上洛なされたいものです」

中岡は、土佐藩大目付（大監察）の小笠原唯八《おがさわらただはち》、福岡藤次《ふくおかとうじ》（孝弟《たかちか》）が容堂の密命をうけてたずねてくると、容堂自身の率兵上京を促した。

中岡は五尺の小軀《しょうく》で、新選組《しんせんぐみ》、見廻組《みまわりぐみ》が横行する、危険きわまりない京都で志士のあいだを往来し、活躍して、土佐藩大目付らが脱藩郷士《ごうし》にすぎない彼を訪問するほどの、勤王家の重鎮となっていた。

龍馬は、田中顕助《たなかけんすけ》（光顕《みつあき》）、中島作太郎《なかじまさくたろう》（信行《のぶゆき》）らが同座するなかで、中岡と酒を酌みかわし、武市半平太《たけちはんぺいた》（瑞山《ずいざん》）の遺志をうけつぎ、一藩尊王の方針をつらぬこうとする、その壮図《そうと》を褒《ほ》めた。

「世のなかが変わったら、俺《おれ》は昔のようにお前《ま》んの家へ遊びに寄せてもろうて、お母《な》んさんのこしらえた鯖鮨《さばずし》を腹いっぱい食わせてもらいたいよ」

中岡は笑って答える。

「おうよ、そのときは別嬪《べっぴん》の嫁さんもいっしょに連れてきとうせ。そげなときがくると思うたら、まっこと楽しみじゃねや」

龍馬は慎太郎に告げた。

「俺は近々、長崎で後藤《ごとう》象二郎《しょうじろう》に会うことになっちゅう。お前んも京都で乾《いぬい》（板垣《いたがき》）退助《たいすけ》に会いや。いんまの世は上士も郷士もないきにのう」

「そうすらあえ。龍やん、俺はまだ誰《だれ》っちゃあにいうちょらんけんど、土佐藩探索方になっちゅうがよ。それやき、福岡藤次らあは俺を頼りにしちゅうがじゃ」

中岡慎太郎と会った翌朝、龍馬が伊藤助太夫の屋敷へ帰るとき、まだ辺りは暗かった。龍馬は懐中からとりだした手拭《てぬぐ》いに、水につけた懐紙を五枚ほどはさんでたたみ、頭に巻いた。綿入れの羽織には一重鎖《ひとえくさり》を縫いこんでいるので、斬られても刀刃はめったに肌へ通らない。

雨はやんでいた。

龍馬は懐中に、道端で拾った小石を幾つか忍ばせている。

伊藤助太夫の屋敷へ戻るまでの道筋には、片側に山裾《やますそ》が迫り、片側が波打際になっている、人家のない場所があった。

下関には、攘夷《じょうい》思想にこりかたまった、狂暴な諸隊の壮士がいた。彼らは、他国者《よそもの》の坂本はもちろん、イギリス提督を藩主に謁見させた木戸孝允らをも許さない。

外国製の銃砲、軍艦によって幕府との戦争に勝てたことは承知しているが、けがらわしい夷狄《いてき》と朋友《ほうゆう》のように交際する者に、夜中に行きあえば、腰間《ようかん》の秋水《しゅうすい》にわれ知らず手がのび、襲いかかる。

彼らが終夜長太楼の二階で歓談していた龍馬たちの帰途を襲う危険は、充分にあった。

田中顕助、中島作太郎は、まだ中岡と酒を酌みかわしており、龍馬はひとりである。

龍馬は慶応二年一月二十四日未明に、伏見寺田屋《ふしみてらだや》で奉行所捕吏の急襲をうけ、両手に怪我《けが》をしたので、刀の柄《つか》を握る力はいくらか衰えているが、斬りあうのに不自由はない。

――諸隊の奴原《やつばら》の二人や三人、掛かってきたち、斬られはせんきに。こじゃんと（みごとに）やりすえちゃる――

龍馬は背筋をのばし、腰をおとし、いつ仕懸けられても対応できるよう、身構えをして、闇中《やみなか》に眼をくばって歩く。

泊まっていけと中岡に引きとめられたが、帰ることにしたのは、自然堂の静かな座敷で、朝寝をむさぼりたかったためである。

右手の波打際に、破船が棄《す》てられていた。そのかげに、なにかが動いたような気がした龍馬は、懐の小石を取りだすなり投げつけた。

舷《ふなばた》に当たる音がして、人影らしいものが、破船のかげからあらわれた。三人である。

龍馬は笑っていった。

「ありゃ、野良犬やないがか。正月早々、海辺で夜明ししよったとは、たいて（たいそう）風流なお方らあじゃ」

龍馬は背後にも、地を踏んでくる足音を聞きとった瞬間、地を蹴《け》って前方の敵に斬りかかった。

数をたのみ、破船のかげから進み出てきた三人の敵はあわてて左右にひらき、いっせいに刀を抜く。

龍馬は右肩に担いだ刀身を、地を擦《す》るほどに低く左方へ振り、手応《てごた》えを感じつつ、右へ振りもどした。

二人の敵は、龍馬に斬りつけようと刀をふりかぶったまま、臑《すね》をしたたかに斬られ、大きな悲鳴とともに地に転がった。あとの一人は龍馬の刀勢に圧倒され、逃げてゆく。

「えーい」

するどい気合が湧《わ》き、龍馬のうしろからつけてきた一人が踏みこんできた。

龍馬は前へ足をすべらせ、ふりかえり、たたみかけて頭上から打ちおろしてくる相手の刀身を、波平《なみのひら》の剛刀の棟《むね》ではねあげ、右腰の下へ斜めに打ちこむ。

敵は砂利に足をすべらせ倒れ、立ちあがろうともがくが、暁のほの明かりのなかで、大きく破れた袴にたちまち血が溢《あふ》れ出てくるのが見えた。

「足の筋を切っちゅうきに、立つがは無理じゃ。朋輩が迎えにくるがを待っちょりや。命は助かるわえ。けんど、四人で待ち伏せしよったにしちゃあ、下手なことをしたもんじゃ。俺ひとりを討てんがかえ」

龍馬は懐紙で刀身をていねいに拭《ふ》き、鞘《さや》に納めると、地面に転がっている三人の敵をふりむきもせず、下駄《げた》を片手にぶらさげ、足袋《たび》はだしで帰っていった。

自然堂に着き、はじめて着物の袖が血で粘っているのに気がつき、あらためてみると右手の甲の手首に近い辺りに浅く刀創《とうそう》があった。


龍馬は下関を九日に離れ、十一日に長崎に着いた。

本博多町《もとはかたまち》の小曾根家へ帰ると、ちょうど昼前であった。苔《こけ》のなかの庭石を踏み、小鳥の声が騒がしい離れの玄関で下駄をぬぐと、おりょうが出てきた。

「あんた、お帰りやす。せっかくのお正月をひとりで置いといてからに。女盛りのわてをどうするつもりや」

水仕事をしていたのか、前掛けをつけたままのおりょうが、風よけ合羽《がっぱ》を脱ごうとしている龍馬の胸に、しがみつく。

「もうひとりにせんといておくれやす。無事に帰ってくるやろかと、明けても暮れても気遣うばっかり。こんな暮らしはもういやどっせ」

頰《ほお》を涙で濡らすおりょうの背を撫《な》で、龍馬はなだめた。

「すまんのう。俺は下関で伊藤助太夫の屋敷の一間を借りたきに、こんどはお前《ま》んも連れていっちゃらあよ。下関は長崎と違うて、めっそ（あまり）雨風が多うないし、げにおだやかな土地ぜよ」

「ほな、わてはいつでも、あんたの傍にいられるのやなあ」

「そうよ。そんじゃきに、あんぜなや」

「うれしい」

おりょうは龍馬を抱きしめる手に力をこめ、あわただしく寝所へ連れこみ、衣類をぬがそうとする。

「なにをするがぜよ」

「あんた、わてを幾日放っといたんどすか。さあ、何よりも先にいっしょに寝とくなはれ」

「そげにせくなや」

龍馬は笑いながら、足袋のこはぜをはずす。

「あっ、これは何どす」

龍馬の右手の包帯を見たおりょうが、声をあげる。

「なんちゃあじゃない。下関で諸隊の狂犬みたいな奴らに斬りかけられたがよ。疵はもう、おおかた癒《なお》っちゅう」

「こんな危ないことをしてからに、おりょうを残していかはったら、どうなりますのや。わては、これからあんたと、いつでもいっしょにいることにしまっせ。それでなかったら、気がかりで夜も寝られへんのどす」

おりょうは、龍馬の手をさすりながらいった。

龍馬はおりょうを抱きしめていった。

「こげにかわいげな女子《おなご》と離れて住むがは、俺ももう嫌じゃ。こんど下関にいくときは、連れていくきに」

「あんたは、小曾根の旦那《だんな》はんが大事にもてなしてくれはるのに、なんで下関へいきたいんどすか」

龍馬はしばらくいいよどんでいたが、つぶやくようにいった。

「才助どんと気があわんようになったがよ。いろは丸の一件で、国嶋六左衛門が腹を切ってしもうてのう。あげに、てんくろう（詐欺師）みたいな阿漕《あこぎ》なまねは、もうしとうないきに。長州で社中の者んらあが食うていける道を探さんといかん。

ひょっと広やんが武藤《むとう》颿《はやめ》さんと相談して、えい話を持ちこんできてくれたら、風向きが変わるやも知れんのう。まあ、何じゃちえい。生きちゅううちにお前んをかわいがっちゃらんといかんと思うたがよ」

「それを待ってたのえ」

おりょうは、龍馬の力帯を解きかけた。

長崎には中浜万次郎《なかはままんじろう》が滞在していた。池道之助は、慶応三年正月の日記に、つぎのようにしるしている。

「六日、天気。

今朝、中浜ならびに与惣次《よそうじ》、余、三人大浦《おおうら》ガラバ（グラバー）へゆく。また運上所（税関）ゆき。これより与惣次は帰し、両人ガラバの部屋一本松へゆき昼飯。

異人料理の馳走《ちそう》ニあい、それより通船にのりイギリス軍艦へ行けるに、上り口ニ剣付筒を持ちたる警固人二人いる。

この者へ手札を渡しけるに（中略）船底まで見物致ス。はしごを五ツ下へおり見物。大砲五貫ばかりの筒六十丁有り。実に見事。船の内へ入っては実に家のごとし。

人数千五、六百人、大将は見えず。船の幅十間ばかり。船将の部屋へ行けバ、ぱんをくれる。

海より高さ二丈ばかりあり。くわしく見物いたし、それより通舟へ弐朱《にしゅ》つかわし、大浦へあがりガラバへ立ち寄り、それより日暮ニ三浦へ帰る。

今宵天下（幕府）役人運上方参るはずにてあい待ちけるところ、御用つかえにて不参」

万次郎と道之助は、妓楼に芸妓三人を呼び、踊りなどを見物した。

「七日、霜おおいに降る。天気。今朝、中浜とガラバの部屋へゆく。

それより英国軍艦の兵粮船《ひょうろうせん》へゆく。この船長さ六十間ばかり、乗組千人ばかり、実に大船なり。

これより順動丸《じゅんどうまる》へゆき昼飯を食べ、土州《どしゅう》の通舟へのり見物いたし、またガラバへもどり買物いたし帰る。

十二日、早朝、中浜氏と余、英艦行。また順動丸へ馳走にあい、ほどなく蒸気立て候ゆえ、英艦へ乗りうつり、双方わかれをいたし帰る。出帆九つ（正午）なり。宿三浦へ帰る。

昨日より中浜は諸事仕廻《しまわ》りけるゆえ、今日より自分壱人になる」

龍馬は一月十三日の朝、遅くまで寝ていたが、おりょうに起こされた。

「溝淵さんがお見えどっせ」

龍馬は、はね起きた。

「おう、きたかえ。座敷へ通してや」

龍馬はいそぎ身支度をして、客座敷へ出た。溝渕広之丞は、龍馬が見覚えのある上士を同行していた。

龍馬は広之丞ひとりがきたと思い、袴をつけないでいたので、居間に戻りかけると、広之丞がとめた。

「龍やん、そんままでえいちや。こんお人は、蒸気機関学助教の、松井周助《まついしゅうすけ》さんじゃ。おんなし土佐の者んじゃき、遠慮はいらんわよ」

松井は知行百二十石の上士であったが、機嫌のいい笑顔を見せた。

「坂本さん、めっそあらたまって話しあうことじゃないがやき。俺は今度、後藤殿の供をして長崎へきたがよ。上海《サンハイ》へ出向いて蒸気船も買うてきたけんど、なんというたちヤスはてんぽう（無鉄砲）な男じゃき。借金も山のようにこしらえたち、こたえるもんか。毎晩丸山で外国人相手に飲みまくりゆう。広やんから、近頃天下に名の聞こえた浪士のお前《ま》さんが、社中一統を引きつれて長崎をのし歩きゆうと聞いて、ぜひ会うてみたいといいよったぜよ。いんまの世は、先が読めんきのう。

諸国をめぐり歩いて、見聞もひろいろうし、蒸気船も扱えるお前さんらあの力を、土州のために生かしたいと、ヤスは思うちょる。是非会うて、力になってもらえんろうか」

ヤスとは、後藤象二郎の幼名保弥太《やすやた》にちなんだ渾名《あだな》である。

象二郎は、龍馬より三歳年下であるが、容堂側近の参政として、めざましい活躍をしていた。

龍馬は、いよいよ誘いがきたかと、広之丞と眼を見交わす。彼は松井に笑みを返した。

「何ちゃあ知らんけんど、参政殿のお招きとありゃあ、いきますぜよ」

「そうかえ。そりゃあ、ありがたい。ほいたら今宵六つ（午後六時）頃、清風亭《せいふうてい》までお運び願いたい。待ちゆうきのう」

松井周助は座を立ち、帰っていった。溝渕広之丞は後に残った。

周助を送っていった龍馬が、庭前から帰ってくると、広之丞が聞いた。

「どうしたもんかのう、龍やん」

「うむ、せっかく呼んでもろうたきに、いかんといかん」

「おおきに、すまんのう。けんど、顎《あぎ》（武市半平太）らあをはじめ、大勢の同志を殺された怨《うら》みはどうしたち忘れれんろうがよ」

「うむ、そりゃあ胸のうちに納めちょる。できることなら土州に帰参したいけんどのう。げに、今日も、周助が毛筋ほどでも上士面《づら》をさらしたなら、ヤスには会わんと思うちょった。お前さんがいい聞かせてくれちょったがじゃろうが、俺にそげな口をきかんかったき、会う気になったわえ」

広之丞はうなずく。

「うむ、ヤスは参政になっちゅうが、お前んにくらべりゃ、世情をとんと知らんいなか者んじゃ。鼻息が荒いばっかりの猪《しし》よえ。けんど、あの猪は妙に鋭い鼻を持っちゅう。世間のにおいを嗅《か》ぎわけられる男じゃ。儂がお前んの考えよることをいうたら、よう分かっちょってねや。傍に万次郎さんがおるきに、大分賢こうなったにかあらん」

龍馬は眼をかがやかす。

「おう、万次郎さんには、長い間会うてないちや。なつかしいぜよ。今夜会えるがかえ」

「うむ、くることになっちゅう」

「ほんまか、いやあ、うれしいのう」

広之丞はいった。

「西洋じゃ上士、下士《かし》のわけへだてはもちろん、百姓、町人も軍人と対《たい》のつきあいをしゆう。ヤスは、日本の将軍にあたるアメリカのフラジデン（大統領）が、どういて百姓のうちからでも選びだされゆうか、分かったがじゃ。人の値打ちは、生まれ育ちにあるがじゃのうて、頭のよしあしにあるがじゃと、万次郎さんに聞かされてのう。上海まで出向いてから、まっこと賢こうなったぜよ」

「そうかえ、それでも茶屋遊びは好きながか」

広之丞は頬を崩した。

「根っからの好き者んじゃ。病《やまい》みたいなもんかのう。岩崎弥太郎《いわさきやたろう》と負けず劣らずよ」

「そげな者んの下ではたらくがは、考えもんじゃなあ」

龍馬が首を傾《かし》げると、広之丞は龍馬の広い背中を、平手で叩《たた》いた。

「お前んがそげなことといえるかえ。遊びにかけちゃあ、どちこちないやいか。気の小んまい上役の下ではたらきゃ、楽かもしれんけんど、何の仕事もできんろう。それより、大法螺《おおぼら》吹かせちょいて、せっせと大けな舞台を廻すほうが、楽しみが多いというもんよ」

「何事も広やんに頼んじょくきのう。どうせ山より大けな猪は出やせん。いつどこでやられるか分からん身上《しんじょう》やき、あばれるばあ、あばれてみるか」

龍馬は包帯をした右手を、広之丞に見せていった。

その夜、龍馬は清風亭へ出向いた。丸山の花街は昼間のように灯火に照りかがやき、弦歌のざわめきで賑《にぎ》わっていた。

龍馬は、清風亭の玄関で、おかみ、女中の出迎えをうけ、みがきこんだ廊下を幾度か曲がり、広い梯子段を昇って大広間へ入った。

そこには象二郎、広之丞、松井周助、万次郎のほか、見知らぬ藩士数人が、すでに盃の献酬をはじめていた。

幾人かの芸妓が酒間のとりもちをしている。そのなかに龍馬が社中同志にも知らさず、ひそかになじみをかさねたお元《もと》がいるのを見て、思わず苦笑いをうかべた。

「おう、龍やん。きてくれたかえ。待ちよったぜよ」

龍馬より背丈に劣るが、恰幅《かっぷく》のいい象二郎が座を立って迎えた。

龍馬は象二郎に手をさしだされ、思わず握手をした。参政と脱藩者という身分のへだたりを感じさせる、こせついた雰囲気はまったくなかった。

龍馬は、床柱を背にする座に導かれ、思わずいった。

「こりゃいかん、なんぼいうたち順序というもんがありますろう」

「そげなことをいう男じゃったか。見そこのうたよ。まあ、なんじゃちえいき、一杯飲みや」

象二郎は、お元を呼んで、五合は入ると思える大盃《たいはい》に、なみなみと酒をつがせた。

土佐藩開成館《かいせいかん》貨殖局長崎出張所（土佐商会）のある西浜町《にしはまのまち》に近い万屋町《よろずやまち》に、清風亭はあった。

清風亭に出入りする芸妓は町芸者で、丸山の酒楼をはたらき場所とする山芸者とはちがう。そのため、龍馬はお元との交情がふかまるにつれ、彼女を町芸者にしていた。

そうすれば、龍馬のあらたな愛人の噂は、丸山で遊ぶことの多い社中同志の耳にはいらず、おりょうに気づかれることもない。

だが、後藤という思いがけない相手に彼女との仲を知られた龍馬は、初対面の彼に、試合でいえば立ちあがりざまのお面一本をくらったような気分になった。

溝渕広之丞は、龍馬がお元の酌をうけ、大盃になみなみとつがれた酒を、一気に飲みほすのを見て、口もとをほころばせ、万次郎にいった。

「万次郎さん。龍やんもいまじゃ諸国に名の聞こえた男になったけんど、根は気がやさしいきに、女子《おなご》に好かれる。そいで嫁とのあいだで、悋気《りんき》騒動が絶えんですろう。外に出りゃ、刺客の白刃につけ狙《ねら》われるし、家におりゃおったで、恋女房に気をつかわんといかん。

社中同志五、六十人を養うがに、大枚《たいまい》の金がいるけんど、薩長に手をむすばせるなかだちをやったにしては、金運が身にそわんがですわ。

買うた船は沈むし、長州は乙丑丸《いっちゅうまる》を貸してくれん。薩藩交易の片棒かついでようよう生きのびてきたけんど、げに苦労が絶えん。

けんど万次郎さん。龍馬は機を見るに敏なることでは人後《じんご》に落ちん男ですき、いんまに頭をあげますろう。刃《やいば》の下もくぐり、女子と金の苦労もかさね、天下の英傑と交わってきた龍やんの男振りは、まえよりもいちだんと苦《にが》みが添うてきましたろうが」

「その通りじゃ。お前《ま》さんと龍馬さんに連れていてもろうた、五台山《ごだいさん》の第一楼で鰻料理《うなぎりょうり》を頂戴《ちょうだい》した晩のことを、よう覚えちょります」

「お前さんが山田橋《やまだばし》の近所におった時分のことじゃったのう」

後藤象二郎が、ふたりの話を聞きつけ、顔をむける。

「そうかえ、龍やんはそんときから万次郎さんと知りおうちょったがか。お前さんらあは颯《はやめ》とも、江戸でつきおうちょったらしいのう」

龍馬はうなずく。

「俺が広やんといっしょに、築地《つきじ》下屋敷の長屋におって、撃剣稽古《げいこ》をしよったとき、馸さんは鍛冶橋《かじばし》上屋敷に住んで、英学修業をしておられたがです。いっぺん、桶町千葉《おけちょうちば》の道場で剣術稽古もやりましたけんど、なかなかの遣い手で、たやすうは打ちこませてくれんかったがです」

象二郎は、機嫌よくうなずく。

「馸も、もうまあここへくることになっちゅうきに、ひさしかぶりに昔話をしちゃっとうせ。今日は、俺とお前さんで飲みくらべしょうじゃいか。城下で小んまい頃から姿を見ちゅうき、こうして向かいおうたら、昔からのなじみのような気がするぜよ」

象二郎は龍馬と並んであぐらをかき、たえまなく酒盃の献酬をつづける。

「参政がお城下の夜相撲《よずもう》で、がいに勝ちゆうがを、よう見よりました」

「おう、俺は相撲がうんと好きやきに、眼がさめたら朝一番に、庭先で四股《しこ》を踏んだもんよ」

象二郎は、ふとい吐息をつき、龍馬にいった。

「俺も馸も、築地の軍艦操練所で万次郎さんの手ほどきをうけたがよ。老公（山内容堂）は、航海遠略策がご持論じゃきに、俺も参政にとりたてていただいて、長崎へ蒸気船を買いにきたがじゃ。

この際、俺の本音をいうたら、お前さんの助力がこじゃんと（たくさん）欲しいがよ。お前さんの高名は、天下に聞こえちゅう。高知のいなかだっけにおった俺らあは足もとにも及ばんほど、天下の形勢を知っちょるじゃろう。それに、社中には蒸気船を自在に動かす士官が、大勢おるというじゃいか。

ここで、お前さんが手助けをしてくれりゃあ、俺は大助かりじゃ」

龍馬は象二郎が航海遠略策を口にしたとき、思わず顔をひきしめた。

その説は、土佐勤王党の那須信吾《なすしんご》らに斬られた象二郎の義理の叔父《おじ》、吉田元吉《よしだもときち》（東洋《とうよう》）がとなえたものであった。

象二郎は土佐藩大監察として、土佐勤王党を弾圧し、武市半平太以下多数の同志を断罪してきた。

龍馬は吉田が暗殺されるまえに、武市の方針に反対して脱藩したが、社中幹部は土佐勤王党以来の同志たちである。

象二郎と龍馬は、過去の経歴からいえば、仇敵《きゅうてき》の間柄であった。だが象二郎は意中にそのようなわだかまりを抱いている様子を、まったく見せなかった。

龍馬は象二郎にたずねた。

「幕府御普請役格《ごふしんやくかく》の万次郎さんが、薩藩開成所《かいせいしょ》教授に招かれて、長崎で外国船買付けをしておられたがは存じちょりました。老公がこんど薩藩へかけあい、万次郎さんを高知の開成館教授になされたがは、海軍に力をつけなさるつもりですろうかのう」

「その通りじゃ。蒸気船を十隻でもそのうえでもえい。金の工面《くめん》のつくかぎり買うてこいとの仰せじゃき、オランダ人やらイギリス人の商人とのかけあいに、何としたち万次郎さんが立ちあわんかったら、埒《らち》があかんきのう。それできてもろうたがよ。俺らあは、外国人と話ができん。船のことも、ひと通りは知っちゅうけんど、万次郎さんの足もとにも及ばん。

ほれ、そこにおる与惣次どんは、伊豆韮山《いずにらやま》以来、万次郎さんの家来じゃった船匠じゃき、蒸気船のことなら何でも知っちゅう。それでいっしょに上海まで出向いてきたがぜよ。

俺にとっては、心強い味方よえ」

龍馬は、与惣次のような船匠をも呼びすてにしない象二郎に、好感を抱いた。

「蒸気船やら、大砲、洋銃を仰山《ぎょうさん》仕入れるには、よほどの大金がいりますろう。外国の商人《あきんど》は、相手を見て、思いきって金を貸しますきに、なんでも買いやすいがですけんど、借金を返すのは、たいちゃあ難儀をせんといかんですわねえ」

象二郎は金遣いの荒さでも、「がいな男」として知られていた。

象二郎が土佐商会を設けるため、西浜町の田村政之助宅を三千両で買いいれたのは、慶応二年十二月二十三日であった。世話人に手数料として二百両を支払った気前のよさが、長崎の町で話題となった。

西浜町には諸藩の蔵屋敷がつらなっており、貿易をいとなむためには、最適の土地である。右手は中島川《なかしまがわ》の河口で、港の海面をへだて、オランダ商館の立ちならぶ出島《でじま》がある。左手は東南にむかい、唐人館《とうじんやかた》のある館内町《かんないまち》、そのつづきは荷蔵の棟がつらなる新地町《しんちまち》である。

大浦の高台にはグラバー屋敷があった。

象二郎は龍馬の問いかけに、気易く答えた。

「俺は金遣いの名人じゃき、金ごしらえの名人の弥太《やた》を長崎へ呼んじゅう。弥太がおったら、樟脳《しょうのう》じゃち、石灰、紙じゃち藩の物産を外国へ売って、金をこしらえるぜよ。土佐の物産はなんぼじゃちあるきのう。二十万や三十万の借金をしたち、弥太が始末をつけてくれるぜよ。

大浦のお慶《けい》という女子は、いまから十七年もまえから茶の商いで大金をつかみよった。いまでは十万両ばあは持っちょるらしい。

高知城下におったら、そげな儲け話は思いもつかんろう。なんというたち外国との交易をやらんかったら、金持ちにゃなれんきのう」

弥太というのは、岩崎弥太郎であった。彼は吉田東洋の少林塾で、象二郎とともに門下生であった。経済の才能においては、群を抜いている。

龍馬はかさねて聞く。

「土佐藩の兵備をととのえ、外国との商いで金を儲けたうえは、なにをする心積りながですか」

「幕府の手助けをしてから、日本国の屋台骨《やたいぼね》を支えるがよ」

「土佐藩が幕府の手助けばあやったら、無駄な骨折りになりますろう」

象二郎は意外なことを聞くというように、膝を組みなおし、身を乗りだす。

「京都へ出て、国政の檜舞台へ乗るがが、なんで無駄骨折りぜよ」

「いんまの幕府は、上《かみ》に立つ者んが滓《かす》ばっかりですきのう。旗本八万騎といい、艦隊といい、見かけばあは、諸藩が束になっても敵《かな》わん大所帯ですけんど、その実は腐りきっちょります。

こんどの長州征伐で、俺は長州の乙丑丸に乗って戦《いくさ》をしよりましたが、幕府勢の腰抜けぶりは哀れなもんでしたぜよ。百姓、町人を集めた長州諸隊に打ち負かされ、手も足も出ん有様ながですきに。

幕府の大艦があばれ出したら、下関から小倉へ攻め寄せた長州諸隊は、退路を断たれますき、気懸かりやったけんど、乙丑丸が故障してすんぐ傍の巌流島《がんりゅうじま》まで流されたときも、幕府軍艦は知らん顔で、一発も撃たんかったがです。

あればあ、たすこい（締りがない）がやったら、薩長が力をあわせりゃ、幕府に勝ち目はない。土州藩も、せっかく武備をととのえたところで、京都で会津《あいづ》、桑名《くわな》らあの幕府方と力をあわせたち、天下兵馬の権を握れませんぜよ」

「そげに腐りきっちゅうがかよ」

「そうですらあ。土州は薩長と手を組まんといかんがです」

龍馬は、高知で狭い見聞しか持たずにいた象二郎をおどろかすような、日本の現状を雄弁に語りはじめた。

郷士坂本権平《さかもとごんぺい》の弟である龍馬は、高知におれば象二郎の目にもとまらぬ存在であったにちがいない。

だが、龍馬は天下の形勢を的確に把握していた。勝安房、大久保越中守《おおくぼえっちゅうのかみ》（忠寛《ただひろ》、のちの一翁《いちおう》）、永井尚志《ながいなおゆき》、松平慶永《まつだいらよしなが》（春嶽《しゅんがく》）ら、幕府側の重要人物、西郷吉之助、小松帯刀、吉井幸輔ら薩藩の革新勢力、長州藩を動かす諸隊の指導者高杉晋作《しんさく》、木戸孝允、井上聞多らと密接な交流を保っている。太宰府に流寓《りゅうぐう》する五卿にも謁していた。

象二郎は息をのんで聞くばかりであった。

彼は万次郎に聞いた。

「公儀の内情は、龍馬さんのいう通りながですか」

「まちがいないですろう」

万次郎がうなずいた。

武藤颿が、座敷に入ってきた。

髻《もとどり》が鴨居《かもい》につかえるほどの大男である。

「これは颿さん、ひさしかぶりですのう」

龍馬が立ちあがり、颿の両手を握った。

「龍やんと会えたがは、何年ぶりやろうか。ほんになつかしいのう」

颿はつよい眼差しを龍馬と交わした。

象二郎が颿に声をかけた。

「颿さん、いんま龍馬さんから大事な話を聞きよるがよ。お前んもいっしょに聞きや」

龍馬は土佐藩が薩長との関係をつよめ、西南雄藩の代表として、幕府への対抗勢力になるべきであると語った。

「そうするがが、この先の入り乱れる世を乗りきるための、いっちえい道じゃと思うがです。あんまり幕府に近寄ったら、共倒れになりかねませんき。そうかというて、薩長のようにあっさり討幕に踏みきるがも考えものやし、いんまは、薩長と手をむすんで、薩長が過激な動きをするがをおさえる役目を果たさんといかんがです。上手に舵《かじ》を切ったら、土州は天下に重きをなす日がきますろう」

その夜は、明けがたまで飲みあかした。龍馬は象二郎にすすめられた。

「いっぺん上海へいてきたらどうぜよ。ヨーロッパの力が、東洋へどればあ及んじょるか、よう分からあえ。路銀は俺が出すき、広之丞さんといっしょにいてきいや。それとのう、お前さんはこの際、社中同志といっしょに、土州藩へ帰参したらどうぜよ。俺が万事、手を打つきに」

龍馬と後藤の会談は、成功した。

慶応三年一月十四日、龍馬は木戸孝允あての書状に、その様子を記した。

「まえに、溝渕広之丞にお話し下さった、土佐藩との同盟問題につき、重役の後藤象二郎にいちいち相談したところ、よほど夜の明けてきたような気分になりました。

重役どもはまたひそかに小弟《しょうてい》にも面会し、充分に論じあいました。

このごろは土佐藩も、従来の佐幕派がよほど勢力後退し、藩論一新の動きが見えるようです。

くわしいことは、中島作太郎をそちらへつかわしますので、お聞きとり下さい。

何事も先生のお力であると思っています。

現在でも、土佐藩は幕府に積極的な応援をしない状況になっているそうです。

今年の七、八月頃になれば、事の運びしだいでは昔の長薩土の関係になるかも知れないと、楽しんでいます」

『維新土佐勤王史』によれば、龍馬は後藤の印象について、つぎのように語っている。

「坂本、その寓に帰るや、社中の者共は口々に、後藤の人物は如何《いか》にと聞く。坂本はこれに答うるよう、近頃土佐の上士中に珍らしき人物ぞ、と。

その故はと聞かるると、坂本はために二カ条を示したり。

彼と我とは昨（日）までは刺さば突こうという敵同士なるに、あえて一言も既往の事に及ばず。ただ前途の大局のみを説くは、すこぶる要領を得たり。これその一ッ。

また酒座の談柄《だんぺい》をば、いつも自己を中心とするように惹《ひ》きむけるところは、なか〳〵才気に富めり。これその二ッと。

然れども一同半信半疑の体《てい》にて、全く首肯《しゅこう》する者は、なき程にてありき」

また、大町桂月《おおまちけいげつ》著『伯爵後藤象二郎』は、つぎのように記している。

「坂本寓に帰るや、其徒、先を争うて『後藤は如何《いかに》』と問う。答えて曰《いわ》く、『土佐に一人物を現出せり。彼とは元来仇敵なるも、更に片語の既往に及ぶなし。

其識量の非凡なること知るべし。又彼が座上の談柄を常に己の方に移らしむる才弁は侮るべからず。『西郷、大久保、木戸、高杉、若《も》しくは勝にも出逢《であ》いたる坂本が、斯《か》くまで後藤に推服するからには、後藤も人物に相違あるまじ』とて、一同ここに伯を敵視するの念を翻《ひるがえ》したりき」

どちらも内容が似ているが、後者が前者を参考にしたように見える。

「池道之助日記」の一月十四日の項に、「今晩、御国許《おくにもと》より探索人二人、小目付来る」と記されている。山田一郎《やまだいちろう》著『海援隊遺文』によれば、長崎へ派遣されてきたのは小目付の谷守部《たにもりべ》（干城《たてき》）と前野悦次郎であった。

谷と前野の二人は、象二郎が藩金を蕩尽《とうじん》して放埒《ほうらつ》な遊興をかさねつつ、資金の計画をたてることもなく、艦船、銃砲を買いあさっているという風評が高知でひろまったので、彼が悪行をかさねているのが事実であるか探索のため、長崎にきたのであった。

「谷干城手記」には、その間の事情がつぎのように書きとめられている。

「十二月、前野悦次郎と共に長崎表探索御用仰せつけられ、長崎より上海に官遊せり。

此所にて後藤象二郎及び坂本龍馬等の徒と面会し、討幕先にすべく攘夷後にすべしとの説を聞き、はじめて攘夷の不可を感じたり」

谷は、このとき龍馬とはじめて会った。龍馬は、清風亭で象二郎を感嘆させた斬新《ざんしん》な政論を雄弁に語り、純粋素朴な谷をたちまち傾倒させた。

記されている。

「谷干城手記」には、長崎に到着した翌日の一月十四日、後藤に面談した様子が

「十四日は、空が曇り、五つ（午前八時）頃より雨が降りはじめた。髪を結ったあと後藤に会い、上海行のことを話しあった。

八つ（午後二時）頃、後藤氏に誘われ英人の商館へゆく。英人から酒、菓子などの馳走をうける。英人は明日、本宅へ案内するという。

帰りがけ、清風亭という料理屋へゆき、四つ（午後十時）頃、宿に帰った。その夜は大酔して寝てしまった」

谷は、英人商館から清風亭へ案内される途中、象二郎に案内され、彼が買いこんだ蒸気船三隻を見せてもらった。

谷は翌日、後藤の案内で英人の本宅をおとずれ、外国のさまざまの珍物を見物した。はじめて海外の事物に接した谷は、象二郎の身辺を探索する使命を果たすまえに、彼の論じるところに興味を持ちはじめた。

「このとき後藤は、土佐官業の樟脳売却の件につき、英人ガラバと取引し、胡蝶《こちょう》丸《まる》と称する汽船を買いいれ、さらにガンボート一隻を買った。

彼は富国強兵なくして、尊王が実践できるものではないという。その実行力を、目《ま》の当たりにすれば、実におどろくべきものであった。

藩政庁の一部には、後藤が放蕩無頼《ほうとうぶらい》で藩資金を濫費《らんぴ》したという説があったため、私と前野は後藤の身上の探索を命じられた。

しかし、われわれは後藤の活動がおどろくほどさかんで、その議論の卓抜広大なことに感じいった。

そのため三月に帰藩して、一切の報告はすべて後藤の立場を弁護することとなったので、私は節を曲げたと中傷をうけるに至った」

谷守部は、明治になってのちに干城と称し、陸軍中将、農商務大臣を経て、貴族院議員、子爵となったが、「土佐の頑癖」と称され、いごっそう（頑固者）の代表のようにいわれ、板垣退助としばしば論争した。

退助のような策士とは合わない、一本気な性格であったので、龍馬と象二郎にたちまち説き伏せられたのである。

龍馬は谷にいった。

「攘夷というたち、欧米諸国は何千トンという大艦を、数も知れんばあ持っちょります。日本があれらあと対《たい》の勝負をしたち勝てるようになるには、まず五百隻の大艦がいりますろう。

五百隻が艦隊を組んで、一人の長官の指図で四海の警固にあたるがには、幕府の力じゃあ、てこにあいません（手に負えない）。幕府はいまもなお、フランスと組んで、貿易の利をひとりじめにしようと、見えすいた策を弄しちょりますが、そげなことをやりよったら、日本国は支那や印度《インド》のように、欧米に頭を押さえられる国になりますろう。

そうならんためには、諸大名が力をあつめ、幕政をあらため、朝命によって一糸乱れず動かんといけません。諸藩がばらばらに動いたち、西欧諸国には勝てんがです」

谷と前野は、象二郎から充分な旅費を受け、上海へ渡った。

後藤は、「上海の外国人は皆赤ズボンをはいちゅうき、おんしもそれをはいていかんかったら、笑われるぜよ」と谷をだました。

正直な谷は、赤ズボンを新調して上海へいってみると、そのような服装をしている者は、ひとりもいなかった。

だが谷と前野は、高層建築が林立し、諸外国の艦船が何百隻とも知れず出入りする、上海の実情を見て、阿片《あへん》戦争に敗北してのちの中国の窮境を知った。

高知にいるとき、攘夷論をとなえていた谷は、日本国の今後の方針は、龍馬、象二郎の説く、挙国一致のほかにはないことを実感した。

長崎で象二郎が龍馬と会見した事実が、土佐の国許に聞こえると、家中佐幕派の侍たちが憤激した。

「龍馬は、吉田元吉っつぁんを闇討ちした勤王党の武市半平太らの一味じゃいか。そげな奴と象二郎が会うたがか。象二郎は金遣いが荒いうえに、叔父の仇《かたき》とつきあうつもりかえ。これは許しちゃおけん。早々に斬ってしまわんといかん」

佐幕派の上士たちは、吉田東洋の遺子源太郎に投書を送り、長崎に出向いて龍馬を斬殺して、仇討《あだう》ちをせよと促した。

象二郎が、グラバー、オールトら外国貿易商を接待するために消費した藩金は、四千両に達すると噂されていた。連日連夜の豪遊である。

「池道之助日記」の慶応二年九月二十九日付の項に、つぎのように記されている。

「天気。今朝、森田幾七（晋三《しんぞう》）殿と両人、上野《うえの》（彦馬《ひこま》）へ写身（写真）に行く。右道具一切、三百両に御国へ御買上げにあいなり、伊之上氏に稽古致させ候につき、銭入らず写し候」

伊之上氏とは、高知城下要法寺町《ようほうじまち》の医師井上俊三《いのうえしゆんぞう》である。彼は徳島藩医長井《ながい》琳章の長男長義《ながよし》とともに、日本最初の写真師上野彦馬宅に下宿していた。

上野宅には、井上、長井のほかにいまひとり、徳島藩医の子、立木《たつき》信造が下宿しており、医学と化学を学ぶうち、上野彦馬から写真術の伝授をうけるようになった。

写真家立木義浩《よしひろ》氏の祖父にあたる人である。井上俊三は、三十を過ぎた年頃で、長井にいわせると、「人となり勇にして、暴に近し」と評するほどの性格である。象二郎は写真術に興味を持つと、即座に機械一式を大枚三百両で買いとり、井上に写真を学ばせた。

高知県桂浜《かつらはま》に立つ龍馬の銅像のモデルになった、上野彦馬撮影といわれる傑作の写真は、実際は井上が撮影したものではないかと、郷土史家吉村淑甫《よしむらよしほ》氏はいう。

おなじテーブルを使った後藤象二郎の立ち姿の写真も、井上が撮影したものといわれているそうである。

長井長義の日記には、上野の教導に従い、井上が写真撮影、現像をしていると記されており、後藤は三百両で買った写真道具を、井上に与えたのである。（『海援隊遺文』）

当時の三百両は、現代の価格に換算すれば、数千万円である。

一月二十日、おりょうと小曾根英四郎屋敷の離れにいる龍馬は、姪《めい》の春猪《はるい》あてに、つぎの書状を送った。

「春猪どの〳〵、

春猪どのよ〳〵。此頃ハあかみちやとおしろいにて、はけぬりこてぬり〳〵

つぶしもし、つまづいたら、よこまちのくハしやのばゞあがついでかけ、こんぺいとふ《（金平糖）》のいがた《（鋳型）》に一日のあいだ御そふだんもふ《（相談申）》そふというくらいのことかへ。をばてきのやんかんそふもこのごろハ、ちとふやり〳〵と心も定めかねをりハすまいかと思ふぞや。たいてのヿ《こと》なり候や、二町目へすてしめてもよかろふのふ。

おまへハ人から一歩もたして、をとこという男ハ皆にげだすによりて、きづかひもなし。又やつくと心もずいぶんたまかなれバ、何もきづかいハせぬけれども、是からさきのしんふわい《（心配）》〳〵ちりとり《（塵取）》にてもかきのけられず、かま《（鎌）》でもくわ《（鍬）》でもはらハれずふ《（ず）》いぶん〳〵せいだしてながいをとし《（御歳）》ををくり《（送）》なよ。私ももしも死ななんだらりや、四五年のうちにハかへるかも、露の命ハはかられず。先〻御ぶじで、をくらしよ。

正月廿日夜　　りよふより

春猪様　　足下」

高知の実家の姪、春猪に送った龍馬の手紙には、若い娘を怒らせ、笑わせ、なつかしませる、優しさのたゆたう冗談のうちに、危険に満ちた政治の世界にいる、彼の無常の思いがしるされている。

文意はつぎの通りである。

「春猪どのよ。

この頃は疱瘡《ほうそう》のあとを、白粉《おしろい》で（龍馬は長崎から春猪に外国の白粉を送っていた）刷毛塗《はけぬ》りしてこてこて塗りつぶし、やり損じたら横町の菓子屋の婆《ばば》あがやってきて、金平糖の鋳型に一日貸してほしいというくらいのことかい。

叔母《おば》さん（乙女《おとめ》）のかんしゃくも、このごろはちとふわふわと、持ってゆく場所がないのではないか。たいていのことなら、まえの亭主の岡上樹庵《おかのうえじゆあん》（新甫《しんすけ》）のところへ持ちこんでもよかろう。

お前は、ひとが一歩あとへ引き、男という男は皆逃げるというぐらいだから、気遣いはいらぬ。また、あいにく心もずいぶんしっかりしているから、気遣いはせぬけれども、これから先の私の心配は、塵取《ちりと》りでも掻《か》きのけられず、鎌《かま》でも鍬《くわ》でも払われないほどだ。ずいぶんに精出して、長命してくれよ。

私ももし死なずにおれば、四、五年のうちには帰るかも知れない。しかし、露の命はいつ消えるかも知れない。とにかく御無事でお暮らしよ」

この書状を書いた二日後、龍馬は乙女あてに、つぎの書状を送った。

「此度《このたび》、門為参候て、海山の咄、御国の咄も聞《きき》つくし、誠におもしろく奉レ存候。

然、私の心中などのこらず此の為に咄有レ之《これあり》候間、く（詳）は敷《しく》御聞取可レ被レ遣《つかわさるべし》と存候。稽首。

正月廿二日　　　　龍馬

坂本乙様　左右　　直柔《なおなり》

「門為」とは、龍馬の実家に近い小高坂西町《こだかさにしまち》で一弦琴の教授をしていた、郷士門《かど》田《た》宇平《うへい》の子為之助《ためのすけ》である。

龍馬の兄権平、姉の乙女も宇平の弟子であった。為之助は土佐勤王党に加盟して、龍馬と親密に交際していたが、山内容堂に愛され、文久《ぶんきゅう》三年（一八六三）に侍目付役を命ぜられた。

為之助が長崎に立ち寄ったのは、藩命により、九州諸国の事情探索に遊歴の途中であった。

龍馬は、志士としての高名が世間にひろまるにつれ、幕府からきびしく追及され、命を狙われていた。

伏見寺田屋で捕吏を射殺、逃走している薩長連合推進の重要な役割を果たした龍馬は、幕府にとって見逃してはおけない存在であった。

龍馬が高知の家族へ送る書面は、彼がもし遭難したときをおもんぱかっての、遺書といえる内容である。

　この頃、龍馬は妻のおりょうが神経をたかぶらせることが多いので、その扱いに気をつかっていた。おりょうは、龍馬と芸妓お元などとの関係につき、耳にしており、龍馬が外出すると、気持ちが平静でなくなった。

　龍馬は二月十日、下関へ帰ったが、おりょうを連れ戻った。

　二月十六日に下関から三吉慎蔵《みよししんぞう》に送った書状には、

「此度は又々家内のおき所にこまりしより、勢《いきおい》やむをえず同行したり。此儀は飯田在番へは耳に入れ置きたり」

　夫妻は長崎では小曾根別宅、下関では阿弥陀寺町本陣、伊藤助太夫方に寄寓した。

　伊藤宅に寄寓していた坂本夫妻の日常について、よく知っていた日原素平という長府藩士であった人物が、明治四十四、五年頃健在で、思い出話をときどき語ったと、『海援隊遺文』に記されている。

　日原老人はいった。

「龍馬先生は、非常に多忙であった。下関では幕府の探偵が常に見張っていて危険きわまりない。

　そこで長府に宿泊された。あるときは私の家の離れに、夫人とともに住んでおられた。

その頃、夫人龍子さんはヒステリー病で、時々発病すると、坂本先生は親切に看病した。発病すれば茶碗《ちゃわん》、皿などをかねて用意しておき、それを夫人に差しだす。

夫人はそれを庭の飛石《とびいし》目がけて投げつける。皿は粉みじんに割れる。夫人は大声に笑う。かくして機嫌が直る。平和になる。

坂本先生は真《まこと》に気柔かに、夫人のみならず何人にも親切であったが、夫人のヒステリーはなかなか全快せず、時々発病して、先生の心配は容易でなかった」

おりょうが、龍馬とともに暮らした日々は、情愛に満ちあふれた時を過ごしていたのではなかろうか。

おりょうは、なみの女ではない。家にいるときは、縫いものや着物地に糊《のり》づけをする張りものをしていたが、龍馬からピストルを一挺与えられており、暇があれば射撃の練習をして、上達していた。

白刃をひっさげた敵があらわれても、怖《おそ》れることを知らない女丈夫である。国家のために身を挺《てい》している龍馬が、たびたび家を留守にするからといって、ヒステリーをおこすような弱い女性ではない。

龍馬には、おりょうを悩ませる、内密の事情があったにちがいない。

おりょうは、社中の若者たちにも好意を持たれていなかったという。

のちに、土佐藩大目付佐々木《ささき》三四郎（高行《たかゆき》、のちに侯爵）が下関でおりょうに会ったときの印象を、記録にとどめている。

「才谷（龍馬）ノ妻ノ住家ニ才谷同伴。同妻ハ有名ナル美人ノ事ナレ共、賢夫人ヤ否ヤハ知ラズ。善悪共為シ兼ヌル様ニ思ワレタリ」

この夫婦の縁《えにし》は、いつ断たれるとも知れない、危うい均衡を保っていたのである。


慶応三年二月十六日朝、薩摩藩蒸気船が、土佐湾から浦戸《うらど》に入港した。西郷吉之助と吉井幸輔が、薩摩藩主島津忠義《しまづただよし》と国父久光の名代として、山内容堂に謁するため、おとずれたのである。

前年末、孝明天皇が疱瘡によって崩御されたのち、幕府はこの機に頽勢《たいせい》をたてなおそうとした。

吉之助は小松帯刀、大久保一蔵《おおくぼいちぞう》（利通《としみち》）らと協議のうえ、薩摩、越前《えちぜん》、土佐、宇和島の四賢侯の会議をもって幕府に対抗する案をたてた。

吉之助はさっそく京都を出立し、二月一日に鹿児島に帰省。ただちに藩主島津父子に建議したところ、久光、忠義ともに上京を承諾した。

このとき吉之助は、久光、忠義の同意を得られないときは、職をなげうって退身するつもりであったので、悠然と構えていたが、意外に事は順調に運んだ。吉之助は桂《かつら》久武《ひさたけ》、島津《しまづ》伊勢《いせ》とともに久光、忠義に謁し、承諾を得たので、十三日の夜半に藩船で土佐へむかったのである。

吉之助は高知に着くと十六日夕刻、宿舎である八百屋町《やおやちょう》川崎源右衛門方に入った。

土佐藩大監察、福岡藤次は京都にいたが、吉之助が高知を訪問するとの情報を得ると、昼夜兼行で帰藩した。福岡は同役小笠原唯八とともに、中岡慎太郎の周旋により、薩摩藩邸で、四侯会議の案を小松帯刀、吉之助、吉井幸輔らと練っていた。

福岡藤次が高知に着いたのは、吉之助らが宿舎に入った時刻とおなじ頃であった。

彼が京都の小笠原に出した書状には、

「昼夜追い通し、同十六日御国着。西郷吉之助既に来《きた》れり。アブナカゲンにて丁度《ちょうど》合たり」

容堂は十七日に吉之助を招き、福岡藤次は陪席《ばいせき》した。

吉之助が四侯会議につき、薩摩藩主の意見を申しあげると、容堂は応じた。

「土佐は貴藩とちがい、幕府には格別の筋がある。しかし、地球上に掛け候ては、そのくらいの事を見るわけにてはなし」

土佐藩は初代山内一豊《やまうちかずとよ》以来、幕府に恩義があるが、地球の大きさから見れば、たいしたことではないといったのである。

容堂は、

「この度は東山の土と相成る積りぞと、ブンツキ（気合をいれる）候」

と福岡は小笠原への書状に記している。

吉之助が大久保一蔵へ送った書状にも、同様のことが記されている。

「容堂侯へ御使者あいつとめ候てまかり越し、巨細《こさい》申しあげ候ところ、気味よきご返答にて、生きてふたたびまかり帰らずとまで仰せられ候由、至極の御決心出来なされ、ありがたきしだいにて御座候」

吉之助は、その場で坂本龍馬脱藩の赦免を願い出て、許された。

中岡慎太郎の日記には、吉之助が土佐藩、宇和島藩を訪問したときの様子が、詳しく記されている。

「西郷は土州に出向き、福岡藤次とともに容堂に謁した。西郷は久光公より命ぜられた事柄もあり、おおいに心配していたが、上方《かみがた》の情勢をくわしく申しあげると、容堂公は即座に、薩侯の御主意はごもっともである。拙者などは侯のお相手にはならぬだろうが、さっそく上京いたそう。

なおまた、当家は尊藩とちがい、徳川家の恩義もあることなれども、皇国のため公論をもって尽力することであるから、地球上より見たときは、やはり公論である。

だから、親藩といえども、今日に至ってはやむをえない。いわんや外様《とざま》大名ならば、何の遠慮もいらぬことだ」

慎太郎は、容堂の人柄について、綿々と記している。

「西郷殿は申しあげられた。こんどは事がはかどらないといって、お引き取りなされるようなことでは、目的が達成されませぬと。容堂公は、もとより覚悟しているとおっしゃった。

あとで福岡藤次に、このたびは死を目的としての上京である、と仰せられたということである。また西郷に、藤次などもいままでは尊幕論でこりかたまっていたが、こんど上京して、諸有志に交わったため、おおいに啓発され、考えがひろくなったことは、余のよろこぶところだ、とうちあけられた。

西郷はそのお言葉を聞き、はじめて胸が、ぐっと下がったような気がしたそうである。西郷が高知に滞在しているあいだに、容堂侯が上京されるとの触《ふれ》が、領内へ出されたそうである」

吉之助は、土州からの帰途、宇和島におもむき、老公（伊達宗城《だてむねなり》）に謁して上京をすすめた。

だが宗城は容堂のように虚心に応対してくれなかった。彼はたずねた。

「およそ何事も、目的を立てねばおこないがたい。目的はいかなるものか」

吉之助は答えず、退座しようとした。

家老松根図書《まつねずしょ》が吉之助にたずねた。

「容堂上京の目的は、いかに候や」

吉之助はおもむろに答えた。

「まずよくお考えなされよ。これほど正しき目的は、ほかにはあり申《も》はん。容堂侯は今日天朝の御危難を、臣子として見過ごしがたきが目的にて、御上京と決しなされたのでごあんそ。

およそ天下の事、平常の事なれば、見通しをつけてなすことにてあり申んそ。しかし、こげん一大事にあたっては、大義名分をもって尽くさねばなり申はん。利害得失を論ずるは、いかにも合点《がてん》つかまつりませぬ」

松根は、「ごもっとも」と答えるよりほかなかった。

松根は、藩が疲弊していて動きがとれないといった。吉之助は語調をつよめて答えた。

「それは御執政のお言葉とも聞こえ申はん。大義にのぞみ、論ずべきことじゃごわはん。なかなかさようのことでは、足下の力にて国を富ますなど、思いもよらぬことでごあんそ」

それから酒宴となり、芸妓を出し酌をさせた。

伊達宗城はたずねた。

「吉之助、京都に情を交わした女はおるのか」

吉之助は答える。

「ござい申す」

「名は何と申すや」

「これは申しあげましたところで、何にもならぬことゆえ、いますこし何か御為にあいなることを、お尋ね下されてやったもんせ」

宗城は怒った。

「そのほうがさようのことをいう奴ゆえ、仕方のなき男といわれるのじゃ」

宇和島藩はまず国の疲弊を癒《いや》してのち上京するという、すこぶる曖昧《あいまい》な返答をしたが、結局、伊達宗城は山内容堂と前後して上京し、西郷の動きは酬《むく》われた。

おりょうとともに長崎から伊藤助太夫宅へ帰った龍馬は、下関にきてもいそがしい。旧友河田左久馬《かわださくま》に蝦夷地《えぞち》開拓の協力を呼びかけ、今後の社中の方針をあれこれと思案する。

二月二十二日、三吉慎蔵に近時新聞と題し、つぎのような内容の書状を送った。最近のニュースという意である。

「○薩摩藩士大山格之助《おおやまかくのすけ》（のちの綱良《つなよし》）が、二十日下関にきた。筑前《ちくぜん》から帰国するそうである。筑前へ立ち寄るのは、朝廷から三条卿をはじめ五卿に御帰京を許されたので、それを知らせるためである。
○先日、井上聞多が京都から下った船で、西郷吉之助が帰国したそうである。これは薩摩侯が上京されるためのようである。
○この頃、幕府もおおいに低姿勢になり、薩州《さっしゅう》に媚《こ》びることははなはだしいようである。しかし将軍（慶喜）はよほど憤発して政治にかかわるつもりらしく、平常とはちがう動きが多く、油断できないといわれている。
○薩摩藩の京都での政治活動は、この頃いきおいをまし、以前謹慎蟄居《きんしんちっきょ》を命ぜられていた二十四卿の御冤罪《ごえんざい》も解け、筑前の三条卿は御帰京のうえ、天子の御補佐となられるようである。
これは小松、西郷らがおしすすめたことで、まずは天下の大幸というべきである。楽しむべし。

○この頃、将軍は海軍をおおいにひらこうとして、米国から大軍艦を一隻、乗組員とともに借りいれたそうである。軍備のため、五カ年で八十万両ほど出費すると、慶喜の近臣、原市之進《はらいちのしん》が話したそうである」

龍馬は知らなかったが、その頃土佐藩庁では、彼と中岡慎太郎に対し、脱藩赦免の決定をしていた。

「　覚

郷士御用人権平弟
坂本龍馬
北川《きたがわ》郷大庄屋《おおじょうや》源平倅《せがれ》
中岡慎太郎

右の者先年御規律を犯し、他邦にまかりある趣《おもむき》、これによって御国典に処せらるべきはずのところ、深き御含みの筋あらせられ、御宥恕《ごゆうじょ》仰せつけられ、このたび御呼び立てのうえ、以後別儀なく、これを仰せつけらる。

卯《う》二月　　　　　　　　　　　　　」

赦免の申し渡しは、坂本権平と中岡源平になされた。

龍馬は自分の船でそのまま行動しておればよい。もしそうするのが都合のわるいときは、藩船に乗り組んでもよく、関係者と相談のうえで航海をすればよい。

慎太郎は、赦免のうえ他国で活動させるという、二人にとって寛大な附則がつけられていた。

　土佐藩大監察福岡藤次が、蒸気船胡蝶丸に乗り、浦戸を出航し長崎へむかったのは、慶応三年三月十日であった。

　胡蝶丸は、前年の末にプロシャ商人キニッフルから七万ドルで買った、百五十馬力、百四十六トン、旧名フーキーンという、小型だが速力の速い蒸気船であった。

　胡蝶丸には、長崎土佐商会の運営を任された岩崎弥太郎、門田為之助が同乗していた。

「池道之助日記」には、

「十三日、四つ（午前十時）頃、兵庫舟（胡蝶丸）くる。御仕置福岡藤二（ママ）様くる。医師広田玄又、山川勇益、門田只之介（ママ）」

　と記されている。

「十四日、天気。後藤様、福岡様御出勤」

「十五日、兵庫舟にて金箱拾弐箱来り、金子《きんす》五万両、役所へ受けとる。イナリ製鉄所へ石炭代二百三十五両二歩と二百文相渡し」

「十六日、アレンへ樟脳三百五十丁相渡し」

「二十日、オールトに八千両持参」

岩崎弥太郎が土佐商会主任として着任すると、活潑《かっぱつ》な商業活動がはじまった。

この頃、龍馬は二月下旬から風邪をひいて、下関の伊藤家でおりょうとともに養生していた。

龍馬は病を養うあいだにも、伊藤家に近い稲荷町《いなりまち》の妓楼に出入りして、おりょうの怒りを買うことがあった。

ある晩、稲荷町で泥酔して遊廓《ゆうかく》に泊まり、朝帰りをした龍馬は、終夜寝ずに待っていたおりょうにしがみつかれ、喚《わめ》かれた。

「あんたは、わての病気を知っていながら、なお悋気《りんき》させるつもりどすか。なんという情のない男や。この手で薄汚い女子を抱いてたんやろ」

おりょうに手の甲をつねりあげられた龍馬は、悲鳴をあげる。

「いたた、手荒いことをすな」

「こんなことさせるのは、あんたが悪いからや」

おりょうは龍馬の髭《ひげ》の生えた頰を、力まかせに引っ搔く。

「これ、そげなことをしたら、人前に出れんなるやいか」

「そうや。出られんように、ちゃちゃめちゃに搔いたげまっせ」

龍馬は両手でつかみかかってくるおりょうを避けて庭に飛びだす。

母屋から廊下伝いに助太夫が足早にあらわれた。

「まあまあ、おりょうさんもおちついて下されや。先生の顔を引っ掻いたりしては、外聞がわるいですけえ、どうぞお手やわらかになさってつかあされや」

おりょうは、助太夫にとりなされ、やむなく畳に腰をおろす。

「先生をたずねてくる客は、大勢ですけえ、酒の相手もしてやらにゃあいけませなあ。酔いつぶれて廓《くるわ》から朝帰りしたことは、私も何遍もありますけえ、まあ昨日のことはご勘弁願いますらあ」

助太夫は、龍馬のほうをむいていう。

「先生も、お風邪を召していなさるというのに、無茶をなさりゃお体にこたえますけえのう。あんまり夫婦のあいだで波風立てんようにしてつかあさいや」

龍馬は懐紙で頬の血を拭いながら、舌打ちをした。

「お前んは、ほんに手の早い女子じゃき、困るぜよ。俺は何もお前んに悪いことはしちょらんきに、ええかげんでこらえてくれや」

「ふん、あんたが外でなにしてきたか、わては全部見通しどすのや」

おりょうは横をむく。

助太夫は二人のあいだに坐《すわ》り、苦笑いをうかべていた。

龍馬が床の間の三味線箱から、おりょうの三味線を出して、おぼつかない手つきで爪弾《つまび》きをはじめた。
「わての三味線を勝手に使うて、傷めんといてや。ふん、わざとらしいことして、嫌らし」
龍馬はおりょうを無視して、三味線にあわせ、うたいだす。
〽恋は思案のほかとやら、
穴戸《あなど》（長門《ながと》）のせとの稲荷町、
猫もしゃくしもおもしろう、
あそぶくるわの春げしき、
ここにひとりの猿回し、
狸《たぬき》一匹ふりすてて、
義理もなさけもなき涙、
ほかにこころはあるまいと、
かけてちかいし山の神、
うちにいるのにこころは闇路《やみじ》、
さぐりさぐりて、
いでてゆく。
猿回しは龍馬で、「狸一匹」「山の神」はおりょうにたとえている。

怒っていたおりょうも、ついに笑いだし、ようやくなごやかな気分をとりもどした。

龍馬とおりょうは、下関で桜が満開の頃、いたずらをしたことがあった。おりょうは後に思い出を語っている。

「長州の長府（三好真造《（ママ）》の家なり、龍馬らその家に寓す）にいた時分、すぐ向うに巌流島といって仇討ちの名高い島があるのです。

春は桜が咲いて奇麗でしたから、皆と花見に行きました。

ある晩、龍馬と二人でこっそりと小舟に乗り、島へ上がって煙火《はなび》を挙げましたが、戻ってくると三好さんらがびっくりして、今がた向うの島で妙な火が出たが、何だろうとふしぎがっておりました。

岸からはわずか七、八丁しか離れていないので、ごくごく小さい島でした」

（「土陽新聞」連載「千里《せんり》の駒《こま》後日《ごじつの》譚《はなし》 拾遺」、川田雪山《かわだせつざん》聞書）

巌流島は、宮本武蔵《みやもとむさし》と佐々木小次郎《ささきこじろう》が決闘をした島である。

龍馬は慶応三年三月六日、印藤肇《いんどうはじめ》（聿《のぼる》）にあてた書状の追伸に、伊藤助太夫宅でときどき歌会がひらかれ、龍馬の詠《よ》んだ歌が第二席にえらばれたと記している。

「猶《なお》先日中ハ人丸赤人《ひとまるあかひと》（柿本人麻呂《かきのもとのひとまろ》、山部赤人《やまべのあかひと》）など時〻相集り哥《（歌）》よみついに一巻とハなして、ある翁をたのみ其一二をつけしに飯立市《いいだちいち》（評判をすること）となりたり。幸ニやつがれがうたハ第二とハなりぬ。其哥ハ、

　心からのどけくもあるか野べハなを
　　雪げながらの春風ぞふく

その頃より引つゞき家主などしきりに哥よみ、ある人ハ書林にはしりなどしか〳〵ニ候。御ひまあれバ御出かけ、おもしろき御事に候。其諸君の、哥袋のちりなごりともなりしこと見へ、やつがれも時〻三十一文字を笑出し、ともニ楽ミ申候、今夜もふでをさしおかんとしけるニ哥の意、何共別《わか》りかねしが春夜の心ニて、

　世と共にうつれバ曇る春の夜を
　　朧月《おぼろづき》とも人は言《イウ》なれ

先生にも近時の御作、何卒《なにとぞ》御こし可レ被レ成《なさるべき》や。先日の御作ハ家の主が、彼《かの》一巻の内ニハいたし候と相見へ申候。かしこ。

おりょうは、「千里駒後日譚《せんりのこまごじつのはなし》」（川田雪山聞書）に、その日の歌会の追憶を述べた。

「龍馬の歌もボツ〳〵ありましたが、一々おぼえてはおりませぬ。助太夫の家で一晩歌会をしたとき、龍馬が

行く春も心やすげに見ゆる哉《かな》
　花なき里の夕ぐれのそら
玉月山松の葉もりの春の月
　秋はあはれとなど思ひけむ
と詠みました。私も退屈で堪《た》まらぬから、
　薄墨の雲と見る間に筆の山
　　門司《もじ》の浦はにそゝぐ夕立
と詠んで、コレは歌でしょうかと差しだすと皆な手を拍《う》ってうまい〳〵なんて笑いました。ホホホ、、、、、」（「土陽新聞」明治三十二年十一月）
『龍馬が愛した下関』には、龍馬が健康を害し、おりょうとともに暮らしたことは、二人の生涯のあいだでただ一度だけのことであった、それだけに、龍馬の没後も、おりょうにとって下関は忘れることのできない思い出の地になったであろうと記されている。
　印藤肇にあてた、長文書状の本文は、十段に分けられている。
　一段から三段までは、三吉慎蔵の本家で長府藩家老三吉周亮に対して述べた、藩内陸・海軍の噂、竹島《たけしま》（島根県隠岐《おき》郡隠岐《おき》の島町《しまちょう》竹島）開拓について記されている。

四、五、六段では蝦夷地開拓を、積年の思い、一世の思い出にしたいと語る。長崎で大洲藩の蒸気船を借入れ、交易をおこない資金を稼ぐつもりであるが、風邪により臥床《がしょう》しているので、動きがとれないと語る。

七段では、井上聞多から聞いた竹島の地理について記し、八、九段では借船の費用四百両を、十カ月の期限で借入れたいと頼んでいる。

「御尽力あいかない候わば、生前の大幸なり」という。

第十段では、重要な漁場である竹島の魚介類、木材を調査し、諸国浪人によってこの地を開拓したいと述べている。

海援隊

中岡慎太郎は、慶応三年一月九日から二月二十七日まで太宰府の五卿《きょう》のもとにいた。

太宰府には土佐勤王党の同志で、藩命により九州探索に出張している門田為之助、三条家の家臣になっている清岡半四郎《きよおかはんしろう》がいた。

慎太郎は太宰府で諸国から集まっている志士たちと情報を交換しあい、漢学から万国公法に至るまで勉強をしたと、その日記「行々筆記」にしるしている。

三月二日に鹿児島をおとずれた慎太郎は、翌三日に西郷吉之助と会い、高知で山内容堂に謁した様子をくわしく聞くと、上京して岩倉具視《いわくらともみ》に島津、毛利、山内、伊達《だて》四侯の動静を報告するため、鹿児島を離れた。

慎太郎が長崎に着いた三月十四日朝は、小雨が波止場の石畳を濡《ぬ》らしていた。

宿屋でひと風呂《ふろ》浴びた慎太郎は、幕府英学伝習所の後身である済美館《せいびかん》をおとずれた。済美館では、中江兆民《なかえちょうみん》（篤介《とくすけ》）がフランス語を学んでいた。慎太郎は西洋事情につよく関心を抱いている。

そのあと小曾根家に立ち寄ったが、龍馬夫妻は下関にいて不在であった。慎太郎は菅野覚兵衛《すがのかくべえ》、中島作太郎に会い、夕食をとったのち八つ（午前二時）頃《ごろ》出帆する船で、太宰府経由で下関へむかった。慎太郎は、龍馬とともに土佐藩から脱藩罪を赦免された内報を、菅野たちから聞いた。

十七日、太宰府で木戸孝允に会い、二十日に下関に到着し、阿弥陀寺町《あみだいじちょう》の伊藤家に寄寓《きぐう》していた龍馬に会った。「行々筆記」にしるす。

「同廿日、晴、朝馬関《ばかん》に著《ちゃく》す。坂本を訪《おとな》ひ、伊藤を訪ふ」

龍馬はこの日、長府の三吉慎蔵につぎの書状を送っている。

「珍事御見ニ入　候《そうろう》時、御耳入候。　龍

今日出ましたる故《ゆえ》ハ、一昨日薩州村田新八《むらたしんぱち》山口の方へ、御使者ニ参りたる事件云々《うんぬん》。

又今日石川清之助（中岡慎太郎）が薩州より、条公（三条実美《さんじょうさねとみ》）までの使ニ参り、夫《それ》より急ニ上京する也《なり》。

吉之助（西郷）翁《おう》ハ、先日土佐ニ行、老侯（山内容堂）ニ謁し候所、実ニ同論ニて土老侯も三月十五日までに大坂まで被レ出《いでられ》候よし、薩侯にも急ニ大坂まで参り土老と一所に京戸（都）に押入、先《まず》日州（日本）の大本を立候との事、西郷も此度《このたび》ハ必死覚ごのよし。
今日ハ外ニ用向もあり、是《これ》より印藤翁と出かけ候。
三吉慎蔵様　　　　　　　　　　　　　直柔《なおなり》
急報　　　　　　　　　　　　　　　　　　　」

この書状によって、龍馬が慎太郎から聞いた情報の内容がわかる。

慎太郎は翌日、高杉晋作に会いに出向いたが、晋作は重態で会うことができなかった。

龍馬は中岡が京都へ去ったあとも、まだ伊藤家自然堂にいた。おりょうのヒステリー病が快方にむかわなかったためである。

三月二十四日、龍馬は姪《めい》の坂本春猪あてに、後便で簪《かんざし》を送る知らせを出した。


「猶《なお》南町むば（乳母）にもよろしく御伝へ御たのみ申あげ候。

御文難《ありがたく》レ有、然《しかる》ニ御ちうもん（註文）の銀の板うちのかんざしと云《いう》ものに、京打《うち》、江戸打と云あり、板打中にも色々の通り在《これあり》レ之、画図でも御こしなれバ、わかり可《もうすべく》レ申候。然りといへども後便ニ一つさし出し可レ申と存じ候。

御まち、かしこ。

三月廿四日　　　　　　　　　　　　龍
呈　ふぐの春猪様

龍馬は四月上旬、長崎に到着した。

おりょうの気分が治まるのを待って、同志のもとへ帰ったのである。

龍馬は、おりょうと別れるとき、誓った。

「いまがいっち大事なときぜよ。長崎にゃ後藤がおる。大監察の福岡藤次と岩崎弥太郎もきちゅう。いよいよ俺《おれ》が土佐二十四万石を率いて、思う存分の絵を描いたのちは、お前《ま》んとふたり蒸気船で世界くまなく旅しちゃるきのう。おりょう、短気をおこしたらいかんぜよ。俺は死ぬまで添いとげるきに」

おりょうは龍馬にすがりつき、号泣した。

「なんでもええ、わてはあんたが傍《そば》にいてくれたら、なんにもいらんのどす。どうしてもいかんならんというのなら、とめもでけんけど、一日でも、一刻《いっとき》でも早う戻っとくれやす。長いこと放っとかはったら、海へはまって死にますえ」

「死んだらいかんちや。お前んがおらんかったら、俺は何のためにはたらくがぜよ。もうちっくとの辛抱やき、こらえて待っとうせ。えいかよ」

龍馬の乗った便船が下関を離れるとき、おりょうは艀《はしけ》に乗り海に出て、いつまでも手を振って見送っていた。

長崎に着いた龍馬は、下関の伊藤助太夫につぎの書状を送った。

「今日ハ金子《きんす》御入用と存候《ぞんじそうらえ》得バ、小曾根英四郎みせ番頭清吉を以《もっ》て、六百両さし出申候。

残弐百両ハ此後の為ニ今シバらく借用仕置《つかまつりおき》候間、其《その》御心積《おこころづもり》奉レ願候。

早々頓首《とんしゅ》〻。

四月六日　　龍

伊藤九三老兄　　直柔

足下《そっか》」

龍馬は脱藩浪士、赤手空拳《せきしゅくうけん》であるが、その智力《ちりょく》、胆力、人徳を生かし、他人のふんどしで角力《すもう》をとったと、『坂本龍馬全集』の編集解説者、宮地佐一郎《みやじさいちろう》氏は語る。八百両の大金は、伊予大洲《おおず》藩所有の蒸気船いろは丸を、一航海五百両で借りうけ、諸藩に銃砲弾薬を売りこむ商いをはじめるためであったのだろうと、宮地氏は推測する。

それにしても、龍馬にたやすく六百両の大金を貸した小曾根家は、長崎随一の豪商であったようだ。宮地氏は、野中弘昭氏の論文「小曾根家祖平戸道喜及び中興の祖六左衛門竹影」（「長崎文化」二十五号）から、小曾根家の商業規模について紹介している。

「幕末の安政《あんせい》六年（一八五九）、越前の松平春嶽侯の財政援助を得て、下《さが》り松《まつ》、堀の内、浪《なみ》の平《ひら》の海岸にわたる約一万坪（現在の小曽根町《こぞねまち》一帯）を埋め立て、石垣三百余間を築き、越前藩倉屋敷と積み揚げおろしの埠頭《ふとう》を建設し、同藩の物産を越前より廻漕《かいそう》して、長崎を海外貿易の拠点たらしめんとして、幾多艱難辛苦《かんなんしんく》の末、遂にこれを完成せしめたのは、この六左衛門（小曾根家十二代目）と、後年、国璽篆刻者《こくじてんこくしゃ》として令名を馳《は》せた長男の乾堂《けんどう》である。

六左衛門父子が取扱った物産は、主として糸、布、麻、木綿、蚊帳地《かやじ》、生糸、茶などであったが、初年度の安政六年におけるオランダ商館との貿易額は二十五万ドル、次年度万延《まんえん》元年（一八六〇）には生糸、醤油《しょうゆ》の貿易高が増大して六十万ドルとなり、翌文久元年には実に七十五万ドルの巨額に達した。

このため、これまで越前藩はいくら財政を緊縮しても、毎年三万両の赤字財政であったが、積極的な殖産貿易策にきりかえたおかげで、藩札は正貨にきりかえられ、藩の倉庫には常に五十万両もの小判が蓄えられるに至ったが、陰の原動力となったのは、長崎の六左衛門父子である」

この記述の通りであれば、小曾根家の豪富は、おどろくべきものであった。

長崎では、後藤象二郎と福岡藤次が龍馬を待っていた。藤次は写真で見れば、瘦身《そうしん》で知識人らしい表情をそなえた人物である。

藤次は家老福岡宮内《ふくおかくない》の縁戚《えんせき》で、家格は馬廻《うままわり》であった。

吉田東洋の愛弟子《まなでし》で、東洋が参政であったとき、二十代で大監察に抜擢《ばってき》された。その後、藩主豊範《とよのり》の側用役《そばようやく》となったが、隠居容堂の推挽《すいばん》でふたたび大監察に起用され、さらに参政となった。年齢は龍馬とおないどしの三十三歳である。彼は八十五歳まで長命し、子爵、枢密顧問官になった。

高知城下の西弘小路《にしひろこうじ》に屋敷のあった藤次は、本丁筋《ほんちょうすじ》一丁目の坂本家に近い場所で育ち、龍馬とは口をきいたことはないが、顔見知りであった。

坂本家は、藤次の本家にあたる三千石の家老福岡宮内の預かり郷士である。坂本家の本家にあたる才谷屋《さいたにや》は、福岡家の金融御用をつとめ、宮内はしばしば才谷屋、坂本家に立ち寄り、親密に交流していた。

慶応三年二月、龍馬の兄権平と中岡慎太郎の父源平が藩庁に召し出され、龍馬と慎太郎の赦免をいい渡されたとき、宮内と藤次が立ちあっており、藤次は龍馬たちにきわめて好意的な配慮をした。

『海援隊遺文』に紹介されている『山内家史料』には、龍馬らの赦免状に、藤次が記した付紙がある。

「龍馬は自船そのまま御召遣い、もし調いがたき場合は御手船乗組み、いずれ時宜あい謀り航海御用仰せ付けられても然るべきや」

「慎太郎は当時他邦に御召遣い仰せ付けられ、然るべきや」

いずれも赦免した二人を、現状のまま活動させる承認を、藩庁に求めるものである。

そのほか龍馬と行動をともにしている脱藩人、長州にいる脱藩人らについては、その所在が分かりしだい、詮議《せんぎ》してゆくとして、二十人の氏名が連記されている。千屋寅之助《ちやとらのすけ》（菅野覚兵衛、変名山本謙吉）、高松太郎《たかまつたろう》、安岡金馬《やすおかかねま》、中島作太郎、新宮馬之助《しんぐううまのすけ》、田中顕助の名があるが、龍馬の朋友今井純正《ほうゆういまいじゅんせい》（長岡謙吉《ながおかけんきち》）の名はない。

今井は慶応元年には、高知城下浦戸町《うらどまち》で医師を業としていたが、その年のうちに脱藩し、長崎から薩藩に入り、小松帯刀、西郷吉之助の庇護《ひご》をうけた。翌年になって長崎に戻り、龍馬と池内蔵太《いけくらた》に会うが、その後、横浜、箱館《はこだて》、上海などを放浪し、また長崎に戻ってきていた。

長崎では、四月一日が衣更《ころもが》えの日である。気候の温暖な長崎では、三月のうちに綿入れをぬぎ、袷《あわせ》に着がえる男女も多かった。

四月八日、長崎の諸宗の寺が灌仏会《かんぶつえ》を勤行《ごんぎょう》する。本堂内か境内に花御堂《はなみどう》を設け、そのなかに釈迦《しゃか》の立像を安置し、参詣《さんけい》する老若は、ちいさな柄杓《ひしゃく》に汲んだ甘茶を、釈迦像の頭にそそぎ、礼拝する。

町家では子供たちが、釈迦タンゴと呼ぶ小さな竹の桶《おけ》と小柄杓を買ってきて、八日の朝暗いうちに起き、近所の寺院へ参詣し、甘茶をもらってきて飲む。

甘茶には虫よけの効験があるといわれているので、それを硯《すずり》にいれ墨をすって、短冊に、つぎの歌をしたためる。

千はやふる卯月《うづき》八日は吉日よ
かみなが虫のせいばいぞする

この短冊を厠《かわや》、柱の下などに貼《は》ると、虫がわかないといわれていた。

屋根には天竺花《てんじくか》と呼ばれるつつじの花を竿《さお》の先にむすびつけて立てた。

ゆるやかな南西風の吹くその朝、手が染まるように濃い紫紺の海を、香焼島《こうやぎじま》の沖から一隻の蒸気船が入ってきた。大洲藩船いろは丸である。

いろは丸には、運用方と機関方の社中同志橋本久太夫、山本謙吉、柴田八兵衛が乗り組んでいる。甲板には下関から乗りこんだ龍馬が、晴れわたった空に満ちわたる陽射《ひざ》しに眼《め》を細め、立っていた。

船将松田六郎は、帆を下ろし、外輪の動きをおとし、ゆるやかに湾内に入ってゆく船体の動きを注視している。

舷側《げんそく》にもたれている龍馬が、声をかける。

「松田殿には、しばらく長崎で酒でも飲んで、骨やすめをしよってつかあされ。ぼっちり（ちょうど）花のさかりの時候で、居心地はえいし、丸山あたりの女子《おなご》を連れて野遊びするがもえいですろう」

松田は笑顔をむける龍馬に、曖昧《あいまい》な笑みを返す。

「大坂までの一航海を終えて、戻って参られるのは、五月はじめ頃か。俺らはそれまであんたの配下の人らに、操船術を習うて待っておるぞ」

松田は大洲藩郡中奉行国嶋六左衛門が自害してのち、龍馬にうちとけた態度を見せなくなった。

彼らは一日も早く操船術を身につけ、いろは丸で自由に航海できるようになるのを望んでいる。

いろは丸が大洲長浜からこの日長崎へ入ったのは、船を龍馬たちに半月五百両で貸すためであった。

大洲藩は後藤象二郎からの依頼で、いろは丸を土佐藩に、大坂への一航海だけ貸すことになっていた。

龍馬は急飛脚で、脱藩罪赦免の通報を正式にうけ、土佐藩海軍の応援をする集団の長となるため、長崎に戻ってきたのである。

彼は、社中にかえってあらたに組織する集団の隊名を、懐中の手帳にしるしていた。

「海援隊」

龍馬は海援に、「うみよりたすけ」とふりがなをふっていた。

龍馬は三月二十日、下関で中岡慎太郎に会ったとき、西郷吉之助が高知へ出向いたさいに、兄の坂本権平から預かってきた吉行《よしゆき》の銘刀を、手渡されている。

このとき、慎太郎はいった。

「俺らあは、赦免になったぜよ。ほんで福岡藤次が長崎にきちょる。後藤といっしょに、お前んを待ちよるがじゃ」

「赦免になったら、なんぞえいことでもあるかのう。いまのままでおったら、社中は食うていけんが」

慎太郎は眼をかがやかせて答えた。

「お前んと俺は、本藩の海と陸との別手組をこしらえるがじゃ。その隊長になるがぜよ」

「ほう、そりゃおもしろいのう」

「おっつけ、象二郎がお前んを長崎へ呼ぶろう。ほんで、海の別手組をこしらえよと、いうじゃろう。組でも隊でもえいけんど、名前を考えちょかんかったらいかんぜよ」

龍馬は懐手《ふところで》をして、しばらく考えていたが、やがて顔をあげていった。

「よし、きまったぜよ」

「どげな名じゃ」

「海より援《たす》くじゃき、海援隊じゃ。慎やんは陸より援くじゃき、陸援隊としいや」

慎太郎は膝《ひざ》を打った。

「そりゃあえい名じゃ。龍やんは、まっこと巧者な歌詠《うたよ》みばあのこたあるのう。よっしゃ、それにきめた」

いろは丸が、長崎港に碇泊《ていはく》すると、波止場からバッテイラという伝馬船《てんません》が漕《こ》ぎ寄せてきた。

惣髪《そうはつ》を元結《もっとい》でくくり、筒袖《つつそで》上着に白袴《しろばかま》をつけた高松太郎、長岡謙吉、沢村惣《さわむらそう》之丞《のじょう》、中島作太郎、陸奥陽之助《むつようのすけ》（源二郎、のちの宗光《むねみつ》）らが、揺れるバッテイラのうえに立ちあがり、手を振り、叫んでいる。

「おう、戻《も》んてきたぜよ。ぎょうさん迎えてくれて、おおきに」

龍馬が叫びかえした。

龍馬は小曾根別宅で風呂に入ったあと、集まってきた同志らと、今後の相談をした。

「今夜、後藤と福岡、岩崎弥太らに会うて、相談をするがじゃが、俺らあはこれから、本藩の海軍の援けをするきに、隊名を決めたがよ」

「へえ、どんぎゃな名前ですろう」

同志たちが、身を乗りだす。

龍馬は筆を持ってこさせ、懐紙に大きく記した。

「海援隊、と読むがですか」

高松太郎が聞く。

「おう、そうじゃ。おんしゃあ、頭がえいねや」

笑い声が湧《わ》きおこった。

「海より援ける隊じゃ」

袷上着に白地に縞《しま》の袴をつけ、白地のワイシャツに蝶《ちょう》ネクタイ、断髪を横に撫《な》でつけている、和洋いりまじった服装の長岡謙吉が、おだやかな顔をうなずかせた。

「龍やん、えい名前じゃのう」

「ほんまに、そげに思うかえ」

「ほんまよ。俺らあのはたらきを指し示す、格の高い名じゃ」

「たまあ、そりゃ、えらいもんじゃなあ」

同志たちが、歓声を晩春の緑濃い庭面《にわも》にひびかせる。

その夜、龍馬は清風亭で藤次、象二郎と会った。

龍馬は主立った同志、溝渕広之丞らが列座のうえで、福岡藤次から赦免沙汰書《さたしょ》を受けとった。

「　覚

坂本龍馬事　才谷楳太郎《さいたにうめたろう》

右者脱走罪跡被差免、海援隊長被仰付之。

但、隊中之《の》処分一切御任セ被仰付之。

卯ノ四月

」

龍馬は、沙汰書を読みあげる参政福岡藤次にていねいに頭を下げた。

「かたじけなき御沙汰にあずかり、わが身のしあわせはこのうえもないです」

後藤象二郎が、大声でいった。

「海援隊とは、えい名じゃのう。龍やんの文才は隅に置けんよ。威風堂々たるもんじゃいか。これからは土州藩の威光を背に負うて、邪魔する者《も》んは誰《だれ》やちかまん。こじゃんとやっとうせ。さあ皆の衆よ、祝盃《しゆくはい》じゃ」

龍馬が朱塗りの大盃を取りあげようとする象二郎をとめた。

「ちくと、待ってくれんろうか。社中にはいままで七、八年間、ともに他国を往来し、海軍を拡張し、誓うて王事に死のうと約した、本藩、他藩の脱走者が二十人ばあおる。文官、武官、器械官、測量官、医官らと、げに、ようけ学問を身につけちゅう。この者んらあと、水夫、火夫をあわせおよそ五十人。まとめて海援隊に入れたちかまんですろうか」

「一切はお前《ま》さんに任せるき」
象二郎がいった。
「さあ、祝盃じゃ。酒を注《つ》ぎや」
お元をはじめ黒地の座敷着を裾長《すそなが》に着た芸妓《げいぎ》たちが、広間に居並ぶ男たちの大盃に酒を満たした。
龍馬は酔うと陽気になった。心を病んでいるおりょうの眼差《まなざ》しがしだいに頭のなかでうすらいでくる。
彼は立ちあがり、袴をぬぎ、着物の裾を高くとり、褌《ふんどし》にお元の赤い帯〆《おびじ》めをくくりつけ、土佐の俗謡をうたいながら軽やかな身ぶりで踊りはじめた。
〽けさも二度逢《お》うた江《え》ノ口《くち》橋で
浅黄《あさぎ》左巻　与膳さま
昔、美男で知られた上野与膳をはやした唄《うた》である。象二郎があとをうけて歌う。
〽さまの心に秋風吹けば
かける言葉もちりちりと
芸妓たちがはやしたてると、日頃は謹直な福岡藤次が立って踊りはじめた。
〽夢になりとも逢わせてたもれ
夢に浮名は立ちゃすまい

った。
同席の男たちが総立ちになると、芸者も龍馬たちの動きを、見よう見まねで踊った。
龍馬はひときわ高声に歌った。
〽野見《のみ》の女郎衆の銭とる所作《しょさ》は
まぜ（南風）の雲よりまだ早い

その夜、清風亭に泊まった龍馬たちは、翌朝小曾根屋敷に帰ると、海援隊約規の草稿を練った。

文章の達者な長岡謙吉が、巻紙に筆をふるい、書きとめてゆく。

「そうじゃねや、まず海外に発展の志ある者んは、誰やち入隊できると、書かんといかん」

謙吉が、いわれるままに書く。

「凡《およそかつ》嘗テ本藩ヲ脱スル者、及《および》他藩ヲ脱スル者、海外ノ志アル者、此隊ニ入ル」

龍馬は読み下してうなずく。

「さすがえい文じゃ。俺らあの仕事はまず物の運輸で銭儲《ぜにもう》けをして、未開の土地を開拓し、投機もやる。

ほんで、本藩の応援をするがじゃ。同志になるがを望む者んは誰でもえい。その志に従うて人を撰《えら》んで入れるがじゃ」

　謙吉は、龍馬の言葉に従い、約規を記してゆく。

「運輸、射利《しやり》、開拓、投機、本藩ノ応援ヲ為《な》スヲ以テ主トス。今後自他ニ論ナク、其志ニ従テ撰デ入レ之《これをいる》」

　沢村惣之丞がいった。

「隊中の処分は一切隊長に任せ、時に及んでは殺してもえいと決めにゃ、船中のきまりはつかんぜよ」

　謙吉は筆をとりなおし、書きしるす。

「凡隊中ノ事、一切隊長ノ処分ニ任ス。敢《あえ》テ或《あるい》ハ違背スル勿《なか》レ。若《も》シ暴乱事ヲ破リ妄謬《もうびゅう》ノ害ヲ引クニ至テハ、隊長其死活ヲ制スルモ亦《また》許ス」

　惣之丞は、慶応二年一月十四日、社中盟約に背いた上杉宗次郎（近藤昶次郎《こんどうちょうじろう》）を割腹に追いこんだ経験がある。

　龍馬が、謙吉に求めた。

「隊中で規律を守らんといかんというがを書いとうせ」

　謙吉は流れるように作文をする。

「凡隊中患難相救ヒ、困厄相護《あいまも》リ、義気相責メ、条理相糺《あいただ》シ、若《もし》クハ独断果激、儕輩《さいはい》ノ妨《さまたげ》ヲ成シ、若クハ儕輩相推シ乗勢強制シ他人ノ妨ヲ為ス、是尤《もっとも》慎《つつし》ム可《べ》キ所、敢テ或ハ犯ス勿レ」

　つぎに隊中で修業する学課、分配する生活費について定める。

「凡隊中修業分レ課、政法、火技、航海、汽機、学語等ノ如《ごと》キ、其志ニ随《したがい》テ執レ之《これをとる》。互《たがい》ニ相勉励、敢テ或ハ懈《おこた》ルコト勿レ。

凡隊中所レ費ノ銭糧、其自営ノ功ニ取ル。亦互ニ相分配、私スル所アル勿レ。

若《もし》挙事用度不足、或学科欠乏ヲ致ス、隊長建議、出崎官（長崎出張官）ノ給弁ヲ竢《ま》ツ。（後略）

　慶応三丁卯《ひのとう》四月　」（「海援隊日史」）

政法とは、国際法を含めての政治、法律学である。

火技、航海、汽機は、蒸気船を運転するために必須の技術である。

菅野覚兵衛、安岡金馬、新宮馬之助、高松太郎、沢村惣之丞らは、神戸海軍塾で勝麟太郎《かつりんたろう》の教えをうけた技術者であった。

　このとき、藩参政福岡藤次が起草した「陸援隊、海援隊規約」がある。これは、土佐藩としての立場から定めた規約である。

「出京官（京都に駐在する役人）

　参政一員　監察一員

　　付属書生（二員或ハ一員）

右書生、当時出京両府ノ自撰《じせん》ヲ許ス。
外藩応接ノ際並《ならび》ニ陸援隊中ノ機密ヲ掌《つかさど》ル。
陸援隊
隊長一人
脱藩ノ者、陸上斡旋《あっせん》ニ志アル者、皆是ノ隊ニ入ル。
国ニ付セズ暗ニ出京官ニ属ス。
天下ノ動静変化ヲ観《み》、諸藩ノ強弱ヲ察シ、内応外援、控制変化、遊説間諜《かんちょう》等ノ事ヲ為ス。
出崎官
参政一員
付属書生二員
右書生、当時出崎参政ノ自撰ヲ許ス。外藩応接ノ際、並海援隊中ノ機密ヲ掌ル。
海援隊
隊長一人、風帆船《ふうはんせん》属レ之（大極丸《たいきょくまる》か）
脱藩ノ者、海外開拓ニ志アル者皆是ノ隊ニ入ル。
国ニ付セズ暗ニ出崎官ニ属ス。

運船射利、応援出没、海島ヲ拓キ五州ノ与情ヲ察スル等ノ事ヲ為ス。
凡海陸両隊所レ仰ノ銭量常ニ之ヲ給セズ。
其自営自取ニ任ス。
但臨時官 乃《すなわち》給レ之。固《もとより》無定額。
且《かつ》海陸用ヲ異ニスト雖《いえど》モ相応援、其所給ハ多ク海ヨリ生ズ。
故ニ其所射利ハ亦官ニ利セズ。
両隊相給スルヲ要トス。或ハ其所営ノ局ニ因《より》テ官亦其部金ヲ収ス。
則《すなわ》チ両隊臨時ノ用ニ充《あ》ツベシ。
右等ノ処分京崎出官ノ討議ニ任ス」

陸援隊、海援隊ともに給料をとくに与えず、自給自足とし、必要なときは資金を援助するのである。

海援隊士姓名は、つぎのように記されている。

「かくて社中二十士はことごとく海援隊士となりしが、之に水夫を合すれば、上下すべて五十余士。

其の主なる者は曰《いわ》く、

菅野覚兵衛（変名）　千屋寅之助
前河内愛之助《まえこうちあいのすけ》、関雄之助《せきゆうのすけ》（変名）　沢村（ママ）総之丞

小野淳輔《おのじゅんすけ》（前名）坂本直《さかもとなお》（改称）
寺内新左衛門《てらうちしんざえもん》（変名）
今井純正（前名）

高松太郎
安岡金馬
中島作太郎
石田英吉《いしだえいきち》
新宮馬次郎（ママ）
橋本麒之助《はしもときのすけ》
長岡謙吉
山本俊輔（洪堂）
野村辰太郎《のむらたつたろう》
左柳高次《さなぎたかじ》（浦田運次郎《うらたうんじろう》）
腰越次郎《こしごえじろう》
森田晋三
白峯《しらみね》（峰）駿馬《しゅんめ》
陸奥源二郎
渡辺剛八
小谷耕蔵《こたにこうぞう》
三上太郎

橋本久太郎《（ママ）》

等なり。此の中、沢村は英法に通ずるを以て外人応接に任じ、長岡は文章を能《よ》くするを以て龍馬の秘書たりき」（「海援隊日史」）

この二十人のうち、戦死、変死、病没した者が多く、中島作太郎がのちの元老院議官、貴族院議員男爵、中島信行。石田英吉は農商務次官、貴族院議員男爵。野村辰太郎は控訴院検事長男爵、野村維章《これあき》。陸奥源二郎は外務大臣、伯爵となった陸奥宗光である。

龍馬は四月七日、長崎から姉の乙女にあて、つぎの書状を送っている。

「私しが《（を）》土佐に帰りたり（脱藩を許された）ときくと、幕吏《えどやく》が大恐れぞ。はやき有もみ申候。

四方の浪人らがたずねてきて、どふもおかしい。近日京ニ後藤庄次郎《（ママ）》どの居らんと思ひ候。

其時ハ伏見の寺田やにやどかり、伏見奉行をおそれさしてやろふとぞんじおり候。

何かさし上げ度《たく》候得ども、鳥渡《ちよつと》これなく白がねき《（金巾）》ひとき《（一匹）》さしあげ候。

御めしものニ被《なされ》レ成候得バ、ありがたし。かしこ。

四月七日　　　　龍馬

乙様
」

龍馬はまもなく大洲藩から借用した「いろは丸」で、大坂へむかおうとしていた。

おなじ頃、乙女あてにもう一通の便りを送っている。

「扨《さて》も〳〵、御ものがたりの笑《おか》しさハ、じつにはら(腹)おつかみたり。秋の日よりのたとへ、もっともおもしろし笑《おか》しと拝し申候。私事かの浮木《ウキキ》の亀《かめ》と申《もうす》ハ何やらはなのさきにまいさがりて、日《ヒ》のかげお見る事ができぬげな。

此頃、みよふな(妙)岩に行かなぐり上りしが、ふと四方を見渡たして思ふニ、扨〻《さてさて》世の中と云ものハかきがら(蠣殻)斗《ばかり》である。人間と云ものハ世の中のかきがらの中ニすんでおるものであるわい、おかし〳〵。めで度かしこ。

龍馬

乙姉様　御本《おんもと》

猶おばあさん、おなんさん、おとしさんの御哥《うた》ありがたく拝し申候、かしこ。

猶去年七千八百両でヒイ〳〵とこまりおりたれバ、薩州小松帯刀申人が出しくれ、神も仏もあるものニて御座候。

先日中、私の手本《てもと》つが(都合)ふあしく、一万〇五百両というものハなければならぬと心おつかいしニ、不レ斗《はからず》も後藤庄次郎《（ママ）》と申人が出し出し《（ママ）》くれ候。此人ハ同志の中でもおもしろき人ニて候。かしこ。」

乙女からの便りに答えた返信である。

腹をつかむほどのおもしろいことを乙女が書いたというが、乙女から龍馬へ送った書状は一通も残されていない。

龍馬は自分の生活を浮木の亀とたとえ、さまざまの浮沈をかさねてきた歳月をふりかえっている。ようやく妙な岩という海援隊長の身分となって、辺りを見まわしてみると、かきがらばかりで、人間は世間のかきがらに住んで、ちいさなしがらみにまといつかれているものであると、わが人生を述懐している。

龍馬は脱藩して神戸海軍塾に入り、脱藩罪をいったん許され、また罪に問われたり、薩長のあいだを往来して社中の経営を支えてきた。薩長同盟を進める重要な役割をうけもちながら、近頃では下関に居を移したところ、脱藩罪を許され、ようやく土佐藩所属の海援隊をつくりあげることができた。

そんな苦労をかさね、敵に命を狙《ねら》われながら生きてきたが、おりょうにはやきもちをやかれ、体調もあまりかんばしくなく、かきがらのようなちいさなすみかにいて、世の流れに身を任せているというのである。

追って書きに、「去年七千八百両でヒイ／＼とこまりおりたれバ」としるすのは、慶応二年十月、プロシャ商人チョルチーから大極丸を購入の際、薩藩長崎留守居役、汾陽《かわみなみ》五郎右衛門が保証してくれた件である。

「一万〇五百両」というのは、大極丸代金を薩藩に支払い、その他の借財の清算にあてた金で、後藤が藩費から出したものであった。

平尾道雄《ひらおみちお》著『海援隊始末記』（昭和十六年改訂版）には、出身藩別に隊士名をあげている。

土佐　坂本龍馬、長岡謙吉、石田英吉、高松太郎、菅野覚兵衛、新宮馬之助、安岡金馬、野村辰太郎、中島作太郎、沢村惣之丞、吉井《よしい》源馬《げんば》、山本復（俊）輔

越前　山本龍二《やまもとりゅうじ》（のちの関義臣《せきよしおみ》、男爵）、渡辺剛八、三上太郎、小谷耕蔵、腰越次郎、佐々木栄《ささきさかえ》

越後《えちご》　白峰駿馬、橋本久大（太）夫

讃岐《さぬき》　佐柳高次

紀伊《きい》　陸奥陽之助

海援隊には医官が三人いた。長岡謙吉と石田英吉、山本俊輔である。

石田は土佐安芸《あき》郡中山村出身で、緒方洪庵《おがたこうあん》の適塾《てきじゅく》入門帳に、安政六年七月二十九日入門と記録されている。

彼は文久三年八月、天誅組《てんちゆうぐみ》に加わり、元治元年、蛤御門《はまぐりごもん》の変《へん》（禁門《きんもん》の変）にも参戦した経歴の持ち主であった。

山本は生国が土佐というだけで、経歴は残されていない。陸奥陽之助のように後年高名になった人物でも、社中、海援隊当時の消息はあきらかでない。

徳島藩士で上野彦馬の家に下宿していた蘭医《らんい》学生長井長義は、「瓊浦《けいほ》日記」に記している。

「土州このたび、当地において屋敷買いあげ、海援隊と名づけ、土州脱走人、有名有志の輩《やから》、人を殺さず無罪の者をお引返しにあいなり、かつ他藩なりとも脱藩人を養い申すべきつもりにて、建て申し候様子、承り候。

かくの如くして諸方の脱藩人を餌付《えづ》け、わがものになし候策、あい見え候。山師、恐るべし、恐るべし」

海援隊士のうち、沢村惣之丞は神戸の勝塾で英学と数学に抜群の成績をあらわし、陸奥陽之助は、沢村から英学を教わったといわれる。陽之助は一時、長崎でアメリカの牧師ギドー・ヘルマン・フリドリン・フルベッキという人物の家にボーイとして住みこみ、その妻から英語を学んだこともあったといわれる。

中江兆民は当時二十一歳で、フランス語を学ぶ洋学書生であった。兆民は父方が医家で、その縁故で長岡謙吉と親しかった。

大洲藩船いろは丸に、龍馬以下海援隊士十六人が乗り組み、長崎を出航して大坂にむかったのは、四月十九日であった。

後藤象二郎が大洲藩にかけあい、薩藩五代才助が仲介して、傭船《ようせん》契約が正式にまとまったのは四月中旬であった。

大坂までの一往復で、日数は十五日間限り、一航海の傭船料はかねて決めていた通り五百両であった。

龍馬たちは出帆のまえに、天草灘《あまくさなだ》を巡航し試運転を終えていた。龍馬は出帆に先立ち、隊士に唱《うた》わせる唄を作詞、作曲していた。

〽今日をはじめと乗り出す船は
　けいこ始めのいろは丸

檣頭《しようとう》には紅白紅と横三段に染めあげた、派手な色あいの隊旗が風にひるがえっている。長崎の町人たちは、それを土佐の中白《なかじろ》と呼んでいた。

出帆のまえ、龍馬は社中の給与百両をうけ、ほかに大坂行きの餞別《せんべつ》として五十両を与えられた。

土佐商会主任、岩崎弥太郎は、当日の日記に記している。現代文に訳すとつぎのようになる。

「十九日、晴。

後藤参政がきて、才谷社中（龍馬の社中、海援隊）あわせて十六人、それぞれに月給五両を与えよといったので、森田晋三にいいつけて百両を龍馬に届けさせた。

それで充分であろうと思っていると、才谷から書状がきて、百両はすべて士官にやってしまった。俺の分の給金はどうしてくれるのかといってきた。

後藤参政に会い、その旨を告げると、参政はいった。それはまえに龍馬と話しあってきめたことで、追加の金をやることはない。

私は龍馬にその旨を告げると、また掛けあいがきた。このたびの大坂行きは余儀ないことであるので、ぜひ五十両借用したいといってきた。

私はいろいろ考えたあげく、土佐商会からの餞別として五十両を龍馬に渡した。

龍馬はよろこんで酒を酌みかわし、私と日没まで天下の人物論を語りあった。日が暮れて参政をたずね、餞別を払った事情を説明して帰った」

五十両ぐらいなら、象二郎が丸山遊廓《ゆうかく》で二日居続けすれば費消する金であった。

「池道之助日記」四月十九日の項《（ママ）》に、つぎのように記されている。

「四月十九日、天気。今日、宇和島いろは丸、かり舟。船頭市太郎、夜九ッ出帆、見立て」

いろは丸は順調に航行をつづけ、二十三日の夜、備中《びっちゅう》沖六島《むしま》の辺りに達した。

その頃、行く手から紀州藩船明光丸《めいこうまる》が近づいていた。

明光丸は、元治元年に紀州藩がはじめて購入した蒸気船であった。イギリス人グラバーが所有していた新造蒸気船バハマ号を、十五万五千ドルで購入し、明光丸と改称したものである。全長四十一間、幅五間、深さ三間半、百五十馬力、八百八十七トンの、当時としては大型船で、軍艦として使えるよう装甲を施し、数門の大砲を備えていた。

艦長高柳楠之助《たかやなぎくすのすけ》は、江戸で伊東玄朴《いとうげんぼく》の蘭学塾に学び、塾長をつとめた。さらに幕府砲兵頭《ほうへいがしら》武田成章《たけだなりあき》の門下となり、前島密《まえじまひそか》らとともに英学、航海術を修めた。

紀州藩が明光丸を購入したとき、たまたま長崎に遊学していた前島密は器械方に雇われ、和歌山へ廻航の際、一時乗り組んでいた。

その後三年のあいだに、高柳艦長は明光丸で江戸、長崎、上海、香港《ホンコン》、台湾などへ航海をかさねた。

同艦一等器械方の岡本覚十郎《おかもとかくじゅうろう》は、幕府長崎製鉄所で器械術を習得した熟練者である。

明光丸には、紀州藩勘定奉行茂田一次郎《しげたいちじろう》、奥祐筆《おくゆうひつ》山本弘太郎、勝手組頭清水伴右衛門《はんえもん》、仕入方頭取速水秀十郎が乗り組んでいる。

彼らは長崎で軍艦、洋銃購入の交渉をする急務を帯びていた。長崎の貿易商、青木久七という紀州家御用をつとめる者が、不正をはたらいたので、その後始末をしなければならない。

青木久七は、明光丸購入の際も仲介をつとめたが、価格交渉は速水秀十郎がしたので、介入できなかった。

その後、慶応二年九月、速水の同僚の仕入方頭取水野刑部《ぎょうぶ》が長崎へ出張し、コロール商社から蒸気船コルマンドル号を、十一万九千五百ドルで購入した。

水野は久七から賄賂《わいろ》をつかまされていたので、久七をコルマンドル号で和歌山へともない、彼を紀州藩士小十人格《こじゅうにんかく》に推挙した。

そのうえ、コルマンドル号の維持管理、燃料、器械の補充の一切を久七に任せた。

やがて水野刑部の措置につき、長崎から非常な悪評が伝わってきて、藩内で紛議が高まってきた。

コルマンドル号は、石炭、種油の消費量が多く、速力が遅い。十一万九千五百ドルという買値は、不当な高値である。仲介人の久七が暴利を得たというのである。

藩庁では、仕入方頭取須山藤左衛門を長崎へおもむかせ、コルマンドル号をコロール商社にひきとらせ、かわりにニッホール号という、明光丸よりもひとまわり大型の、長さ四十六間、二百馬力の新鋭蒸気船を購入させることにした。

コルマンドル号を八万ドルで引きとらせるかわりに、ニッホール号を十六万七千五百ドルという、格安の価格で買いとる交渉を、須山は進めた。

ほかに洋銃六千挺《ちょう》を購入するので、コロール商社は交渉に応じる態度をみせたが、紀州家御用を罷免《ひめん》された久七が、さかんに妨害をはかった。

須山藤左衛門が、このような現況を長崎から報告してきたので、藩庁は急遽《きゅうきょ》明光丸で勘定奉行らを長崎へ急行させることにしたのであった。


明光丸と備中六島沖で接近しつつあったいろは丸は、積載量百六十トン、時速二里で航海できる。四十五馬力の機関で総鉄製内輪を一昼夜はたらかせば、石炭は一昼夜に二万斤、種油は一斗を要する。

長崎から備中沖の六島までの距離は、海上およそ五百五、六十キロである。四月十九日の九つ（午前零時）に長崎を出帆したいろは丸は、時速二里で走れば一日四十八里として、六島まで三日でゆける。途中、帆走したのかも知れない。おりょうのいる下関に寄港すれば、いったん蒸気釜《じょうきがま》をとめなければならないので、そのまま通り過ぎたのであろう。

いろは丸には小曾根英四郎と土佐商会土居市太郎が、積荷の仕切役として乗り組んでいた。それは、大坂で何らかの大きな商談があったためであると、想像できる。

明光丸は四月二十三日朝九時に、紀州塩津浦《しおつ》を出帆し、同日午後十一時頃、海上約二百キロはなれた六島附近に達したのであるから、いろは丸の約二倍の速度で航行していたことになる。

明光丸は測定の航路に従い、航行した。運転方長尾元右衛門《もとえもん》は、島嶼《とうしょ》、暗礁《あんしょう》の多い瀬戸内海の水先案内人である。讃岐塩飽島《しあく》出身で、勝安房（海舟）のもとで有能な運転方として名を知られ、外洋航海の経験をつみ、勘定奉行支配小普請《こぶしん》、七人扶持《ぶち》で紀州藩に召し抱えられている。

六島の島影が見えてきた頃、元右衛門は左舷前方から灯火が近づいてくるのを発見した。火光はひとつであった。

蒸気船であれば、セインランプ（マスト灯）のほかにブーフランプ（舷灯）を右舷に青灯、左舷に赤灯と二個つけることになっている。

蒸気船はすれちがうとき、たがいに灯火を確認しあいつつ、航路の右方へ船首をひらきあう。

元右衛門は接近してくるのが漁船か帆船であろうと判断したが、船脚は意外に速かった。

「こりゃ、蒸気船じゃ」

ブーフランプの火光はないが、闇《やみ》をすかして船影が見分けられる。

元右衛門はとっさに右に舵《かじ》を切り、左舷の赤灯を相手の船に見せようとした。

左方から接近してくる船は、赤灯を視認すれば、ただちに右方へ方向をかえるのが、航海法の原則である。

だが、南方の海上から北進してくる船は、方向を変えず、明光丸の行く手をふさぐように接近してくる。

「こりゃ、いけんぞ、左へ舵を切らにゃあ、当たるわい」

元右衛門は急いで舵輪《だりん》を左方へまわし、衝突を避けようとした。明光丸の船体が、波を切って傾く。だが避けきれなかった。

龍馬はいろは丸の船長室で、小曾根英四郎、土居市太郎とともに葡萄酒《ぶどうしゅ》のグラスを手に、話しあっていた。

晩春の海上は湖のように凪《な》いでいる。

龍馬は大坂へ着けば、長崎へ積み帰る商品の仕入れは小曾根と土居に任せ、京都へのぼり中岡慎太郎、薩長の要人たちに会い、天下の形勢をうかがうつもりでいた。

小曾根がいった。

「龍馬さん、船が長崎へ戻るときには下関で下りて、おりょうさんに会うてあげなされ。待ちかねていなさるでしょうが」

「そうよ、一昨日下関の沖を通ったときは、よっぽど下りちゃろうと思うたけんど、この船の初めての大坂行きに、隊長が乗っちょらんかったら格好がつかんと思うて、こらえちょったがじゃ。おりょうをこの船に乗せちゃれるようになるがも、そげに遠い先やないろうし、しばらく辛抱しちょらんと、しょうこともない」

龍馬はいろは丸の甲板から日暮れまえの下関の町並みを眺め、おりょうが海辺に出ている姿が見られるかも知れないがと、近視の目路《めじ》にぼやける人の姿に胸をつかれる思いがした。

いろは丸の借用期限は十五日間である。一刻《いっとき》も無駄には過ごせない。大坂では茶、生糸、杉板、松板、干し海老《えび》、米などを買い、上海へ輸出して資金をこしらえ、海援隊独自の武器、艦船売買で射利をはかり、日本の政体がどのように変化しても、海運貿易振興に全力を傾けるつもりであった。

龍馬は長岡謙吉、高松太郎、沢村惣之丞、新宮馬之助、陸奥陽之助らの気を許した同志に、内心をうちあけていた。

「俺は薩長が幕府を征伐したらえいとは、望んじゃあせんがよ。戦争はできることなら避けたほうがえい。幕府が大政を朝廷に返すだけでえいやいか。俺らあが商いをさかんにするためにゃ、薩長も幕府もともに張りおうちゅうがが、いっちえいがじゃけんど、こげな本音はうかつによそでいえん。首が飛ぶきのう」

龍馬は諸大名が協力して、欧米諸国に後れをとらないよう、国威を守りたててゆけば、そのうえの血なまぐさい争いは不必要だと考えている。

彼はわが身を守るために、幾度か白刃をふるった。社中の水夫のうち、命令に反抗した不埒《ふらち》な者を、同志の見るまえで一刀両断に斬殺《ざんさつ》したこともある。やむをえずしたことであった。

龍馬は勝安房と同様、殺生を好まない。射利、開拓、投機に成功して、海援隊を大組織に発展させてゆきたい。いろは丸を傭船し、本式の貿易の手はじめとするのが、成功の端緒になると思えば、龍馬の将来への夢はひろがる。

龍馬は壁の時計を見た。

「はや十一時かえ。ぼちぼち甲板を見回ってこうかのう」

立ちあがろうとしたとき、雷のような大音響とともに、船体が震動し、龍馬たちは部屋の隅へはじき飛ばされた。

蒸気の噴きだす音に身を震わせながら、龍馬ははね起き、塵埃《じんあい》がたちこめる船長室から外に駆けだす。

いろは丸の船体にのしかかるように、巨大な船影が舳《へさき》を突きいれてきている。

蒸気釜と煙突にまともに衝突していて、黒煙が湧きあがり、辺りにたちこめてゆく。

双方の船から、叫びあう声が交錯した。

「おんしゃあ、何しようらあ。どこに眼をつけちょらあや」

「そっちこそ、ブーフランプもつけんといて、なんでこっちの行くほうへ寄ってきくさったんや」

明光丸で甲板当直に立っていた者は、運用方福田熊楠《くまくす》以下、九人であった。

龍馬は、くらがりのなかで、乗員の無事をたしかめるため、駆けまわった。船内には乗客男女十三人も便乗している。

さいわい死人はなく、水夫三人が噴きだす蒸気で火傷《やけど》を負っただけであった。

——なんという不運ぜよ。こりゃ、損金を取っちゃらんと済まんぜよ——

龍馬は思いがけない挫折《ざせつ》に逆上していた。衝突の理由をたしかめねばならない。当てられたほうに罪はないと、龍馬は歯ぎしりをする。

——俺は、いつじゃち運に見放される。これから芽をふくと思うときに、きまって蹴《け》つまずく——

明光丸艦長高柳は、ただちに後退を命じた。このままでは破損の大きい小型の蒸気船は浸水して沈没しかねない。

明光丸の機関は前進の余力を残しているので、後退させるために、強い動力が必要である。

明光丸はおよそ一丁ほども後退し、前進させた。さいわい浸水箇所がないので、黒煙をあげている蒸気船の乗員を救出しなければならないと急いだ。

両船が接舷するとき、明光丸の艦首が、蒸気船の船尾に接触した。艦体が大きいので停止させにくい。

士官岡崎桂助らが、烈《はげ》しく黒煙を噴いている船中へ乗りこむ。

「死人、怪我人《けがにん》はないか」

「蒸気で火傷した者んが三人じゃ」

死人がないのは、不幸中のさいわいであった。

岡崎らが船体をあらためると、船腹が何カ所か破損して海水が流れこみ、船首が波間に沈みかけている。

明光丸の乗員が大声で聞いた。

「この船は、なんでブーフランプをつけてなかったんや」

闇のなかから返事がかえってきた。

「そげなもんは、元からないが」

「これはいずれの国の船か」

甲板にうごめく人影がさしだす提灯《ちょうちん》には、大洲侯の紋がはいっており、伊呂《いろ》波丸《はまる》と記されている。

「貴公は大洲家中か」

「いんにゃ、土州じゃ」

岡崎桂助は、士官らしい男にいった。

「貴艦には破孔がいくつかある。いまのうちに早う曳《ひ》いてゆけば、沈没せずにすむかも知れぬ」

士官は答えず、手廻《てまわ》り荷物を明光丸のバッテイラに積むのみで、牽引《けんいん》の支度をしない。

龍馬はいろは丸の乗員、旅客とともに明光丸に乗り移り、荷物を移し終えた。

龍馬はブリッジで高柳艦長、士官岡本覚十郎、成瀬国助と会い、名乗った。

「私は土州海援隊長、才谷梅太郎と申す」

「船は大洲藩船ですか」

「さよう、借用したもんです」

大柄な龍馬は胸を張り、必死の気魄《きはく》をこめて紀州藩の艦長にいった。

「貴艦もわが艦も、ともに君命により航海しよります。しかるに、わが艦はかく

「大洲よえ」

のごとき、ていたらくとなってしもうた。

　このうえは、たがいに話しあい、納得するまで、貴艦をここに停《と》めてつかあさい」

　高柳は答えた。

「私は火急の君命を帯びて、長崎へ急行する途中でありますが、かような危難に遭遇し、たがいに人命を損ずることがなかったのは、なによりのしあわせとよろこびましょう。

　ここに停止してもよろしいが、貴艦はまもなく沈没するでしょう。一時も早く曳航《えいこう》して、もっとも近い鞆《とも》港に入り、そこで話しあってはいかがですか」

　龍馬は同意した。

　明光丸艦長高柳と士官岡本、成瀬が、いろは丸士官小谷耕蔵と、同艦曳航につき忙しく話しあった。事を迅速に運ばなければ、浸水しつづけているいろは丸は沈没してしまう。

　成瀬が聞いた。

「荷物はどのようなものを積んでいるのですか」

「米と南京砂糖です」

「多く積んでいますか」

「あまり多くはありません」

「それなら、曳いてゆけぬこともないやろ」

小谷は曳航について、意見を述べた。

「わが艦を貴艦に鉤《かぎ》を使い接続させて下さい。そうすれば海水に浸されても、いろは丸は沈没せずにすみます」

高柳は言下にことわった。

「それは無理です。そんなことをしたら、本艦もともに海中へ引きこまれてしまいます。太綱で曳航しましょう。このうえ、たがいの艦体を損じることは、避けねばなりません」

「分かりました。ではよろしくお願いします」

小谷は同意した。

明光丸から岡本覚十郎、長尾元右衛門が、水夫三人を連れ、いろは丸にバッテイラを漕ぎ寄せ、破損の状況を調べた。船倉にはわずかな積荷があるだけで、大部分が空虚であった。

岡本らは戻って高柳艦長に報告した。

「太綱二本で曳いていくより、仕方なかろうのし。こっちは綱の長さだけ、いろは丸から離れられるので、あれが水船になって沈むときに、引きこまれることはなかろよし」

明光丸は大艦ではあるが、いろは丸が沈むとき、引きずられて均衡を失い、転覆するおそれがある。

岡本は明光丸の水夫四人、いろは丸の水夫二人を、いろは丸に乗せ、舵をとらせることにした。

岡本はいろは丸へ乗る配下の水夫たちに命じた。

「お前らは、もうこのうえ曳くのは無理やと思うたら、すぐに大きな声で知らせよ。そのうえで海へ飛びこむんや。ぐずついてたら、捲《ま》きこまれるぞ。きっと助けにいちゃるさかい、できるだけ船から離れとけ」

六人の水夫が二本の太綱の一端をバッテイラに結び、いろは丸に乗りこんで舷側に結びつける。

頭上に月が出ていたので、作業ははかどり、明光丸は浸水したいろは丸を曳いて鞆港へむかった。

才谷梅太郎こと龍馬らいろは丸の乗員は、士官、水夫ともに明光丸の舷側に立ち、しだいに海中に沈んでゆく船影を気づかわしげに見つめていたが、高柳らを罵《のの》り怒る者はいない。

衝突までの経緯は、明光丸の運転方長尾元右衛門が知っていた。いろは丸が明光丸のセインランプ、ブーフランプの火光を認めるのを怠ったために、おこった事件であることは、彼らも文句のつけようがない。

むしろ救助されたことを感謝しなければいけない立場であった。

鞆港まで二里ほどの海上にある、備中宇治島《うじしま》沖までかろうじて曳航されてきたいろは丸は、ついに船首を海面に立て、沈みはじめた。

「おーい。沈むぞう」

「綱切れえ」

水夫たちは叫びながら海中へ飛びこみ、懸命に泳ぐ。明光丸からバッテイラが下ろされ、六人を助けあげた。

才谷ら、いろは丸の士官たちは、海面から船が姿を消してゆき、大きな油の輪をひろげてゆくのを、くいいるような眼差しで見つめていた。

高柳艦長は傍らの書記に沈没時刻の記載を命じた。

「第四時十二分」

明光丸は二十四日午前六時半に、備後《びんご》鞆港へ到着した。

才谷梅太郎は、いろは丸が沈没するまではほとんど口をひらかなかったが、船影が見えなくなったとき、烈しい口調で高柳艦長に要請した。

「このたびの災難では、拙者の船は海没してしもうて、貴艦ばあ無事やった。このことについては、どいたち決着をつけけんといかん。下関には土州の問屋もあるし、万端都合がえいですきに、この一件が落着するまでは、貴艦を下関に碇泊させてつかあさい。

えて（都合）が悪《わり》いようやったら、下関に近い辺りへ貴艦を廻航願います」

高柳は烈しい口調の才谷をなだめた。

「あなた方は、とりあえず鞆へ入港し、便船人（乗客）に乗継ぎの廻船を世話なさらねばならぬでしょう」

高柳は、才谷が航海術に必要な用語もあまり知らず、航海術を習得した士官ではないと察した。下関へゆき、話しあいをしたいというのは、衝突事件の交渉をするうえで、有力な助言者がいるのであろうが、先方の不注意によりおこったのはあきらかであるので、どのような人物が交渉しても、いろは丸側の失態を隠すことは無理である。

いろは丸の乗員たちも、事件の経過を知っているので、明光丸側を罵る者もおらず、救助の労を感謝するばかりである。

いろは丸に乗っていた才谷梅太郎以下の士官、水夫、火役、乗客らは、鞆にある大洲藩定宿《じょうやど》に入った。

明光丸の高柳らは、土佐藩海援隊長と名乗る壮漢が、薩長連合でのはたらきにより、諸藩に名の聞こえた坂本龍馬であるとは、まったく気づかなかった。

龍馬は宿に着くと、さっそく士官たちと協議をしたうえで、朝八時頃、高柳の定めた応接所、魚屋由兵衛という旅宿をたずねた。

高柳は龍馬に告げた。

「昨夜お話しの趣《おもむき》は、ごもっともです。当港において、事件落着いたすまで碇泊すればいいのですが、当方には急ぎの用件があり、長崎表へ日を期して参らねばなりません。

もし長崎到着が遅れたときは、数万両の損害にもかかわる用件につき、この段深くご推察下されたい。

明光丸が鞆へ寄港する日限をさだめたうえで、ひとまず長崎へ廻航したいのです。日限を相談し、鞆か、あるいは大坂に寄港し、そのうえにて両藩庁の役人が立ちあい、是非の公論をあきらかにしたいと思います。

いかにも勝手がましいことですが、よろしくお願いいたします」

龍馬は答えた。

「拙者らあはこのたび京都へ急いで届けんといかん荷物があり、そのため乗り組んで参ったしだいですきに、上官一統に相談してからやないと、仰せのようにできるもんやら計りかねます」

龍馬は思いあぐねた様子で帰っていった。

午後一時頃、明光丸士官の岡本、成瀬が才谷の返答を聞くため、大洲藩定宿の升屋《ますや》へ出向いた。

龍馬は答えた。

「貴艦を長崎へ回してつかあされ。私らあはむなしくここに日を送ることもできん。いずれにしても、事件が落着するまで貴艦を鞆に碇泊させていただくか、あるいは双方が危難に遭うたときの当番の士官と水夫を集会させ、乗方《のりかた》（航法）の議論で是非を見きわめ、その事情をたしかにつきとめたうえで、長崎表へ拙者一人が貴艦に乗り組んで参ります。決議は長崎でいたしましょう」

岡本、成瀬は、才谷という人物が航海専門家ではないため、この地で航法の是非を討議しておきたいと考えているようだと察した。

岡本たちは、才谷の意向を高柳艦長に伝えた。高柳は勘定奉行茂田一次郎以下、奥祐筆、勝手組頭、仕入方頭取らと相談のうえ、返答をまとめ、午後六時三十分、高柳と成瀬が才谷の宿へ出向いた。

晩春の好天がつづいていた。海上はおだやかで、夜明けがたから朝のあいだ濃い霧が出ることがあったが、昼頃には晴れてくる。

高柳は騒がしく啼《な》きかわす鷗《かもめ》の飛びかう海上を眺めながら、成瀬国助にいった。

「才谷という仁《じん》も、思ってみれば気の毒やな。衝突したのは、いろは丸の運転方が酒を飲むか、将棋をさすかして、気い抜いてたさかいやろ。

広い備後灘からやってきて、三崎《みさき》の鼻をかわすまでは、気い抜いておっても、沖に船は出てないと思うてたんやなあ。しかし衝突してみりゃ、すべてを才谷が咎《とが》めをこうむらにゃならん。まあ、腹を切ることになるやろのう」

「士官らに規則を守らせなんだのが悪いのやけど、めったに蒸気船に行きあわん海で、衝突するとは運が悪いのし」

高柳たちが升屋をたずねると、いろは丸士官小谷耕蔵が出てきた。

「才谷は昨日よりの疲れが出て、臥床《がしよう》いたしております。あなた方がおいでなされば、私にご返答の趣を聞きとりおくようにと申しております」

高柳は航海方士官の小谷耕蔵のほうが、話が通じやすいと思い、才谷への返答を話しはじめた。

「鞆港に両藩庁の重役を集会させ、談判したいと才谷氏《うじ》は仰せられたが、そうするにはよほど時日がかかります。

その間明光丸をここに碇泊させておけば、急迫の君用を果たせませぬので、いったん長崎へ参ります。そこで才谷氏が仰せのように、危難のときの双方の当番を話しあわせ、乗方の是非を論じ、一決のうえで才谷氏もわが艦へ乗り組まれ、長崎表へ参られ、類例公論をもって是非を明らかにしたいと思います。

ただ、乗方の是非の決議が定まらぬときは、ここでは公論を立てかねるゆえ、長崎へ参りたい。長崎では、これらに類する事件につき、各国の類例もあるゆえ、すみやかに公法の処置が分かりましょう。

長崎には、かねてお話もある通り、尊藩御重役の後藤象二郎殿もおられることゆえ、双方の便利と存じます。

そのためあなた方の総人数がわが艦に乗り組まれ、長崎へお越しになれば、すみやかに事件は解決いたすと存じます。

才谷氏のお返事は、当方宿へいただいてもよし、こちらより出向き、伺うもよし、何分の御沙汰をお待ちいたす」

龍馬は動きをひそめている。

自分がいいだしたことではあるが、衝突の記憶もあたらしいいま、双方の士官、水夫を集め、議論させればどういう結果になるか、およその見当はつく。

それでいかなる結論が出たにせよ、自分ひとりが明光丸に便乗して長崎に先行し、後藤、五代らと事態の収拾策を練れば、なんとか活路はひらけると考え、高柳を恫喝《どうかつ》したつもりであったが、相手は駆けひきなど通じない航海技術者である。

談判の決着を鞆ではつけないとしても、明光丸にいろは丸乗組員全員を乗せられて長崎へ運ばれたら、言質《げんち》をとられたようなものである。

二十五日朝、才谷梅太郎からの返事がないので、明光丸士官岡本、成瀬が升屋へ出向いた。龍馬は出てきていった。

「この宿には、いろは丸に乗っておった人数が皆泊まっちょります。混雑しておちついて話もできんと思いますき、昨日出向いた魚屋由兵衛の応接所へ、高柳氏《うじ》がお越し下されば、こちらからも出張いたし、くわしゅうお答えいたします」

岡本たちは帰ってその旨を報告し、高柳はさっそく魚屋応接所で待った。龍馬はまもなくあらわれ、返事をした。

「昨夜お申し越しの儀についてはしばらく置いちょいて、別段のお願いがあるがです」

高柳はさまざまに要求を変える才谷という男に、ようやく警戒の念を持った。

「何事ですか。お聞きしましょう」

龍馬はいいはじめた。

「貴艦はさいわいに破損もすくのうて、長崎へ廻航し、ご主君の用もとのえられますけんど、わが船は不幸にして沈没してしまいました。われらが老君のために、京師《けいし》（京都）へ運送する途中の武器も、中途に沈没して間にあわず、われらが命にもかかわることとなった今、このまま帰国しては、申しわけが立ちません。それでたがいに臣の道をつくす立場はおなじ儀なれば、この事情をとくとお察し下され、われらをお救い願いたいがです」

「それで、どうすればようござろうか」

「金子一万両を、ただいまこの地にてお貸し下されませんろうか。ほいたらその金子で武器を調達できます。拙者は貴艦に乗せていただき、長崎へ参り、手だてを講じてみますきに。

この願いをお聞き下されんがやったら、ご相談はこれきりにて、お返事には及びません。どうか拙者急迫の事情を、わけて御重役へお申し入れ下さい」

龍馬は懐中からつぎのような借用証をとりだし、高柳に見せ、すぐに懐に納めた。

「 金　何両
右何某預り
　金　何両
右何某預り
〆金壱万四百五十両余」

高柳は答えた。

「貴殿御迷惑の趣はふかく推察いたしておれば、成ることとならばいかようにもつかまつる所存なれども、船旅の途中のことで金子儀はいかがあいなるか、計りかねます。

ともかくご心痛の趣を重役に申し入れ、返事をさしあげるほどに、いま一度ここまでご出張下さい」

高柳は才谷の内心を疑いつつも、同情して宿に帰り、勘定奉行茂田一次郎に事情を告げた。

だが茂田は拒んだ。

「才谷と申す男の立場も分かるがのう。衝突したのは、こっちの落度でないことをあきらかにするのを先にせな、いかんことやろ。才谷は話しあいを逃げて、一万両を貸してくれという。そげな奴《やつ》は相手にせんほうがええのや」

高柳はやむなく、その夜八時三十分に、応接所へ出向き、才谷に会った。成瀬、岡本の二人も同座した。

高柳は勘定奉行との相談の結果を才谷に告げた。

「今朝お話しなされし趣を、逐一重役に申し入れましたが、貴殿のお立場に深く同情申しあげ、何とか御意にそいたき存念ですが、このたびは急の用向きで出帆いたせしため、大金もたずさえておらず、旅中にて不自由なれば、ここでご用立てするのは、お気の毒なれどもおことわり申します。また、ここで双方重役の出張を待ったところで、話しあいが落着いたしますまい。公儀の裁決を受けるにも、役人がここへ出張はいたしません。海洋のなかにておこりし事なれば、当港でなければ裁決できぬということでもありません。

長崎港は、各国の船の出入りも多く、かような事件の類例も分かります。長崎奉行へ公裁を申し立て、その裁決を受けるのがよかろうと存ずる。

貴艦乗組みの御人数は、ごいっしょに当艦にて長崎へ参られよ。

それもお聞きいれなくば、是非なき次第で、当艦は当港を出帆し、長崎へ参りしうえ、海難の一件につき、逐一奉行所へ申し立て、公平の御沙汰を受けますので、ご承知置き下さい。

弊藩重役も、貴公のお立場を深くお察しいたしおり、ありあわせの金子をお渡しせよとのことです。これは軽少ながらお渡しします。この金子はご用立ていたしたものでもなく、またさしあげるものでもありません。蒸気艦はどの地において災難がおこるか、計りがたきもの。

お互いにご救助申したく存ずる寸志としてさし出すものなれば、お納め下さい」

高柳は見舞金として千両をさしだした。

龍馬はそれを受けとらず、答えた。

「御心入れのほどは深くかたじけのう存じますけんど、衝突の際、勘定方預かりの金子はすべて持ちだしておりますきに、さしあたり不自由はなく、お返し申します」

高柳は再三受納をすすめたが、龍馬は受けとらなかった。

彼はいった。

「前に一万両を貸してつかあさいとお頼みしたがは、当地で拝借したいというがやないがです。当地ではたとえ数万両を賜りても致しかたなく、是非長崎で器械らあを求め、ざんじ京師へ送り、臣の道を尽くしたき存念で申したことながです。この段、きっちり御重役へお申し述べ下さい。貴公方のご存念も、ように分かりました」

高柳らは、龍馬の態度が意外にいさぎよかったので、このままでは龍馬が自殺しかねないと思い、茂田一次郎らと相談して、二十六日午前三時三十分、応接所へ龍馬を呼びだし、きわめて好意のこもった申し出をした。

「当方重役と相談したところ、貴公が長崎へ出向き、武器器械などを買い求められるとき、弊藩がそれを異人より借り受け、お貸し渡ししましょう」

龍馬は答えた。

「武器器械を買いととのえるがには、日数がかかります。そのため弊藩国許《くにもと》へ申し達し、政庁の承諾を得て、異人より代金を借り受けゆうあいだに、京師へ積み送る期も延引いたし、臣道を失う破目に立ち至ります。

代金を調達いただけるやったら、どうか長崎に着いてのち五日の間に品物をととのえてつかあさい」

高柳は龍馬の頼みをひきうける自信がない。

「ごもっともな次第ですが、重役はもちろん拙者も長崎の事情を存じません。一万両の武器を五日のあいだにととのえるのは、見込みが立ちません」

龍馬はいった。

「長崎には弊藩の用達《ようたし》がおります。二日ばあのあいに、品物のある場所は分かりますきに、それをいながらお買上げのうえ、渡してつかあさい。

ただその儀は強いてのお頼みやのうて、ただ拙者の臣道を立てたいがためです」

高柳は才谷を窮境から救ってやりたいと、茂田らと相談のうえ、勝手組頭清水伴右衛門が才谷に会うことになった。

高柳たちは、龍馬の真意がどこにあるかを察していなかった。紀州は大藩である。長州征伐で大金を費消したとはいえ、財政には余裕がある。表高は五十五万余石で裏高は六十万石を超えているといわれる。

裏高は、熊野《くまの》の材木、海産物などである。

正午頃、明光丸士官成瀬国助が応接所にきて、龍馬を呼び出す。

「貴殿のお頼みにつき、重役どももっともと存じ、御勝手組頭がご対面いたしたいと申しております。ついては御役名を承りたい」

龍馬は海援隊長才谷梅太郎の名札を渡した。成瀬は龍馬を伴い、高柳、清水の宿所である円福寺《えんぷくじ》を訪れた。

冴《さ》えわたる陽射しにみちた庭で、鶏《とり》の群れが歩いている。梅雨《つゆ》がくるまえの静かな晴れ日和《びより》であった。

清水は客殿で龍馬に会い、協力を告げた。

「高柳はじめ、士官どもより貴殿の御忠誠御尽力のほどを承り、感心致しおります。当方にては、長崎表において、金高一万両余にあたるほどの武器を異人より買いいれ、お貸し渡しするほどに一決いたしした。

当方は重役以下このたび乗組みの一同は、長崎へ参るのがはじめてで、買入れに手間がかかれば信義を失うことにもなり、紀州家入用の武器調達の交渉をあとにまわし、貴藩入用の品用達にとりかかりましょう。

貴公もできるだけ周旋してくれたならば、ご都合に間に合わせられるかと存ずる」

龍馬は口辺に笑みをうかべ、黙然と聞いていたが、武器調達の期限につき、前回とおなじ要請をした。

「お申し聞かせ下されし趣は、承知いたしました。貴艦が長崎着港ののち、五日のあいにお貸し渡し下さるよう、かさねてお頼み申します。この段、ご承知下さるやったら、約定書を取りかわしてつかあさい」

成瀬国助は、才谷という男がいったい何を考えているのだろうと腹立たしく思った。

こちらが好意で協力してやろうといっているのに対し、約定書を書けとはどういうことであろうか。

成瀬は、いろは丸に多量の武器器械を積んでいたという才谷の言葉を信用していない。高柳よりも、才谷への見方はきびしかった。

衝突のとき、いろは丸には南京砂糖、米などをわずかに積んでいたと、士官の小谷耕蔵がいい、明光丸から士官岡本覚十郎らがいろは丸に出向き、損壊箇所をあらためたときに船倉をのぞくと、ほとんど空虚であったといっていた。

清水は、さすがに才谷の申し出を拒んだ。

「それは無理でござろう。いかなる品であるやも分からぬまま、長崎で五日のうちに調達できるか否かは分からないですやろう。せめて七、八日間はなけら、お引受けはできませんのう」

龍馬は、応じた。

「仰せられる儀はごもっともです。その件については、貴艦と当方の俗事方を相談させ、期限を定めたいと存じますけんど」

「それで、ようござろう」

清水は同意した。

同日午後二時半、明光丸筆記方、中谷秀助が応接所にきて、いろは丸の俗事方土佐屋英四郎ほか一人を呼び出した。

中谷はいった。

「このたび長崎で一万両の武器をお世話する件につき、日限五日ということですが、入港してのち何かと多用でもあるので、七、八日に延ばしてもらいたい」

いろは丸俗事方は答えた。

「その儀については、われわれがいかがとも申しあげられません。ひとまず帰り、才谷へ相談のうえで、お返事をいたします」

中谷はたずねた。

「いろは丸に積んでおった武器は、いかようの品であったか、承りたいが」

俗事方は答えた。

「ミニエー銃四百挺です。これを長崎でお求め下されたいのです」

「よろしい。その品を急いでととのえましょう。仕入先の心当たりはありますか」

俗事方は意外な返事をした。

「仕入先の心当たりはありません」

「貴殿がたは、ミニエー銃四百挺を長崎で調達したのでしょう」

「私どもは、仕入れにはかかわりませんでした」

「それなら、調達にあたったお人に問えば、心当たりはあるでしょう」

「ともかく日限については、才谷にたずねます」

俗事方は帰っていったが、いっこうに返事をしてこない。

夜十時頃になって、明光丸から士官が返答を聞きにいったが、いろは丸俗事方は、曖昧な返事をした。

「日延べはできませんが、長崎に着けば私ども両人より、才谷へ相談いたします。なお貴艦船将さまよりも才谷にお話し下さい」

その夜のうちに、成瀬国助ほか一人の明光丸士官が、龍馬に会った。

「お頼みの金子は、ご用立てするよう重役から申し聞かされました。ついては失礼ながら借用証文の案を持ってきたので、ご覧下さい」

「拝見いたします」

龍馬は洋灯《ランプ》の明かりで、文面を読み下す。

内容は、つぎの通りであった。

「此度主人より命ぜられ候儀、不幸にして果たさず、このまま帰国あいなりがたく、難渋まかりあり候につき、右等御憐察《ごれんさつ》なし下され、長崎表に於《おい》て金壱万両御貸し下しなし下され候よう願い奉り候。

左候わば主用あい弁じ、私の忠意もあい立ち、まことにもってありがたき仕合せと存じ奉り候。

もっとも返済の儀は、このたびの事件にかかわらず、着崎（長崎到着）のうえ、期限取りきめ申すべしとの趣。

慶応三年卯四月
才谷梅太郎
高柳楠之助宛
」

龍馬は顔をあげると、成瀬を睨《にら》みつけ、気魄のこもった声で告げた。

「返済の期限をつけることはできません。その理由は、主人の要物を失い、船を海没させた私の罪は、免れることができんがですき、返済期限を立てたところで、守れるわけがないですろう」

　成瀬ははげしくいい返した。

「一万両の大金を貸すのに、期限をつけぬことがござろうか」

　龍馬は大きな声でいった。

「このたびの私の船は、かくの如し。貴艦はさいわいに残ったきに、それを半ばにお分かちなされるお心で、お救い下さるがやないがですか。返済期限を定めんというても、長崎では衝突事件の決着がつくき、えいですろうが」

　成瀬の抑えていた怒りが噴きだした。この男は二枚舌を使って人をだます、武士にあるまじき男だと、龍馬を睨みつける。

「それはこれまでの論ぜられたところとは、違うのではありませんか。事件にかかわらず、金子借用を申し出られたのではないのですか」

　龍馬はおだやかな口調で答えた。

「すこしも意のあるところは変わっちょりません。先日より談合いたせしところは、くわしゅう書きとめちょりますきに、ご覧にいれます。控えをお取り置き下さい」

　龍馬は、いろは丸航海日記付録と記した文書をさしだした。

　成瀬はいった。

「そのような事情なれば、やむをえません。いったん帰ったうえで、相談します」

龍馬を呼んだ。

「よろしく取り計ろうてつかあさい」

成瀬の報告をうけた高柳は、ただちに士官岡本覚十郎を連れ、応接所へ出向き、龍馬と話をとりきめておきたかった。

二十七日午前二時半であった。

明光丸は、その日の午後に長崎へむけ出航するので、貸金の件につき、龍馬と話をとりきめておきたかった。

高柳は、明光丸に乗っている紀州藩勘定奉行の下命により、龍馬と交渉していた。幕府の長州征伐が中断し、摂海《せっかい》（大坂湾）に外国艦船が乗り入れてきている、物情騒然とした折柄、紀州藩としては土州藩と紛議をおこしたくない。

こちらに落度がないとしても、藩庁が対応しなくてはならないような争いがおこれば、自分の失態になると、小心な茂田一次郎は考えているので、高柳が深夜にもかかわらず、龍馬に会って話をまとめようとしたのである。

龍馬は応接所へあらわれず、士官小谷耕蔵が名代としてきた。

「才谷は疲労いたし、臥《ふ》せっております」

高柳は憤懣《ふんまん》をおさえていう。

「才谷殿へ面談いたさねば、あい決しがたい事ですから、われらはここで夜明けまで待っております。早朝に才谷殿がお越し下されるよう、ご伝言下さい」

高柳は、岡本とともに、応接所で掻巻《かいまき》布団にくるまって、仮寝をした。

航海方士官岡本覚十郎は、龍馬が成瀬に渡した、いろは丸航海日記付録を読み、内容が事実と異なっているので、腹を立てていた。

「茂田殿の腹がすわっておらぬので、われわれも、せいでもええ苦労をさせられますなあ。南からきたのに、北東からきたと、見えすいた嘘《うそ》を書いてる。金貸ひてくれと頼まれても受ける義理がないのやさけ、放っといたらええのや。

われわれは、いろは丸乗組みの者をひとり残らず助け、傷者の手当てもして、沈みかけた船体を二里も曳いてやったのや。海上衝突の相手方の義理は果たしてる。このうえ、一万両も武器を買うて、貸してやることは、いらんことや。第一、私が見た船倉はからっぽやった。才谷はミニエー銃四百挺を積んでたというが、嘘にきまってるよし。あげな奴に金立て替えたら、戻ってこんのは目に見えてますで」

「しかし、茂田殿は勘定奉行やさかいのう。いう通りにせなんだら、船手方《ふなてかた》に出す金を削られる。まあ辛抱できることはひとくほうがよかろのう」

岡本は思いついたようにいう。

「そういうたら、海援隊ちゅうのは土佐藩の海軍局ではないのやろのし。才谷ちゅうのは、いったい何者やろうか」

二人は午前六時まで待ち、龍馬がこないので迎えの者をやると、ようやくあわれた。

高柳は用件を述べた。

「このほどより段々にお話しの趣、もっともと存じたので、重役へも談じつめ、金子お貸し渡しの運びにこぎつけたのですが、昨夜成瀬をやって申しあげさせたように、いまだ乗り筋の模様も決議しておりません。一万両の金子は、いかなる理由でお貸しするのですか。のちのちご談判の都合があるので、借用手形をお入れ下さらねば、お貸し申しかねます」

龍馬はいつものゆるやかな口調でいう。

「期限の儀については申しかねます。私は金一万両の返済見込みがありませんきに。いずれにしても長崎でわが藩の重役が証印を捺《お》さんと、期限は定められません。

もっともこの儀を弊藩重役に頼むがやったら、よそやち借用できますきに、借金はお断りいたします。

もっとも、いずれ談判の節、決議の次第で返済期限は自然に分かりますろうけんど、証書へ期限をつけんといかんがやったら、この件はご破談にしてつかあさい。諸君のご親切は、ふかく感謝いたします」

「そのような事であれば是非なき次第です。なお長崎でご相談しましょう」

「今日、御出帆ながですか」

「何分先を急ぐので、今日出帆します」

「ほいたら、当方乗組みの者ん一人を便乗させてつかあさい」

「いいでしょう。支度ができしだい乗り組ませて下さい。貴公はじめ御人数は、ここにいつまでご滞在ですか」

龍馬はこともなげにいった。

「ここには用事もないきに、風模様しだいで長崎へ参ります」

「海上のことゆえ、日数は計りがたいでしょうが、いつ頃長崎へご着船なされる見込みでしょうか」

「いつかは分かりませんけんど、また長崎でお会いしましょう」

明光丸は午後二時四十分、いろは丸の乗組み小曾根英四郎、安（土居）市太郎を乗り組ませ、鞆港を出帆し、長崎へむかった。

明光丸艦長室には、高柳艦長のほかに勘定奉行茂田一次郎、奥祐筆山本弘太郎、勝手組頭清水伴右衛門、仕入方頭取速水秀十郎、士官岡本覚十郎、成瀬国助がいた。

茂田は晩春のおだやかな海面を見渡し、溜息《ためいき》をついた。島影がつらなっているので、湖のなかを航行しているように見える。

「こげなええ日和つづきのときに、えらい災難に遭うたものや。才谷ちゅう男も腹切らんならんやろし、かわいそうやが、運転方がよっぽどの素人やったんやろなあ」

高柳がいった。

「霧も出てない晩に、こっちのセインランプとブーフランプを見ておりながら、道をふさいだのは、舵の取りちがえとしかいえんのう。島のあいだを抜けないかんさかい、寝てたわけでもなかろうが」

龍馬も、自分たちの失策については充分承知していた。

いろは丸の乗組員たちは、明光丸が衝突したことに、怒りをあらわさなかった。

彼らが正しい航路をとっていて、明光丸に衝突され沈没したのであれば、猛《たけ》り狂ってこちらの過ちを弾劾し、すべての損害賠償をおこなえとかけあってくるはずである。

だが彼らは沈みかけたいろは丸を明光丸に鉤でつないでほしいと頼み、危険であるというと、太綱での曳航に異議をさしはさまなかった。

いろは丸の乗員たちは、鞆に上陸してのち、争論をおこそうとしなかった。事件の現場の状況を知っておれば、抗議できないのである。

龍馬は明光丸が鞆港に碇泊していた四日間、事故の原因については争わず、いずれ公論において決するであろうといい、辞を低くして窮境を脱するため、一万両の借用を懇願した。いまいいあらそえば不利になると見たためであろう。

岡本覚十郎はいった。

「あいつが成瀬に渡した航海日記付録には、嘘ばっかり書いてるよし。きっと鞆へ着いてから書いたのに違いないよし。こっちの士官がいろは丸へ飛びこんだとき、たしかに船倉に南京砂糖を積んでるのを見たけど、才谷はあとでミニエー銃四百挺を積んでるといいはりくさった。あれはただ者やないのし」

速水秀十郎がいう。

「ミニエーやったら先込めやさけ一挺十八ドル、両にすりゃ十四両ほどのものや。四百挺でも五千六百両にしかならん。

元込めのスナイドルなら二十六両、シャスポーなら三十両やけど、えらい高いミニエーや。四百挺で一万両余り払うたんなら、素人の商いやぞ」

覚十郎が、衝突したときの状況を思いだした。

「こっちの者がらがいろは丸へ飛びこんで、ブーフランプはあるんかと聞いたら、そげなものはないというてたよ。元右衛門も、いろは丸から乗り移ってきた者のなかに、勝房州《かつぼうしゅう》（安房）の同門で、顔見知りの者がいてたさけ、ブーフランプないんかと聞いたら、ないというてたよ」

成瀬がいった。

「才谷ちゅう男は、艦を沈めて大損した。このままなら腹切るよりほかないさけ、死ぬ気になってる。考えてみりゃ、一万両を貸せというたのも、談判で負けりゃ借り倒すつもりやったんやろ。先方の人数が明光丸に乗らんというたけど、無理に皆乗せてきたほうが、妙な相談をせんとよかったんやないかと思うのし」

高柳たちの推測は当たっていた。

龍馬は諸国有志に名の聞こえた革命家であったが、その資格は土佐藩外郭団体である海援隊の隊長に過ぎない。

発足して最初の航海で、いろは丸沈没の大損害を出せば、龍馬直属の上司である後藤象二郎は、海援隊を見放すであろう。

龍馬はいかなる術策を用いても、衝突の責任が明光丸にあると主張し、紀州藩から損害賠償をとらねば、同志離散の悲運に陥ってしまう。彼は決死の覚悟をきめていた。

龍馬は明光丸が出航した四月二十七日、伏見宝来橋《ほうらいばし》の寺田屋の女将《おかみ》、お登勢《とせ》につぎの手紙を送った。

「此一品はきみへ（楢崎君江《ならさききみえ》）に御つかハシ被《なさ》レ成《れ》度《たし》、あれハ今どこにおるかしらん、たゞきづかい候。此度ハ下の関にせつかくつれてこふとおもいしニ、やれ〳〵、又これよりながさき《（長崎）》にかへるわ。言わいでもよろしきことなれども、御きおつけて被レ下まし。

　四月廿七日　　梅より

　　おとせさま　」

「きみへ」とは、おりょうの末の妹で十七歳になる君江である。

龍馬は上京して君江をともない、下関の伊藤宅にいるおりょうのもとへ連れてゆこうと考えていたが、不慮の海難事故で長崎へ戻らねばならなくなったので、君江に会ったときに渡そうと思っていたみやげものだけを、お登勢のもとへ送ったのである。

翌二十八日、龍馬は大坂にいる菅野覚兵衛、高松太郎につぎの書状を送った。

「拝啓。然《しかる》に大極丸は後藤庄《（ママ）》次郎引受くれ申候。そして小弟をして海援《（ママ）》長と致し、諸君其まゝ御修業被《なさ》レ成《れ》候よふ、つがふ《（都合）》付《つけ》呉《くれ》候。

是、西郷吉が老侯（山内容堂）にとき候所と存候。

福岡藤次郎《（ママ）》此儀お国より以《（ママ）》て承り申候。然に此度土州イロハ丸かり受候《そうらい》て、大坂まで急に送り申候所、不レ斗《はからず》も四月廿三日夜十一時頃、備後鞆の近方、箱の岬《みさき》と申所にて、紀州の船直横より乗《のり》かけられ、吾船は沈没致し、又是より長崎へ帰り申候。

何《いず》れ血を不レ見ばなるまいと存居《ぞんじおり》候。

其後の応接書は西郷まで送りしなれば、早々御覧可レ被レ成《なさるべく》候。航海日記写書送り申候間、御覧可レ被レ成候。

此航海日記と《（ママ）》長崎にて議論すみ候までは、他人には見せぬ方が宜《よろし》と存候。

西郷に送りし応接書は早〻天下の耳に入候得ば、自然一戦争致候時、他人以て我も尤《もつとも》と存くれ候。

惣《そう》じて紀州人は我々共及便船人（乗客）をして、荷物も何にも失《うしない》しものを、唯《ただ》鞆の港になげあげ主用あり急ぐとて長崎に出候。鞆の港に居合せよと申事ならん。実に怨《うら》み報ぜざるべからず。

早々頓首

才谷　龍

四月二十八日

菅野覚兵衛様

多賀《（ママ）》松太郎様

追而《おって》船代の外二千金かりし所、是は必《かならず》代金御周旋にて御下被レ成《なされ》るよふ御頼み申候。


別紙ハ航海日記、応接一冊を西郷ニ送らんと記せしが猶思ふに諸君御覧の後、早々西（郷）、小松などの本《もと》ニ御廻、付てハ、石川清の助（中岡慎太郎）などにも御見せ奉レ願候。

又だき《（悋気）》にて御一見の後、御とゞ（め）おき被レ成候てハ、不レ安《やすからず》候間、御らん後、西郷あたりニ早々御見せ可レ被レ下候。

実ハ一戦仕《つかまつ》りと存候間、天下の人ニよく為レ知《しらせ》て置度《おきたく》存候。早々。

四月廿八日　　龍

菅野様
多賀様
」

四月二十九日、龍馬たちは廻船で鞆を出航し、下関へむかった。

この日、午後六時十五分、明光丸は長崎港に入り、投錨《とうびょう》した。いろは丸との衝突事故の事情は、どちらの過誤によるものか、まだ決議していないとの前書をつけ、詳細な図面をつけ、奉行所へ報告した。

午後七時、成瀬、中谷の士官二人が後藤象二郎の宿へ、便乗者小曾根英四郎ほか一人をともないおとずれ、いろは丸衝突沈没の事件を述べ、面会を乞《こ》うたが、象二郎は病気と称し、会わなかった。

策士の象二郎は、うかつに紀州藩士と対面しては、重大な事件の処理を為損《しそん》じると、とっさに判断したのである。

四月三十日、龍馬たちの乗った船が芸州御手洗《みたらい》に入港し、旧友河田左久馬《かわださくま》と会った。

河田は鳥取を脱藩し、長州に流寓《りゅうぐう》している勤王浪士である。

左久馬の乗った便船は八つ（午後二時）頃御手洗港に入り、潮待ちをしていた。

海岸には千軒ほどの家が立ちならび、にぎやかである。

申《さる》の刻（午後四時）頃、赤白赤の船印《ふなじるし》を立てた船が着いた。よく見れば、坂本龍馬の一隊が乗っている。左久馬はひさびさに龍馬に会い、談笑した。

龍馬はいろは丸が明光丸に衝突され、沈没したことを左久馬に告げ、覚悟のほどを洩《も》らした。

「紀州の奴原《やつばら》が、六万両の弁償をせんときは、かならず明光丸の乗組みの者んらあを皆殺しにしちゃるきに」

龍馬はこのときまでに、紀州藩からとるべき賠償額を計算していた。六万両は損害が充分塡補《てんぽ》される金額であったのであろう。

龍馬たちが下関に到着したのは、五月三日であった。龍馬は伊藤助太夫方自然堂のおりょうのもとへ走って帰った。

龍馬は座敷の縁先で陽を浴びながら針仕事をしていたおりょうを見ると、叫んだ。

「戻《も》んてきたぜよ。おりょう、何しゆう」

龍馬が汗のにおいのする単衣《ひとえ》姿で縁に駆けあがり、大刀を引き抜いて傍に置くと、おりょうのしなやかな体を抱きしめる。

「あんたか、ほんまに帰ってきたんやなあ」

おりょうはしがみついてきた。

「いろは丸で長崎から大坂までいく中途で、あれは備後の鞆の沖やった。紀州の軍艦に、横手へ衝突されたがよ。それで沈没じゃ」

「えっ、誰ぞ死なはったんどすか」

「いや、三人火傷したばあやったけんど、紀州の軍艦は先を急ぐというて、俺らあを鞆へ放りあげたまま、長崎へいってしもうた。

俺らあはこれから長崎へ戻んて、紀州の奴らあと談判せんといかんがよ」

「えっ、またどこぞへいくのかえ。もうどこへもいったら嫌や。どうぞいかんといておくれやす。わては、ひとりでここにいてたら、死にとうなって仕方ない。

どうぞ、もう何にもせんと、ここにいとくれやす」

おりょうは龍馬の胸に顔をこすりつけ、泣きむせぶ。

龍馬はおりょうに閨《ねや》に誘われ、しばらく睦《むつ》みあう。ようやく気をおちつかせたおりょうに、龍馬はいって聞かせた。

「いろは丸が大坂へ着いたら、じきに京都へのぼり、君江に会うて、ここへ連れてくるつもりやったけんど、鞆から逆戻りよ。ほんまに、なんちゃあじゃなかった。君江に渡すつもりやったみやげは、鞆から飛脚を頼んで送っちゅうきに」

「ほんならまたじきに出ていくのかえ。いつまでここにいやはるのどすか」

おりょうの眼に、おだやかでない気配が流れるのを見た龍馬は、あわてていった。

「いや、まだしばらくは潮待ちをせんといかんき、四、五日はおるぜよ」

「ほんなら、わてを長崎へ連れていっとくれやす。もう離れとうない」

「分かった。できたらそうするきに」

龍馬はおりょうの頼みを即座にことわれば、また気をたかぶらせ錯乱すると思い、いったん承知して、あとで伊藤助太夫に事情を理解させてもらうつもりである。

おりょうは、助太夫夫妻のいうことだけは、聞きいれる。

乗組みの人々を旅宿におちつかせ、三吉慎蔵《みよししんぞう》に使いを走らせ、その夜はおりょうの傍に戻り、夜明けちかくまで妻の愚痴めいた話を聞いてやる。

「わてはなあ、あんたがこんな浮気者やと知ってたら、添うてなかった。わてだけを大事にして、かわいがってくれると思うてたさかい、身ひとつでどこへでもついていったんどっせ。ところが、このていたらくやもの。あんたがいつどこで、何をしてるか分からんままに、毎日下関の海ばっかり見てる暮らしは、もう飽いたえ。このうえ放っといたら、わての傍にいつでもいてくれるような人を見つけて、その人の嫁になるえ」

おりょうは龍馬がもっとも気にする急所をついてくる。

女ざかりのおりょうは、全身に色香をにじみださせていた。どんな男でも、気おくれするほどの、かがやくような容姿をそなえている。

そのうえ、彼女の体は、龍馬がこれまでに会ったどの女にもなかった、男をひきよせる鋭敏な感覚をそなえている。

龍馬は思わず声を荒らげた。

「生きるか死ぬるかの目に遭うて戻んてきた俺に、なんでそげなことをいわんといかんがぞ。俺はお前んをしあわせにしてやりとうて、できるかぎりの智恵をはたらかしゆうがやに、そげな情のないことをいうてえいと思うちゅうがか。この阿呆《あほ》が」

おりょうは、龍馬が怒るとはじめて嬉《うれ》しげな笑みをうかべ、くちづけをした。

「阿呆といわれたかて、わてはあんたを離しとうないのどす」

彼女は龍馬の喉《のど》を軽く噛《か》む。

「おとろしいことは、やめとうせ」

龍馬はあわてて身を引いた。

五月四日、夏のようなつよい陽の照る朝、三吉慎蔵が下男に大きな荷を持たせ、見舞いにきた。

「これは慎蔵さん。こげな姿で下関に戻んて、まっことはずかしいちや」

「なにをいいんさるか。それより命を落とした者がのうて、災難とはいえ、なによりじゃが。今日はわずかばかりじゃが見舞いの品を持ってきたけえ、乗組みの人らに分けてあげられい。それに、これは儂《わし》の寸志じゃ」

慎蔵は懐中から金包みをとりだし、龍馬の手に握らせた。

「ほんまに、すまんのう」

龍馬の両眼に涙が浮きあがり、こぼれ落ちそうになった。慎蔵も涙をふりおとす。

「貴公はつぎからつぎへと難儀が身にふりかかるのう。儂にもうちっと力がありゃあ助けてやりたいんじゃが、たいしたこともできん。なんとか持ちこたえて、難局を切り抜けてくれや」

「そうじゃねや。ちくと運が向いてくるろうかと思いよった矢先に、出ばなを挫《くじ》かれて、心は闇のようじゃ。けんど、なんとしたち紀州藩から償いを取るつもりでおるがよ。出さんかったら長崎で戦争はじめるつもりじゃき」

慎蔵は縁先に腰をかけ、挨拶《あいさつ》に出てきた伊藤助太夫とともに、いろは丸沈没前後の様子をくわしく聞いた。

翌日、龍馬は慎蔵あてに礼状を送った。

「此度の御志の程、士官の者共に申聞候所、一同なんだ(涙)おはらい難《あり》レ有《がた》がりおり申候。再拝〻」

という書きだしである。

龍馬は慎蔵の好意につき、「実に生前一大幸、言語をもって謝すべからざる御事」とよろこんでいるので、慎蔵が龍馬の危機に際し、よほどの尽力を申し出たのであろうと推測される。

そのほかには、龍馬が長府藩士で英学者の福田扇馬《ふくだせんま》のほか、印藤、荻野《おぎの》、羽仁《はに》という三青年を長崎海援隊に、土佐藩士の名義で航海修行をさせると約束していたが、今度の椿事《ちんじ》のため長崎行きを延期するかと、四人に相談した経緯が記されている。

「四人の方々に話したところ、諸君はいずれも長崎へ出たいといいます。それで小弟はいいました。もし長崎へ出たら今度の紀州藩との折衝がどう片づくかも知れず、小弟も命を失うかも知れません。

しかし、国家を繁栄させる道は、戦《いくさ》をする者は戦い、修行する者は修行し、商売は商売で、それぞれ他をかえりみずやらねばならないので、小弟が長崎へゆけば、貴公らの稽古《けいこ》する所はあるので、稽古はいつでもできるといいました。

諸君は、万一のときはどうなってもいいということなので、長崎遊学を許してやって下さい。私は青年諸君の長崎行きは、戦国時代さながらの殺気立ったものだと、ずいぶんおもしろく思っています。

またいま一人、梶山鼎介《かじやまていすけ》君も、西洋学術勉強のため長崎に出張させられてはいかがですか。彼は学問の志が実にあつい人物です」

龍馬は、長崎で紀州藩と交渉の結果、斬《き》りあうような状況がおこり、自分が死ぬかも知れないと予想していた。

龍馬は五月八日に下関を離れ、長崎へ向かうことになったが、前日の七日に伊藤助太夫あてに、興味のある書状を渡している。現代語に訳してみると、次の通りである。

「　覚え書二条、
一、このたび長崎へ出向くのは、非常の事件を解決にゆくのであるから、留守をする者（おりょう）もそれだけの心構えをもちつつしまねばならない。
　ついては私の親友であっても、自然堂まで入らないよう、お玄関の御番衆に通達しておいて下さい。
一、私の留守中に他所《よそ》から尋ねてきた者は、私の親友であっても、一飯一宿を頼みにきたときは、一切相手にしないで下さい。
　この二カ条を、よろしくお頼み申しあげます」

　この覚え書は、たとえ龍馬の親友であっても、おりょうに近づけないでほしいという依頼状である。

　龍馬が、おりょうに他の男を近づける隙《すき》があると懸念していた内心のわかる文面である。

　龍馬は伊藤助太夫に、おりょうについての二カ条の覚え書を渡した五月七日、つぎの舌代《したしろ》（口上）をもさしだしている。現代文に訳すと、つぎのようになる。

「追って書き。

　事情を申しあげた通り、今度長崎へ出た結果は、どのようになるか予想がつかないので、この覚え書、舌代をさしあげておきます。

一、私とおりょうがお宅に止宿させていただくようになったのは、三吉慎蔵、印藤肇《いんどうはじめ》両兄のお世話によるもので、今後のことについては、一切両兄に相談して下さい。

一、おりょうが他人を呼んで費用がかかったときは、一切お支払いしますので、月末〳〵に算用してさしだします。

もしまた私方で気づかない分があれば、御台所奉行（伊藤家番頭）より書付けを出し、ご請求願います。

また、おりょうが洗濯女などを雇うときは、その飯料は、通常の旅人宿の相場の下等のほうにして下さい。このことは、御役人中（伊藤家番頭、手代ら）にもお達し下さい」

土佐の豪商を親戚にもつ龍馬は、なみの郷士とは、金銭についての気配りがちがっていた。

翌五月八日、長崎へ出発するまえ、三吉慎蔵にあてた書状は、龍馬の遺言状ともいうべき内容であるので、原文のまま記すことにする。

「此度出崎 仕《つかまつり》 候上ハ、御存（知）の事件ニ候間、万一の御報知仕候時ハ、愚妻儀本国（土佐）ニ送り返し可レ申、然レバ国本《くにもと》より家僕及老婆壱人、御家まで参上仕候。其間愚妻おして尊家に御養置可レ被レ遣《おやしないおきつかわさるべく》候よふ、万〻御頼申上候。拝稽首。
五月八日　　　　　　　　　　　　龍馬
慎蔵様
左右」

上書きには、
「三吉慎蔵様　　　　　　　　　　坂本龍馬
御直披
五月八日出帆時ニ認《したためて》而家ニ止ム。
卯　　　　　　　　　　　　　（朱印）」

とある。

龍馬は長崎での紀州藩との談判で、賠償金をとることができず、衝突事故の責任がいろは丸側にあると決まれば、腹を切らねばならないと覚悟をきめていた。

いろは丸は沈没したが、明光丸の右舷艦首には、衝突のあとが歴々と残っていた。高柳艦長が交渉に際し、その証拠を示した場合、いろは丸の操船の手落ちが隠しようもなくあらわれる。

それを談判のかけひきで強引に押しきらねばならなかった。

思いがけない大難は、なんとしても乗り切らねばならない。

——いままではたらいてきて、ようよのことで天下に名を知られるばあになったがやに、その俺がここでへたりよったらいかん。おりょうをひとりにゃせられんきに——

龍馬は五月十三日、いろは丸に乗っていた士官、水夫らとともに長崎に到着。ただちに隊士橋本麒之助を連れ、明光丸艦長高柳楠之助の宿をおとずれ、十五日に談判をひらくことにきめた。

龍馬は十四日に肥後《ひご》藩士荘村助右衛門と会い、酒席で内心の不安をつぎのように洩らした。

「昨日もいうた通り、紀州談判の一条は、この末どうなることやら分からんきのう。話のこじれたときは、あいつらにしばき殺されるやも知れん。それとも和歌山へ片時《へんし》も出向いて、話の埒《らち》をあけんといかんろうか。どっちにしたち、こわいことぜよ。今年は俺の厄年じゃのう」

五月十五日午後一時、紀州、土佐双方の談判交渉が、海を望む料亭の大広間でひらかれた。

新暦では六月十七日にあたり、梅雨の蒸し暑い天気で、ときたま強い陽が庭面に照りつけては、時雨《じう》がいっときき庭石を濡らす。

紀州藩列席者は高柳楠之助、岡本覚十郎、成瀬国助、長尾元右衛門ほか九名。

土佐藩は才谷梅太郎（龍馬）、小谷耕蔵、橋本麒之助、佐柳高次ほか八名である。

紀州藩勘定奉行茂田一次郎以下の重役、土佐藩参政後藤象二郎は出席していない。列座しているのは衝突事件の当事者のみで、たがいに当日の状況を克明に脳《のう》裡《り》にきざみつけている者ばかりである。

まず紀州側が海路図をひらき、発言をはじめた。

「当艦は航海の定則によって、図線上を西北へむけて走っておった。貴艦は南方から北東へ、六島にむかっておった。

当艦は貴艦を右に避けようとして右旋したが、貴艦はなお六島にむかい進み、はなはだ近づいてきた。

当艦は、このまま進めば衝突すると見て、やむをえず針路をかわし、左旋したが間にあわず、この海難に遭うたしだいです」

土佐藩側がするどく反論した。

「そんじゃきに衝突したがです。当方は貴艦の右舷の青灯を認めて、はようから航路が左にひらかれちゅうがを知り、左旋しよったところ、貴艦が突然右旋してきたがじゃ。当艦はひがち（必死）になって左旋し、避けようとしたけんど、間にあわんかった、というがまことのことです」

明光丸運転方、長尾元右衛門が、顔に朱をそそいで発言した。

「私は塩飽の生まれで、ここらの海は家の庭のようなものじゃが。あんた方は南からきた。北からきたのでは、ありませなあ」

「なにをいうがぜよ。俺らあは指針をオーストンソイト（東一点南）にとってきたがじゃ」

「嘘をついちゃいけん。あんたらがいいよる通りに衝突すりゃ、当艦の左舷に損傷するじゃろうが、右舷がこわれとろうが」

元右衛門は、いきりたって言葉をつづける。

「私ははじめ、あんたらの船がセインランプ（マスト灯）だけをつけて、ブーフランプ（舷灯）がなかったけえ、釣り船じゃと思うた。灯火はまだはるか遠方じゃったけえ、針路は変えなんだ」

蒸気船はマスト灯のほかに、右舷に青灯、左舷に赤灯をつけることになっている。

蒸気船がすれちがうとき、たがいに舷灯をたしかめ、航路の右方へ船首をひらきあう。

元右衛門は、漁船か帆船であれば速力が遅いので、まっすぐ進行したが、前方の船は意外に早く接近してきた。

「あんたらの船が蒸気船じゃと分かったが、まっすぐ進んできたけえのう。このままじゃ当たると思うたけえ、急に舵を左へ切って、かわそうとしたが、間にあわず衝突したんじゃ」

土佐側の当番士官がいった。

「なんで赤灯を見せんといかんがじゃ。定則に従うて船を走らせりゃえいろうが。お前《ま》さんがはじめ、いろは丸を釣り船やと思いよって、近づいてみてはじめて蒸気船と分かり、急に舵を左へ切ったきに、この難に遭うたがじゃいか。定則により進んだらよかったがじゃ」

紀州の士官成瀬がいった。

「さようなことではない。灯火が漁火《いさりび》か蒸気船のものかを見分けられなんだのは、遠方から見たときで、こっちからは終始見てたんや」

土佐側は主張した。

「当艦は御手洗の瀬戸を抜け、オーストンソイトに針路をとって、まっすぐ走りよったき、南のほうから六島へむかうわけがないろうが。お前《ま》さんらあの書いた図線は、こじゃんとまちごうちゅう」

紀州側は土佐側の主張を、一蹴《いっしゅう》した。

「貴公方も承知しておられることだが、衝突のとき、いろは丸はスチールボールド（右舷）が艦尾にむかい軋破《あつは》しておった。檣《ほばしら》、煙筒も艦尾へ倒れた。明光丸もスチールボールドが大きく損傷しておるのや。いろは丸がオーストンソイトに針路をとっておれば、損傷の箇所がちがうはずだ。貴公方は偽りをいうておられる」

土佐側は、もっとも危惧《きぐ》する点をつかれ、ひらきなおった。

「なんつぜよ。衝突の損傷は、そんときのぐあいで、どげなようにもおこるもんじゃ」

双方が激昂《げっこう》し、大声をあげ、席上は騒然と殺気立った。

広間の外には海援隊士だという屈強の壮漢が、いつのまにか多数詰めかけていて、何事か烈しい口調で語りあっている。

龍馬が双方をとりしずめた。

「まあ、ちくとおとなしゅうに話しとうせ。いんま、たがいの航路をいかにあい弁論したち、海上に証跡は残っちゃあせんですろう。この黒白《こんびゃく》を決するがは、難事中の難事じゃ。航路のことはさておいて、ここは談判するががえいですろう」

明光丸の高柳艦長、岡本覚十郎、長尾元右衛門らの航海熟練者を相手に、海援隊航海士官が、不利な言質をとられてはならないと判断したのである。

土佐側は論点を変え、質問した。

「お前《ま》さんらあはいったん衝突したのち、ふたたび艦を進めて、当艦の右艫《とも》に衝突したがは、どういてですろうか」

高柳が答えた。

「当艦は大艦ゆえ、たがいに衝突したときただちに後退を命じたが、従来前進しているときは螺車《らしゃ》（スピンドル）を二、三十転させねば、前進の余力をとめて後退できぬ。いったん動力をかけて後退すれば、いきおい余って貴艦と一丁余りへだたった。

このため貴艦の危急を救おうと、急ぎ前進を命令したところ、余力によって停止したのちも若干進み、貴艦の右艫にさわったのです。なにを好んで衝突することがござろうか。あの場に居あわせた貴公方も、その様子はご存知でござろう」

再度の衝突は明光丸が、いろは丸乗員の救助を急ぐため、操艦するうちおこった事故で、その場では誰も問題にする者がなかったのは、やむをえない接触であると知っていたためであった。

だが、龍馬は交渉を有利にするため、この点を強調した。

「さわったとは、どういうことですろうか。当方では衝突じゃと思うちょります」

高柳は反論する。

「衝突というほどのことではありません。貴艦の乗員を救わんがために、近接しようとして、さわったのみである。あのとき、貴公方はふたたび衝突されたとは咎めなされたか。咎めた者はおらぬ。現場では、あれを衝突と思うた者は、誰もおらなんだのです」

龍馬は鷹揚《おうよう》にうなずく。

「仰せの通りです」

龍馬は、明光丸がいろは丸に二度衝突したという言質をとるために、紀州側を誘導尋問していた。

土佐側は、さらに質問した。

「さきにさしだされた図録には、当船に左右の舷灯がなかったと書いちゅうが、当方の航海士官佐柳高次は、ヨーロッパ州を航海した者んで、また勝房州公の門下生で、航海規則はよく承知しちょるがです。

然るに夜の航海にブーフランプを点ぜざるごとき、手抜かりをするはずがないですろう。

はなはだ不審に存ずるので、その確証をお示しつかあさい」

高柳らは憮然《ぶぜん》たる思いを禁じえなかった。

あのとき、いろは丸に舷灯がついていなかったことは、双方が承知していたが、証拠といわれると、何もない。

紀州側は、しまったと顔を見あわせた。才谷梅太郎という男は、鞆港にいたときとは人が変わったように、巧みにこちらの弱点をついてくる。

高柳らは、いろは丸の救助に心を奪われ、同艦が沈没するまでの、衝突経過の裏付けをとっていなかった。大藩の傲《おご》りがなかったとはいえない。

衝突から沈没までの経過は、両艦の乗員が見ていた。後日の談判は、たがいの見聞によって進められ、明光丸側に失態がなかった事実が、容易に認められると思いこんでいた。だが、才谷の談判の場における駆けひきは、とても紀州側の及ぶところではない巧妙なものであった。

高柳は答えた。

「当方の士官前田、岡崎の二人を、衝突と同時に貴艦におもむかせ、安危を問わせたが、そのとき両名は、ブーフランプの有無を調べたところ、どこにも見当たらなんだ。そこで乗組みの人にたずねしところ、この艦にブーフランプはなしとの返答を得たので、両人は左右舷灯がないことを確認して引きあげたのです」

土佐側はするどく追及する。

「それを答えた者んの姓名を、お聞かせ下さい」

「姓名は書きとめておりませぬ」

「それならば、確証とはいえんですろう」

「やむをえません」

紀州側は、いろは丸の重大な失策を証拠としてあげることができなかった。

紀州側が質問した。

「航海中の運転の難易は、大艦と小艦のいずれにあると存ぜられるか。海上で大艦と小艦が出会うときは、小艦は運転自在であれば、先に避けねばならぬはずです」

土佐側は、この問いを一蹴した。

「当艦は、貴艦の檣上に掲げられた白色のランタールと、右舷の青色のランタールを見て、方向を航路の外にむけられたと知ったがです。小艦が大艦を避けんといかんという理屈に、かかわることやないがです」

紀州側は事実を知る当事者のあいだで、率直に話しあえばいいという、無防備な態勢の弱点をつかれ、土佐側の言質をまったく取れなかった。

談判の席は人いきれで暑く、大卓をかこみ対座する男たちは、顔にふきだす汗を手拭《てぬぐ》いで押しぬぐう。煙草盆《たばこぼん》にいらだたしげに煙管《きせる》を叩《たた》きつける音が、さわがしく耳につく。

明光丸艦長高柳楠之助は、才谷梅太郎と鞆で幾度か会ううち、多少の策略を弄《ろう》するが、根は正直な男であろうと好感を抱いていたが、それは見せかけだけであった。

龍馬は海援隊存亡の危機に立たされ、命懸けで談判にのぞんでいる。高柳とは気構えが違った。龍馬は、衝突事件の責任がいろは丸にあるという結果が出たときは、腹を切る覚悟をきめている。

だが、彼の心中に怯《おび》えはなかった。明光丸の幹部は、海援隊の士官たちをはるかにうわまわる、航海技術の熟練者であったが、談判のすすめかたは心得ていない。

龍馬は、最初の談判が勝利をかちとる道への地ならしであると思っていた。まともに交渉すれば、賠償金のとれる話ではない。

紀州藩船手組の武士かたぎの技術者たちの鼻面《はなづら》をとってふりまわし、うろたえさせることからはじめるのだ。

高柳楠之助は、土佐側で才谷梅太郎の弁論に応じ、巧みに協力する口舌のすぐれた男が目につくので、たずねた。

「貴公ははじめてお目にかかるお方だが、土州の仁《じん》ですか」

男は薄い唇をゆがめて笑い、うなずいた。

「拙者は土州藩土佐商会主任、岩崎弥太郎の下役で、森田晋三という者んです」

土佐側が質問してきた。

「衝突して、当方の士官四人が貴艦に躍りこんだ際、左右に点灯もない船から、また登るべき舷梯《げんてい》ではないところより、甲板へ登ってきた者んを、どういて貴公方は咎めんかったがですか。

みだりに入りこむ者んは、斬殺されてもしょうことがない。救うべき者んは救い、責むべき者んは責めにゃいかん。それを誰ぞと問いもせんかったがは、どういうわけですろう。

それに当方の士官らあが、これは誰の船かと甲板にいた人らあに詰責したけんど、何とも答えんかったがは、どういてですか」

高柳艦長は、苦々しげに顔をしかめた。

あのとき、救助されたいろは丸士官らは、明光丸の甲板で九死に一生を得たとよろこび、感動していたではないか。

高柳は答えた。

「拙者は衝突するなり、バッテイラを出して、相手の艦の乗員を救いだすよう命じた。そのため、甲板に居あわせた者がすくなかった。

衝突の騒動が、筆舌の及ぶべき有様でなかったことは、貴公方もとくとご存知のはずだ。貴艦の人々を救うのに全力を傾けていた。そのときの甲板士官はこの席におらぬので、さような問いに即答しかねる」

高柳の語気が、思わず荒くなった。

才谷という男は、当時の記憶も薄れていないはずであるのに、声を荒らげ、噛みつくように高柳を難詰してきた。

「私が一昨日、海援隊士橋本麒之助とともに貴公に拝顔した折、明後日は危難に遭うたときの一条を精細に論弁して、世界の公法に照らそうと、たがいに約したですろう。

その論判に、もっともかかわりのある士官を出席させせんかったがは、論決を遅らせるためながですか。私には貴公の高意を汲みとれんがです」

この男は、いったいなにを考えているのかと、高柳は才谷の本意を疑った。

衝突の原因を探るのに、明光丸に乗り移ってきたいろは丸の乗員が、甲板士官と出会わなかったことが、何の意味を持っているというのか。

才谷は異様なまでに、その質問にこだわり、唾《つば》を飛ばし、叫びたてるように追及してくる。大広間の外で傍聴している海援隊士らが、龍馬の昂《たか》ぶった口調に応じ、怒声を走らせる。

高柳は龍馬に冷たい視線をむけた。

「今日は、衝突した両艦の航路の大体を談じるがために来会したのだ。当艦の水先当番は、甲板へ最初に飛び移ってきたのが貴艦の士官ではなく、伝五郎であったと申しておるのだ」

土佐側がたずねた。

「伝五郎を見たがは、誰ですろうか」

「当直の水夫、上西米蔵《うえにしよねぞう》です。伝五郎は去年まで当艦に乗り組んでおり、伝五郎とともにはたらいた米蔵が、怪しまなんだのは当然であろう。伝五郎のあとから乗り移ってきた者を、怪しまなんだのもそのためじゃ」

土佐側がいい返す。

「みだりに貴艦に登った者どものうち、伝五郎を知っちょったから、他の者んも咎めんかったというがは、腑《ふ》に落ちん話ですろう。あのとき、伝五郎は足痛で、船室にて寝よったきに、あれがいっち先に貴艦に飛び移ったがやないがです。

はじめに士官の腰越次郎が登り、そのあとで伝五郎が登ったがでしょう。ブーフランプもつけてないような船から、みだりに飛び乗ってくる者んを、甲板当直がどういて咎めんかったがですか。

私どもは、それが納得できんがです。貴艦の前甲板には、当直士官がおらんかったがですか」

高柳は土佐側の質問が、明光丸前甲板の当直にあたっていた者のなかに、士官が不在であったことをたしかめ、それが明光丸の操艦の不備であると指摘したいためであると、ようやく分かった。

航海法もろくに知らぬ者が、猿芝居をしかけてきたのかと、高柳は胸中に燃えあがる憤怒《ふんぬ》をおさえつつ答えた。

「当艦において、当直士官は第一に艦櫓《かんろ》、第二に器械場、第三に航海筆記場に交替して、前甲板にはおらぬ。そこに士官当直の要用がないためである。

前甲板には、上、中、下三等の水夫三人と小頭《こがしら》一人、あわせて四人が当直いたしておる。貴艦と衝突したとき、拙者はただちにバッテイラを降《おろ》し、貴艦の人員救助を命じたので、小頭は貴艦乗組みの人らが乗り移ってきたとき、不在であった。

あのような危急に際し、乗り移る者を疑い、身許を問いただすよりも、まず人を救助するのが航海者の務めであろう。

貴公方は、伝五郎が先に明光丸に登ったはずがないとか、あとであったとか、話にもならぬことを云々されておられるが、あのときは貴艦の乗組員よりも、当艦の者どものほうが、驚きが大きかった。なぜならば、貴艦が近づいてきたときから、その航路を見ておったからじゃ。

貴公方は、まさかと思うような失錯をやった。衝突したときは、どちらの艦のいたみかたが大きいのか分からなんだ。あげなときには、たがいが助けあい、人命を損なわぬよう処置するのが第一で、他の細事をかえりみるゆとりはない。その場におられた貴公方も、充分ご承知であろうが」

土佐側の傍聴者から、怒声があがった。

「おんしゃあ、へごうな(質が悪い)ねや。こっちの船を沈めちょいて、えずいことをよう吐《ぬ》かしよる。あとへは引けん。こじゃんとやるぜ」

「まっこと、わやにしちゅう(馬鹿にする)。ぞうくそ(胸くそ)がわるいぜよ」

「はらわたが煮えくりかやるが」

紀州側の士官成瀬国助は、田宮《たみや》流抜刀術の遣い手として知られていた。

岡本覚十郎も気性が烈しい。高柳も北辰一刀《ほくしんいっとう》流免許皆伝である。

「喧嘩《けんか》売る気いなら、買うちゃらよ。かかってこい。おんしゃら、二枚舌使うのは上手やがのう。太刀《たち》さばきでも、ひとをだますのがうまいかえ」

成瀬らは身構え、叱咤《しった》した。

「静かにしいや。こげなことで話がまとまるか。もえあがるなや」

龍馬が、土佐側の列席者をとりしずめた。

高柳も、部下をおさえる。

龍馬が高柳にいった。

「こげなことでは、理非分明をも欠くことになりますき、今日はこの辺で弁論をきりあげ、あらためて集会しましょう。今回の談判であきらかとなった要点をまとめ、証書にしたらどうですろうか」

「結構でしょう」

高柳が承知すると、龍馬は海援隊士長岡謙吉に、つぎの書付けを記させた。

「慶応丁卯四月廿三日、紀伊公之蒸気船我ガ蒸気船ト衝突ス。我ガ船沈没ス。

其ノ証
衝突ノ際、我ガ士官等、彼ノ甲板上ニ登リシ時、一人ノ士官有ルヲ見ズ。是レ一ケ条。

衝突ノ後、彼自ラ船ヲ退ク事オヨソ五十間バカリ、再ビ前進シ来《きた》ツテ、我ガ船ノ右艫ヲ突ク、是レ二ケ条。

五月十五日海援隊文司長岡謙吉、応接席上ニ於テ書ス。列座ノ士皆コレヲ見ル」

龍馬は書付けを高柳に渡した。

高柳は文面を一読して、そのこざかしさに腹を立てる気にもならない。

成瀬国助が、龍馬に抗議をした。

「これは、当方の言葉質《じち》となることばかりや。貴公方は、なぜあの日のことにつき、証《あかし》をなされぬのか」

龍馬は成瀬に平然という。

「拙者どもが認めたことは、証としますけんど、何ちゃあ認めちょりません。まだ談判はそこまで進んじょりませんき。貴公方はこの二カ条を認められたがゆえに、とりあえず証としたがです。何ぞご異存があるがですか」

成瀬は言葉につまった。談判の内容は、龍馬のいう通りである。

「これでご異存なくば、一筆書き添えますらあ」

龍馬は証にそえて、つぎの一文をしたためた。

「　口演

右応接ノ一書、御覧ニ入レ申シ候。ナオ又得《とく》ト御熟覧下サルベク候。最初ヨリ御約申シアゲ候通リ、コノウエハ世界ノ公論ヲ以テ、コノ一条ノ処置ヲ致スベク候。

念ノ為、一応申シアゲ置キ候。以上。

五月十五日　　才谷梅太郎

高柳楠之助様　」

談判が終わり、宿に戻る途中、高柳楠之助は、憤激する士官たちをなだめた。

「才谷ちゅう男は、二ヵ条の証をとったが、あれは何の役にも立たんことや。才谷はそれを承知のうえで、芝居うってるに違いないのう」

成瀬が聞く。

「それは、どういうことかのし」

「あいつは、まともに談判ひたら、負けることを承知ひてるんや。明光丸の右舷に衝突ひた痕跡《こんせき》があるからには、いろは丸がオーストンソイトに指針をとってきたものでないことは、たちまち分かるさかいのう。そこで、無理押しひて、あがいてるんよ」

高柳の推測は的中していた。

龍馬は談判のあと、後藤象二郎と相談した。土佐商会の奥座敷で、龍馬、象二郎、岩崎弥太郎が、衝突についての二つの証言を記した書付けを前に、むかいあっていた。

象二郎が龍馬に聞いた。

「これを事件の証として翻訳し、イギリス提督の意見を聞いたら、こちらが勝てるがか」

龍馬は笑みをうかべ、首をふった。

「勝つがは、むずかしいと思うちょります。けんど談判では、先方のいうことは何ちゃあ認めんかったきに、利は当方にあります。紀州の艦長、士官らあは、上海、香港、台湾へ出向いたこともある、航海術の熟達者揃《ぞろ》いですきのう。

それに、衝突したときの明光丸運転方は、相手にすりゃ手ごわい男ですき」

「どげな男じゃ」

「長尾元右衛門という、讃岐塩飽から出た男で、勝安房先生のもとで運転方として名を知られちょりました。いんまじゃ勘定奉行支配小普請として、紀州家に召し抱えられるほどの者んながです」

「そうかえ。ほいたらイギリス提督の意見を聞いたら、こちらが負けかねんのう」

「いろは丸が御手洗の瀬戸を抜け、東一点南《オーストンソイト》に針路をとっていたというがは、俺が士官らあと相談して決めた口実で、実は紀州の者んらあのいう通り、南から三崎の鼻をかすめて、六島のほうへ走りよったがです」

「そのことは、隠しおおせんがか」

「明光丸の艦首右舷に衝突の痕跡があるきに、イギリス軍艦の提督がそれを見たら、いろは丸が東一点南の針路をとりよったというがが嘘じゃと、分かりますらあ」

象二郎はしばらく考えていたが、やがて答えた。

「こんさきは俺が引きうけちゃる。お前《ま》さんはふたたび談判をせんほうがええ。

まえの談判の応接書を翻訳し、イギリス提督の裁決する異国の公論をうけるというがじゃ。

あとは、俺が紀州家の勘定奉行と会うて、話をつけるぜよ」

「ほいたら、イギリス提督に事を任せるがですか」

「そげな手間のかかることをするかよ。五代どんにも力を借りて、紀州の奉行を脅しつけ、償金を払わせるがよ。お前《ま》さんは長崎じゅうに明光丸が悪行をしたという、評判をひろめや。こちらのいうことを聞かんかったら、生きて紀州へ帰れんと思いこますばあ騒ぎたてて、胆《きも》をひやしちゃれ」

「おおきに。ご尽力は生涯忘れませんきに」

「いんまは薩長のほうが、幕府より強うなっちゅう世のなかじゃ。御三家らあに負けちょれん。相手は金持ちじゃきに、こじゃんとふんだくっちゃらあよ」

いまは龍馬にとって、象二郎は救いの神であった。土佐藩参政である象二郎には、龍馬のできない芸当をやってのける実権があった。

薩摩の五代才助も、後藤に頼まれれば動くにちがいなかった。

――俺の痩《や》せ腕じゃできんことも、藩の威光を背に負うちょったら、できるがか――

龍馬は、はじめて土佐藩を頼もしい後楯《うしろだて》と思った。

五月十六日、龍馬は海援隊士二人を連れ、高柳楠之助の宿所をおとずれた。高柳は士官二人を呼び、双方三人ずつで会った。

龍馬はいった。

「昨夜取りかわした応接書を、この節当表《とうおもて》に着いたイギリス海軍提督に翻訳して見せ、世界の公法をもって決談したらえいと思います。

貴公方も、昨夜の応接書のうち、確証と思うておられるところを抜粋し、出入りの通詞《つうじ》をもって翻訳されたらえいでしょう。当方も今日はそのつもりで書記方を連れてきちょります」

高柳は、龍馬の推測の通り、同意しなかった。

「お話の趣は一応ごもっともなれども、談判はまだはじまったばかりです。さらに議論を決したうえで、たがいに論判書を取りかわすべきでしょう。

その論判書を翻訳して、事件の証とし、イギリス提督の意見を聞けばいいのです」

前日の談判におけるたがいの応接記録は、すべて筆記している。

龍馬は、象二郎との打ちあわせの通り、高柳に交渉をもちかけた。

「昨夜とりかわした応接書のうち、証とする二ヵ所を書き抜いて、翻訳させようと思うちょります。応接書はたがいのいうたことをすべて書きとめちょって、うるさいきに、証とするところばあをイギリス提督に見せるがです。

この件につきお聞きいれ下さらんときは、談判は弊藩参政より尊藩御重役へ、じきじきに申しあげるつもりです」

高柳は答えた。

「貴公のお申し入れは承りました。この件は早速弊藩重役に申し達し、否やのお返事をいたしましょう」

――才谷は、昨日こっちから取った二つの証を、よほど大事なものと思うてるのか。事の黒白《こくびやく》を決するのに何の役にも立たんものを、どうするつもりでいてるのや――

高柳は龍馬の申し入れを腹立たしく聞いた。龍馬は、相手がこちらのしかけた罠《わな》にはまってくれるのを望んでいた。

高柳はさっそく茂田一次郎ら紀州藩幹部と相談した。

茂田は、長崎市中に乱暴者の名が高い海援隊士が横行し、薩摩藩士らとともに気勢をあげている様子を、懸念していた。

「海援隊は、人を斬ることを屁《へ》とも思わん、不逞《ふてい》脱藩浪人が多いらしいのう。市中の噂《うわさ》では、いろは丸を沈められたさけ、仕返しに明光丸へ斬りこむちゅうてるらしい。

薩摩がうしろについてるさけ、事を荒立てんほうがええろ」

海援隊は、諸国浮浪の徒の集合であるといわれ、長崎奉行も彼らとかかわりあうのを、はばかっている。

わずかの金にも窮しているので、気が立っているということである。隊の運営資金にも事欠くという彼らが、大洲藩から借り入れたいろは丸の賠償を、どうしてするのか。やぶれかぶれになって斬りこんでくることは、充分にありうる。

茂田は保身を第一に考えている。海援隊士と明光丸乗員が斬りあい、多数が死傷するような事件がおこれば、茂田は騒擾《そうじょう》の責任をとり、切腹しなければならない窮境に陥ることになりかねない。

彼は紛争を避けるために、談判において当方に非ありと認めてもいいと考えていた。紀州藩の財政には余裕がある。

だが高柳は、土佐側の詭弁《きべん》に屈するつもりはなかった。士官の岡本覚十郎、成瀬国助、運用方福田熊楠、運転方長尾元右衛門らも、事実をまげてはならないと、強硬な姿勢を崩さなかった。

龍馬は、高柳らがそのままひきさがるはずはないと思っていた。彼は後藤の支援をうけ、いかなる手段を用いても紀州藩を屈服させるよりほかに、活路はないと見きわめている。

細雨が西風に乗って吹きつけてきている翌朝、高柳が岡本、成瀬の二人の士官とともに小曾根家の離れにいる龍馬をたずねてきた。龍馬は機嫌よく迎えた。

「毎日げに、うっとうしい天気が続いちょります。こげなときは、丸山辺りで酒でも飲まんかったら、気が晴れませなあ」

龍馬は高柳の航海技術者らしい、理詰めの問答が苦手であった。

——理屈で喧嘩すりゃ負けるき、こげな者んらあを相手にしよったらいかん。茂田いう勘定奉行らあが弱気らしいき、脅して話をつけんといかん——

龍馬は明るい表情で、高柳たちが何をいいだすかと待ちうける。高柳は用件をきりだした。

「お話の趣を逐一重役へ申し伝えたところ、一応ごもっともには存ずるが、紀州家に於ては長崎表に公辺の奉行もあることゆえ、一昨夜の応接書を双方より奉行へさしだし、その命に応じ、公論の沙汰を待つべしとの意見です。つまり、異国の公論を仰ぐまえに、まず奉行所を通じ、公儀の裁決を受けるのが筋道であるということです。

そのため、翻訳はあとにまわし、まず双方重役が面談のうえ、長崎奉行にさしだすのが、土州殿にもよかろうというのです」

龍馬はうなずき、答える。

「昨夜決論した証の二ヵ条は、応接書のうちから抜き書きして、当方重役へ渡しちょります。私はなすべきことを終えちょりますき、当方の意向をうけいれて下さらんがやったら、談判は破談としてもろうてもかまいません」

高柳はいう。

「それでは一昨夜の応接書は、二ヵ条の証とともに奉行所へさしだし、公裁を求めましょう」

龍馬はなげやりな口調になった。

「一昨夜、二ヵ条の証を記したがで、私の仕事は終わったがです。応接書と二ヵ条の証をもって、幕府の処置をうけるか否かは、当方重役とかけおうて決めてつかあさい」

「当方もそれに異存はありません。すべては双方重役の了簡《りょうけん》に任せましょう」

「それで結構です。私は蒸気船が異国で建造されたもんやし、日本ではこげな事件を裁いた先例もないきに、世界の公議にかけるべきじゃと思うちょるがです。幕府の公裁を仰ぐというがは、いかがなもんですろうか」

龍馬は明光丸が鞆港に碇泊しているあいだに、長崎で諸国海軍提督から、航海についての公論を聞くのが、問題解決のために効果があると高柳から教わった。それを楯にとって、幕府の裁決をうけないでおこうと考えた。いま長崎に入港しているイギリス軍艦の艦長は、薩藩ときわめて親密である。

龍馬は前々日の談判で得た二ヵ条の証を翻訳し、イギリス艦長から有利な意見を得ようとしていた。応接書のすべてを提示すれば、事件の真相があらわれ、土佐側が触れられたくない弱点が明らかにされる。

龍馬は頼んだ。

「念のために、一昨日の応接についての、貴藩の筆記を拝見できますするろうか」

「お見せしましょう」

龍馬は、紀州側の応接書に記された、三ヵ条の証を読んだ。

それは土佐側がすべて否認したものであったが、高柳の航海技術をもってすれば、裁判の席で、土佐側の非をつきとめられるであろう。

当日の経過を詳細に辿《たど》ってゆけば、偽りはかならずほころびをあらわす。

紀州側は三点の証を列挙していた。

「慶応三年四月廿三日夜、土州侯蒸気船我ガ明光艦ニ衝接シテ、自ラ沈没ヲ致ス。ソノ証三件。

第壱
一、我ガ大艦ヲ以テ船首ヲ左ニ転ジ、コレヲ避クルユエニ、我ガ右舷破壊多シ。
第弐

一、暗夜、小船ヨリ大船ヲ認ムル事早ク、運転モマタ易キニ、土船カッテ舵ヲ転ジテ避ケズ。

第参

一、衝接ニ至ッテハ、他事ヲカエリミルニ暇《いとま》ナク、タダチニ端舟ヲオロシ、ソノ人員ヲコトゴトク我ガ艦ニ移シ、牽航《けんこう》スル時我ガ水夫、土艦ニ乗ジ粉骨スル者四人、土ハ二人。

ソノ沈没スルニ及ンデ、我レマタフタタビ端舟ヲ以テコレヲ救ウ。土ノ人命ヲ全ウス。皆我ガ尽力ニ因《よ》レリ」

龍馬は紀州側の応接書に目を通したのち、返した。

「貴藩のご意向は、とっくりと承知しました。いずれ今後の談判の席で、あらためて拝顔することと、存じます」

数日のうちに、長崎の花街でつぎのような都々逸《どどいつ》が流行した。

〽船を沈めてそのつぐないに
　金を取らずに国を取る

これは土佐側がはやらせた唄である。

長崎では、長州征伐に失敗した幕府の声威は地に墜《お》ち、薩、長、土の新興勢力が住民たちのあいだで人気が高かった。

御三家である紀州藩の軍艦が、いろは丸に衝突沈没させておきながら、責任をとらず、土佐側の運航に失錯があったと主張しているのはけしからんと、長崎じゅうの女子供までが、紀州の悪口をいうようになった。

海援隊士らは毎晩茶屋、遊廓へくりだし、酒をあおっては高言する。

「紀州の奴原に、船代金を償わせるばあですむもんか。戦をしかけて、国ごと取っちゃるきのう」

明光丸の乗組員が市中へ出ると、どこからともなく小石が飛んでくる。頭上から砂が降ってくることもあった。

紀州藩士らは外出のとき、いつ暴漢に斬りかかられるか知れないので、佩刀《はいとう》をあらため、身支度を充分にととのえた。

五月二十二日、長崎聖徳寺《しょうとくじ》で紀州藩茂田一次郎と、土佐藩後藤象二郎が面談することになった。

「土佐の奸物《かんぶつ》」と策謀をおそれられた後藤は、小心な能吏の茂田を、はじめから見くびっていた。威圧して思うがままに動かしてやろうと思っている。

後藤はいきなり茂田に問いかけた。

「事件当時の両艦の航路ならびにその向背などについては、しばらくこれを措《お》き、私には一個の疑問がある。それをまずおたずねいたしたい。

貴艦が長崎へ入港されるやいなや、図譜をさしそえ、事件の由を奉行所へ届け出られたが、いかなる尊意によるもんですろうか」

茂田は、とっさに返事ができない。

後藤は烈しい口調で茂田をなじった。

「あなたは当地にこられ、貴藩の諸事を統轄し、私は土州参政として、あなたと同様、弊藩の諸事を統轄しちょります。

私が当地にあることを、あなたはご存知であったはずじゃ。然るに奉行所へさしだす上書《じょうしょ》を、あらかじめ私に示してくれんかったがは、どういてですか。

あなたがたが奉行所へさしだした上書には、いろは丸に左右の舷灯がなかったと記されちょります。

けんど、これは確証のないことで、先日の応接書中に於ても、当方は認めちょらんがです。さようなことを、上書に記載なさったがは、いかようなお考えによるもんですろう」

茂田は答えた。

「乗り筋のことは、たがいに対面のときをまって論決するつもりで、事件についての一応の上達をしたのです」

茂田は、いろは丸に舷灯がなかったことを現場で認めていたが、この場でそれを強いて主張すれば、海援隊士らがいかなる騒動をおこすかも知れないと、怖れていた。

　後藤は茂田の口調から、萎縮《いしゅく》した気配を敏感に察知して、嵩《かさ》にかかった態度をあらわす。

「けんど、舷灯がなかったと上書に記載すれば、かならず無しとして裁決あるべきはず。然るに確証なきことをただちに上達されたがは、どういうわけですろう」

　茂田は後藤の問いかけを一蹴し、自分が知っている現場の様子を語るべきであったが、そうする度胸がなかった。

「然らば、その上書は取り下げます」

「では、上書はあなたの存念により、然るべきわけがあったとして、取り下げてつかあさい」

「承知いたしました」

　後藤は茂田を睨みすえていう。

「沈没の一事を裁決するには、方今さいわいに英国水師提督が来港しちょりますきに、航路及び向背のことにつき、くわしく筆記したのち、西洋の規則によって裁決しようではありませんか」

　茂田は同意した。

「仰せられる通り、私もおおいに賛成いたします。提督の意見に従い、万国の規則に従ってともに裁決をうけましょう」

「万国規則によって裁決したのち、もし弊藩が償うべきならば、そうしましょう。万一、貴藩が償うべきときは、その折、あなたの誓約書を賜りたい。もしくはただちに金子を賜りたいが、このいずれかを実行願えますろうか」

「分かりました。どのようにして償金を支払うかは、即答できません。近日のうちに、たがいに応接書を清書し交換するとき、決論を出しましょう」

後藤は失ったいろは丸の代金を、大洲侯に支払わねばならぬので、償金を受けるときは、五ヵ月以内に申しうけたいと頼んだ。


高柳楠之助は長崎に到着したのち、ただちに長崎通詞品川《しながわ》某と協力し、航海日記、衝突の詳細を英文に訳し、イギリス軍艦艦長に事件の理非曲直についてたずねていた。

艦長は万国公法、海難事故審判の類例に従い、意見書を送ってくれた。書中には、つぎの事柄が記されていた。

「私は衝突のとき、土佐の乗員が舷灯をつけていたとは思わないが、もちろんそれを証明できない。

紀州の船は、土佐の乗員が青のライトを見たと認めているように、舷灯をつけていた。双方の蒸気船がいたと、あなたが説明した位置からは、土佐の乗員たちが青のライトを見たというのは、道理にあわないが。

いろは丸の舷灯の有無は、あなたの船に乗りこんでいた乗員はもちろん、明光丸の船上にいた人はすべて知っていたはずだ。いろは丸が曳航されるとき、舷灯は掲げられていたのだろうか。もしそうであるなら、誰がそうしたのか」

艦長はイギリスの法例について述べる。

「海上の衝突を防ぐためには、英国航海条例の第十三条と第十四条があります。その写しを一通同封します。

最近、シンガポール附近でおこった、英国蒸気船アガメムノン号とモナ号の事故についての詳報を、入手するのがいいと思います。

そのときは、大型船が小型船に衝突したが、責任を負わず、損害賠償金を得ました。

五年ほど前、上海附近で起きたフランス郵便汽船と、ヘレスポント蒸気船の衝突事故の詳細も、入手するといいでしょう。

そのときも、大型船が小型船に衝突、沈没させました」

艦長は、イギリスとフランスの船舶に適用している航海法のうち、事件に関係する条項を抜粋していた。

「航海中の蒸気船は、つぎのライトをそなえておかねばならない。

（A）

前檣の先に白い明るいライト。コンパスの二十ポイント、水平線の一アール以上を均一で途切れない光が見えるように、ライトを据えつける。

つまり両サイドの前方から後方まで、晴れた夜は最低五マイル（約八キロ）の距離から見えるようにする。

（B）

右舷には青のライト。コンパスの十ポイント、水平線の一アール以上、均一で途切れない明かりを投げかけるよう据えつける。

その光は、晴れた夜は最低、二マイル先から見えなければならない。

（C）

左舷には赤のライト。据えつける位置、光の強さは、青のライトと同様である。

（D）

青と赤の舷灯は、ライトから最低三フィート（約九〇センチ）前方に突き出た、ボードスクリーンのなかに入れよ」

海上衝突事故についての規定である第十三条は、つぎの通りである。

「もし二隻の蒸気船が、あきらかに衝突の危険があるほど接近して行きあったときは、双方とも左舷に舵を切らねばならない。

そうすれば、それぞれ相手の船の右側を通過することになる」

いろは丸が、土佐側の主張する通り、オーストンソイトに指針をとり、西北の方向から進んできて、明光丸右舷の青灯を見て、すでに航路を左へひらいているのを知り、左旋したというのであれば、この条項に則した航海をしていたことになる。

第十四条はつぎの規定である。

「もし二隻の蒸気船が、衝突の危険があるほど至近距離ですれちがうときは、相手の船を自分の右舷側に見ている船は、相手の針路をさまたげてはならない」

土佐側の主張する針路であれば、この条項にも違反していない。

しかし、高柳楠之助は、イギリス艦長の来信により、勝利の確信を持った。

「これでええ、こっちの勝ちや」

岡本覚十郎が首を傾《かし》げる。

「勝てるかのし。向こうは嘘ついてくるやろがのし」

「嘘ついても、明光丸の舳の衝突の跡は、はっきり残ってる。消すに消されん証拠や。

左旋してるいろは丸に、急にこっちが右旋して当たったら、かならず左舷舳が損じるやろ。なんで右旋していって右舷に疵《きず》つくんよ。イギリス提督なら、衝突の跡を見たら、どっちが航法をまちがえてたのか、一目で見分けるにきまってる。あいつらがいい逃れしようと思うたところで、どうにもならん。わが嘘が発覚するだけや」

龍馬は長崎に戻ってのち、海援隊の資金に窮した。

土佐商会主任岩崎弥太郎は、五月二十二日の日記にしるしている。

「坂本龍馬が二通の願書を今井純正（長岡謙吉）に届けさせたので、後藤参政に

伺ってみた。

一通は隊中に病人が出たので、薬代を支給してほしいとのこと。一通は海援隊

備品として洋学書籍を買い入れたいという希望である。

参政は書籍の買入れを許し、薬代支給の願いを却下した」

この日、龍馬は後藤象二郎らとともに、商人オールトの宅をおとずれた。

その席にイギリス海軍提督がきて、ともに酒席を囲んだ。龍馬は酒席で中井《なかい》

弘《ひろし》（弘三、田中幸助）、オールトを通じ、衝突事件のあらましを告げた。提督は

答えた。

「それは当然、先方がわるい。わが国の航海法では、衝突するほど接近した蒸気

船は、たがいに舳を左へむけ、回避しなければならないと定めている。明光丸艦長を、私が説得して、非を認めさせてやろう」

龍馬は、提督が高柳に会い、明光丸の衝突痕跡を見れば、土佐側に操艦の誤りがあったと知るにちがいないと危ぶんだ。

提督に会わせないままに、紀州側を脅し、屈服させるほかに手段はない。

龍馬は、永国淳哉《ながくにじゅんや》著「坂本龍馬――その虚像と実像」によれば、長崎の町じゅうに、日本最初のコマーシャルソングを流行させていた。

歌詞は、のちに伝えられたものとはちがう。

〽沈められたる償いの
　金を首で取るのがよござんしょ

この唄を、よさこい節調でうたったというのである。

阿波《あわ》徳島藩医学留学生、長井長義の日記には、つぎのように記されている。

(『海援隊遺文』)

「このごろ土紀の争論の歌、もっとも土州、薩州脱藩組の中より始まり候かと存じ候。

　しずめられたるつぐのい金を
首で取るのがよござんしょ」

「長井日記」には、龍馬が長崎市中へ流した情報についても記している。

「土州より船の規則を西洋諸国へ聞きあわせにつかわし候由。紀州の返答により候ては、戦争にもあい及び候様子あい見え申し候。

土州の方、まったく左様の存志にあい見え申し候」

紀州藩勘定奉行茂田一次郎は、後藤象二郎との交渉で、気力において完全に圧倒された。

茂田は和歌山の友人に出した手紙に、「後藤象二郎と申す人、若手にて暴論強き様子の次第にて」と、困惑する内心を洩らしているが、三十歳の血気さかんな土佐藩参政の強引な論調に圧倒され、無気味な威嚇《いかく》の言辞をほのめかされ、最初の会談で早くも浮き足立っていた。

五月二十六日、龍馬が明光丸艦長高柳楠之助を、その宿所におとずれた。近所の神社の木立をゆるがすような蟬《せみ》の声が、蒸し暑さを煽《あお》りたて、風が落ちているので、湯のような大気を呼吸しているだけで、背筋を汗がつたいおちてくる。

高柳は才谷という男が、先日の談判の席で書役《かきやく》をつとめていた長岡謙吉という隊士一人をともなっていたので、同宿の士官成瀬国助を呼び、応対した。

龍馬はさっそく来意を告げる。

「去る二十二日、弊藩参政の後藤が、尊藩ご重役茂田殿とご面談いたし、事件を万国の公論に従うて、決することにしちょります。ついてはそのことで、ちくとご相談いたしたいことができたがですけんど」

「承知いたしました。万国の公法に照らして黒白《こくびゃく》をたしかめるのは、貴公もご承知の通り、私がかねて申しあげていたことです。何でもご相談下さい」

高柳は、後藤と才谷が、長崎奉行徳永石見守《とくながいわみのかみ》に、海難審判を提訴するのを避けようとする理由を、ほぼ推測していた。

勝麟太郎が長崎奉行所に出張して、審判をおこなう事態を、もっともおそれているのである。

龍馬はいった。

「実は先日、後藤と同道して英国商人オールトの屋敷へ参ったがですけんど、そこに英国海軍の提督が来あわせたがです。

例の事件につき詳しく話したところ、提督は、日をあらためて紀州軍艦の艦長とたずねてくるやったら、世界の公法による見解を談じてもえいといわれました。どうですろう。ご同道いただけますろうか」

「よろこんでお供しましょう。世界の類例より推しはかれば、何の駆けひきをする必要もありません」

才谷は高柳に会うとき、心中を探るかのような、油断ならない眼差しになるが、ときどき少年のような含羞《がんしゅう》の色を見せることもあった。

このときも、才谷の眼中にはじらいのかげりがよぎるのを、高柳は見逃さなかった。

長崎に集まっている海援隊士とその徒党は、百余人に達していた。徒手空拳で世上の風雲に乗ろうとしている、死を怖れない慓悍《ひょうかん》な浪士たちは、長崎市中を横行し、おだやかならない高言を吐いてはばからない。

「談判が決すれば、償金は数万両にとどまらんがじゃ。紀州が非を認めんときは、戦をするよりほかはないぜよ。まず明光丸の乗組みの者んらあを撫で斬りにして、船を乗っ取っちゃろう」

温順小心な俗吏である茂田一次郎は、後藤象二郎と会談してのちは、表情に怯えをあらわし、高柳と口をきくこともない。奥祐筆、勝手組頭、仕入方頭取ら幹部たちと額をあつめ、低声に話しあうばかりであった。

龍馬は、高柳の内心を探るつもりであろう、イギリス提督の見解を語った。

「英国の公法によれば、やはり当方に失錯はなかったようですらあ。すれちがう二隻の蒸気船が衝突の危険のあるときは、たがいに左舷へ舵を切らんといけません。げに貴艦は右へ舵を切られたがです。

また、おなじく衝突の危険があるばあ接近しちゅう二隻の蒸気船のうち、相手を右舷側に見ゆう船は、相手の船の針路を妨げちゃあいかんがです。貴艦は、この両条に抵触する行動をされたということになるがです」

高柳は即座に反論した。

「それは海上の衝突についての英国航海条例の、第十三条と十四条による見解でしょう。

たしかにあの夜、貴艦が南方から北東の六島へむかわず、西北から東一点南《オーストンソイト》へむかわれたのであれば、当方が衝突の責めを負わねばなりません。

当艦は貴艦と行き合ったとき、突然右へ舵を切り、衝突したということになります。外洋航海をかさねた運転方長尾元右衛門にすれば、突然乱心したとしか思えない行動ではありますがね」

高柳が龍馬の眼をのぞきこむと、龍馬は鋼《はがね》のような意志を凝縮した視線で、はねかえそうとした。

――この男は、どうにも後に退《ひ》けん崖《がけ》っ縁《ぷち》に立ってるのや。生きるか死ぬかの境めで、なんとしても、こっちを押し倒そうとしてるが、そうは問屋がおろさんぞ――

高柳は、才谷という男がいちばん触れられたくない事実を、容赦なく指摘した。

「あの夜の有様は、貴公もありありと覚えておられるはずだ。いろは丸の右舷に、急速に左方へ舵を切り、衝突したときの光景ですよ。貴公は、さようなことはなかったと申されるが、能弁な貴公にも、どうしてもいいつくろえない証拠がひとつござる」

「そりゃあ、いったいなんですろうか。お聞かせ願いたいですけんど」

龍馬には、高柳がなにをいいだすのか分かっている。

「明光丸の舳にいろは丸と衝突したときの痕跡が、歴々と残っています。貴公方は談判の席上で当方の申述に対し答弁をせず、いたずらに無用の発言を重ねられ、時をついやされたが、英国提督の判断を仰ぐのであれば、そのままではすみませんぞ。

提督は、明光丸の痕跡を見逃すはずがありません。明光丸が右旋していろは丸に衝突し、右舷を破損するようなことは絶対にないと、航海士ならば知っています。

明光丸を一見すれば、貴公方が偽りを申しておられることが、あきらかになります」

龍馬は暗い表情で応じた。

「高柳先生、どちらに非があるかは、席をあらためて論じあうとしましょう。そいたら明日、提督のもとへご同道下さい」

「承知しました」

高柳は、龍馬がそのあと後藤象二郎とともに、茂田一次郎のもとへ訪れたのを知らなかった。

龍馬が翌日、高柳ら明光丸を運転していた士官たちとともに、英国提督に会い、事情を説明すれば、明光丸船首右舷の痕跡によって、海援隊側がいいはっていた欺瞞《ぎまん》が露顕してしまう。

「ここが勝負のしどころじゃ。きばっていくぜよ」

象二郎は軍鶏《しやも》のように首をもたげた。龍馬とともに茂田を脅迫にゆくのである。もはや理屈が通用する段階ではなかった。四角を丸であるといいはって、相手に承知させるには、闘争をも辞さない荒業《あらわざ》で萎縮させるよりほかに、手はなかった。

岩崎弥太郎の、当日の日記にはつぎのように記されている。

「二十六日　雨、後藤氏へ朝五ッ時（午前八時）おもむく。薩州の国勢を談ずる。紀州重役茂田一次郎、過日来談判の壱条ははなはだ延引につき、参政直々《じきじき》談判にゆく」

龍馬は後藤象二郎とともに、茂田一次郎を訪問し、茂田を威迫した。

もしいろは丸沈没の賠償金を支払わないような結果になれば、明光丸は無事に長崎から出港できないだろう、乗組員も、市中に徘徊《はいかい》する諸国浪人に襲われ、斬り殺される事態は避けられまいと茂田を不安に陥れ、英国提督の意見を聞くことなく、紀州側の非を認めるのが、唯一保身の道であると弁じ、ついに屈服させた。

慶応三年五月二十八日、龍馬は下関のおりょうあてに、つぎの書状を送っている。

「其後は定而《さだめて》御きづかい察入《さつしいり》候。

しかれバ先ごろうち、たび／＼紀州の奉行《ブギヨウ》、又船将《センシヨウ》などに引合いたし候所、なにぶん女のいゝぬけのよふなことにて、度々論じ候所、此頃ハ病気なりとてあ《（会）》わぬよふ（に）なりており候得ども、後藤庄次郎《（ママ）》と両人ニて紀州の奉行へ出かけ、十分にやりつけ候より、段々義《（議）》論がはじまり、昨夜今井（長岡謙吉）、中島（作太郎）、小田小太郎《おだこたろう》（吉井源馬）など参り、やかましくやり付候て、夜九ッ（午前零時）過ぎにかへり申候。

昨日の朝ハ私しが紀州の船将に出合《であい》、十分論じ、又後藤庄次郎が紀州の奉行に行《ゆき》、やかましくやり付しにより、もふ／＼紀州も今朝ハたまらんことになり候ものと相見へ、薩州へたのみに行て、どふでもしてことわりをしてくれよとのことのよし。

薩州よりわ、彼《かの》イロハ丸の船代、又その荷物の代お払《ハライ》候得バ、ゆるして御つかハし被レ成度《なされたし》と申候間、私よりハそハわ《(ママ)》夫《それ》でよろしけれども、土佐の士《サムライ》お、鞆の港にすておきて長崎へ出候ことハ中〳〵すみ不レ申《もうさず》。

　このことハ紀州より主人土佐守《とさのかみ》へ御あいさつかわされたしなど申ており候。此ことわまたうちこわれて、ひとゆくさ《(戦)》致候ても、後藤庄次郎とともにやり、つまりハ土佐の軍艦もつてやり付候あいだ、けして〳〵御安心被レ成度候。先《まず》は早々かしこ。

　　五月廿八日夕　　　　　　　　　　龍

　　　鞆《とも》殿

猶《なお》、先頃土佐蒸気船夕顔《ユウガオ》と云船が大坂より参り候て、其ついでに御隠居様《よふどふさま》（土佐御いんきよ）より後藤庄次郎こと早々上京致し候よふとの事、私しも上京してくれよと、庄次郎申おり候ゆへ、此紀州の船の論がかた付候得バ、私しも上京　仕《つかまつり》　候。

　此度の上京ハ誠ニたのしみニて候。しかし右よふのことゆへ下の関へよることができぬかもしれず候。

　京にハ三十日もおり候時ハ、すぐ長崎へ庄次郎もともにかへり候間、其時ハかならず〳〵、関（下関）に鳥渡《ちよつと》なりともかへり申候。御まち被レ成度候。

○おかしき咄《はな》しあり、お竹に御申《おもうし》。直次郎事ハ此頃黒沢《クロサワ》直次郎と申おり候。

今日紀州船将高柳楠之助方へ私より手がみおや《(ママ)》候所、とりつぎが申ニハ、高柳わきのふ《(昨日)》よりるす《(留守)》なれば、夕方参るべしとのことなりしより、そこで直次郎おゝきにはらおたていう《(云)》よふ、此直次郎昨夜九ツ時頃此所にまいりしニ、其時高柳先生ハおいでなされ候。

夫《それ》おきのふよりるすとハ、此直次郎きすて《(ママ)》ならずと申けれバ、とふ〳〵紀州の奉行が私しまで手紙おおこして《(寄越)》、直次郎ニハことわりいたし候よし。

おかしきことに候。かしこ〳〵。

此度小曾《こそ》（根《ね》）清三郎《せいざぶろう》が曾根拙蔵と名おかへて参り候。

定めて九三（伊藤助太夫）の内ニとまり候ハんなれども、まづ〳〵しらぬ人となされ候よふ、九三ニも家内ニもお竹ニも、しらぬ人としておくがよろしく候。

　後藤庄次郎がさしたて候。かしこ〳〵。」


龍馬はおりょうを鞆と改名させていた。

この書状には、紀州藩勘定奉行茂田一次郎のもとへ、後藤象二郎とともに談判におもむき、さんざんにやっつけた、昨夜も海援隊士が茂田のもとへおしかけ、やかましく論じたてたので、茂田は今朝たまりかねて、どうでもしてくれと薩摩藩（五代才助）に仲裁を依頼したという事情が記されている。

薩州では、いろは丸の船価、積荷の代金を払ってくれれば、ゆるしてやろうといっているが、私は、それはそれでいいが、土佐の侍を鞆の港に捨ておいて、明光丸が長崎に先行した無礼については、紀州家より土佐藩主に詫びてもらわねばならないと考えている。

和議がこわれて紀州藩と戦をやることになっても、土佐の軍艦をもちだしてやっつけてやるから、安心していてくれと、強気の心中を語っている。

「おかしき咄しあり、お竹に御中」のお竹というのは、おりょうが召し使う女中であろうと、平尾道雄著『龍馬のすべて』に記されている。

同著によれば、直次郎とは、おりょうの弟で勝塾に預けられたこともある、楢《なら》崎《さき》太《た》一郎《いちろう》であるという。

小曾根清三郎とは、小曾根一族の青年で、後藤象二郎のもとで密使のような役をつとめていたという。

茂田一次郎は、後藤と龍馬に脅され、ふるえあがっていた。長崎奉行でさえ怖れはばかる乱暴者揃いの海援隊によって、明光丸が乗っ取られる事態がおこることもありうると思いこんでいる。

紀州藩船手方の精鋭をそろえた明光丸乗組員は、海援隊が襲ってくれば応戦しようと、鉄砲の手入れをしていた。

茂田は奥祐筆山本弘太郎とともに、長崎奉行に、事件を穏便におさめてくれるよう助力を求めたが、奉行はとりあわない。

「海援隊と申せば、命知らずの浮浪の徒でござるよ。天下に動乱がおこれば、当奉行所を乗っ取り、公金十万両を奪うなどと、不穏の言舌《ごんぜつ》を弄するやからで、とても相手にはできませぬ」

奉行は、弱気を隠さなかった。

「拙者どもは海上のことは分かりかねるが、ご貴殿がたが土州の船を沈めたのであれば、それを正当とする理分はないと、素人考えながら思えるのだが」

茂田は知る辺《しるべ》のすくない長崎で、奉行にまで実意のない応対をされ、ますます意気消沈した。

長崎の町人たちは、くわしい理由も知らないまま、海援隊に味方をする。幕軍敗戦のあとであるので、土佐藩が、紀州藩と開戦して打ち滅ぼせばいいと、けしかける声もさかんであった。

後藤象二郎は、理屈の通らない強弁をするが、茂田はそれが牽強附会《けんきょうふかい》の説であると抗議する勇気もなかった。

「いろは丸沈没のとき、わが船手の者んらあが困難に際し窮苦しよるがを見捨て、尊藩は一人の士官をも鞆港に残さんと、いろは丸の乗員すべてを港に残し置き、長崎にむこうた。救護哀憐《あいれん》の意はなかったじゃいか。

武士の交際がこげなもんとはのう。この一条は他日つまびらかに寡君《かくん》（山内容堂）に告げようと思うちょります。

寡君がどげに存慮なされるかは知らんけんど、土佐一国の士民は、尊藩を讐《かたき》のごとく思うやも知れん。あらかじめこの意を述べちょきますぜよ」

茂田は、明光丸が鞆を出帆するとき、いろは丸に乗り組んでいた全員を長崎へ運ぼうと龍馬にすすめ、拒まれたので、やむなく小曾根某らを同乗させた事情を知っており、その説明も幾度かしかけたが、後藤ははねつけた。

「すべては、結果じゃ。どげな理由によってこげなことになったがか、見苦しいようだいを、聞く耳は持たんぜよ」

龍馬は慶応三年五月二十八日、伊藤助太夫あてに、つぎの書状を送っている。

「其後ハ益《ますます》御勇壮可レ被レ成二御座一《ござなさるべく》奉二大賀一候。然ニ彼紀州の船の儀論（ママ）、段〻申上り、明日か今日か戦争とヒシメキ候中、後藤庄（ママ）次郎も大憤発ニてともに骨折居申候。

此頃長崎中の商人小どもニ至るまで、唯紀州をうての紀州の船をとれのと、のゝしり候よふ相成、知らぬ人まで戦をすゝめに参り申候。

紀州とハ日〻談論とふ〳〵やりつけ、今朝より薩州へたのみてわびを申出候得ども、是迄《これまで》段々無礼致候事故、私もゆるし不ㇾ申。

薩州よりハ、イロハ丸の船代又中荷物代を立替候て、其上紀州の奉行が御宿へまで出し、御あいさつ致候得ばよかろふなど申候ニ付、私しハそふすれば一《いち》分《ぶん》も立候得ども、曽而《かつて》鞆の港へすておかれ候事ハ、是ハ、紀州より土佐の士お、はづかしめ候事故に、私ニあいさつ致した位でわ、すみ不ㇾ申。

主人土佐守へ御あいさつ被ㇾ成べしなど、今日ハ申居候。

何《いず》レ此儀も又打こわれたれバ、一戦ニて候得ども、なにぶんおもしろき御事ニて候。先は御きづかい可ㇾ被ㇾ下《くださるべく》と存じ、今のまま早〻申上候。　頓首。

廿八日　　龍

九三先生

御直披　　才谷」

紀州藩勘定奉行茂田一次郎は、長崎奉行所へ同道した山本弘太郎のほか、仕入方頭取須山藤左衛門、同速水秀十郎、御勝手組頭清水伴右衛門と相談した。

「この急場を、どう凌《しの》いだらええものやろかのう。海援隊の才谷ちゅう男は、大分金に窮しておるようや。参政の後藤に資金を出してもらい、いろは丸で商いをするつもりであったところ、航海運用方の過ちで沈没してしもうた。こっちもえらい迷惑をこうむったものやが、うちの者らが海援隊と斬りおうたら、大騒動がおこるしのう。公儀の裁決を待ちたいところやが、江戸から勝安房殿が参られるまでに、才谷らはかならず喧嘩をしかけてくる。

まともに談判ひたら勝ち目はないさけに、イギリス提督との話しあいさえ、ひたがらんやろ。なんせ、無茶を承知でしかけてくることや。うしろに薩長がついてるさけ、騒動になったら明光丸は和歌山へ帰れんことになるかも分からんよ」

山本がいう。

「高柳艦長に弁論さひたら、喧嘩になるのはまちがいないよし。土州側は衝突の晩に見聞きひたことを忘れたように、嘘ついてるのやさけ、艦長があとへ引かんのももっともやけどのし。おだやかに話をつけるのやったら、艦長、士官らを土州側に会わさんと、話つけるしかなかろのし」

「ほや、こっちが悪かったと謝って、いろは丸の船代をば償《まと》うのかえ。荷代も取られるやろが。あいつらは荷を積んでなかったのに、法外な荷代を取ろうとひてるんや。そげな話に乗るんかのし。それやったら、儂《わし》らは皆、腰抜け侍や」

須山藤左衛門が、憤然と反撥《はんぱつ》した。

「長州征伐でも、紀州の持ち口だけは長州の奴ばらを散々に打ち負かしてやった。いま、土州の脅しに屈するのは、いかにも不本意とは思わんかのう」

速水が須山の強硬な意見を、おさえようとした。

「天朝と公儀のあいだに、さまざま波風立ってるときやさけ、何事も穏便にすますのが、ええのとちがうか。ここは腹の虫をおさえて、黙って払うちゃったほうが、つまるところはお家の為にもなるろう」

海援隊へ支払う賠償金は、八万両前後になると予測がついていた。紀州藩の懐が痛むにはちがいないが、やりくりのつけられない金額ではなかった。

茂田は弱気になっていた。

海援隊へ賠償金を支払えば、家中の弾劾をうけ、処罰されるであろうが、切腹を命ぜられることはなかろう。

天下大乱の兆《きざ》しのあるいま、軽率な行動をとり、紀州藩に災いを招くことをつつしまねばならない。

茂田はいった。

「ええわい、儂がすべての責めを負うて、この一件を落着させるよ。帰国ののちは、こげなやむをえん事情であったと、お前んらもいうてくれ」

「分かってるよし」

茂田らは、無事に和歌山へ帰りたい。遠国の長崎で、浪人相手のいさかいに命を落としたくはなかった。

茂田は、龍馬が五月二十八日付のおりょうへの手紙に記している通り、単独で後藤、龍馬らに責めたてられ、脅しつけられて脆《もろ》くも二十七日のうちに、薩摩の五代才助に仲介を頼みに出向いていた。

茂田が五代才助に仲介を頼んだのは、知人の松山《まつやま》藩士小林大介に紹介されたことになっている。

小林は、紀州藩の所有するコルマンドル号売却の件につき相談のため、茂田に会い、海援隊との紛議を聞き、五代を推薦したというのである。

茂田は、藩庁あての書状に記した。

「薩藩五代才助は、長崎では外国商人に信用のあつい有力者で、大介がかねて懇意にしており、私から土州との紛議について聞くと、才助に仲介を頼んでやろうということになりました。

才助は、はじめはなにかと嫌がって再三辞退しましたが、大介がとりなし、だんだんと話がまとまって、才助の周旋で、おだやかに事が治まりました」

この経過説明は、つくられたものであった。小林大介が五代を紹介したのは事実であるが、五代を仲介者として望んだのは、後藤と龍馬であった。

土佐藩の要求をうけいれることに決めた茂田は、五月二十七日、高柳をはじめ明光丸乗員につぎの達示を出した。

「コノタビ、明光御艦衝接ノ一条ニツキ、其許《そこもと》ハジメ一命ヲ擲《なげう》チ、職掌アイ尽シ候段、至極神妙ノ至リニ候。

右双方談決ノ儀、万国ノ例ニナライ曲直相糺《あいただ》シ候。ツイテハ、以テノ外ノ大乱引キ起シ候ホドモ計リガタク、国家ノ大事ニカカワリ候事ニツキ、コノ表ニテ処置ノ儀ハ勿論《もちろん》、和歌山表ノ儀モ、スベテ拙者引受ケ取扱イ候ニツキ、ナオコノウエ少シモ危ブムコトナク、忠誠相勤メラルベク候。尤《もっと》モ、穏済相成リ万一理非ノ風聞等コレ有リ候トモ、御為筋ノ儀ト深ク相心得、決シテ懸念致サズ一同相忍ビ罷《まか》リ在リ候ヨウ、中シ諭サルベキ事」

茂田はこののち、単独で土佐側と交渉し、高柳以下の士官を、談判の座に出席させないこととした。

交渉の経過を一切秘密とし、紛争をおこすことなく、賠償金を支払うつもりであった。

茂田が達示を出してまもない二十七日の早朝、龍馬は高柳楠之助につぎの手紙を送った。

「今日も鬱陶《うっとう》しき天気に御座候。いよいよ御佳安賀し奉り候。然れば昨日、官長（後藤）罷り出で、茂田君と御約定申しあげ候通り、今廿七日、英国水師提督に対面之儀は、第十字（十時）より彼の船に御同行申したく存じ奉り候間、この段、御通達申しあげ候。

当方へ御入来下され候や。又当方より罷り出で申すべきや。御返事此者へお聞かせ下されたく、かくの如くに御座候。以上。

五月二十七日　　　　才谷梅太郎

高柳楠之助様」

龍馬は前日のうちに、後藤とともに茂田を脅しつけ、賠償交渉には今後、高柳以下の明光丸乗組員を出席させないよう、約束させた。

それにもかかわらず、このような書状を出したのは、高柳が自らの意志で出席を辞退したという、後日の証拠を得たかったためである。

龍馬はこの手紙を、先のおりょうあての書状にもあるように、おりょうの弟楢崎太一郎に持たせ、高柳の宿所へ届けさせた。

取次ぎの者が出てきて告げた。

「高柳は昨日から留守をしており、夕方には戻りますやろ」

太一郎は怒っていった。

「私が昨夜九つ（午前零時）頃、この宿をおたずねしたとき、高柳先生はおられました。それを昨日より留守とは、聞き捨てなりませぬ」

紀州側では、茂田一次郎が高柳に後藤らとの交渉を知られると、騒動がおこるので、あわてて高柳が急病で臥しているとの、ことわりの手紙を送った。

茂田は高柳らが事情を知らないうちに、上官の職権で、土佐との交渉に部下の介入を許さず、単独で談判をすすめ、その経過についてはひた隠しにしていた。

いろは丸はもと薩摩藩船で、オランダ商人ボードウィン所有になっていたが、五代が龍馬を通じ、高値で大洲藩へ売却したものである。

龍馬と五代は、社中経営のうえで、深い利害関係を結んでいた。

五代はいろは丸事件の仲介者として、茂田から法外な賠償金を受けとる交渉をまとめた。

茂田は後藤象二郎に、つぎの契約証書を送った。

「　　証書

一、金八万三千五百弐拾六両百九拾八文　　イロハ丸沈没ニ付キ船代

内三万五千六百三拾両

四万七千八百九拾六両百九拾八文　右ニ付　積荷物等代価

右金高来ル十月限リ於長崎表、相違ナク相渡シ申スベク候。以上。

慶応三年丁卯六月

紀伊殿家来　茂田一次郎」

いろは丸の船価はともかく、少量の米と南京砂糖であったにちがいない積荷の

代価が、四万七千余両というのは、法外であった。

五代の仲介がおこなわれたある夜、明光丸士官岡本覚十郎が、茂田一次郎の宿所である寺院で、ひそかな人声を立ち聞きした。

岡本は話しあう声が、茂田と五代であると知り、密談の内容を立ち聞きして歯ぎしりをした。

茂田は上官の職権で、土佐との交渉に部下の介入を許さなかったので、交渉に加わることを禁じられた高柳以下は、切歯扼腕《せっしやくわん》するばかりであったが、ついに岡本が茂田の弱体を知った。

岡本はただちに高柳の宿所へ駆けこみ、わが覚悟をうちあけた。

「もはやこれまで、このうえは恥辱をすすぐために、死ぬしかないよし。私には年とった母親があるさけ、こののちの面倒を見てやっていただきたいのよし」

高柳は岡本をおちつかせようとした。

「茂田のしくさったことは、なんと情けない。儂らは天下に恥をさらしたのや。しかし、阿呆《あほう》な上役でも指図に従わな仕方ない。ここは耐え忍べ。帰藩のうえは、藩庁に願い出て、土州と談判しようら。こげなことで死んでどうする。気い落ちつけよ」

だが、岡本は高柳が握った袖をふりはらい、戸外へ走り出た。

岡本は親友の仕入方頭取須山藤左衛門の宿所へ立ち寄り、事情を述べて別れを告げた。

「あの才谷ちゅう奴を、このまま生かひとけんよし。気のちっさい勘定奉行を脅しあげて、長崎奉行の裁決も、イギリス提督の審判もうけさせんと、我《わ》がらのあやまちをこっちに塗りつけようとしくさる、武士とも思えん嘘つきや。あいつを斬らなんだら、腹切って死ぬほうがましや」

須山はいった。

「分かった。お前のいう通りや。儂もいっしょに斬りこむよ。お前はこの刀を持っていけ」

彼は二振《ふり》の銘刀を取りだした。

二人は漆喰《しっくい》（石灰《しっくい》）町《まち》の才谷梅太郎の宿所を襲おうと出向いたが、そこは闃《げき》として静まりかえり、人の気配がなかった。

龍馬はその夜、長岡謙吉、中島作太郎、小田小太郎ら海援隊士とともに茂田の宿所へ出向き、途中で岡本、須山と入れちがい、難を免れたのである。

六月六日の午後、龍馬は西風に煽られてしぶく降雨のなか、岩崎弥太郎とともに大洲藩士玉井俊次郎の旅宿をたずねた。

玉井は一時いろは丸船将をつとめたことがある、船手方であった。

龍馬たちは手をついて、玉井に詫びた。

「こたびは、尊藩いろは丸を沈め、まっことご迷惑をおかけいたしました。船の値《あたい》、積荷、水夫《かこ》、旅人の手廻りの品に至るまで、一切のつぐないは紀州より取りたてます。

償金を受けとれば、ざんじ尊藩に船価の金子をお渡し申しあげます」

玉井は、償金を受けとるまでの措置につき請求した。

「いろは丸が沈んでは諸国との交易ができず、いろは丸を買い求めた資金の金利の工面もできません。

それで当家では、償金を受けとるまえに、帆前船《ほまえせん》一艘《そう》を買い求めます。ついては、海援隊において、買入れ約定の請人《うけにん》になって頂きたい」

「ごもっともです。仰せの通りにいたします」

玉井のさしだした帆前船購入約定書は、つぎのようなものであった。

「

　　覚
一、壱万六千ドル　帆前船壱艘代
　内
八千ドル　来辰正月納
利六百四拾ドル　卯七月より辰正月まで八ヶ月分

〆八千六百四拾ドル
八千ドル　同九月納
利六百四拾ドル　辰正月より同九月まで八ケ月分
〆八千六百四拾ドル
右は壱艘、英吉利《イギリス》帆前エシリードブルユーシーボルン船、白耳義《ベルギー》国士アデリアンより買請代金。払いかたの儀は、前書の通り相違これあるまじく候。もっともドルラルあるいは壱分銀にても、そのときの市中相場にてあい済み申すべく候。後証のため、よってくだんの如し。
慶応三年卯六月
買主　加藤《かとう》遠江守《とおとうみのかみ》内
玉井俊次郎　印
請人　松平土佐守内
土州海援隊長
才谷梅太郎　印」

龍馬は求められるままに、署名捺印《なついん》をした。
紀州藩との談判に勝ってのち、龍馬は海援隊士をともない、連日妓楼で祝盃をあげた。

海援隊は長崎に流れてきた多数の尊攘《そんじょう》浪士の支持をうけ、本藩土州にくわうるに薩、長の威光を背にして、あたるべからざるいきおいであった。

長崎奉行所では、不穏の事態にそなえ、二百五十人の兵士を徴募し、砲隊、平士隊に分け、市中に分駐させ、治安維持につとめているが、海援隊に威圧されている。

紀州藩勘定奉行茂田一次郎が、海援隊の強弁が虚偽であると知りつつ膝を屈したのは、やむをえないことであったのだろう。

あくまで強硬に応対すれば、いかなる不測の事態がおこったかも知れない。

勝安房か、外国の海務官に海難審判を依頼するまで、屈伏しない勇気が茂田にあれば、龍馬はおそらく窮地に陥ったであろう。

明光丸乗員山田伝左衛門の筆記には、つぎのように書かれている。

「彼は奇抜慓悍の士等、手組して到《いた》り、我は温順柔和の俗吏、彼これを奇貨とし奇譎《きけつ》脅迫至らざるなし。

時に飛語して曰く、明光丸を押奪せん」

現代の海事専門家は、海難審判をすれば、紀州有利、土州不利となるだろうと判断をしている。

龍馬が万国公法を紀州側に見せつけ、彼らの航法の誤りを指摘したという説があるが、談判の応接筆記にそのような場面はあらわれず、もともと万国公法に海事に関する法律の記述はない。

いろは丸賠償を紀州側にうけいれさせた後藤象二郎と龍馬は、六月九日、土佐藩運送船夕顔に乗り長崎から大坂へむかった。

夕顔は、龍馬が五月二十八日付でおりょうに送った書状にある通り、その頃から長崎港に入港していた。京都二条城で、島津久光、松平春嶽、伊達宗城《だてむねなり》とともに、長州再征と兵庫開港問題を議論していた山内容堂が、将軍慶喜の巧妙な応対により、会議が難航するばかりであったので、後藤象二郎をわが補佐役として、長崎から呼び寄せるため、夕顔をよこしたのである。

象二郎は、いろは丸問題が解決すると、龍馬、長岡謙吉を同行させ、上京することにした。

岩崎弥太郎は、六月三日の日記にしるしている。

「三日、天気快晴。（中略）午後坂本良（龍）馬くる。置酒、従容として心事を談ず。兼ねて余、素心の在る所を談じ候ところ、坂本掌を抵《う》って善《よ》しという」

弥太郎の素心とは、海外との通商交易の計画であろうと、山田一郎氏は推測しておられる。

長岡謙吉は、「海援隊日史」に記した。

「六月九日、本藩ノ運送船水蓮《シュイリン》（夕顔のこと）長崎港ヲ発ス。由井（比）畦三郎《けいざぶろう》船長タリ。

参政後藤象二郎、付属官松井周助、高橋勝右衛門、隊長才谷梅太郎、文官臣謙吉等同乗タリ」

岩崎弥太郎は、その日早く起き、後藤が留守中に片付けておくべき公務についての書類をうけとって帰った。

それから京都へ出向く一行への餞別をととのえる。

松井周助から、かねて帷子《かたびら》を貰《もら》っていたので、仙台平馬乗袴《せんだいひらうまのりばかま》を贈った。坂本龍馬からは筑紫《つくし》槍《やり》の穂先を短刀に仕立てたものを所望されたが、ととのわなかったので、代わりに馬乗袴を仕立てて贈った。

後藤から刀一振と鍔《つば》一つを贈られたので、茶器数品を進物とした。

午後、一行は夕顔に乗船した。午後二時頃に出帆するので、随行する土佐商会の高橋は、あわてて旅装をととのえ、乗りこむ。

弥太郎は、降雨のなか、土佐商会の一行を連れて波止場に見送った。彼の当日の日記の末尾に「余不覚流涕《りゅうてい》数行」の七字がしるされている。

剛腹な弥太郎が、後藤と龍馬を見送るとき、なぜ泣いたのか。

京都で大政奉還を建議するつもりの後藤と龍馬が、生命の危険にさらされるであろうと思い、これが永《なが》のわかれであろうかと涙を禁じえなかったのである。

長岡謙吉の「海援隊日史」によれば夕顔は、

「翌十日馬関ニ達ス。十一日晴天暁霧、岩見島《いわみしま》ノ辺ヲ過ルトキ少シク暗礁ニ触ル。破傷大ナラズ。

十二日朝兵庫ニ達ス。午後、大坂長堀《ながほり》ノ邸《やしき》ニ入ル。同日、後藤、松井等、上京。十四日京師ニ到ル。邸外ニ宿ス」

下関に着いたとき、龍馬は伊藤助太夫宅へ駆けつけ、自然堂でおりょうと一夜を過ごした。おりょうは、龍馬にしがみついて聞く。

「わてを連れにきてくれはったんどすか」

「いんにゃ、お前んはここにおってくれ。ここがいっち安心できる場所じゃきに」

おりょうは顔色を変えた。

「ほんなら、わてをまだここに置いとかはるのどすか」

「夕顔には、後藤参政も乗っちゅう。京都へ出たら、土佐の御隠居の尻《しり》を押して、大仕事をようけせんといかんがよ。いろは丸のことはようよかたがついたけんど、どえらい仕事が先に待ちよるがじゃ。手をついて頼むきに、もうちっと、ここで辛抱しよってくれ」

おりょうはまなじりを吊《つ》りあげていう。

「あと、どれほど待てばええのどすか。辛抱にも限りがありますやろ。はっきりしておくれやす。男やないか」

龍馬はゆるやかな口調でいう。

「お前んをこんな目にあわすがは、俺が悪いと重々詫びるきに、あとふた月ばあ待ってくれんかえ」

おりょうは、龍馬の頰《ほお》を平手で打った。

「まだそんなことをいうて。わてはあんたといっしょに京都へ帰るえ」

龍馬はおりょうを胸のうちに抱きしめる。

「俺も、できるやったらそうしたいけんど、それまでに果たさんといかん務めがある。こればっかりは命に替えても、やり遂げんといかんがよ」

おりょうは体の力を抜き、身をふるわせ龍馬の頰を涙で濡らした。

龍馬は下関にいたわずかな時間のあいだに、木戸孝允あてにつぎの書状をしたため、送った。

「一筆啓上仕候。

然ニ天下勢云〻。扨《さて》兼《かね》心安キ肥後庄（荘）村助右衛門度〻面会、大兄に御目かゝり度よし。其故ハ云々――此間ハ石田栄吉よりくハ敷《しく》申上ル御聞取ニて御返書奉レ願候。（傍線

ママ)
何卒《なにとぞ》、御思召の程御為レ聞奉レ願候。謹言。

　六月十日　　龍馬

木圭先生　　才谷
　左右」

荘村助右衛門は、木戸、龍馬と交遊のある人物で、龍馬は助右衛門を木戸に会わせ、五十四万石の大藩である肥後藩を、薩、長、土に同調させようという意図を抱いていた。

龍馬たちは夕顔で旅をつづけるあいだ、のちに「船中八策」といわれる新政策の草案をまとめる作業に熱中していた。

夕顔には、容堂が乗船の際に用いる畳敷きの日本間があった。龍馬、象二郎、謙吉の三人は、舷窓から海風の流れこむ座敷で、酒盃を傾けつつ、大政奉還論をまとめていった。

龍馬の大政奉還の意見は、大久保越中守、横井小楠《よこいしょうなん》、勝安房の影響をうけたものであるといわれる。

大久保は、文久二年十月二十日、幕府大目付役、将軍御《お》側用取次《そばようとりつぎ》の要職にいたが、勅使のもたらした攘夷決行の勅諚《ちょくじょう》にどう対応すればよいかと、幕閣で紛議がおこったとき、つぎのような意見を表明した。（松岡英夫《まつおかひでお》著『大久保一翁――最後の幕臣』）

「攘夷の勅諚奉承は不可なり。いかんとなれば、元来、京都より重大の件をご沙汰ある時はいつも『後々はいかようともなるべければ、一応はお請けあるべし』と内諭せらるることとなるが、表面のご沙汰にはご書面あり。ゆえに後日まで消滅せざれど、内諭には書面なく口頭のみなれば、後日に至り何の証拠ともならず……。

かかる実例に照らして考案すれば、今度はどこまでも攘夷は国家のため得策にあらざる旨を仰せたてられ、しかる上に、万一京都においてお聞きいれなく、やはり攘夷を断行すべき旨仰せ出だされなば、その節は断然、政権を朝廷に奉還せられ、徳川家は神祖の旧領、駿《すん》遠三の三州を請い受けて、一諸侯の列に降《くだ》らるべし。

もっとも、しか政権を奉還せられたらば、天下はいかがなりいくべきや、あらかじめ測り知らねど、徳川家の美名は千歳に伝わり、かの無識の覆轍《ふくてつ》を履《ふ》み、千歳の笑いを招かるるには万々勝りぬべし」

松平慶永は、のちに幕府の大政奉還が越中守の主張の通りおこなわれたので、彼の鋭敏な先見力に感心し、その著『逸事史補』に記している。

「幕議紛紜《ふんうん》の時、大久保越中守大目付勤役中なり。進んで曰く、徳川家の傾覆近来にあり。上洛《じょうらく》あって然るべし。その時、幕府にて掌握する天下の政治を、朝廷に返還し奉りて、徳川家は諸侯の列に加わり、駿遠三の旧地を領し、居城を駿府に占め候儀、当時の上策なりと諫言《かんげん》す。衆役人満座大笑し、とてもできナイ相談なりといえり。大久保越中守の先見は、驚くべく感ずべきことにして、はたして明治元年にはこの挙に及べり」

松平慶永も、そのときは大久保は狂人かと激怒し、諸役人のうち同調する者はなく、すべて憤懣《ふんまん》の意をあらわす者のみであったという。

山内容堂は、十月二十三日夜、松平慶永を訪問し、勅使問題につき話しあったあと、その日の経験をうちあけた。

「今日、営中（江戸城）において大久保越中に面会せしに、越中〝大開国論〟を説きしが一々《いちいち》感服のほかなかりし。越中は当世第一等の人物なり。

このほど岡部駿州《おかべすんしゅう》（長常《ながつね》、大目付）に対しては大声を放ちけれど、今日越中に対しては声は次第に細くなれり。

この節がら、かかる人物を四、五人得たらば、天下の事は憂うるに足らず」

松岡英夫氏は、さらに推論をつづける。

「山内容堂は豪放、豪気をもって知られ、人の意見に耳をかたむけるよりは、大声で相手を圧倒するという型の人物で、岡部長常に対してはその無為無策をしかりつけている。

ところが越中守に対しては、『こっちの声が次第に細くなった』といっている。実力大名の容堂に越中守が少しも臆《おく》する色なく相対し、毅然《きぜん》として論理を展開したさまがうかがえる。

その論理は『大開国論』で、容堂はすっかり感心している。これは憶測になるが、のちに後藤象二郎が坂本龍馬に吹き込まれた大政奉還論を容堂に進言したとき、容堂がこれに理解を示した素地は、この文久二年の段階において大久保の大開国論を聞いたことにあったのではないかとも考えられる」

龍馬がはじめて大久保越中守に会ったのは、文久三年一月二十五日であった。越中守は、大政奉還、開国を主張したため、講武所奉行という閑職に左遷され、それも罷免、差し控えの処分を受けていた。

大久保は龍馬と会ったのち、松平慶永宛に、四月二日付の書状を届ける役目を与えている。書状にはつぎのくだりが目につく。

「この度、坂本龍馬に内々逢い候ところ、同人は真の大丈夫と存じ、素懐もあい話し、この一封も託し候事に候」

大久保は横井小楠にも、龍馬を紹介する書状を送った。

「京地云々の儀、勝（麟太郎）に従いおり候土州有志、過日、五人拙宅に参り候につき、ほぼうけたまわり、唯々《ただただ》嘆息極め候えども、その来人中、坂本龍馬、沢村惣之丞両人は大道解すべき人やと見受け、話中に刺され候覚悟にて、懐《ふところ》相開き、公明正大の道はこのほかこれあるまじくと素意の趣話しいで候ところ、両人だけは手を打つばかりに解し得候につき（後略）」

勝麟太郎も開国論者であった。

「坂本龍馬手帳」文久三年正月十八日の項に、

「勝先生大広間にて将軍職御自《（ママ）》退の義大議論の由、麟太郎先生より咄《はなし》承知す。先生は幕府のために命を損じるも知れぬと思う」

と記されている。

大久保越中守は議会政治を考えていた。

「大小の公議会を設置し、大公議会は京都か大坂に置き、議員は諸侯を当て、常議員五人を選任する。小公議会は江戸その他の都会に分置、管内の人民を選出する」

というのである。

龍馬は、大政奉還論の骨子を、大久保、横井、勝から学んでいた。

夕顔の船上で大政奉還論についての八策がまとめられたが、討議にあたったのは、龍馬、象二郎、謙吉であった。

長岡謙吉は海援隊文司として、龍馬の秘書、書記役をつとめたように見られていたが、彼は龍馬にとって最高のブレーンであったと、山田一郎氏は指摘される。

謙吉を重要視した人物に、当時土佐大目付であった佐々木三四郎、すなわち後年宮中顧問官、枢密顧問官などを歴任した、侯爵佐々木高行がいる。津田茂麿《つだしげまろ》編の『勤王秘史佐佐木老侯昔日談』（以下、『昔日談』と略す）に、つぎの記述がある。

「実はこの建白（船中八策）の根源をいうと、高知の漢法《（ママ）》医の今井順清（純正のまちがい）という男の発案なのだ。

医師や町人、百姓はいずれも勤王家であるが、今井はその俊秀であったのである。

ところが西洋医を研究するために長崎に出て、坂本と往来し、段々話しあってみるとすこぶる名説がある。

坂本も大いに感心して、その説を基礎にして、かの八策をつくった。すると後藤が長崎に出て坂本と懇意になり、坂本からこれを話しこむと、後藤も目が醒《さ》めてきている頃であるから、それは面白いというようなぐあいで、共に上京して大いに奔走している次第（後略）」

佐々木は上京してきた龍馬たちのほか、中岡慎太郎らとたびたび密会し、建白する八策の草稿を推敲《すいこう》した。

六月十四日に上京した龍馬は、十五日に中岡慎太郎をたずねた。慎太郎の日記にしるす。

「同十五日、晴。後藤面会、聞、昨夜政府議論決す云々。才谷面会。土州いろは丸一件、紀州償金出す云々」

田中顕助の「丁卯日記」にも、同日の様子が記されている。

「十五日 快霽《かいせい》。（中略）夫《それ》より石川（中岡）を訪ふ。長談午眠す。夕方、坂本龍馬長崎より来るに逢ふ。日暮帰邸」

田中が中岡をたずね、長話のあげく昼寝しているうち、おとずれた龍馬に会ったのである。

上京した後藤は藩邸に入らず、近所の河原町《かわらまち》三条下ル東入ル、醤油屋壺屋《つぼや》を宿所とし、龍馬たちは河原町三条下ル車道の材木商酢屋《すや》に泊まることとした。

後藤象二郎は上京するとただちに翌十五日、在京の容堂側役寺村左膳《てらむらさぜん》、同真辺栄三郎《まなべえいざぶろう》、参政福岡藤次に「時務八策」、世にいう船中八策を見せ、大政奉還建白書を土佐藩から提出することを決定した。

後藤でなければできない、迅速な決断である。青年時代、海援隊士として後藤と龍馬に親しく接した陸奥宗光は、明治三十年（一八九七）八月二十四日に五十四歳で死去した。後藤は陸奥に先立ち、同年八月四日に六十歳で死去した。

陸奥は後藤を偲《しの》び、「後藤伯」という一文を病床で口述した。そのなかに、後藤と龍馬がいかに長短あい補い、唇歯《しんし》の関係を保ちつつ大政奉還を果たしたかが、詳細に語られている。

「坂本は一方では薩、長、土のあいだにわだかまった恩讐《おんしゅう》を氷解させ、幕府に対する一大勢力をおこそうとした。

同時に幕府をして円満のうちに政権を京都に奉還させ、将軍は諸侯を率い朝廷に服属して太政大臣となり、諸侯を平等の朝臣として、無血革命を遂げようと企てた。

しかし龍馬は土佐藩郷士の弟に過ぎず、声望によって幕府を動かすことができなかった。

このため龍馬は、大政奉還を実行するにあたり、後藤の力量を頼るべきであると判断した。

後藤の沈重な態度、壮快な弁舌、大事をものともせぬ大胆、幕府の信頼あつい容堂公の寵《ちょう》を受ける立場は、ほかに求めることのできぬ資格であった。

後藤は龍馬の経綸《けいりん》を聞くと、なんのためらうところもなくその説をうけいれ、これを慶喜に説こうとした」

龍馬たちが、夕顔の船内でまとめたといわれる船中八策の成案は、「海援隊日史」につぎの通り記されている。

「船中八策

一、天下ノ政権ヲ朝廷ニ奉還セシメ、政令宜《よろ》シク朝廷ヨリ出ヅベキ事。

一、上下議政局ヲ設ケ、議員ヲ置キテ万機ヲ参賛セシメ、万機宜シク公議ニ決スベキ事。

一、有材之公卿諸侯及ビ天下之人材ヲ顧問ニ備ヘ、官爵ヲ賜ヒ、宜シク従来有名無実ノ官ヲ除クベキ事。

一、外国ノ交際広ク公議ヲ採リ、新ニ至当之規約ヲ立ツベキ事。

一、古来ノ律令ヲ折衷シ、新ニ無窮ノ大典ヲ撰定《せんてい》スベキ事。

一、海軍宜シク拡張スベキ事。

一、御親兵ヲ置キ帝都ヲ守衛セシムベキ事。

一、金銀物価宜シク外国ト平均ノ法ヲ設クベキ事」

大政奉還

後藤と龍馬が上京したとき、山内容堂は五月二十二日、病《やまい》のため帰国の暇《いとま》を朝廷に願い出て、二十七日に帰国の途につき、すでに高知へ戻っていた。

それは、松平春嶽、島津久光、伊達宗城とともに、朝議に参与した容堂にとって、倒幕を露骨に推進しようとする薩摩藩の方針が気にそわなかったためであった。

容堂は、長州再征、兵庫開港の問題を、できるだけおだやかに解決しようとつとめたが、薩摩藩はこの二問題を紛糾《ふんきゅう》させ、倒幕をおこなう意図を、つらぬこうとした。

当時土佐藩大監察であった、佐々木三四郎の『昔日談』には、当時の状況がつぎのようにしるされている。

「もと〳〵老公は平和主義で、干戈《かんか》を動かさずして、王政を復古せんとするのであるから、薩の兵力主義から割出された行動に対しては、絶えず疑念があって、大久保（一蔵）の近状について、坂井という男に探偵せしめたくらい。
何でも二条城中で、久光公とともに、閣老に面会しようというと、久光公が反対すると、そういう矢先だからたまらない。
久光公の襟《えり》がみを捕えて、イザ参れと引きずろうとする。久光公も怒って公の手を打つ。公は力に任せて突き倒し、大笑されながら、悠々と閣老のところにいったということだ。（中略）
のみならず、この時は御供の要路にその人がいない。執政深尾《ふかお》左馬之助は無二の佐幕家である。今日になっても大義のあるところを解せずして、ただ〳〵山内家の利害の点ばかりを考え、幕府の権力の強盛なるを嘆称している。上京するやいなや令を下して、機密に関する者のほか、他藩との出会を厳禁した。（中略）
同志の山川良水や深尾三九郎も上京したが、要路ではない。彼らはおおいに憤慨して、ひそかに戒禁を犯しては中岡慎太郎らに会して、その方面のこともつまびらかにし、王政復古の事をも談じたが、なにぶん嫌疑が深いので行動も不自由である。
そこへ乾猪之助《いぬいいのすけ》（板垣退助）が江戸から帰ってきて、しばしば西郷吉之助と会い、意気投合して、たがいのあいだに討幕の密約を交した。（中略）
さて老公の御帰国については、京都では評判がわるく、薩人などは、途上で

『ゆンべ見た〳〵四条の橋で、丸に柏《かしわ》（容堂の紋）の尾が見えた』と謡《うと》うて、おおいにこれをあざけったそうだ。

薩摩藩が京都に駐屯させた藩兵の数は、他の三藩にぬきんでて多く、土佐藩河原町藩邸に久光公、越前公、宇和島公らがこられたとき、薩兵が藩邸の四面を囲んで、銃丸をこめて、意気天をつく概があったということだ」

山内容堂は愚鈍ではなかった。

時勢の動きを鋭敏に察していて、幕府が天下の施政をすべき時代が過ぎようとしているのを察していた。幕府が朝廷に大政を奉還しなければ、天下の動揺は鎮まらないと知っているのだが、彼の内部には先祖から伝わった幕府崇拝の気風がある。

それで、時代の流れに竿《さお》さして動くことができず、ためらう。

そのため土佐勤王党は自滅し、多くの有為の人材が脱藩した。龍馬もその一人である。中岡慎太郎は、陸援隊長として、志士たち約六十人を集め、新選組、見《み》廻組《まわりぐみ》に対抗する武力集団をつくっている。

慎太郎が同志に送った書簡のなかに、つぎのくだりがある。

「王室を尊ぶは即《すなわ》ち徳川を助くるなり。徳川を助くるは則《すなわ》ち王室を尊ぶなり。ゆえにそれがしは助徳川論なり。

徳川を助くる今日の策は他なし。政権を朝廷に返上し、自ら退いて道を治め、臣子の分を尽すにあり。しいて自ら威を張らんとせば、即ち必滅疑いなし。諸侯もし信あらば、いまは暴威を助けて自滅に至らしめんよりは、早く忠告し、一大諸侯となり永久の基を立てしむべし。

さすれば六百年来衰えし朝威を、徳川の世に及んで明侯あり、之《これ》を太古に復し名分を明《あきらか》にせりと、後世までも米利堅《めりけん》ワシントンの如《ごと》き名誉を宇内《うだい》にあぐべきに、何ぞ一人これをなさざるや」

後藤象二郎が「時務八策」を容堂側役寺村左膳、同真辺栄三郎、参政福岡藤次の三人の在京重役に、政府の方針としてとりあげさせるに至った弁論も、気魄《きはく》に満ちた長広舌であった。

その要旨は、

「天下はいまや四分五裂しよる。幕府が長防の処置に失敗し、外国との交際を誤ったがは、政令の筋道を通さんと、人心を迷わせゆうきじゃ。

今日よりのちはすべてを一新して、大政はよろしく朝廷に返し、王政を復古してから、万国と足なみをあわせられる大業を立てんといかん。この大条理をもって各藩主に説き、同心協力して幕府に献言し、はように政権を解かさんといかんがじゃ。

方今、天下の諸侯を見渡せば、かほどの大事をなすことのできるお方は、容堂老公のほかにはないろう。

それやったら、ざんじ国に戻《も》んて、老公にこの大義を申しあげ、命をうけてのちに尽くそうじゃいか。貴公らの意見はどうぜよ」

後藤の大声疾呼を聞いた三重役は、その気魄にうたれ、即座に同意した。

寺村左膳の日記には、つぎのようにしるされている。

「皆ひとしく曰《いわ》く。足下《そっか》の大義、近来かって聞かざる所。ことごとく間然《かんぜん》する所なし。国家挽回《ばんかい》の英断これを捨て、また他にあるべからず。

願わくは、ともにともなわん。議すなわち決す」

佐幕派の重役たちも、身近に迫った幕府没落の実情を聞かされ、たちまち尊王派に立場を変えたのである。

六月十八日、後藤は龍馬、中岡とともに、土佐藩邸に近い河原町通りの真辺栄三郎の下宿に集まり、寺村らとともに協議を重ねた。

高瀬川《たかせがわ》の舟入りに面した、龍馬と長岡謙吉の下宿、材木商酢屋には、十六日、兵庫から野村辰太郎、白峰駿馬の海援隊士二人が入り、海援隊屯所となった。

真辺の下宿で、後藤はあたらしい情報を重役たちに伝えた。

「俺《おれ》が長崎で面倒をみちゃった薩摩脱藩の中井弘三（弘。のちに元老院議官、京都府知事）いう男がおる。

中井はいま伊達宗城に見込まれて、宇和島藩周旋方になっちゅうが、なかなかのしっかり者《もん》じゃ。

この男がいうがには、西郷吉之助には幕府に大政奉還させるつもりはないそうな。ほんじゃきに、武力倒幕せんといかんといいよるらしい。

ということは、大政奉還の話は西郷やのうて、薩藩家老の小松帯刀《こまつたてわき》に持っていかんかったら、通らんぜよ。これは、龍やんも同じ意見じゃ」

西郷と小松の性格をよく知っている龍馬がいった。

「西郷さんは、腹のふといお人じゃけんど、幕府をいったん叩《たた》きつぶさんと、新政は成りたたんと思うちょりますき、それより頭のやりこい小松さんに根回しをしかけるほうが、なんぼか早道じゃろうと思うがです」

後藤たちは十九日にも真辺の下宿に集まり、高知にいる容堂のもとへ「手続書」を送ることにした。

その後の京都の情勢、大政奉還建白の要旨をくわしく容堂に報告し、大政奉還運動をはじめる許可を得るのである。

後藤と在京重役、龍馬らは、筆の立つ寺村左膳に「手続書」を書かせることにした。彼らは十九日、二十日と手続書の草案を検討し、浄書するとその日のうちに早飛脚で高知の容堂あてに送った。

その夜、後藤は龍馬とともに二本松《にほんまつ》の薩摩藩邸へ出向いた。海援隊士の野村、白峰のほか、中岡配下の陸援隊壮士らが周囲を護衛している。

京都市中の情勢は険悪であった。新選組、見廻組の隊士らが徘徊《はいかい》し、怪しいふるまいをする者と見れば、薩摩藩士と分かっていても容赦なく斬殺《ざんさつ》した。

後藤と龍馬は二本松藩邸で小松帯刀に会い、大政奉還建白について趣旨を述べると、小松は同意した。

「よかごあんそ。なにも無益な血を流すことはなか。吉之助、一蔵にも、納得いたすよう申しつけておき申《も》そ。ついては、いま一度会合いたさにゃなり申はん。明後日頃《ごろ》に、いま一度当屋敷へおはこびなさってやったもんせ」

「承知致しました」

後藤と龍馬はよろこんで、三本木《さんぼんぎ》の料亭で首尾を待つ福岡たちのもとへと戻った。

後藤と龍馬は、入京してのち、連日大政奉還の運動をすすめていた。宇和島藩老公伊達宗城は容堂の親友であるが、六月十七日の「在京日記」に、つぎのように朱書している。

「象二郎は政事一新をとなえている。

皇国の国体を大変革したいと、考えを申し述べた。もっともとは思うが、まだいますぐおこなうには早いのではないかと考える。

薩摩の小松、西郷にも内談に及んだそうである」

二十日の日記では、

「後藤象二郎がきた。このあいだの目的を、小松、西郷へ話したところ、何の反論もなく同意したそうである。

近日、土佐へ帰るので、容堂へ一筆したためてほしいと願いにきた」

後藤は、まだ西郷の同意を得ていなかったが、得られたものとして、宗城の協力を頼んだのである。

陸援隊を率いる中岡慎太郎は、龍馬と比肩しうる一流の志士であり、薩長とともに武力倒幕を主張していたが、ここに至って大政奉還論をうけいれていた。

彼は「時勢論」という論文に、つぎのようにしるしている。

「いまよりのち、天下を興すのはかならず薩長両藩である。私が思うところでは、近いうちに天下はこの二藩の命令に従うこと、鏡にかけて見るようなものである。やがて国体を立て、外夷《がいい》どもの軽侮を絶つのも、またこの二藩の力によることになろう」

六月二十二日、鴨川《かもがわ》をこえ東山《ひがしやま》三十六峰を見渡す景勝の地、三本木花街の吉田屋で、薩、土両藩の会議がおこなわれた。

寺村左膳の同日の日記には、つぎのようにしるされている。

「廿二日、例刻出勤。夕方、薩藩会合の約あり。七ッ（午後四時）過ぎより三樹（三本木）へ行く。

小松帯刀、西郷吉之助、大久保市（一）蔵三人来る。

当方は後藤象二郎、福岡藤次、真辺栄三郎、左膳とも四人なり。

ほかに、浪士の巨魁《きょかい》なるわが藩の者、坂本龍馬、中岡慎太郎、二人を呼ぶ」

このとき、薩摩藩は平和と討幕の二つの手段を、自由に撰《えら》びうる立場にあった。

西郷、大久保は、あくまでも討幕を断行せねば、あたらしい政体は生まれないと見ているが、後藤、坂本らの提示する大政奉還論は、無視するわけにはゆかなかった。

それは天下諸藩を納得させる公論で、無視すれば、薩摩藩は大義名分を失うので、正面から拒否できない。

後藤も龍馬から大政奉還論の推進をすすめられ、同意して八方に運動をすすめているが、幕府がそれをうけいれなければ、薩摩藩の武力による威圧が必要になるので、たがいの関係を良好に保たねばならない。

ともかく、大政奉還論は、その動機のいかんにかかわらず、天下の政権を朝廷に返上するのであるから、かねての薩摩の主張と一致する。

西郷、大久保らが、ひとまず後藤の論ずるところに同調したのは、当然であった。

その日、三本木吉田屋で、薩土両藩の代表者が、どのような盟約をしたのか。大久保一蔵の手写した盟約文書を、現代語でしるす。

「現在、皇国のなすべきことは、国体制度をただし、万国に恥じないようにすることである。これが第一義である。

その要旨は王政復古で、世界の形勢を考え、後世に至って遺憾《いかん》のないような大条理をうちたてることである。

国に二人の王はなく、家に二人の主人はない。政刑は一人の君主に帰するものである。これこそ大条理である。

わが皇室は万世一系、しかるに古来郡県の政が変わって、いま封建制度となり、大政はついに幕府に帰した。

万民は幕府のうえに天皇がおられるのを知らない。地球上で、このような国体がほかにあろうか。

そのため制度を一新して政権を朝廷に奉還し、諸侯会議、人民共和の政をしかねばならない。そのようにして万国と交際して恥じるところなく、わが皇国の国体が確立されるのである。

もし、朝廷、幕府、諸侯がともにそれぞれの立場から曲直をとなえ、たがいに論駁《ろんばく》しあい、枝葉の小条理をとなえれば、皇国の大基本をうちたてることはできない。

それはわれわれの志ではない。こののち公平を心がけ、万国の制度をとりいれ、大基本をうちたてねばならない。

今日、国運を動かす諸侯は、成否をかえりみず、倒れてのちやむの精神でのぞむべきである。

すべての施政を一新し、わが皇国の回復をはかり、奸邪《かんじゃ》をのぞき、人材を抜擢《ばってき》し、平和を求め、天下万民のために寛仁の政をおこなうべきである」

大久保はさらに、天下の政の各論をしるす。

「一、天下の大政を議定する全権は、朝廷にある。わが皇国の制度、一切の法則は、京都に置く議事堂で定める。

一、議事堂の建設費は、諸藩から献納する。

一、議事院は上下を分かち、議事官は公卿《くぎょう》より陪臣《ばいしん》庶民に至るまで、正義純粋の者を選挙し、諸侯は上院議事官に任命される。

一、将軍職は、国政を掌握する理由がないので、その職を辞して、諸侯の列に帰順し、政権を朝廷に返上するのはもちろんである。
一、外国との交際条約は、兵庫港において、あらたに朝廷の大臣、諸侯の重役が集合し、道理明白に新約定をたて、誠実の商法をおこなうべきである。
一、朝廷の制度、法則は、往昔よりの律例《(ママ)》があるが、現代の国際情勢に不適当なものがある。その弊風を改革、一新して地球上に恥じることのない国法をたてねばならない。
一、この皇国復興の議事に関係する議事官は、私意を去り、公平にもとづき、術策をかまえず、誠実に、これまでの是非曲直を問わず、人心一和を主として議論をおこなうべきである。
右に議定した盟約は、現在の急務、天下の大事である。そのためいったん盟約決議のうえは、ためらうことなく一心協力、目的を貫徹することが必要である。

慶応丁卯《ひのとう》六月」

これだけの内容を、討幕推進の最先鋒《さいせんぽう》である薩摩藩の西郷、大久保に納得させるために、龍馬は後藤とともに汗を拭《ぬぐ》いつつ熱弁をふるった。
翌二十三日、土佐藩大監察佐々木三四郎が二日まえに出京していたので、龍馬は中岡慎太郎とともに、東山の噲々堂《かいかいどう》という料理屋で、彼と会った。大政奉還建白書の説明をするためである。

佐々木は上士であるが勤王派で、龍馬とは以前から交流がある。

『昔日談』には、彼が貸席松本で大政奉還建白書を後藤ら重役たちと修正したのち、同志の土佐藩士毛利恭助《もうりきょうすけ》とともに噲々堂へでかけたと、しるしている。

「才谷《さいたに》（龍馬）の意見も別に大した事もなく、自分の意見とまず大同小異だ。そのとき才谷がいうには、『吾《わ》が藩はこれまで数回藩論が変じたので、薩藩の疑念もいまだ解けない。今回は確乎《かっこ》とした目的を定めて、変更のないようにしたい』と」

このくだりは、後日の評判がかんばしくないといわれる。

自分を主役、龍馬を脇役《わきやく》にして、才谷の意見も別に大したこともなく、などと軽い評価をしたうえに、同座していた中岡に触れていないなど、後年政府の高官になったので、威張っているふしが見えるためである。

「自分がいうには、『それはごもっとものこと。しかしこのたびは時勢も切迫せる上に、後藤はじめ従来の佐幕家も大政返上の事に熱中している。

いかになろうとも騎虎《きこ》のいきおいで、やるところまでやらねばならぬ場合となっているから、なんとか十分芝居ができようと思う。まずその辺は安心あれ』というと、才谷が『何かまた芝居ができるとは名言である。何でもいいからひと芝居興行すれば、それより事がはじまるであろう』と。

この芝居の語は、後に自分等同志の間にさかんに用いられた。

この夜はあたかも大雷雨。これは芝居の前兆であると、たがいに祝盃《しゆくはい》をなし、胸襟《きようきん》をひらいて談じた。

才谷も石川（中岡慎太郎）も自分の考えと同じく、このたびの事について主人役となれば、薩藩も必ず信用するであろう、また彼らもこれを希望するとともに、引くに引かれぬ立場に至らしむる心算であろう、という考えを持っていて、この点はたがいに警戒を加えて、おおいに尽力しようと約した」

佐々木は、大政奉還論は自分もかねて考えていたと語り、龍馬の策を軽視しているが、寺村左膳の日記六月二十一日の項には、つぎの記述がある。

「二十一日。（中略）御国許《おくにもと》より重役由比猪内《ゆいいない》（御仕置役）、佐々木三四郎（大監察）、毛利恭助（小監察）、御臨時御士交替七十人ばかりとも着。帰りに真辺氏宿へ集まる。当時の形勢それぞれ演舌《えんぜつ》す。

由比、佐々木両人、驚愕《きようがく》の模様なり。可否をいわず。今夜一同、柏亭へゆく」

由比と佐々木はおどろいて、何の意見も述べなかったのである。

後藤以下の重役たちは、その後、薩摩、安芸、宇和島など諸藩邸へ出向き、祇《ぎ》園《おん》、木屋町《きやまち》の料亭で会合をかさね、公武合体の工作をすすめた。

佐々木は『昔日談』に語っている。

「同（六月）二十六日、いよいよ草稿を薩芸両藩に送ってその意見を問うことにし、同二十八日夕方、芸藩の辻将曹《つじしょうそう》、寺尾精十郎、平山寛助、船越《ふなこし》洋之助（のちの衛《まもる》）、小林順吉らと面会して、建白の言について種々話してみると、芸藩では大体においては賛成であるが、字句の上に少々異論があるとのこと。

まずもって安心した。すると七月朔日《ついたち》薩藩から、

『建白の趣旨は、はなはだ御同意である』との返事がきた。一同おおいによろこんだ。

自分とても心中愉快ではあるが、それと同時に薩藩の智略《ちりゃく》に感服した。

役所から帰りながら、由比と、

『芸藩は些細《ささい》のことにも異論をとなえたけれども、薩藩は表面御同意御尤《ごもっと》もというて、わが藩を安心させ、裏面わが藩をして重荷を負わせ、一本打たせて参ったといわせ、二の太刀《たち》でおおいにやろうというつもりであろう。これぐらいの大事件に、少しぐらいの異議のないのは不審じゃないか』

などと話しあったものである」

龍馬は、自分が発案した大政奉還論の宣伝に、重役たちが奔走しているあいだ、

六月二十四日に、故郷の兄坂本権平と姉の乙女、おやべ（春猪）にあてた長文の手紙を書いた。

権平あての手紙は、現代語に訳せばつぎのようになる。

「一筆さしあげます。

ますますご安泰のことで、めでたいことです。私もかわりなく、及ばずながら国家の御為に、日夜尽力しております。

どうかご安心下さい。先頃西郷に預け、お送り下さった吉行《よしゆき》の刀は、こんど出京の際にも常に帯びております。

京都の刀剣家にも見せると、皆粟田口忠綱《あわたぐちただつな》ぐらいの名刀であると申します。最近出京してきた毛利恭助が、この刀を見てしきりにほしがり、私も兄からもらいうけたものだと誇っております。

この頃、出京している土佐藩役人とも度々交流しております。国事に奔走する人々は後藤象二郎、福岡藤次、佐々木三四郎、毛利荒次郎（恭助）で、そのなかでも第一の同志は後藤で、苦楽をともにいたしております。

ご安心ください。余談は拝顔のとき、万々申しあげます。恐惶《きようこう》謹言。

六月廿四日　　直柔《なおなり》

権平様

左右

追白《ついはく》（追って書き）

このたびは急いで手紙を書いたので、何もくわしくは申しあげませんでした。京都の情勢は、大勢の者が帰国しますので、お聞き下さい。

先頃、四月二十三日の夜、中国の海上で私の蒸気船と、紀州の蒸気船と突きあたり、私の船が沈没したので長崎へ帰り、大議論をいたしました。

ついには紀州とひと戦争するつもりで部下に命じ、用意をしていたところ、紀州のほうより薩州へ頼みこみ、書状を持って勘定奉行らがことわりにでかけ、毎日頼みこんできたので、そのままにゆるしてやりました。

ひとがいうには、この龍馬が航海の論、日本の海路定則を定めたとして、船乗りらが聞きに参ります。お笑い下さい。再拝。」

乙女、おやべあての手紙は、同じく現代語訳でつぎの通りである。

「今日もいそがしく、薩州屋敷へ参らねばならないので、朝六つ（午前六時）頃よりこの手紙を書いています。

いま私は京都三条通り河原町一丁下ル車道酢屋に下宿しています。

清次郎《せいじろう》（坂本家の養子、春猪の夫）に持たせて下さったお手紙は、同人から受けとり拝見しました。

同人もかねていってこられた通り、好人物とよろこんでいましたが、いろいろ話してみたところ、何も思惑のない人物ですね。

国家のために命を捨てるに苦労はせぬというぐらいのことです。

いま私は五十人ぐらいの若者を引きつれておりますが、皆武芸の腕も立ち、ともに国家を論じることができます。

清次郎はただつれてあるくぐらいのことで、いますこし人物であればよろしい。またはすこし、何か芸でもできればいいのですが、このうえなにかやらかせば、実に御蔵のにわとり（役に立たぬ者）とやらの正体がばれるばかりです。

いま一、二年も苦労すれば、すこしは役に立つかも知れませんが、まあいまのところは、何の役にも立たない仕様のない人です。

近頃他国で国事に奔走する人は、どれほど阿呆《あほう》という人でも、国許の並みの人などの及ぶところではありません。

先日大坂の藩邸へいって、御用人やら小役人に会ったところ、証判役《しょうはんやく》、小頭役《こがしらやく》とやらいう者の面構《つらがま》えが、京都の関白さんのように威張ったもので、きのどくでもあり、おかしくもあり。

もとより私は用向きもないので、口もきかずにいましたが、あまりおかしかったので、後藤象二郎にいいました。

同人がいうには、俺はあのような者を、使わねばならぬ。このうるさいことお察し下され。おまえがたは実にうらやましいといって、わらっていました。坂本清次郎も、右のような化物よりはよほど程度がいいというものです。
○先頃より幾度かお手紙下さり、そのなかに、私利をむさぼり、天下国家の事を忘れているとのご批判がありました。
○また、土佐家中の姦物《かんぶつ》役人（後藤のこと）にだまされているとも、ご指摘をいただきました。
右二カ条は、ありがたいご注意ですが、及ばずながら天下に志を抱く身にて、家中よりは一銭一文のたすけをも、うけておりません。

同志の五十人も養えば、一人につき一年にどうしても六十両ぐらいはいるもので、利を求めなければなりません。
○またお国のために力を尽くすといわれるが、これは土佐で生まれた人が、外の国に仕えては、天下の大議論をするときに、同志にまで二君に仕えるのかといわれ、自身の議論を貫くことができないために、浪人したのです。
それで土佐を出た人々は、皆私のもとに集まり、もう土佐藩からは何のおかまいもなく、気楽に操船の稽古《けいこ》をしています。

この頃、私も京都へ出て、日々国家天下のため議論いたしております。土佐藩の人々は後藤象二郎、福岡藤次、佐々木三四郎、毛利荒次郎、石川清之助(この人は私同様の人)。

また望月清平《もちづきせいへい》(これハずいぶんよきおとこナリ)。

中にも後藤は実に頼もしい同志で、その魂も志も、土佐国中でほかにはあるまいと存じます。

そのほかの人々は、皆すこしずつ人柄が落ちます。清次郎が京都へ出てきたことについて、本人にも早々に内談して、兄さんの家に疵《きず》がつくようなことにならないかと相談したところ、それは清次郎が天下のために御国を出るについて、一家のことを忘れたということであれば、兄さんの家には疵はつくまいというので、安心いたしました。

このようなことをお考えになり、姦物役人にだまされたなどと、お考え下さらぬよう、お願い申しあげます。

私一人で五百人や七百人の人を率い、天下の御為にはたらくより、二十四万石を率い、天下国家の御為をいたすほうがよろしい。

これらの事情については、失礼ながら乙様には、すこしご納得がいきにくかろうと存じます。

○ご病気がよくなれば、お前さんも他国に出かけるおつもりのようですが、これには私の意見があります。

いま出てこられては、実に龍馬の名というものは、もはや諸国の人々が知らぬ者もありません。

その姉が不自由をして出てきたといっては、天下の人に対してもはずかしく、龍馬もこの三、四年前には、人も知らぬ奴《やっこ》であったので構いませんが、今はどうもそういうわけにもゆかず、もしお前さんが出かけてくれれば、どうしても見捨てておくわけにはゆかぬ。世話をしなければならない。

そんな世話をするくらいであれば、近々に私が土佐に帰るとき、後藤象二郎へも頼み、蒸気船で長崎へお連れ申します。

後藤にも老母と一子があるということで、これも長崎へ連れだすということで、色々、ごく内々に相談しあっていました。

私は妻おりょう一人で、留守のときは実に困っております。それで、いやでも乙様を近日私がじきじきに、蒸気船でお迎えに参ります。

短銃《たんぽう》をよこせと申しこされましたが、これは妻にも一挺《ちょう》持たせてあります。長さ六寸ばかり、五発込めで、懐剣よりは小さいが、人を撃つには、五十間離れたところから撃ち殺すことができます。

その短銃がいま手もとにありますが、さしあげません。

その理由は、いま土佐藩内のことを考えると、何ものを知らぬ奴らが、やかましく勤王とか尊王とか、天下の事を濡れ手《ぬて》で粟《あわ》をつかむようにいいちらし、そんな連中がいうことをまことと思い、池のかかさんや杉やの後家さんや、またはお前さんやらが思っている様子。また兄さんが島の真次郎や佐竹讃次郎とつきあっている様子を考えてのことです。

お前さんがたが他国へ出れば、どうでもして世渡りができるように思っているだろうが、なかなか女一人の世渡りは、どのように暮らしても、一通りには一年に百二十両ほどなければできません。

私は妻一人のほかに、お前さんぐらいはお養いするのはたやすいのですが、女が天下のために国を出るというのは、許されぬことですので、ぜひ兄さんのお家にお住まいになり、私が帰郷するまで、死んでもお待ち下さい。

後藤らと内々には、相談しておきます。

○そしていまは、戦《いくさ》のはじまるまえなので、実に心せわしく過ごしているなかに、また姉さんが出かけてこられては、たいへんです。

清次郎一人でさえ、此頃《このごろ》出奔してきたのは負担です。よほどの鈍物ですが、男であるので、まあ納まりはつきます。

前後の事情をお察し下さい。

小高坂《こだかさ》（高知城下）辺《へん》の娘まで、勤王とか国家のためとか、あわてていいだし、そのために女の道を忘れ、若い男と暗がりで話したがり、この頃は大坂で百文でチョット寝る惣嫁《そうか》という女郎のようなもんじゃと聞いております。

このことを小高坂辺りの心ある人々にお伝え下さい。

○私は妻にいい聞かせています。龍馬は国家のため骨身《ほねみ》をくだいている。然《しか》らばこの龍馬をよくいたわってくれるのが、国家のためである。決して天下の国家のということはいらぬことであると。

それで日々縫いものや張りものを致しております。そのひまには、自分に使う襟などを縫っています。またそのうえひまがあれば、本を読むようすすめています。

この頃ピストルは大分上手に撃つようになりました。まことに妙な女ですが、私のいうことをよく聞き、また敵を見て白刃を怖《おそ》れることを知らぬ者で（伏見のときのことを思いだして下さい）、非常のときに、べつに力みはしないけれども、またいっこう平生と変わることがありません。これはふしぎなことでありま す。

かしこ

六月廿四日

龍馬

姉上様
おやべ様

追白、春猪がかんざし寄越《よこ》してくれよといってきましたが、夫の出奔したときに、かんざしが必要でしょうか。清次郎に小遣いでもやってくれといいそうなものです。

ただ気の毒なのは兄さんです。

酒が過ぎれば長命はできまい。またあとは養子もあるまい。龍馬が帰国するのを待てば、清次郎は都合よく出してやれるものを、つまらん出奔のしかたをしたものだ。

七月頃畑に生えた、遅れ生えの真桑瓜《まくわうり》や胡瓜《きゅうり》のようなもので、面倒を見てくれる人もすくない。かしこ〳〵。」

龍馬は六月二十五日、洛北岩倉村《らくほくいわくら》に蟄居《ちっきょ》している岩倉具視を、中岡慎太郎とともにたずねた。

「岩倉具視日記」にしるす。

「早朝、石川清之助（中岡）、坂本龍馬ら両人入来。内々出会、種々内談の事」

薩摩の大久保一蔵と結び、倒幕運動をすすめている岩倉は、下級公卿であるが、豪胆で実行力があった。

慎太郎と龍馬は、太宰府に流謫《るたく》されている三条実美と具視が、かねて不和であったのを和解させ、やがて朝政がはじまったときの原動力にしようと、はたらきかけていた。

『岩倉公実記』には、つぎのように書きとめられている。

「六月二十五日、慎太郎ハ坂本龍馬（時ニ才谷梅太郎ト称ス、土佐ノ人）ヲ拉《らっ》シテ来《きた》リ、具視ニ謁シ与共ニ王政復古の籌策《ちゅうさく》ヲ討論シ、三条実美等ト内外相応センコトヲハカル。

具視曰ク、三条氏ニシテ旧憾ヲ釈《と》キ、予ヲ舍《す》テザレバ誠ニ大幸ナリ。三条氏ノ如キ輿望《よぼう》ヲ負フノ人ト計謀ヲ通シテ薩長二藩ヲ左右ニ提挈《ていけつ》スルヲ得バ、則チ王政復古ノ大策ヲ建ツルニ於《おい》テ、何ノ難キコトカ之《こ》レ有ランヤ。是《これ》ヨリシテ具視ハシバシバ慎太郎、龍馬ト会晤《かいご》シ以《もっ》テ機密ヲ計議ス」

船中八策は、龍馬、長岡謙吉の手をはなれ、後藤ら藩重役の懸命の活動によって、薩摩、安芸両藩の同意を得るに至っていた。

龍馬は中岡とともに、あらたな朝廷工作に着手していた。

「海援隊日史」に、長岡謙吉の作と山田一郎氏が推定する、つぎの詩がしるされている。

「鳧水納涼小詩
夜　鴨磯《おうき》に坐《ざ》して潺湲《せんかん》を聴く
満軒の涼露　蕉衣《しょうい》にしたたる
佳人　先に定む後遊の地
噲々堂《かいかいどう》成りて　翠微《すいび》に在り
傍楼の垂柳　涼を捲《ま》いて吹く
京洛の風流　夏もっとも宜《よろ》し
髪影　簾《すだれ》をゆるがして人私語す
此の情ただ許す　晩灯《ばんとう》の知るを」

京都花街の、情緒纏綿《てんめん》とした風情《ふぜい》のある詩であると、山田氏はいわれるが、その通りである。

京都の花街には、諸藩重役、志士たちの愛人がいた。西郷吉之助にも心を許した女性がいた。中岡慎太郎にも、祇園の芸妓《げいぎ》お蘭《らん》という恋しい女性がいる。

『昔日談』にも、つぎの叙述がある。

「正直にいえば、この時分はこういう宴会がさかんであったが、ここに困ったことは、福岡が前いうた噲々堂に絶えずいって、酒色に沈湎《ちんめん》していることだ。のちに福岡の妾《めかけ》になったおかよが、山ねこという芸名で、この噲々堂へ出入りする。自前であるから品格もよい。

福岡もスッカリこれに恋着して、昼夜の区別もないくらい。

後藤はじめ一同眉《まゆ》をひそめて、アレ程では困ったものだ。また佐幕家から攻撃されはしないかと心配するが、後藤はもとより忠告する資格がない。

そこで石川（中岡）が一策を考えだして、福岡にむかって、

『おかよは薩の家老の島津伊勢が愛している。もし君がゆくということが知れたら、かならず後難があるであろう。すこし注意したらどうか』

というと、そこは家老の権威がある。福岡もおどろいて、

『イヤ実は知らなかった。そういうことならやめよう』

と反省したということがあった」

その頃、京都では幕府歩兵が多数駐屯しており、彼らのうちに無法者の群れがいて、町家に押し入り、金銭を強奪する。

そのような不穏の情勢に便乗して、盗賊が非常にふえた。

町家ではおおいに恐怖して、夜廻《よまわ》りを厳重にするが、不安で安眠できない有様である。それで、薩摩、土佐の藩士たちに下宿してもらいたがった。

薩土の武士がいると、幕府歩兵も遠慮をする。

薩摩や土佐の藩士が下宿していないでも、町家から願い出て、門口に「薩州下宿」「土州下宿」などと記した木札を吊《つ》るしておく。そのような状況であるから、気にいった下宿を撰《え》ぶことができる。

市中では連日斬りあい騒動がおこり、幕府、薩土の双方が気が立っているので、きわめて危険な空気がはりつめている。

新選組、見廻組、会津藩士らは、夜中にすれちがうとき、こちらが薩、土、芸の藩士であると知ると、刀の柄《つか》に手をかけ、睨《にら》みあいながらすれちがってゆく。たがいに剣術鍛練《たんれん》をした壮士であるから、いつ斬りあってもかまわないという覚悟があるので、かえって気分が高揚した。

『昔日談』にまたしるす。

「喧嘩《けんか》などは常に絶えない。七月九日に藩の吉田、坂越の家来が、建部若狭守《わかさのかみ》の家来と喧嘩して、むこうの者が四、五人逃げだすところを関弥十が騎馬で追いかけると、一人の仲間《ちゅうげん》が狼狽《ろうばい》して、藩の屋敷へ飛びこんできた。

そうして土州屋敷と聞いていわゆる敵の陣地にはいったのであるから、まっさおになって助命を哀願する。

いかにも気の毒でもあり、おかしくもあるので、下横目《したよこめ》に命じてゆるしてやったことがある。

またこの頃、屋敷などに放火の風聞があるので、足軽《あしがる》どもに廻番を申しつけると、彼らは何の分別もない四条橋辺に焚火《たきび》している乞食《こじき》の類を引張ってくる。

これらは何も放火に関係はないが、気が立っていることゆえ、いくら戒めておいても、ちょっと怪しそうな奴《やつ》は無闇《むやみ》に捕えてくる。人気《じんき》というのはえらいものだ」

七月三日、後藤、寺村、真辺、深尾直衛《ふかおなおえ》らが京都を離れ、高知へむかった。福岡は由比、佐々木とともに京都に残る。後藤は島津久光、伊達宗城から容堂にあてた親書を預かっていた。

帰国の前日に、後藤たちは薩摩藩の小松、西郷、大久保、吉井幸輔、内田政之助に招待され、別宴にのぞんだ。

当日の七月三日朝、京都にいる幕府大目付永井主水正尚志《ながいもんどのかみなおゆき》から後藤に面談したいと連絡があった。

今日帰国の予定であると辞退したが、

「長崎で会ったのち、ながらく顔を見ていないので、ひさびさによもやまの話をしようではないか」

と呼びつけられた。

永井は後藤に会うと、諸藩の動向につきたずねた。

「四侯のお話しあいののちは、格別変わったこともございません」

後藤がとぼけると、

「象二郎の考えはあるだろう。それを聞きたいものだ」

という。

龍馬とも交流のある、開明派の官僚である永井は、後藤が大政奉還の運動をはじめていることを、偵知していた。

「私の考えは、少々ございますが、主人父子（容堂・豊範）にも言上《ごんじょう》しておりませぬゆえ、申しあげられません」

「いかさま、さようであろう。しかし、日頃より懇親の誼《よしみ》をもって呼んだのだ。表立っての話ではないので、あらましをうちあけてくれぬか」

後藤もことわりきれず、内心をあかした。

「このさい小条理にこだわることなく、諸侯一和し、立国の基本に立って世界に恥じることなき政体と致したく思うておるがです。このうえのことは、主人にも申しておりませぬゆえ、ご容赦下されとうございます」

「上さま（慶喜）も、諸侯一和しての経綸《けいりん》を望んでおられる。容堂をぜひ上京させてくれ。一日も早く会いたいものだ。

虚説では、討幕の論も出ているようだが」

「その儀は、万々なきよう、私一人にてもくいとめます。戦争などは、もってのほかのことに存じます」

出立《しゅったつ》の遅れた後藤は、先発した寺村左膳たちに伏見で追いついた。

後藤たちは四日朝、淀川《よどがわ》を下り、大坂で二日間滞在し、七日の八つ（午後二時）頃、迎えにきた藩船空蟬《うつせみ》に乗りこむ。空蟬は七つ（午後四時）頃出航した。

「海援隊日史」にしるす。

「越エテ七月四日、京都発足。五日着坂。七日、後藤、真辺、乗船帰国ス。隊長及ビ余ガ輩《ともがら》ハ浪華《なにわ》ニ留《とど》マル」

龍馬と謙吉は、後藤らを見送るため、大坂まで下った。

龍馬は京都から長州の木戸孝允に書状を送り、容堂へ使者を送り、土州との交流を再開すべきときであるとすすめていた。木戸は龍馬の意見に従い、正使岡義右衛門、副使野村靖之助《のむらせいのすけ》（靖《やすし》）を丙寅丸《へいいんまる》で高知へ送ることにした。

龍馬の計画は土佐藩を背景に、実現にむかっていた。

龍馬は大坂で後藤から、京都を発《た》つまえに永井主水正に会ったと聞き、よろこんでいった。

「あのお人は、幕府じゃめったにおらん剣術の達人ですらあ。あるとき新選組の近藤《こんどう》勇《いさみ》が、二条城の道場へ稽古をつけにきちょったがです。永井の家来の奥谷文吉いう手利きの者んが、家来らあの剣稽古を見よると、未熟者んらあが、腕が固うなって手元ばっかりに力が入っちゅう。

いられ（せっかち）の文吉が、先がきかん、先で打ちこめと大声で叫《おら》びおった。文吉はその晩のこと、主水正に呼ばれたきに、昼に近藤のおる道場で、やかましゅういうたがを、てっきり、叱《しか》られるがやろうと思うていてみると、えらいほめられたそうですらあ。

お前が撃剣稽古を見て、先がきかんというたがは、まことにもっともじゃ。先がきかにゃ、攻め手が決まらん。

幾日かまえに、市中で斬られて死んじょった侍の刀を見たら、手元のほうの刃がボロボロに欠け、そこに髪の毛が幾筋もまつわりついちょったらしい。

敵にも一太刀、頭へ斬りつけたろうけんど、もうちっくと先の方やったら、わが身は助かり、敵は死んじょったろう。惜しいことをしたもんじゃ。刀の先をきかさねばならぬもんだと、主水正はくりかえしいうたそうです」

「ほう、えっころ（かなり）の武辺者《ぶへんもの》じゃねや」

中岡慎太郎が、象二郎にいう。

「猪之助が大坂でアルミニー銃三百挺を買うてきたきに、お前《ま》さんの論に反対しゆうがじゃろ。けんど、あれも物の道理は分かっちゅうき、そげな無法なことはせんろう」

退助は元治二年（四月七日、慶応と改元）正月、藩大目付を辞職し江戸に遊学していたが、慶応三年五月、帰国の途中京都に立ち寄った。

慎太郎は五月二十一日、退助を薩摩藩二本松藩邸にともない、西郷吉之助に会わせた。その夜、慎太郎と退助は近衛《このえ》家別邸の小松帯刀の住居で、西郷、吉井幸輔と対談し、武力倒幕につき、協議した。

退助は吉之助に誓った。

「藩論がどうなったち構わん。同志らあと決起して討幕の義軍に身を投じますらあ。こののちひと月のうちに、国許の同志を引き連れてきますぜよ。万一、事が成らんかったら、私は生きて再びお前《ま》さん方に会うことはないですろう」

吉之助はよろこんで応じた。

「ほんなごつ、武夫《ますらお》の一諾じゃ。義挙をともにすっことを誓い申す」

翌二十二日、退助は、その頃、京都に滞在していた容堂に謁して、武力倒幕をすすめた。

「薩長は藩を挙げて奮発しよります。徳川家《とくせんけ》が馬上で天下の権を取ったからには、これを取り戻すにも、干戈をもってあたらんといかんがです。因循《いんじゅん》、事《こと》を決することなくば、君公も馬を陣門につなぐことに至りましょう」

容堂は、かわいがっている退助を叱咤《しった》することもできず、

「退助、また壮語するか」

と苦笑いするのみであった。

退助は五月二十七日、高知へ帰る容堂の供をして、京都を離れたが、大坂では中岡慎太郎、谷守部、毛利恭助らの協力で三百挺の洋銃を買いいれ、帰国後七郡の同志に檄《げき》を発し、アルミニー銃を分配し、京都の西郷から連絡のときしだい、脱藩上京する態勢をととのえた。

土佐藩では、退助が脱藩の動きを見せたので、急遽《きゆうきよ》彼を大目付に抜擢し、軍備総裁として、銃隊中心の兵制改革にとりかかった。

退助は、「兵談」という、中岡慎太郎のつぎのような勧告を参考として、土佐藩戦力の拡充をおこなった。

「一、薩藩の兵制は、英式にまったく改まっている。この改制は、長州の改制の効果に目をひらかされたためである。それまでは古流であった。しかし古流のときでも、士分《しぶん》の者はすべて小銃を携行する制を敷いていたので、他藩と

ちがい変革がおこないやすかった。

一、薩藩では兵士というのは、皆士分で、足軽は兵士ではない。薩摩の士はごく小禄《しょうろく》の者が多く、土佐藩の足軽より窮している者がめずらしくない。
　そのため少々給料をやれば、よろこんで歩兵となる。これは他藩にないことである。

一、壮年の士はたいてい海陸軍局に入る。藩主の小姓、役人といえども、出勤のまえに練兵場に出て、調練をする。

一、出京の兵士は上京の際、支度金少々を下付され、それぞれ白衣服などをつくり、在京のときは月に金一両二分を支給される。司令士は三両である。

一、長州は土佐藩と同様に、大禄士分の者が多く、贅沢《ぜいたく》でひっこみ思案である。歩兵の訓練を、自分に似あわぬものとして恥じ、なかなか兵制をたてられなかった。この傾向を早くから察していた高杉晋作は、奇兵隊《きへいたい》をはじめとする諸隊を、民間人、諸国浪士らで編制した。

一、諸隊は陪臣、足軽、百姓をわけへだてせず、才能によって歩兵とし、司令士とし、公平に取りたてたので、将兵は一致し、しだいに強兵となり、攘夷《じょうい》のときも内戦のときも、四境の追討も、みなこの隊が功績をあげ、国威をかがやかした。

一、長州兵制の改革は、文久三年異人と戦争、元治元年京都、下関の戦争、慶応元年の内戦、いずれも諸隊が活躍した。

これまで高禄をとっていた士は、いまだ時勢をわりきって考えることができず、自然度外視されるようになった」

京都に残留した土佐藩大監察佐々木三四郎は、大政奉還の建白がおこなわれても、幕府のほうは悪感情を持つにちがいないと考えた。

その場合にそなえ兵力をたくわえておかねばならない。『昔日談』にしるす。

「その際後藤に二大隊ぐらいの兵はなくてはと、出兵の事を注意すると、後藤も賛成して、そのはこびにすることを約した。

すると同（七月）二十日になって、後藤から建白も両殿の思《おぼ》し召しにかない、万事都合よく進捗《しんちょく》してゆくという報知があったから、近いうちに二大隊の兵が繰りこんでくると思うて、同二十六日その兵を収容する陣地を検分した。

一体、藩には二ヵ所の陣営がある。白川《しらかわ》邸と大仏《だいぶつ》境内の智積院《ちしゃくいん》とである。もっとも智積院は借入れのところだ。

白川邸はすこぶる不便の地であるが、佐幕家が智積院に兵を置く時には、かえって事変の際、その渦中に捲込《まきこ》まれるということを恐れて、しいてコンな辺境の地を買いいれたのだ。

すでに白川邸がある以上は、智積院の方は返すという議論がおこったが、自分はおおいに反対して、当分はまた借り置くことにした。

同所はすこぶる要地である。進退かけひきにも便利である。

それゆえこのたびの兵はここに置こうと思うて、その配置のぐあいなどを取調べ、チャンと手筈《てはず》を定めて待っているが、チッともくる様子がない。こないのも無理はない。種々むつかしき事情があって、後藤の力でも及ばなかったのだ」

高知では、大政奉還がすめば、将軍を関白にするという、旧弊の議論がさかんにおこなわれている。

容堂は、「天下のために公平に周旋するのに、断じて出兵は無用である」といっていた。

後藤象二郎一行の乗った藩船空蟬が七月八日朝、浦戸に入港すると、後藤は長州藩船丙寅丸が碇泊《ていはく》しているのを見て、ふしぎに思った。

「どういて長州の船がきちゅうがじゃろう。いま京都じゃ長州の処置で揉《も》めよるときじゃに」

丙寅丸で高知をおとずれたのは、木戸孝允が龍馬のすすめに従い、長土復交の使者として選んだ、正使岡義右衛門、副使野村靖之助であった。

後藤と真辺栄三郎は、その夜のうちに老公山内容堂の散田《さんだ》屋敷をたずね、内々の報告をした。容堂はかねて寺村左膳から送ってきた書状（手続書）で、後藤らの献言の大要を知っていた。

「いま、薩摩は兵庫開港、防長御処置の二件を即時実行せよと幕府に申し出ておりまする。もし幕府にして、私権を張り、暴威をもって諸藩を圧倒せんとし、邪をもって正を討ち、逆をもって順を伐《う》つの場合に至れば、武力によって征夷《せいい》将軍職を奪い、削封のうえ、諸侯の列に召し加えるほかはなしという意見にござります る」

容堂は、暗殺された側近、吉田東洋の義理の甥《おい》で、進取の才幹にめぐまれた後藤象二郎が、気にいっている。

後藤が長崎で他藩の者の目をそばだてさせる、思いきった行動をとれるのも、容堂の後楯《うしろだて》があるためである。

後藤はいう。

「つきましては土佐藩より、大政返上の建白を幕府に提出いたさねばならぬ時と存じまする。賢明なる大樹公《たいじゅこう》（将軍）におかせられましては、かならずやこの建白をおとりあげなされましょう。

ご当家が建白いたすのを、薩摩、宇和島両藩はお待ちなされておられまする。島津久光、伊達宗城両侯よりの書状もお預かりいたして参りました。

当家が建白をいたせば、朝廷に尊王の実をあげ、幕府には情理をつくし、恩義に酬《むく》いる道とあいなりますれば、なにとぞ建白草案をご一覧のうえ、ご決定《けつじよう》願い奉りまする」

容堂は、先祖山内一豊以来の幕府の恩義を重んじつつも、幕府が崩壊しかねない危機に立っている実情を、知りつくしている。

容堂は家中の勤王党弾圧をつづけてきた、過去の方針をなげうち、建白に同意しようと答えた。

「まずは藩論統一いたさねばならぬ。家中には頭の固き佐幕論を説くむきも多いゆえにのう」

翌七月九日、寺村左膳は城内でおこなわれた会議の様子を日記にしたためている。

「朝、二の御丸へ登城致し、今般京師《けいし》の模様、かつ後藤象二郎の建論につき、くわしく言上したところ、太守公（豊範）にはご異存がなかった。後藤、真辺はすでに昨夜、散田御屋敷御殿へ伺候し、一応老公（容堂）へ言上したということであった。

あらためて九つ（正午）より後藤、真辺と拙者三人揃《そろ》って老公へお目通りのうえ、京都の政情をくわしく言上し、老公は大政返上ももっともの至りであると、お聞きいれ下さった。

それから藩庁へ出向き、重役たちのまえで象二郎がこのたびの趣旨を演説した。一同、内心はともかく、表向きに異論を出す者はなかった。もっとも乾（板垣）退助がひとり、薩摩と同様の討幕論をとなえたが、象二郎に諭され、論をおさめた」

乾退助は、会議の席でしいて反対をしなかったが、屋敷に戻ってからやはり大政奉還に反対すべきであると思い至った。

土佐藩軍事総裁である退助は、容堂に謁し、武力で幕府を倒すべきであると告げた。

「大政奉還は、世上に乱をおこさず、まことに名分あるものなれども、空論と存じまする」

容堂はするどい眼差しをむける。

「ほう、それはなにゆえじゃ」

「朝廷が政権を復古なさるるとも、実力なければ空名にすぎませぬ。徳川家《とくせんけ》は、馬上にて天下をとってござりまする。その天下を、口先だけでくつがえすのは、いささか難しかろうと存じまする。

いま幕府の罪状は、討幕の師をおこすも名分なきを憂うことなきまでに、あきらかにござりまする。よって薩摩とともに挙兵いたすべきと存じ奉りまする」

アメリカ製元込めアルミニー銃三百挺を大坂で買いいれ、三百人の銃隊を編制していた乾の説は、親幕を方針とする容堂を怒らせた。

「そのほうごとき暴論をなす者を、そのままにはいたしておけぬ。軍備総裁の役は、即刻免ずるゆえ、さようこころえよ」

日頃目をかけている退助であるが、容堂は側近から遠ざけることにした。

退助の過激な態度に刺戟《しげき》をうけた容堂は、大政奉還建白を積極的に推しすすめることにした。

七月十三日、家老福岡宮内《ふくおかくない》を通じ、後藤、真辺、寺村に容堂の内意を達した。

「献言の儀は、老公がお聞き届けなされた。この儀につき、貴殿方に用向きを仰せつけなされるが、お引き受けいたすか」

「もとより、そのつもりでおりまする」

後藤らはただちに散田屋敷に伺候し、容堂から、献言の取扱いを任すとの言葉をうけた。

後藤ら三人は、まず京都の同志に建白案が採用されたとの書状を送り、上京の支度をはじめた。

京都の福岡藤次から、早飛脚での返書が届いた。

「天朝と幕府の交渉は一事も運ばず、因循きわまりない有様である。早々に京都へ戻り、老公の建白をご提出下さい。慶喜公の補佐第一といわれる原市之進が、幕臣に暗殺されたよし」


その頃、龍馬と中岡慎太郎は、大坂で幕府勘定奉行の小栗忠順《おぐりただまさ》が、六月五日に兵庫開港にともなう大商社設立の町触《まちぶ》れを発した件につき探索し、その実現をはばむ策を、薩藩有志らとともに講じていた。この商社は、頭取三人、肝煎《きもいり》六人、世話役十一人を任命し、関西の主立った商人百余人が出資し、百万両を準備金とした。

この商社により、大資本を擁する外国商人と対抗し、幕府の貿易独占をゆるがぬものとするのである。

龍馬たちは大坂商人たちのあいだに、商社設立反対の運動をおこすべく、奔走していた。

龍馬は七月二十日京都に戻り、二十五日、薩摩藩邸に出向き、西郷吉之助に会った。

吉之助は、英仏公使が大坂で将軍に謁見するので、その様子を探るため英公使に会う予定で、この日大坂へ下る予定であったが、会見に必要な書類を送ってほしいと、大久保一蔵に書状を送った。

そのなかに、つぎのくだりがある。

「はたまた神戸で大極丸の水夫《かこ》が人殺しをしたとの通報が、今朝石川（中岡）よりありました。土佐藩士望月清平、毛利恭助が大坂にきているので、逢《あ》ってほしいといっています。

いずれ大坂で話しあい、よろしくとりはからいますので、大夫《たいふ》（家老小松帯刀）へも申しあげておいて下さい」

大極丸は、慶応二年五月、五島《ごとう》沖で沈没した社中のワイルウェフ号の代船として与えた洋帆船で、薩摩船籍のまま、海援隊が通商に使っていた。

西郷はその日、前便を追ってつぎの書状を大久保に送っている。

「ただいま坂本龍馬がきました。神戸に繫留《けいりゅう》していた大極丸は、今晩大坂港へ参りますので、毛利らと相談し、これまで立てていた薩摩の船章を、土佐の船章に立てなおすことにしました。もし奉行所から訊《たず》ねられたときは、この船は、薩州から買い取ったものであるが、まだ船章を立てかえていなかったので、土州に交渉してくれと返答してほしいとのことです。

そのように取りはからうつもりです」

大極丸は、大坂でそれまで掲げていた薩摩藩旗を、土佐藩旗に替え、急いで荷物を積みこみ、長崎へ出帆してしまった。

下手人は水夫であるというが、海援隊士であったのかも知れず、町奉行は下手人の行方を探索しはじめた。

龍馬にとって気のゆるせない事件があいついでおこっていた。

土佐商会主任岩崎弥太郎は、慶応三年七月十八日の日記に、つぎのように記載している。

「十八日、晴、朝商会へゆくと、英商オールトより、ちょっときてくれといってきた。さっそく出向いてみると、こんど丸山で異人を殺害したのは、土佐藩士にちがいないと噂《うわさ》されている。

急いで取調べを進めないと、事は重大になるので、明日はぜひとも提督、公使と面会してもらいたいという。明日の七つ半（午後五時）頃、会う約束をして帰った。

商会に戻ったが、何分こんどの一件は、海援隊が使っている大洲藩所有の洋帆船横笛《よこぶえ》の乗組員の仕業と疑われているので、（中略）知人をたずね、花月《かげつ》へおもむき、金をつかませて老女中らにひそかに異人殺害のことを問いただしてみたが、要領を得ず、深夜に帰宅した」

長崎丸山で異人殺害事件がおこったのは、七月六日の夜であった。

イギリス軍艦イカルス号の水兵二名が、丸山遊廓《ゆうかく》の路上に、酩酊《めいてい》して寝ているところを、何者かに殺害されたのである。

道端に捨てられていた提灯《ちょうちん》が、上下朱、中白《なかじろ》の海援隊の備品であったため、英国領事フローエルスが長崎奉行に届け出て、検屍《けんし》のうえで大坂の老中に報告書を送った。

岩崎弥太郎は、商会の事務に追われる日を送り、事件にとりわけて関心を持っていなかったが、オールトに会った前日の夜、五代才助がたずねてきて、ひそかに彼に告げた。

「大浦のグラバーら異人の取り沙汰《ざた》を聞くに、このたび丸山で異人を殺害した者は、土佐の侍であるといい、その証拠をいろいろあげており申す。そのため前もってお知らせいたしたしだいでごわす」

弥太郎は才助から連絡をうけていたので、オールトから呼ばれてもうろたえなかったが、オールトは土佐人の犯行であるとする証拠として、つぎの五点をあげた。
一、英水兵が殺害されたのは、夜九つ（午前零時）頃であった。

二、同夜八つ（午前二時）、海援隊帆船横笛が急に出帆した。
三、さらに七つ（午前四時）頃、土佐の砲艦若紫《わかむらさき》が出帆した。
四、翌八日八つ（午後二時）頃、横笛が長崎に戻ってきた。
五、英水兵が殺害された直後、白地筒袖羽織《つつそでばおり》を着けた者が横笛に乗りこんだのを、港内に碇泊していた船の乗組員がいずれも見ている。

この五点の疑いによって、土佐藩の者の仕業であると、もっぱらの噂だとオールトはいった。

イカルス号艦長、英公使パークスもひとかたならず立腹し、長崎奉行所の下手人探索がゆきづまっているので、このうえは京都へ出向き、将軍が知らぬといえば、すぐさま土佐へ軍艦で出向く。

パークスが長崎を出帆し、京都へ出向くのは明後日であるという。

岩崎弥太郎は容易ならない重大事件であると思った。話がこじれたときは、薩英戦争の二の舞いになりかねない。

翌十九日七つ半（午後五時）、オールトとともに英国領事フローエルスの居館に出向き、パークス公使と会った。

パークスは土佐商会主任など、相手にするのもおこがましいといわんばかりの高姿勢で、テーブルを叩き、靴を踏み鳴らし、大声で罵《のの》りたてる。

弥太郎は懸命に弁じた。

「わが土州においては、決してそげな疑わしき者んは一人もおりません。しかしながら詳しく探索し、もしあるときは早速土佐太守の命をもって国法により処分いたします」

パークスはいった。

「それなら長崎奉行所へ依頼し、長崎に住む土佐人をすべて訊問《じんもん》してもらいたい」

弥太郎は抗弁した。

「その儀は、お断りいたします。土佐国人に疑わしいことがあるからというて、奉行所の力を借りたと聞こえちゃあ、主人土佐守の名にかかわりますきに。すべて土佐太守の手で、きっちり取りさばきます」

パークスは憫笑《びんしょう》していった。

「このうえ、土佐国人の犯罪と判明して、犯人が出奔したときは、どうするのだ」

「そのときはどこまでも、草の根を分けても探しだし、国法に従い処断いたします」

「どんな処断をするのだ」

「即刻斬首いたすがです」

「奉行所の手で捕えたときは、どうするのだ」

「土州へ貰《もら》いうけ、同じく斬首いたすがです」

パークスたちは、腹をたて、どなりちらしていたが、四つ（午後十時）頃、曲がりなりにも岩崎弥太郎のいい分を了解した。

その日のうちに横笛の出帆は奉行所からさしとめられ、連日、関係者の取調べがおこなわれたが、五代才助は薩摩へ送る荷を積んだ横笛を、二十一日に強引に出帆させた。

長崎奉行所には、横笛を長崎に停《と》めておくような威力はない。

パークスは軍艦バジリスク号で大坂に出向き、幕府に対して厳重な抗議を申しいれた。

七月二十七日、土佐藩河原町藩邸にいた大監察佐々木三四郎は、中岡慎太郎に頼みこまれ、洛外の白川藩邸に尊王浪人をかくまうことにした。

浪人のなかにはのちの香川敬三《かがわけいぞう》（伯爵）、田中光顕《たなかみつあき》（伯爵）などもいた。

『昔日談』によれば、

「さてこういうことになった次第はどうかというと、石川（中岡）が自分のところにきて、この頃幕府がまたまた浪人狩をはじめた様子で、現に柳《やなぎ》の馬場《ばば》に下宿の対州《たいしゅう》浪人橘《たちばな》某は、すでに捕縛された。

ついてはわれわれ同志も随所に下宿しているのは、はなはだ剣呑《けんのん》であるから、ひとまとめにして白川邸へお差し置きを願いたいと、内密に申し出た。

けれども政庁のほうは十分に勤王論ではない。浪人などはおおいに忌《い》んでいる。在京中の福岡はじめ二、三の人もやはりその論である。いま大政返上建白の進行中、これくらいのことで障害をきたすようではならぬし、また浪人には他藩人が多いので、みだりに手も出しがたい場合であるから、内々由比（猪内）に事情を話したところが、意外に時勢が分っておって、さっそく同意したので、異論がおこらないうちと、独断でもってその運びにしたのだ。

由比は参政中の上席株であり、また御陸目付《おくがめつけ》の樋口真吉《ひぐちしんきち》も同志であり、下横目の唯次郎、健二郎、雄之進らもやはり同志のほうであるから、万事都合がよかった。

これについて、他日罪人を出すような場合は、もとより自分一人で責任を負う覚悟であった。（後略）」

その翌日の七月二十八日、佐々木が由比や福岡らと、藩邸雑務の用談をすませたあと、下宿にひきあげていると、幕府大目付永井主水正から、留守居役森多司《もりたじ》馬《ま》に、至急出頭せよと命じてきた。

小心な森はうろたえつつ出ていった。

「そのあとで一同福岡の下宿に集会して、『いったい今日の用向きは何であろう。昨日浪人を白川邸に入れておいたが、あるいはそのことではあるまいか。もしそうならば、かようかよういたそう』と種々手筈を定めているうち、森が帰ってきた。何かと聞いてみると、実に意外の事で、『七月六日長崎に於て、土州人が英国軍艦イカルス号乗組水兵を殺害したというので、英公使パークスがおおいに憤慨して、幕府に火急の談判を持ちこむ。

そこで外国奉行の平山図書頭《ひらやまずしよのかみ》は、やむをえずして公使を大坂に同伴して、板《いた》倉《くら》閣老に訴えると、閣老も驚いて、ともかく実否を糺問してからということになった。至急重役の者を下坂さするように』との事。

順序からいうと由比と福岡が下坂すべきはずであるが、その時分、福岡は風邪にかかっていていけぬというので、自分が福岡にかわってゆくことになり、由比とともに毛利恭助を従えて、いまの時間でいうと午後の八時過ぎ、京都を出発した」

淀川は真夏の陽照《ひで》りつづきで減水し、三十石船は、堤上から曳綱《ひきづな》で大勢の人足に曳かれ、わずかずつ進むていたらくである。

翌二十九日の昼前に、ようやく長堀蔵屋敷前に、船がついた。

留守居役がいう。

「板倉殿より、再三催促の使者がきよるぜよ。俺らあも困っちゅう」

佐々木らは、急いで朝飯を食い、老中板倉勝静《かつきよ》が旅館としている西高津《にしこうづ》の寺院へ出向いた。

途中に、西郷吉之助の下宿があったので、立ち寄ってみると、都合よく西郷が在宅していた。

佐々木は、外国人との談判の経験がある西郷に会い、事情をうちあけた。

「『このたび弊藩においてかようかようの事が出来《しゅったい》して、ただいまから談判にゆく。

なにかお気づきのところもあらば承りたい。また時宜によっては急に帰国しなければならぬが、あいにく船が参っておらぬ。

聞けば尊藩の三邦丸《みくにまる》が兵庫に碇泊しているそうだ。しばらく拝借することができようか』というと、西郷がいうには『英人との談判はすこぶる重大の事である。先年、弊藩も彼国人と談判したが実にむずかしいことであった。ツマリはいささかにても彼に言葉尻《ことばじり》を取られぬようご注意なさるのが、もっとも肝要である。三邦丸はすみやかに御用立申すからご安心下されたい』と、親切に便宜を与えてくれた。

それから閣老の旅館へゆくと、もう待ちかねている。さっそく広間に通された。正面には老中板倉周防守《すおうのかみ》（伊賀守《いがのかみ》）、つづいては外国奉行平山図書頭、大監察戸川伊豆守《とがわいずのかみ》（中略）が順次列席している。英公使はこの席に出ていない。こっちは自分及び由比猪内、大坂留守居役石川石之助ほか二名」

閣老は温和な人柄のようで、今度の事件を苦慮している様子であった。

「（閣老は）おもむろに口をひらき、『先般長崎丸山町に於て、英国水夫が殺害された。

そうしてその下手人は貴藩士であるから、すみやかにこれを取り調べるようにと、英公使からせまってきた。そこもとは重役のことであるから、その辺のことはもはや通知してきたであろう。どうか』と問う。

自分が答うるには、

『いちいち存じませぬ。昨日京都留守居へお達しで、はじめて承知いたしました。英公使が、いったい弊藩の所業と申したてたのは、何か確たる証拠でもあるのですか』

というと、

『いや、証拠はまだ申し出ないが、長崎においては、一般に土州人の所業という て、一点の疑念をさしはさむべき余地がないと申しておる』と。

そこで自分もムッとして、

『それは実に意外なる仰せでござる。藩士も長崎表には随分おる。おるけれども、常々土佐守より、外国人に対して猥《みだら》なる挙動があってはならぬ、とかたくいましめてあるから、弊藩の者は右様の事は決してないと信じている。

万一やむをえざる事情があって、外国人を殺害したならば、かならずこれを自訴し、そうして自殺して罪を謝するのが武門の常である。ことに弊藩はこの点には厳重なる藩法があるから、外国人を暗殺しながら、その跡を韜晦《とうかい》して国難を惹起《じゃっき》するような者はひとりもござらぬ。風評を根拠として土州人と見なすは、けしからん。その意をもって公使にご談判なされたい』といった」

このように押し問答がつづくうち、英公使パークスの旅館が近所にあると知った佐々木が、直接公使に談判するというと、閣老たちは、そのために問題がなお紛糾するのをおそれ、帰藩してしかるべき取計らいをせよという。

ではただちに帰藩しようというと、閣老はその旨をパークスに通報して、指示をうけてきた。

土州の重役どもが帰国するのであれば、パークスとともに英国軍艦に同乗せよというのである。

佐々木は激怒した。

「拙者どもは、重大事やき、注進のために帰国するがです。英国公使が押しかけてくるがは勝手じゃけんど、何の確証もないものを、やかましく弊藩の者んが犯人じゃといいたてて軍艦をさしむけ、脅すつもりじゃろうが、拙者がどういてそげな者んを案内せんといかんがですか。パークスいう者んは、無礼者ですろうが。そげな者んと軍艦に相乗りするがは、ご免こうむります」

閣老たちは、一応評議するといって退席したので、佐々木と由比猪内は後事を大坂留守居役石川石之助に託してただちに蔵屋敷に帰り、三十日の夜明けまえに早駕籠《はやかご》で兵庫へむかった。

西郷が大坂から兵庫までの海上を、バッテイラで送ってくれる予定であったが、舟の都合がつかなかったので、駕籠かきを励ましつつ疾走させた。

あとに残った石川石之助は、要領をえない返事をして、時を稼いだ。パークスは憤激して、どうしても佐々木らを呼び戻せといったが、そのあいだに早駕籠は兵庫港に着いた。

港内では幕府の回天丸《かいてんまる》、薩摩の三邦丸、英国軍艦三隻が、さかんに煙をあげて、いまにも運転をはじめようとしていた。

佐々木たちは八月一日の午前四時頃、港に着くと、三邦丸に乗船した。

ぐずついていると、英国軍艦に佐々木たちの行動を察知されるおそれがあるので、三邦丸は急遽出航しようとした。

そのとき、小舟に乗って急いで三邦丸にむかってくる人影があった。

「誰《だれ》かきよるぞ。ちっくと待っちゃれ」

舟が近づいてくると、手を振っているのは坂本龍馬であった。

「お前《ま》ん、なにしにきたぜよ」

龍馬は舷梯《げんてい》を登ってくると、潮に濡《ぬ》れた顔を拭《ふ》きもせず、いった。

「こんどのことは海援隊にかかわることじゃき、気がかりで夜も眠れん。もし国許で談判するようになったら、どうにもならんきのう。

そいで京都におられる春嶽公に事情を申しあげて、お智恵を拝借したいと願うた。春嶽公はパークスが土州に出向いた際、家中の者んがたけりたって、鹿児島、馬関のごとき戦争をひきおこし、人民に難儀させ、国家を多難に陥れることのないように、ご老公に一書をしたためて下されたがじゃ。

兇行《きようこう》をした者んが土州人なら、これを処罰して、円満に時局を治めよとの、ご意向じゃ。

将軍家も、春嶽公らとおんなし意中で、容堂公に事情を説いて聞かせよといわれたそうじゃ」

話をしているあいだに、船が運転をはじめたので、龍馬も同乗して高知へむかった。

その夜は海が荒れた。船体は高波のなかを前後左右に動揺し、船酔いに苦しむ者も多かった。

翌二日の朝、室戸《むろと》の沖を西へまわりこんでから、海はおだやかになり、夕陽が西にかたむく頃、須崎《すさき》に入港した。

佐々木の従兄《いとこ》、原伝平とかねての同志前野源之助が、高岡《たかおか》郡の郡奉行《こおりぶぎょう》で、須崎港の取締りをおこなっている。

佐々木は二人を宿に呼び、急に帰藩した事情をうちあけた。原はおどろいた。

「ほんなら、イギリス人を殺したがは、ほんまに海援隊ながじゃろうか。それやったら、大戦《おおいくさ》になりかねんろうが」

「そうじゃ、なんというたち海援隊にゃあばれ者んが多いきのう、やりかねんわよ。龍馬もそれで気遣うて、いっしょにきちょるがじゃ」

「えっ、龍馬がか。そうかよ。あれがきちゅうがかよ。そりゃ難儀じゃねや」

龍馬は二度にわたり脱藩者の扱いをうけているので、佐幕家の多い土佐家中では彼を憎んでいる者が多い。佐々木がいった。

「そげな事情は、こっちも承知じゃき、ざんじに夕顔に乗り移らせちゅう」

須崎湾には、土佐の藩船夕顔丸が碇泊していた。船長由比畦三郎《ゆいけいざぶろう》は猪内の甥であったので、龍馬を同船に移し、潜伏させた。

佐々木は二人の郡奉行に頼んだ。

「もうまあ英国軍艦が入港するき、迎えの支度をたのむぜよ。軍艦には英国公使パークスと幕府外国奉行らあが、乗っちょる。

俺らあはパークスと談判するがじゃき、それまで人心が騒がんよう、取締ってくれや。から騒ぎをやったち何にもならん。ことに当郡の兵隊を繰りだして、港の警衛をするがは、厳に見あわせてもらいたいがじゃ」

佐々木と由比猪内は、夕方須崎を出て、早駕籠で高知へむかった。

この夜は大風雨で、松明《たいまつ》が消えて名護山越えの難所へさしかかると、暗中を手さぐりで進む有様である。

佐々木と由比の従者は一人ずつで、風雨に髪をふり乱し、重役とは見えない外見である。三日の早朝に朝倉《あさくら》番所に着いたが、人足が一人もいない。

番所の女房が出てきて、「替えの人足を出せ」といっても、返事もしないので、由比が大声でどなりつけた。

「貴様らはなんと心得ちょるがか。俺は御仕置役。こなたは大目付ぞ。大事の御用でいんま京都から戻《も》んたがじゃ。一刻も早う人足を出さんと、手いたき罰をくらわせようぞ」

番人たちは胆《きも》をつぶし、にわかに送り状をつくり人足をそろえ、佐々木たちを送りだした。

佐々木たちは六つ半(午前七時)頃、福岡執政に会い、藩庁に出向いてこれまでの経過を報告し、今後の手筈をうちあわせたうえ、散田御殿へ伺候し、老公に事情を申しあげ、夕方になって帰宅した。

龍馬が須崎港で夕顔丸に潜伏していることを言上した。

「京都にては重役とも公然と往来いたしおりまするが、国許では、うっかりしたこともいたさせませぬ」

容堂はしばらく考えていたが、

「今日の場合は、取扱いをおだやかにいたしおけ。予も含んでおこう。なにぶんやかましい事ぞ」

と笑みを見せた。

容堂は松平春嶽、勝安房から、龍馬が非凡の人材であると聞いていたので、帰国を咎《とが》めなかった。

大政奉還の老公建白を幕府に提出のため、京都へ出立の支度を急いでいた後藤象二郎が、佐々木、由比らとともにパークスとの交渉委員に選ばれた。

象二郎は無念の思いを隠さなかった。

「いま一歩で大政奉還にこぎつける際に、こげな邪魔がはいるとは、ほんまに運がついちょらん。けんど、しょうこともないき、こっちの駆けひきからあらけて（かたづけて）いかんといかんぜよ」

後藤は、事件の犯人が海援隊士ではないと、強硬に主張しようと考えていた。しかし、下手人が海援隊士ではないという確信もない。英国側が動かぬ証拠をつきつけてきたときは認めないわけにゆかないので、パークスとの交渉には慎重を要する。パークスの背後には、英国艦隊の巨大な戦力がひかえている。

八月四日、一同は大雨のなか、早駕籠で高知を発し、夕方須崎に到着した。

龍馬は須崎で一番の上宿《じょうやど》で、伊勢海老《いせえび》、鮑《あわび》の刺身で郡奉行らを相手に酒盃を傾けつつ、上機嫌で後藤らを迎えた。

後藤は大笑した。

「このお尋ね者んの横着なふるまいいうたら、俺も負けるぜよ」

龍馬はいった。

「後藤さん、この一件にゃ海援隊はかかわっちょらんき、強気でやってや。もし誰ぞがやっちょったら、俺のとこへいままでに何ぞいうてくるき。大極丸の者んが人殺しをやったときは、すんぐにいうてきたがよ。海援隊の者んらあは、あばれ者んじゃが、いざとなったら逃げ隠れせんきに」

「それやったら、えいがのう」

英国軍艦が入港してくると、談判の場所がいる。

「この宿屋じゃ手狭じゃなあ。どうするぜよ」

相談のあげく、大善寺《だいぜんじ》という寺院に席を設けることにした。

翌五日は雨がやんだ。

幕府軍艦回天丸は、三邦丸にやや遅れたが早々に入港している。英艦だけが遅れていた。二日の夜から三日の夜にかけ、暴風雨であったので、航行が困難で、徳島に寄港していたのである。

郡奉行が、住民が動揺するのを懸命に鎮撫《ちんぶ》する。そのうち、高知から兵隊を出してくるという注進が届いた。

後藤たちは談判のあいだは兵を出さないと郡奉行に通達していたので、不満の声が出た。

「兵を動かしちゃいかんとのお達しを受けたきに、おとなしゅうに従うちょったがです。それが高知からわざわざ出兵するとは、何事ですろう。

当郡の兵は役に立たんということですろうか。そげなことをされては、俺らあの面目は丸つぶれじゃ。どうしてくれるがです」

後藤らは、高知から出兵してくるという取決めをした覚えはない。佐々木が諭した。

「これは何ぞにわかに決まったことじゃろうが、高知の兵がきたち、表にゃ立たせやせん。万一談判破裂して戦となったときは、当郡の兵を先手《さきて》とするき、気を鎮めてくれや。しかし急に兵端《へいたん》を開くことはなかろう」

郡奉行下役の川田金平が、突然奇妙なことをいいだした。

「城下の兵隊がダンブクロを着て、揃いの洋銃を持っちょるがは、外人も見慣れちゅう。それよりゃ当郡の郷士らあが、思い思いのいでたちで、火縄筒《ひなわづつ》やら猟銃やらを持っちょるほうが、なんぼか勇ましゅう見えて、かえって外人らあも怖がるろう」

龍馬が手を打って笑い崩れた。

「そりゃえい考えじゃいか。異人らあも、お前《ま》さんらあのほうを、怖ろしがるにちがいないわえ」

須崎の町なかが殺気立っているなか、八月六日の朝五つ半（午前九時）頃、英艦が入港してきた。

談判は七日におこなうことになったが、大善寺を会場にすれば、何事がおこるか分からない騒然とした状況であるので、夕顔丸か英艦で談判することになり、英国側の要求をいれて、英艦バジリスク号上でおこなうことにした。

その日の早朝から城下の兵隊が続々と到着しはじめた。撃剣の稽古襦袢《けいこじゅばん》に稽古袴《ばかま》で、洋銃を担いでいる。大監察の乾退助が、別撰《べっせん》一小隊と足軽二小隊を率いてきたのである。

彼らは大善寺に本陣を置き、士官らは屈強の青年である。士官の一人が、大善寺の談判所を見ていった。

「英人は腰掛けで、こっちは着座するがかえ。あの連中の礼にならうがは国辱ぜよ」

別の士官がいう。

「幕府の軍艦の乗組員というたち、洋服を着て上陸すりゃ、異人と見なして銃殺するぜよ」

佐々木はつよくたしなめた。

「なんという暴論をいうがぜよ。幕府軍人も日本人じゃ。外患が迫っちゅうときに、日本人と知りつつ発砲するがは、どげな心底ぞ」

そこへ英国軍艦から通達がきた。

「港内に碇泊中、規則によって砲撃訓練をするが、砲声を聞いて戦端を開いたとまちがえないでもらいたい」

それを聞いた兵隊たちは、いきりたった。

「たとえ稽古やち、港内で発砲するがを見逃せば、国辱じゃ。そのままにゃしておけん。こじゃんとやりすえちゃろう」

佐々木は英国側に砲撃訓練を中止するよう申しこみ、なにごともなく終わったが、高知での評判がしきりに伝わってくる。

「なんというたち、佐々木は勤王家じゃきに、どげなことがあったち英人を上陸させたりせんろう。もし上陸させたら、あれも英人といっしょに殺《や》ってしまえ」

と過激な若者たちがいっているという。

後藤は笑っていった。

「俺はもともと国許の連中にゃ信用されちょらんきに、内輪のことは頼みます。そのかわり談判は俺に任しちょってつかあさい」

佐々木に藩家中の揉めごとの処置を頼み、自分はパークスとの交渉を受け持つというのである。

龍馬は賛成した。

「それが適材適所というもんぜよ。外人との掛けあいは、象やんの右に出る者んはおらんきのう」

後藤は由比猪内、渡辺弥久馬《わたなべやくま》（のちの斎藤利行《さいとうとしゆき》）、佐々木三四郎ら三人の交渉委員とともに英艦におもむき、談判をおこなった。

パークスはインド、清国《しん》などで成果をあげた、威嚇《いかく》態度をとった。例のように床板を踏み鳴らし、テーブルを叩いて怒号するのである。幕府外国奉行平山図書頭などは、それまでパークスの威圧に散々悩まされてきた。

だが後藤はパークスの激昂《げっこう》するさまを平然と眺め、通訳のアーネスト・サトウに告げた。

「公使は談判するがにきたがやないがか。こげな無礼なふるまいをするからには、決裂させるつもりかよ。

ほんなら談判するには及ばん。会見は中止するというてくれ」

サトウが後藤の意向をパークスに通じると、パークスは態度をあらためざるをえなかった。

解決方法は、土佐藩と英国側が長崎奉行所に出向き、嫌疑のある横笛、若紫の士官を訊問し、土佐藩重役をその場に立ちあわせる。加害者が海援隊士であると判明したときは、土佐藩が被害者の家族扶助料として五万両を支払う。

そのうち二万両は長崎で即座に英国側に手渡すというのである。

双方が同意したのちパークスが、船窓から見える須崎湾の海沿いの山道を指さして後藤にたずねた。

「あの銃を担いで坂道をつらなって下りてくる兵士たちは、われわれと戦おうとしていのか」

後藤はそらうそぶいて答えた。

「あの連中は、猪狩《ししが》りにでも出てきたがですろう」

アーネスト・サトウの著述『一外交官の見た明治維新』によると、後藤はパークスの無礼を許しがたいと思っていたようである。

サトウは記している。

「ふたたび後藤に会うと、彼はまたしても異議を申したて、ハリー卿（パークス）の乱暴な言葉と態度は、けしからんといった。

そしてハリー卿があんなふうでは、いつかは恐るべき騒ぎがもちあがるに相違ないともいった。私（サトウ）自身としても、長官がいつも使うあの傲慢《ごうまん》な言葉の通訳をつとめることには、いささか参っていたので、もし本当にそう考えるならハリー卿に面と向かって忠告してほしいと、後藤に告げた。

私には、それを長官にほのめかすだけの勇気もなかったのだ」

翌日、浦戸から廻航されてきた若紫の士官の取調べが、アーネスト・サトウが同席のうえでおこなわれた。その大略は次の通りである。

「士官たちは、七月七日の午後十時過ぎまでは長崎を出港しなかったという証拠をあげたが、ハリー卿の意見では、同日の午前四時、すなわち問題の縦帆船《スクーナー》が出帆してからわずか二時間後に出港したというのである。

土佐人に対する嫌疑は、まったく卿の主張するこの事実によったのであった」

その日、夕食のあとで後藤が政治問題を論じるため、バジリスク号をたずねた。

アーネスト・サトウは記す。

「後藤はそれまでに会った日本人のなかで、もっとも物わかりのよい人物の一人であったので、おおいにハリー卿の気にいった。

そして、私の見るところでは、ただ西郷だけが人物の点で一枚後藤にまさっていたと思う。ハリー卿と後藤は、たがいに永久の親善を誓いあったのである。

後藤は月に一回は手紙を寄せて、イカルス号の殺害事件について判明したことは、なんでも報告すると約束した。

彼は最後にハリー卿に、少々くどくはあったが、おおいにあけすけな言葉で前回の乱暴な態度について忠告し、おそらく他の者なら、あんな仕打ちに対しあんなにおとなしく屈従はしなかったであろうといって、いさめた。後藤のこの非難の言葉を英語に通訳するのは、特にヒューエット艦長の面前ではいっそう手痛く卿にこたえるので、私としても決して愉快なことではなかった。

はじめはハリー卿も、日本人にこのように説教されるのをいまいましく思ったようだが、どうにか癇癪《かんしゃく》をおさえていたので、たいしたこともなくてすんだ」

パークスはサトウに後事を託し、バジリスク号で八月九日、横浜へ帰っていった。

サトウは日本の役人とともに、土佐藩船夕顔で長崎へむかうことになった。幕府軍艦回天丸も、外国奉行らを乗せ、大坂へむかった。その夜、サトウは、後藤の使者から手紙をうけとった。山内容堂が招待するというのである。

何事にも好奇心のつよいサトウは、応じることにした。

サトウが乗ることになる夕顔の船内には、龍馬が潜んでいた。彼は狭い船室の寝台に褌《ふんどし》ひとつであぐらをかき、三通の手紙を書いた。

一通は伏見寺田屋の女将《おかみ》お登勢にあてたものである。それまでしばしば顔を見せていたのが、突然土佐にきてしまったので、心配しているだろうと気づかい、現況を知らせたものである。

「御別申候《もうしそうろう》より急ニ兵庫ニ下り、

同二日の夕七ッ過ぎ、土佐の国すさキ(須崎)と申港に付(着)居申候。先ゝ《まずまず》ぶじ御よろこび。

是より近日長崎へ出申候《そうらい》て、又急ニ上京仕《つかまつり》候。御まち可レ被レ遣《つかわさるべく》候。かしこ。

八月五日

おとせさま　　　　　うめより
御本《おんもと》え　　　　　」

同日、長岡謙吉にも書状を送った。

「御別後同二日夕方、すさき港に着船仕候。此地の一件は石清（中岡慎太郎）に申送候。御聞取可ㇾ被ㇾ下」小弟是より長崎へ廻り不日に上京仕候。御待《おまち》可ㇾ被ㇾ遣候」別紙宜《よろしく》御頼申上候。謹言。

八月五日　　　　　楳《うめ》拝

謙吉様

右件直次郎ニ御伝奉ㇾ頼候。以上。　　」

直次郎は、おりょうの弟楢崎太一郎である。

バジリスク号が須崎港を出航する前日、龍馬は兄坂本権平あてにつぎの書状をしたためた。

高知まで十里の須崎にきているが、龍馬は高知の自宅へ帰ることができない。

「一筆啓上仕候。弥《いよいよ》御機嫌能《よくご》可ㇾ被ㇾ成《ざなさるべく》ニ御座一、目出度《めでたく》奉ㇾ存候。然《しかる》ニ先頃長崎より後藤参政と同船ニて上京仕候処、此頃英船御国ニ来るよしなれバ、又、由井（比）参政と同船ニてスサキ港まで参り居候得《そうらえ》ども、窃《ひそか》に事を論じ候得バ、今まで御無音《ぶいん》申上候。

此度《このたび》英船の参る故《ゆえ》ハ、長崎ニて英の軍艦水夫両人酔て居候処を、たれやら殺し候よし。

夫《それ》を幕吏ニ土佐国の人が殺《ころし》候と申立候よし。其故《それゆえ》ニて御座候。

其《その》英の被レ殺《ころされ》候時ハ、去ル月六日の夜の事ニて候。同七日夜、私持の風帆船横笛と申が出帆致し、又御国の軍艦が同夜ニ出帆仕候。

右のつがふ(都合)を以て幕吏が申《もうす》スニハ、殺し候人が先ヅ横笛船ニて其場引取て、又軍艦ニ乗うつり、土佐に帰り候と申立候よし也《なり》。

夫で幕軍艦、英軍艦ともに参り候よし也。

然レ共先ヅ後藤、由井、佐々木ニ談判ニてかた付申候」

此頃、又御願申上度品有レ之《これあり》候。彼《かの》御所持の無銘の了戒《りょうかい》二尺三寸斗《ばかり》の御刀、何卒《なにとぞ》拝領相願度、其かわり何ぞ御求被レ成度《なされたく》、西洋もの有レ之候得ば、御申聞奉レ願候。

先ハ今持合候時計一面さし出し申候。御笑納奉レ願候。

今夕方急ニ認《したため》候間、はたしてわかりかね可レ申《もうすべき》かと奉レ存候得共、先早々如レ此《かくのごとし》、期ニ後日一候。

恐惶謹言

八月八日　　　　　　　　　　　　直柔

尊兄

左右　　　　　　　　　　　　　　」

龍馬は八月八日の夜、須崎港に上陸し、現地警備のため出張していた、権平の亡妻千野《ちの》の弟に会い、時勢を論じたのち、この書状を託したと、「坂本龍馬海援隊始末二」に記されている。

千野の弟川原塚茂太郎《かわらづかしげたろう》は、高知南奉公人町《みなみほうこうにんまち》に住む徒士《かち》で、土佐勤王党の同志であった。

アーネスト・サトウは、土佐藩船空蟬で八月十一日の朝、浦戸湾に入り、屋形船に乗りかえ、町はずれの開成館の下の岸に到着した。後藤が大勢の役人とともに迎えにきていた。

サトウはその著書に、山内容堂とはじめて会ったときの印象を述べている。

「私は容堂のいる二階へ案内された。彼は入口に私を出迎えて、手の指を足の指あたりまで下げてお辞儀をした。

私も同様に、うんと腰をかがめて、お辞儀をかえした。それから容堂は床の間を背にした立派な日本の椅子《いす》に、私はその右側の少し下手のふつうの籐底《とうぞこ》の木椅子に着席した。

後藤と、同僚の重役数名は、隣室との境をなす敷居のそばに坐《すわ》った」

容堂と後藤は、そのあとヨーロッパの政治情勢、憲法、国会、選挙制度などについてたずねた。

「彼らの心底には明らかに、イギリスの憲法に似たものを制定しようという考えが、深く根を下ろしていた。実にその後に至り、（中略）天皇《ミカド》に仕えて日本の議会設立に力を貸してもらいたいという申し出があったのである」

サトウは、容堂の外見動作についても、的確に印象を述べている。

「容堂は身の丈高く、すこしあばた顔で、歯がわるく、早口でしゃべる癖があった。彼はたしかにからだの具合が悪いようだったが、これは全く大酒のせいだったと思う。

容堂の意見から判断すると、彼は偏見にとらわれず、その政治的見解も決して保守的なものではなかった。しかし、薩摩や長州と共に、あくまで変革の方向に進んでゆく用意があったかというと、それはどうも疑わしかった」

サトウは佐々木三四郎ら土佐藩役人たちとともに、藩船夕顔で八月十二日の午後、長崎へむかった。

佐々木は『昔日談』にしるす。

「午後一時頃、出港した。船長はやはり由比。同行者はサトウとその随行者の会津人野口某、及び坂本龍馬、岡内俊太郎《おかうちしゅんたろう》（のちの重俊《しげとし》、男爵）である。海上風波なく、至って静穏である。

西御崎（足摺《あしずり》岬）を廻り、佐多《さた》岬を過ぎ、十四日午前八時頃下の関に着した」

夕顔は原名をシューイリンといい、文久三年にイギリスで製造した内輪船で、船価は十五万五千ドル、長さ三十六間、幅四間三尺、慶応三年二月に長崎で購入したものであった。

佐々木はきわめて快適な航海をしたように記しているが、アーネスト・サトウは反対の印象を述べている。

「私は土佐藩の人々に連れられて須崎へゆき、長崎まで乗ってゆくことになっていた汽船、シューエイリーン号に乗った。

二日間というもの、私は右手の指にできた瘭疽《ひょうそ》の痛みに悩まされて、周囲の事象にまったく関心が持てなかった。

粗食、きたない船室、ひどい暑さ、無愛想な乗組員。私はこれらの全部を、精も根も尽きはてた苦痛の極致からくる、平静とあきらめをもって我慢したのである。

シューエイリーン号の汽缶は古くて、一時間に二海里（約三・七キロ）の速力しか出せなかった。さいわいにも天候はおだやかだったが、さもなければ、どう考えても沈没したと思われるようなぼろ船だった」

イギリス商人たちは、そんなぼろ船を法外な高値で、土佐藩に売りつけていたということになる。

アーネスト・サトウは記す。

「下関を通過するとき、私は旧友の安否をたずねに上陸して、井上聞多《いのうえもんた》に会った。井上は、まったくむっつりしていた。

この辺には大砲や軍艦は見えず、長州がいまだに大君《タイクーン》と戦争していることを思わせるものは、何ひとつとしてなかった。この辺一帯には、平和と繁栄の気分が満ちていた。

土佐の役人たちも何かと口実を作って、一人残らず上陸した。船は終日投錨《とうびよう》したままだった」

佐々木はその日録「保古飛呂比《ほごひろい》」に記している。

「一、同十四日、姫島《ひめしま》ノ北方ニテ明ヲ待チ、五ツ（午前八時）頃下ノ関ニ碇泊ス。才谷ノ案内ニテ稲荷町《いなりまち》大坂屋ニ休憩シ、才谷ノ妻ノ住家ニ才谷同伴。同妻ハ有名ナル美人ノ事ナレ共、賢夫人ヤ否ヤハ知ラズ。

善悪共為シ兼ヌル様ニ思ワレタリ。ソレヨリ招魂所ヘ参リ否本船ヘ帰ル。未《いま》ダ一人モ帰船セズ、退屈セリ。夕方出帆ス」

龍馬は美人のおりょうを佐々木に見せたかったのであろう。それともおりょうの病癖が爆発するのを避けるため、佐々木と同道したのであろうか。

おりょうは、土佐藩大監察の佐々木にも、決して丁重な態度で接しなかったにちがいない。おりょうは、夕方には長崎にむかう短い時間を利用して、顔を見せた龍馬と寸刻を惜しんで睦《むつ》みあいたい。佐々木を邪魔者として見ていたのであろう。

「あんた、いつまでわてをここへ置いとくつもりどすのや」

おりょうはいつに変わらないせりふを口にして、希望の持てる返事を求めてやまない。

龍馬はいつに変わらない返事をする。

「もうじきじゃき、いましばらくの辛抱じゃ。世のなかが大きゅう変わって、俺らあが陽の目を見るがは、あと半年ばあのことよえ。きっと京都へ連れ戻って、お前んとふたりきりの暮らしをするきに、待ちよってくれ」

おりょうは、龍馬がその日のうちに長崎へ出向くのが気にくわない。

「なんでわてを長崎に連れていったら、あかんのどすか。向こうに女子《おなご》はんがいるさかいどっしゃろ」

おりょうが眼を吊《っ》りあげると、龍馬は懸命になだめた。

「夕顔にはイギリス人も乗っちゅう。海援隊の者んが、イギリス水兵二人を斬り殺したと疑いをかけられて、これから長崎へ真否を糺《ただ》しにゆくところぜよ。とてもお前んは乗せられん。

あとひと月もするうちに、揉めごとのかたがつくき、そのときはゆっくり立ち寄るちや」

「ゆっくりというて、幾日どすえ」

「まあ、三、四日か」

「ひとを阿呆《あほう》にせんといて。またひと月も待たされて、逢うのはそないにみじかいのどすか」

龍馬はおりょうと閨《ねや》にもつれこみ、彼女の気のたかぶりをいくらか落ちつかせたところで起きあがり、三吉慎蔵に書状をしたためた。

「今月朔日兵庫出帆、同二日土佐ニ帰リ、一昨夜土佐出帆、今日馬関ニ来ル」

扨《さて》京師の時勢は大様《(ママ)》の所ハ御聞取も可レ在レ之《これあるべく》候得ども、一通申上候」

薩此頃（大島《おおしま》〈西郷〉吉之助等）決心、幕と一戦相心得候得ども、土佐後藤庄《(ママ)》次郎が今一度上京をまち居申候。先頃私、後藤庄次郎上京して西郷小松と大《おおい》ニ約し候事有レ之候故ナリ。（中略）私事ハ是より長崎へ出候て、蒸気船ヲ求候て（使者又ハ飛脚ニ用ヒ候為、小ナル蒸気ナリ。）早々上京と相心得申候」

思ふに一朝、幕と戦争致し候時ハ、御本藩、御藩、薩州、土佐の軍艦をあつめ一組と致し、海上の戦仕候ハずバ、幕府とハとても対戦は出来申すまじく、御うち合《あわせ》も仕度候得ども、いずれ長崎よりかへりニ致し申すべきか（後略）」

幕府との海戦についての策をたてようと誘いかけたのだった。大政奉還が成立しなければ、戦争は必至と見ていたからである。

波《は》　瀾《らん》

八月十四日の夕方、下関を出帆した夕顔は、翌十五日の夕方、長崎に入港した。

佐々木三四郎の日録「保古飛呂比《ほごひろい》」に記す。

「一、同十五日、曇。夕七ッ半（午後五時）頃《ごろ》長崎へ入港。（土佐）商会ニ至リ、ソレヨリ池田屋ニ宿ス。岡内俊太郎同宿。夜中、松井周助、才谷梅太郎、岩崎弥太郎、来会。

英人事件相談シ、鶏鳴《けいめい》過ギ臥床《がしょう》ス」

佐々木の『昔日談』には、その夜の彼らの相談の内容について触れている部分がある。

「才谷はなかなかの計画家で、『この加害者を捜索した者には、千金を与うるということを流布させたらどうか』という。『それはよかろう』と同意して、すみやかにその運びにさせた。商会は後藤（象二郎）が建てたもので、才谷はまたはやくより海援隊というのを組織して、自らその隊長となっている。

配下には土佐人菅野覚兵衛、中島作太郎、野村辰太郎、小田小太郎（吉井源馬）、石田英吉（のち男爵）、関雄之助（沢村惣之丞）、安岡金馬、越前人渡辺剛八、佐々木栄、紀州人陸奥陽之助、幕人田中幸三、その他橋本某らがある。

この連中はいわゆる壮士で、過激であるものだから、長崎人らは恐怖している。その辺から自然暗殺の嫌疑もかかってきたのだ。

海援隊の方では、実際関係がないのであるから、一同おおいに憤慨しているが、一応訊《たず》ねて見ねばならぬので、その隊士や、商会の役員や、書生等までも調べたが、一向に分らぬ。

で御用達《ごようたし》などを始めとして、八方に手を廻《まわ》して捜索したが、更に手がかりがない。前途実に茫漠《ぼうばく》たるものである。しかしながら、この取調べによって、ほぼ土佐人ではないという見込みがついたから、おおいに奉行と争わなければならぬと覚悟していると（後略）」

八月十六日にも相談はつづけられた。

「八月十六日、曇。早天、才谷来ル。ソレヨリ同伴（土佐）商会ニ至リ、野崎伝太、松井周助、岩崎弥太郎ニ会ス。

今日五ツ時（午前八時）、奉行役所ヘ出《い》デ来《きた》リ候様《そうろうよう》申来リ候処、所労ニテ断リ候《そうら》ヘバ、小目付ヲ差出シ候様申来ル。

松井周助御密事御用ニ付、小目付役ト届出デ置キタルニ付、代人トシ岩崎ト出頭ス。
横笛丸《よこぶえまる》ノ義（ママ）ナリ。才谷、渡辺、中島下宿ニ来ル。横笛船ノ次第ヲ聞ク。同夜、松井、由比、才谷、渡辺、菅野、中島等来会。
岩崎代（理）ニ森田晋三モ来リ、横笛船出帆ノ手続等ノ申ロヲ聞ク」（「保古飛呂比」）

龍馬は八月十七日に岩崎弥太郎、佐々木三四郎をたずね、横笛丸の件につき、相談をかさねた。

横笛丸は長さ十九間二尺、幅四間四尺の、木造風帆船で、海援隊が使用していた。

八月十八日、佐々木三四郎、松井周助、坂本龍馬、菅野覚兵衛、中島作太郎、石田英吉ら土佐藩から十五人が、幕府立山《たてやま》役所へ出向いた。

訊問《じんもん》するのは、長崎奉行能勢《のせ》大隅守《おおすみのかみ》、徳永石見守、外国奉行加役《かやく》平山図書頭、大目付戸川伊豆守、小目付設楽《しだら》岩次郎らであった。

奉行所では、暗殺事件がおこって一刻《いっとき》（二時間）後に、航海出港を禁じていたにもかかわらず、突然横笛丸が出航したので、犯人を船中にかくまい逃がしたのではなかろうかと、疑いを抱いていた。

菅野覚兵衛らは弁明した。

「そげなことは、しちょりません。商いの品を薩摩へ運ばんといかん用向きがあったきに、横笛を出したがです」

龍馬の留守中に、海援隊の用務を代行していたのは、渡辺、菅野らであった。

彼らはその夜の行動につき、詳しく説明したが、菅野と佐々木栄の陳述に相違した点があった。

菅野と佐々木は事件のおこった夜、丸山花月楼《かげつろう》で飲食して、夜の九つ（午前零時）頃に引きあげ、海援隊の旅宿二カ所に立ち寄り、そのあと、ともに大波止場からはしけで、横笛丸に乗船し、運転の支度をした。

横笛丸が八つ（午前二時）頃に出港したのち、七つ（午前四時）頃に、土佐の砲艦若紫が出港した。

その行動から推測して、まず犯人を横笛丸に乗せ、沖合に出たのち若紫に移乗させ、逃がしたという疑いがかかっていた。イギリス側の疑惑もこの点にかかっている。

「菅野と佐々木が、事件のおこった時刻に丸山を歩いていたのだから、あの二人が下手人ではないか」

という声もあった。

菅野覚兵衛は長崎にいるが、商用のため横笛丸に乗船して薩摩におもむいた佐々木栄を呼び戻すよう、長崎奉行は強硬に要求する。

土佐藩側と奉行側は、口角泡を飛ばして懸命に弁じたが、奉行は、佐々木栄をひたすら疑い、二十二日、二十三日と談判は進まない。

ついに佐々木三四郎は龍馬の同意を得て幕船長崎丸を借用し、佐々木栄を迎えに岡内俊太郎を薩摩までやることにした。岡内は高知潮江《しおのえ》村に生まれた土佐藩横目役で、当時は土佐商会に在籍していた。のちに貴族院議員、男爵になった人物である。

長崎丸は八月二十五日の夕刻、薩摩にむかった。

『昔日談』にしるす。

「この頃の海援隊の貧乏というたらない。石田が船長となっても、その衣服がない始末。才谷より、『石田も二十両もあれば間にあうから、やって貰《もら》いたい。さもなくば自分の着古しの衣服でもやってくれ』と頼んできたので、その金額だけやると、ちょっとした洋服をととのえて、まずもって船長らしくなった。はじめ海援隊のできた当座は、後藤や福岡なども滞在しておった。

後藤は土佐商会の総裁であるから、岩崎などもその命を聞いて、海援隊を助けておった。また海援隊のほうでも、不時必要のときは商会に無心にゆく。

後藤らがいなくなってからは、岩崎などは厄介のように思うている。

岩崎は学問もあり、慷慨《こうがい》の気に富んでいるが、商業をもって国を興すという主義を抱いていて、ちょうど海援隊とは反対である。

海援隊からは、しばしば金の融通にゆく。商会の方でもそう〳〵際限なくやれぬので、これを謝絶する方針をとった。

すると海援隊のほうでは、天下のために尽力するものを厄介視するとは不都合であるというて攻撃し、たがいに軋轢《あつれき》するようになった。

才谷は度量が大きいから、それらの壮士を抑えて、まずその衝突を避けていたが、内情に立ちいると、そのようにわずかの金にも困っていたのだ」

九月二日、長崎丸で薩摩に出向いていた岡内俊太郎、石田英吉が、横笛丸をともない長崎に帰ってきた。

「保古飛呂比」にしるす。

「九月二日、晴。早朝俊太郎薩摩ヨリ帰着ス。佐々木栄、渡辺剛八、中島作太郎等来ル。追ッテ才谷モ（高橋）安兵衛、（橋本）喜之助モ来ル。俊太郎帰着之《の》旨、西役所へ届出ル」

翌三日、佐々木、渡辺、橋本が西役所へ呼び出され、龍馬と松井周助が証人となって出頭した。

九月七日に、龍馬以下海援隊士一同が西役所に出頭した。佐々木栄が、水兵斬《ざん》殺《さつ》事件のおこったとき、横笛丸に乗っていたと虚偽の申したてをしていたことが判明し、また岩崎弥太郎が土佐藩船の出航するとき、西役所に届け出ていなかったのが、船舶を支配する立場として不行届きであると指摘された。

『昔日談』にしるす。

「いずれも『恐れいるように』という命令。岩崎も病《やまい》をおして出頭し、佐々木とともに『恐れいる』と平伏する。

然《しか》るに菅野と渡辺は壮士中の壮士であるから、奉行から恐れいるようにと諭しても、頑として承知しない。

奉行ぐらいに恐れいるはずなしというような剣幕で、『理由がないから恐れいらぬ』とさかんに反抗する。

ついに大議論となり、徹夜して恐れいらせようとしたが、どうしてもいわぬ。奉行も権力でいわせようとしたのであるが、事六《むず》ケしくなったので、トウ〳〵凹《へこ》んで終《しま》った。

海援隊は諸国のアブレ者の集合であるので、奉行も大《おお》いにはばかったものと見える」

海援隊士には、他藩の脱走者がいる。渡辺剛八は越前脱藩者であるが、こんどの事件のように幕府へ提出する書類に、肩書をどう入れるか。土佐守家来とすれば、越前藩を致仕《ちし》して土佐藩に召し抱えられたようにしなければならない。

　また、土佐藩の要路には佐幕家がいて、海援隊の処置については、きびしく批判している。

　たとえ、他藩から脱走してきた者でも、海援隊に籍を置くうえは、他藩にむかって同藩人であると明言しなければならない。

　いま、そのような不都合なことがあるからといって、海援隊を解散すると、脱藩者は行先がないので、まず長州を頼るだろうが、近頃では長州藩も取締りがきびしくなっているので、たやすくうけいれない。

　そうなれば進退きわまって、乱暴をはたらきかねない。

　それでは土佐藩の名にかかわってくるので、保護せざるをえない。保護すれば、幕府と本藩から佐々木三四郎のような大監察に、役目不行届きの嫌疑がかかってくる。

　時勢がしだいに変わってきて、藩内にも勤王家がふえてくる。また容堂側近で信頼されている後藤象二郎が、龍馬と仲がいいので、かろうじて海援隊は存在を許されていた。

　そのような危うい立場が、隊士たちを刹那的《せつなてき》な行動に駆りたてていた。

幕府は権力が日毎《ひごと》に衰えてきているので、長崎奉行所は海援隊をどうすることもできない。

龍馬のような脱藩者で、伏見寺田屋では公儀役人を殺傷している人物が、奉行所に出頭しても、手をつけられなかった。

龍馬は、鹿児島へ出向いた岡内俊太郎に、薩摩藩の私鋳貨幣の現状をひそかに探るよう命じていた。

岡内は薩摩藩の私鋳金貨である二分金を入手してきた。『維新土佐勤王史』にその事情がしるされている。

「俊太郎は坂本に、新金貨の二分金を示して曰《いわ》く。これ鹿児島城下嵯峨《さが》根良吉《ねりようきち》の英学塾に寓《ぐう》せる、田所《たどころ》礼之助の手により獲《え》たる所なりと。

坂本おおいによろこぶ。即《すなわ》ち新貨鋳造を藩庁に献策せんとするなり。しかして他日藩庁は、大監察の中山左衛士の監督により、大坂蔵屋敷の書院の床を抜き、その内に二分金鋳造の装置をなさしむ。

これ一分銀をもって二分金の台とせるもの。そののち岩崎弥太郎の上坂するや、はじめてこれを中止せしめ、さらに外国人より低利の金を借りて、軍用その他の藩費を支えたりという」

七分の割引で通用したといわれる薩摩の二分金は、銀台のものであったといわれる。

金一、銀三の品位の金貨をこしらえれば、金のもつ黄色がうすれるが、金三・三、銀六・六七（八金）の貨幣でも淡黄色を帯びている。

だが、それでは金貨として通用しない。金一、銀三の割合でこしらえた二分金の表面を、完全な金色に仕上げる方法を、日本の鋳造技術者は知っていた。銅色を帯びた銀貨を樹脂一、硫酸銅六、硫酸鉄一、硝酸加里一、硼砂《ほうしゃ》一の割合で混ぜあわせた粉末をいれた錫《すず》器のなかで、約三十分間焼く。

そのあいだ、絶えずかきまわし、そのあとでそれを笊《ざる》に移し、沸騰する硝酸の液に漬けて三回洗う。三回めにはきわめて濃い液を用いる。

そのあとで貨幣を坩堝《るつぼ》にいれ、数分間強く熱すると、表面の銀分がすべて溶け去り、金分だけが残るので、外見は金色燦爛《さんらん》たる立派な金貨に見える。

九月六日、「保古飛呂比」に、長崎奉行所との談判の結末につき、しるされている。

「自分（佐々木三四郎）ト松井両人、西役所へ出頭候様申来リ、罷出《まかりい》デ候トコロ、戸川大監察、設楽小監察、両長崎奉行能勢大隅守、徳永岩（石）見守列座ノ上、英国人モ漸《ようや》ク疑念相晴レ候ニ付、両船共何《いず》レモ御構《おかまいなし》無之旨被二仰聞《おおせきかされ》（ママ）一候。

其《その》節、明日岩崎弥太郎初メ横笛船乗組人等、同船出帆ノ手続ノ義、奉行ヨリ相尋ネ度《たく》候アイダ、出頭致候様被二申聞一候。
夫《それ》ヨリ退席ス」

佐々木三四郎は、八月に長崎にきてのち、龍馬と交流をふかめた。

龍馬は相談したい用件ができると、日に何遍でもやってくる。夜遅くなると泊まってゆく。顔をつきあわせているあいだは、議論がつきない。

佐々木は内心、龍馬の時勢の変化にくわしいことに感心していた。

あるとき、龍馬がいいだした。

「当地の幕府運上所には、十万両ばあの準備金が貯《たくわ》えられちゅう。一朝、討幕の事変がおこったときにゃ、いっち先にその金を奪い取ろうじゃいか。いまのうちに、その段取りをしちょこうぜよ」

「うーむ。えいところへ眼《め》をつけちゅう。龍やんはほん頭の回りが早いのう」

佐々木が感心していると、龍馬はこんどは佐々木が考えたこともない、会計についてゆき語りはじめる。

「これから天下のことを按配《あんばい》よう舵取《かじと》りしていくがにゃ、会計がいっち大事じゃ。さいわいに越前藩の三岡八郎《みつおかはちろう》（のちの由利公正《ゆりきみまさ》子爵）は会計に長じた男じゃきに、大政奉還されたあとは、あの男を登庸せんといかん。本人にも前々からすすめゆうけんどのう」

またあるとき、いった。

「幕府が勝房州（安房）を登庸したというたら、俺《おれ》らあにとっちゃあ、落としにくい城を築くようなもんじゃきに、ずるうないぜよ。俺は房州から、げに恩顧をうけちゅう。ほんじゃきに、あの人にゃ敵対できんがよ。お前《ま》んらあはいつじゃち気を配って、房州が取りたてられんようにしてや」

宗教を倒幕の手段として用いようと、いいだしたこともあった。

「こんど薩長とともにやりゆう、倒幕の計画が失敗したときにゃ、耶蘇教《ヤソきょう》をもって人心を煽動《せんどう》し、そのドサクサまぎれに、幕府を倒さんといかん」

佐々木はおどろいて反対する。

「そりゃいかんぜよ。耶蘇をもって幕府を倒すがはえい。けんど、後世に災を残すおそれがあるろうが。耶蘇の害は幕府より質《たち》が悪いろうがよ。知らんうちに人心を侵し、国体を危うくしかねんきに。

つまりは暴をもって暴に代わるばあのもんじゃ。俺は神道を基礎として、儒道をつらぬき、正々堂々と大義を天下に唱えんといかんと思う」

たがいに果てしなく議論をつづけ、夜が更けてきた。

ふと気がつくと、龍馬は耶蘇教を研究していない。佐々木もまた、神道、儒教をふかく理解しているわけでもなかった。

「いや、これはげにばかげた話しあいじゃ」

おたがいに大笑して、枕《まくら》をならべ寝ることにした。

龍馬はたいへんな策略家で、耶蘇を採用するというのも、やむをえない窮余の一策というわけであった。

それで耶蘇教がよくなければ、仏教にしてもいいなどという。佐々木は龍馬のように臨機応変の考えかたができないので、どこまでも神儒をもってつらぬこうとした。

しかし双方ともに、勤王に身を捧《ささ》げ、時機をはかって倒幕を実行しようという点ではまったく一致していたので、あらゆる方面から絶えず研究し、中途で腹をかかえて笑いあうようなことも、しばしばあった。

龍馬は後日世上に喧伝《けんでん》されたような、風采《ふうさい》をかまわないむさくるしい男ではない。佐々木は彼を一見婦人のような華美な風采であるが、度量はきわめて大きいといっている。

九月初旬、龍馬が佐々木の下宿へきて時勢談議をしていると、海援隊の安岡金馬が目の色を変え、息をはずませて入ってきた。

「何ぞ、あったがか」

龍馬が聞くと、金馬が袖《そで》をまくりあげ、太い腕を組んでいう。

「今朝、うちの水夫《かこ》二、三人が、町なかを歩きよったら、公儀の持ち船長崎丸の水夫らあが、むらがってきたがよ。そいつらあは数をたのんでこっちを嘲弄《ちょうろう》したそうじゃ。うちの水夫らあは腹も立ったけんど、多勢に無勢で恨みをのんで戻《も》んてきて、隊中でその次第を話してのう。

ほいたら皆はそれを聞いていきりたって、刀でけりをつける、こじゃんとやりすえちゃらんと、腹が治まらんといいゆう。こげなことは、日頃からぎっちりおこりゆうがじゃ。いばりくさったあいつらあを、今日という今日はこらしめちゃらんと、海援隊の色がすたるぜよ」

龍馬は黙って聞いていたが、おちついた口調でいった。

「俺らあは、もうちっと沈思黙考せんといかんちや。小《こ》んまい意地立てをせられん。なるべくおだやかな手立てで、長崎丸の奴《やっ》らにいい聞かせちゃるががえい」

龍馬は中島作太郎を呼び寄せ、命じた。

「今日のことは、曲直いずれになるにせよ、あえて問うこたあない。いまや天下の趨勢《すうせい》は、こげな小んまいことのためにいさかいをして、大事を妨げるような無謀なふるまいをするときとは違うろうが。

いやしくも水夫の長たる者は、部下を訓戒して、他日たがいに争闘など起きんよう希望すると、長崎丸へ出向いて申しいれちょきや」

中島が長崎丸にいってみると、これはかならず復讐《ふくしゅう》の談判であろうと、先方は緊張し警戒している。

中島が丁重に龍馬の意を伝えると、先方はおおいに赤面して、さきほどの無礼を詫《わ》びた。そののち、先方の態度もまったく変わり、丁重になってきた。

佐々木は感心した。

「龍やんは度量もふといが、なんでも人の意表に出て、先方の気勢を挫《くじ》いてしまう。まっこと策略家じゃのう」

いろは丸沈没事件ののち、紀州藩軍艦明光丸が長崎から紀州塩津浦に帰着したのは、慶応三年七月はじめであった。

勘定奉行茂田一次郎《しげたいちじろう》は、藩庁につぎの書付けを呈出した。

「このたび長崎表へまかり越し候節、海上において不慮の難事件差し起き候品（状況）につき、はからずも莫大《ばくだい》の御出方《おでかた》にあいなり候のみならず、自然御外聞にもあいかかわり、何とも深く恐れいり奉り候。

右は品により、動乱にも及ぶべき時機に立ち至り候につき、静謐《せいひつ》を専一に相心得、やむをえざることと取りはからい候儀にはござ候《そうら》えども、差しかかり候儀とは申しながら、右体《みぎてい》の大事一己にとりはからい候段、不調法と恐れいり奉り、いかがの体《てい》のお咎《とが》め仰せつけられ候とも、いささかの申し分もござ無く、よろしく御処置なし下され候よう仕《つかまつ》りたく、存じ奉り候。以上。

慶応三年丁卯《ひのとう》七月五日」

茂田に対する藩庁の処分は、つぎの通りであった。

「七月廿日、左の通り仰せつけられ候こと
茂田一次郎
長崎出張中、取扱い振りにふつつかの品これあり候につき、御役御免、逼塞《ひっそく》仰せつけられ候こと。」

紀州藩庁は、茂田と同行した諸役人、明光丸艦長高柳楠之助《たかやなぎくすのすけ》以下の乗組み士官、運転方の陳述を聴取した。

その結果茂田の措置が、尊攘《そんじょう》浪士らの支持をうけている海援隊士らの脅迫のまえには、やむをえないことであったとはいえ、土佐藩参政後藤象二郎と海援隊長才谷梅太郎のいうがままに屈したと判断した。

藩庁は、軍事方をつとめる岩橋轍輔《いわはしてつすけ》に同日付でつぎの命令を下した。

「御用これあり候あいだ、この節長崎表へ立ち帰りまかり越し申すべく候。横浜表へも立ち寄りまかり越し候こと」

岩橋には中之間席、三宅精一と、中之間席御用部屋書記、山田伝左衛門が同行することになった。

岩橋一行の身辺警固に、多数の壮士がつきそうことになった。

龍馬は、いろは丸事件がすでに解決したものと考えていたが、まだ賠償金の支払いはおこなわれていない。

紀州藩が再度事件の究明をおこなうことになれば、海援隊は金に窮しているので、土佐藩が賠償金を支払う立場になりかねない。

『海援隊遺文』で、著者の山田一郎氏は、現代の海難審判の専門家は、紀伊有利、土佐不利の判断を下していると、いくつもの見解をあげておられる。

まず、海事評論家飯田嘉郎《いいだよしろう》著『日本航海術史』に、明光丸、いろは丸の事件がとりあげられている。飯田氏は、海軍兵学校卒業、海上自衛隊勤務、日本航海学会、日本海事史学会会員である。事件についての氏の見解は、つぎの通りである。

「明光丸もいろは丸も、航海灯についての知識と、向かいあって衝突の恐れあるときは、右に避けることを承知していた。

明光丸はそれに従って右に避けた。当然いろは丸は明光丸の紅灯（左舷《さげん》）を見たことだろう。明光丸の船尾をかわすべく、いろは丸は右に避けるところを左に避けた。

明光丸ではいろは丸の白灯（檣灯《しょうとう》）がますます近づくため、回避失敗と判断し、左に、回頭して衝突したものである。非はいろは丸にあるだろう。明光丸が左に回頭したのは遺憾《いかん》であるが、そうしなければ左舷にいろは丸の船首を突っこまれていたかも知れない」

元高等海難審判庁首席審判官の滝川文雄《たきがわふみお》氏も、『坂本龍馬グラフティー』で、つぎのように語る。

「この資料からでは、どうも紀州のほうに分があるように思いますね。紀州側がむしろ当時の国際航法にのっとり、正攻法でくるところを、土佐側は強引にはぐらかそうとしているようですが、それが所々で馬脚をあらわしている」

——すると紀州側に賠償責任はないわけですね。

「そうです。しかし、どちらも当時の航海法をよく勉強しています。特に土佐側は、鞆《とも》から長崎に移る間に相当勉強したんじゃないでしょうか。

自分たちが不利なことも分っていたようです。その点、紀州は下手ですね。土佐のほうが商売人というか浮世慣れしている。ある時は威嚇《いかく》したりしてね。紀州のほうは殿様商売ですね。それで結局負けてしまう」

山田一郎氏は活字だけではなく、北九州市門司《もじ》の西部海難防止協会専門委員（当時）の山田泰三氏（同・八幡船舶株式会社首席海務監督）に、いろは丸事件についての書類のコピーを読んでもらい、直接に意見を聞かれた。山田泰三氏は高知市の仁井田《にいだ》神社の氏子であるという。

　両氏はつぎのような一問一答をかわした。

　──双方の応援書を読んで、どう思いますか。

「明光丸のほうは航法通りに航海していますね。いろは丸を避けるため、明光丸が右へ回ったのは当然の処置です。初動作は明光丸に軍配をあげますね」

　──いろは丸は左転していますが。

「いろは丸も当然、右へ回るべきだったですね。そうすれば衝突は避けられたでしょう。ただ、明光丸は右転したあと、切迫した衝突の危険を避けるため左転した。

　そしていろは丸の右舷に衝突した。この点に問題はあります。しかし、そうしなかったら逆にいろは丸に当てられたでしょうね」

　──明光丸は衝突したあと、後退し、また前進してきて二度目の衝突をしていますが。

「現在では衝突した場合、状況によってそのままの形で現状を保たせることもある。しかしこの時はそんなことは考えられなかったでしょう。

　衝突したら後退するのは、人間心理としては当然のことですよ。そして二度目の衝突をした。これは相手方の乗員を早く救出しようという考えもあったでしょう」

——いろは丸が舷灯をつけていなかったというのは。

「右舷に緑灯、左舷に紅灯の設置は昔も今も変りませんが、いろは丸はランプをつけ忘れたかも知れません。私も今の仕事を十七年やっていますが、電気の入れ忘れというケースが、私の扱った事故でもありました。

まあ、いろは丸不利を勝利に持ちこんだのは、坂本龍馬たちの政治力が大きかったのではないですか」

山田一郎氏がこのように衝突事件について、綿密な調査をされたのは、公平に見て納得できない点があったためであろう。

「審判長も海事補佐人（弁護人）もいない。なにしろ日本ではじめての海難事故審判なのである。

もしここへ勝海舟が専門家を連れて審判長として出てきたら、事態は一変していたかも知れない。龍馬は窮地におちいったことだろうし、海援隊は解散に追いこまれたかも知れなかった」

と山田氏は記されている。

龍馬はいろは丸事件で敗訴すれば、おそらく切腹するよりほかはなかったであろう。土佐藩に莫大な損害を負わせるためである。

だが、龍馬は紀州藩を屈服させた。彼はいろは丸沈没の損害によって、法外な賠償金をうけとる契約証書を、薩摩藩の五代才助を仲介者として、紀州藩勘定奉行から受けとっている。

沈没した船の価格三万五千六百三十両に、積荷代金四万七千八百九十六両百九十八文が、海援隊に入るのである。

船価はともかく、少量の米と南京砂糖であったという積荷が、ミニエー銃四百挺《ちょう》に変わり、その代価が四万七千九百両に近い大金であるというのは、法外というほかはない。

のちに、備讃瀬戸《びさんせと》の海底から、いろは丸の船体が水中調査され、徐々に引き揚げられたが、船倉にはミニエー銃の四百余挺の残骸《ざんがい》は、発見されていない。

紀州藩でいろは丸事件の再交渉をおこなう準備をすすめているとき、龍馬は長崎で多忙な日を送っていた。

佐々木高行は『昔日談』で、龍馬の紹介で木戸準一郎（孝允）にはじめて会ったことが、深く印象に残っていると語っている。

八月二十日の夕方、書生を連れて龍馬のいる小曾根邸をたずねると、龍馬がいった。

「いま長州の木戸が、お前《ま》さんに会いたいといいよるけんど、会うちゃってくれんろうか」

佐々木はよろこんで応じた。

「そりゃ俺も望むところじゃ。長州の大黒柱といわれゆう木戸やったら、是非会いたいのう」

二人は玉川という料理屋で、木戸に会った。木戸は薩摩藩士と称していた。彼は長州藩船の修繕を長崎でおこなっていたが、できあがったので引き取りにきたのである。

だが、支払うときになって費用が千両ばかり足りないので、たいそう困って龍馬に相談にきた。

貧乏所帯の海援隊に、そんな大金があるわけがないので、龍馬は佐々木三四郎に相談した。

「大政奉還が、イカルス号の一件で遅れちゅう。とろいことしゆうあいに、薩長が武力をもって討幕の戦《いくさ》をはじめるかも分からんぜよ。そうなったら、土州も薩長と連衡《れんこう》して動かんと、時勢に取り残されるきに、木戸にはいま恩を売っちょいたほうがえいろう」

「そら、もっともじゃ」

佐々木は土佐商会の岩崎弥太郎に命じ、千両を貸し出してやった。

木戸はおおいに感謝し、謝礼として短刀一振《ふり》と長州縮《ちょうしゅうちぢみ》二疋《ひき》を送ってきた。

そのような経緯があったので、木戸は酒亭玉川で佐々木と龍馬に会うと、時勢についての意見を、隠しだてすることなく語った。

木戸はこういう。

「近頃イギリス公使通訳官のサトウに会ったが、いわれました。今度、尊藩と弊藩、ならびに薩藩と、三藩が力をあわせ、大変革を計画しているらしいが、もしそれで変革が達成できなければ、ヨーロッパの諺《ことわざ》で『婆《ばあ》さん仕事』といいます。そうならぬよう、充分尽力なさるべきですとね。英国の一書記ぐらいにこういう口をきかれたからには、今度の一挙が実を結ばなんだら、もはや内外に対して面目はない。

いまこの時機において、たがいに奮発しなければ、いたずらに恨みを千載に残すことになりますけえ。

大政返上のこともむずかしいでしょうが、これも、七、八分通り運べば、そのときの模様で、十段目は砲撃芝居をやらにゃ、埒《らち》はあかんでしょう」

佐々木は木戸の徹底した倒幕論を聞くうちに、しだいに気分が高揚してきた。

たとえ大政奉還をしても、徳川家が江戸城にいて、四百余万石を擁し、旗本八万騎を従えているかぎり、徳川慶喜が新政府において主導権を握ることに変わりはない。

龍馬も、新政府が徳川旧勢力を排除して、果断な政治をおこない、欧米と同様の近代国家を出現させうるであろうかと、疑問を抱いていた。

薩長の説くように、いったん幕府勢力を武力で屈服させ、徳川家を名実ともに政府の管理下に置く一大名としなければ、あたらしい世のなかは出現しないのではなかろうかと思える。

三人は深更まで飲み、かつ談じた。

龍馬は木戸に頼んだ。

「土佐人はどうにも因循《いんじゅん》で、藩論が一定せんきに、お前《ま》さんから土佐人を奮発させるような一文を、書いとうせ。俺はそれを、国許《くにもと》の者《も》んらあに見せらあよ」

木戸は承知した。

二十一日付で、木戸は龍馬につぎの書状を送ってきた。

「昨日はありがとう、大酔不敬の至り、いまさらのように恐縮しています。他の諸君にもしかるべくお詫び申す旨、お伝え下さい。

佐々木君には、はからずも拝眉《はいび》を得、十年来の時勢の移り変わりを、ご同様にお話し申し、なおだんだんとご高話をうかがい、本懐を得た思いです。宿に帰り、お話の趣《おもむき》などを思い返し、前途の大勢を推しはかってみれば、実にもって神州《しんしゅう》ご浮沈の境というも、まことに現在のことであり、四、五年前の時節とも、内外大いに変化いたして参りました。

列侯方のご周旋も、尋常のご尽力ではこの頽勢《たいせい》を挽回《ばんかい》するのは、おぼつかないと存じます。

先日も英人サトウという通弁官も申していました。諸侯方もあいついで上京され、建白をなさるそうですが、きっと公論はおこなわれないでしょう。

西洋では公論を昔から重んじ、天下に提唱して、おこなわれないからといって、そのまま捨て置くことは、老婆の理屈と申すそうです。

それを聞いて、不覚にも長大息いたしました。外国の一通弁官をして、このようなことをいわせるのは、列侯はもとより神州男子の大恥辱と考え、悲痛な感慨にひたっておりましたが、貴兄方のご大論を承り、欣喜《きんき》いたしました。

後藤君が上京されたのちは、日ならずして大公論が天下に成立するでしょう。その節、乾（退助）君がご上京なされるならば、まことにもって好都合と感服いたしております。

これまで公論をたてようとしても、とかくはじめ脱兎《だっと》の如《ごと》く、終《おわり》は処女の如くなって、慨嘆の至りでした。

どうか、こんどは終始脱兎の勢を保つことを、ひたすら神州の御為に祈っているしだいです。

昨日の御礼を申しあげたく、ふと筆にまかせ一文をしたためました」

龍馬は八月下旬、佐々木三四郎につぎの手紙を送った。

「先《まず》、西郷、大久保越中（一翁《いちおう》）の事、戦争中（イカルス号事件の審判中）にもかたほ《(片頬)》にかゝり一向忘れ不ㇾ申《もうさず》、若《も》しや戦死をとげ候とも、上許《うえばかり》両人の自手にて唯《ただ》一度の香花をたむけくれ候得ば、必ず成仏致し候こと既に決論の処なり。

然るに唯今にも引取り可ㇾ申《もうすべし》とて糞《くそ》をくらへと鎮台（長崎奉行所）に攻かけ居り候。

何とぞ今少し／＼と待ってたべと申来り候間、例の座敷をことはり候《そうらい》て、皆はねかえり足を空にして昼寝をし居申候。

何は兎《と》もあれ他人は他人にして置き、西郷、越中守殿の方へは、必ずや御使者御頼み申上候。是《これ》が来らぬと聞けば、小弟に限りなげき死に可ㇾ申候。其心中返す／＼も深く御察し可ㇾ被ㇾ遣《つかわさるべく》候。かしこ。

龍

佐々木将軍　陣下

」

龍馬は浮世のさまざまの苦難をものともせず、佐々木に諧謔《かいぎゃく》に満ちた手紙を書く。

佐々木は龍馬より五歳年長、土佐藩大監察として土佐商会を支配している、海援隊の有力な後楯《うしろだて》である。

龍馬は丸山遊廓《ゆうかく》の酒席に、佐々木を誘う手紙を書く。

「先刻御見うけ申候通りニ、大兄の反《かえ》したまふより（海）援隊壮士三四輩、ときの声を出し、ゑい／＼と押来り、く（加）おふるに女軍吾《わが》本陣（ママ）お打破り其声百雷の（如）く、大兄此時ニもれたまふて、地下に吾に何の御顔《カホ》を見せたまふや。

御心根為ニ御聞ニ《おきかせ》可レ被レ遣《つかわさるべく》候。なぜに来りたまハぬや、為ニ御聞ニ《おきかせ》」

「唯今長府の尼将軍、監軍熊野直助《くまのなおすけ》（介）及二人、わらはお供し押来りて、吾右軍と戦ハんとす。かぶらやの音おびただしく、既ニ二階の手すりにおしか〵りたり。

別ニ戦を期せし女軍未レ来《いまだきたらず》。思ふニ是ハ我ガをこたるを待つて虚を突かんとの謀《はかりごと》ならんか。

先ヅ吾レ先〻の先を以《もつ》て此方より使ヲはせ、或《あるい》は自ら兵に将としておそふて、とりことし来らんかとも思へり。

将軍勇あり義あらバ、早く来りて一戦志（し）、共にこ〵路（ろ）よきお致さん。

先は卒報如レ此《かくのごとし》。謹言。

唯今　　　　龍

楳《うめ》拝首」

佐々木大将軍　陳下《（ママ）》

「今日の挙や、あへて私《わたく》しおいとなむニ非《あら》ざるなり。則《すなわち》天地神明の知る所なり。

唯大人《たいじん》（佐々木）の病苦をなぐさめん事を欲して也《なり》。相会する面々は、女隊ニては西川の二女（此段尤《もっとも》密ナリ）及胡弓妓《こきゅうぎ》外一人、是又有名の一妓、其外下関の老婆、今日相会し次第。（但四時〈午後十時〉までの心積なれども九つ時〈午前零時〉にも相成らんか。）

使者さし出申候間、唯今より駕《かご》を命じ、且《かつ》左右調度など御とりしらべ可レ被レ成《なさるべし》。弊館ニは弾薬大小の砲銃とりそろへ在レ之《これあり》、一度令《レイ》し候得ば、諸将雲の如ニ相会、百万の兵馬唯意の如くと奉レ存候。

誠恐百拝。　　龍」

これらの書状は、九月十日、長崎奉行所西役所で、佐々木栄、菅野覚兵衛、渡辺剛八らが無実の達しをうけたのを祝う酒宴が、料亭内田屋でひらかれたときのものであるといわれる。

イカルス号事件が無事に決着して、安心した龍馬が、佐々木とともに奉行所へ差し出す書状を認《したた》めていた、九月十一日の早朝、土佐商会から山崎直之進が息をきらせ駆けつけてきて、告げた。

「今朝、諏訪《すわ》神社の祭礼で、下代《げだい》（下役）の島村雄二郎と田所安吾が、波止場へ神輿《みこし》見物にいきよりましたけんど、途中、外国人二人に斬《き》りつけ、疵《きず》を負わせたがです。外国人一人は、ジョージ・アンデルソンいうアメリカ人、いま一人は、エドワード・ワルレンいうイギリス人です。そいで商会の者んが集まって相談したところ、事を内密に治めるため、雄二郎と安吾はすんぐに帰国させた方がえいということになり、この段お届けに参りました」

「なんで、そげなことをしたがぞ」

「外人らあは、柄《がら》のわるい水夫で、道端で娼妓《しょうぎ》にわるさをしかけよったということです。

雄二郎らあが止めにはいったところ、太いステッキで打擲《ちょうちゃく》され、相手は大男やし、痛うてかなわんきに、しかたのう刀を抜いて傷つけたがです」

龍馬は柱にもたれかかり、嘆息した。

「おおの、またかよ」

下横目の岡内俊太郎は、いきりたった。

「いやしくも日本刀を横たえちゅう者んが、外人のわるさを見逃せるか。逃げ隠れするこたあない。怪我《けが》をした外人らあに申しこんで、果たしあいをさせたらえい」

俊太郎に同意する者もいるが、反対する者もいた。

「そげに過激にやらんでもえいろうがよ。もうちっとおだやかに治めようじゃいか」

土佐商会から、岩崎弥太郎が配下の男たちとともにやってきて、佐々木に頼みこんだ。

「あの二人は、悪心あって異人を斬ったがじゃないがですき、なんとか命を助けちゃりたいがです。ざんじ土佐へ戻しちゃるようおはからいを、よろしゅうお頼申します」

佐々木は龍馬と協議したのち、岩崎に告げた。

「ようやっとイカルス号水兵殺しの一件のかたがついたいま、もしこのまま雄二郎らあを国許へ逃がし、のちに露顕したら、ふたたびパークスらあの嫌疑をひきおこすことになりかねん。寝た子を起こすようなもんぜよ。どげな重大な問題となるか分からんきのう。

つまりこんどの一件は、先方の暴挙が元でおこったことじゃきに、公然と届け出たほうが得策じゃ」

「そげなことをされたら、あれらあは打首にされますろう」

岩崎が顔色を変えて反対した。

だが、佐々木と龍馬は雄二郎と安吾から事情を詳しく聞きとり、四つ（午前十時）頃、西役所へ届け出た。

「　覚

田所安吾
島村雄二郎

右之者共義、（ママ）今十一日朝未明、波止場辺へ立越、帰途江戸町《えどまち》ニ於《おい》テ遊女体《てい》ノ者四五人連ニテ来候テ、外国人二人参リ、右女ノ内一人ヲ差押へ、荒々敷扱ニ及ビ候ニ付、見ルニ難レ忍《しのびがたく》、右雄二郎傍《そば》ニ止リ、手ヲ振リ制シ候処、女ヲ放シ携《たずさえおり》居候杖《つえ》ヲ以テ猥《みだり》ニ打掛リ候ニ付、飽迄《あくまで》取外シ候得共、終《つい》ニ面体《めんてい》打擲致候故《ゆえ》、ヤムヲエズ帯剣ヲ以テ相防ギ候鋒先《ほこさき》彼ガ胴ニ当リ候ヨリ逃ゲ去リ、今一人同断打掛リ候ニツキ、是又相防ギ候刀、顔或ハ手ニ当リ候ヲ以テ逃去リ申候。猶《なお》然ルニ根元何等《なんら》ノ意趣コレナキ者ニツキ、ソノママ引キ取ル旨申出候間、詮議《せんぎ》ヲ遂ゲ候トコロ、前件ノ通《とおり》、相違御座ナク候ニ付、此段御届仕《つかまつり》候。

以上

丁卯九月十一日
松平土佐守内
佐々木三四郎
」

長崎奉行は、この届け出をうけ非常によろこんで、佐々木、龍馬に語った。

「実は先刻から、英米領事より厳談があったので、百方探索していたところで、お届があり、おおいに安心した。

つまりは先方の暴挙であって、こなたは充分条理があるので、談判もしやすい。もしこの件を隠しており、後日露顕したときには、たとえこちらに条理があっても、隠蔽《いんぺい》という弱点があるから、談判もむずかしかろう。その辺について心を痛めている折柄、ゆきとどいたご処置をうけ、実に満足に堪えぬところである」

英米領事館へは、使者をおもむかせ通知したが、先方は満足していった。

「従来貴国人は、外国人に危害を加えても、いつも蹤跡《そうせき》をくらましたので、わが国人はじめ、一般外国人の感情を害していたが、このたびのように、公然とご通知をうけたのは、とりもなおさず両国国際関係において、もっとも親密である証拠で、充分取調べのうえ、円満の解決を希望する」

二人の外国人の口供書は、英国領事館の訊問により、聴取されたものであったが、いずれも二人の日本人に無法に斬りつけられたものであるという、内容であった。

事実はまったく違う。

諏訪神社の祭礼は、例年非常なにぎわいをみせる。九月十日から神輿が波止場へ担ぎ出され、そこに置かれている。

今年も九月十一日の夜明け頃から、波止場に参詣《さんけい》する者がおびただしく、雑踏をきわめていた。

丸山の娼妓らが連れだって、波止場へ参詣する途中、英米人らに出会った。泥酔していた彼らは、いきなり娼妓を捕え、暴行しようとした。

雄二郎と安吾が、参詣を終えて帰ってくる途中で、そこへ通りかかり、雄二郎は手をあげ、「ノウ、ノウ」と制止した。

だが巨漢である彼らは、小柄な雄二郎たちをあなどり、ステッキで打ちかかってきた。力にまかせ、猛烈に打ちすえてくるので、雄二郎たちはやむをえず刀を抜き、防ぐ。

英人はたちまち腕を斬られ、米人は額をかすられた。二人はおどろいて逃げ去った。

日頃から傲慢《ごうまん》のふるまいが多かった英米人の暴行に対し、雄二郎たちは正当防衛をしたにすぎない。

雄二郎たちは十二日に奉行所に出頭し、事件について詳細に説明し、午後から運上所で騒動の相手と対決する予定であったが、十七日に延期された。

十七日には長崎奉行以下官吏列座のうえで、裁判がひらかれた。こちらは雄二郎、安吾と、証人として十四歳の少年野口三郎と娼妓三名、佐々木三四郎が立会人となった。

先方は英米領事と負傷した当事者二名である。負傷者たちは先に口をひらき、雄二郎たちに罪があると主張した。

「私たちはステッキによって、この火急の場を逃れようとしたが、日本士官は抜刀して猛烈に斬り込んできた。

これは私たちを殺害するつもりだと思ったので、逃げたものである」

雄二郎は、ただちに反論した。

「われらにはもとより殺意はなかったがです。彼らは婦女子に対し無礼を加えよって、その婦女子から救助を乞《こ》われたきに、手をもって制したがです。ところが二人は怒りだし、杖で矢庭《やにわ》に打ちかかってきて、どうにもならんかったきに、しょうことなしに抜刀し防禦《ぼうぎょ》しました。二人が打ちかかってくる拍子に、たまたま剣尖《けんさき》が触れたばあのことです。

もし殺すがやったら、踏みこんで一、二刀で倒しちょりますらあ」

負傷者たちは、「殺意がなければ、これほどの重傷は負わない」と主張し、佐々木に詰め寄ってきた。

「この通りの負傷で、痛くてならない。彼らは嘘《うそ》をついている。彼らは悪人だ。

あなたはどう思われるか。彼の言葉を嘘と思うだろう」

佐々木は答えた。

「拙者は嘘とは思わんぜよ。雄二郎がお前《ま》さんらあを殺す気やったら、一刀の下に首を斬り落とすか、胸を刺し通すにちがいないろう。万一その場で斬り倒せんかったら、どこまでも追うていって、お前さんらあを斬り殺し、そのうえで自害するにきまっちゅう。雄二郎にその気がなかったきに、お前さんらあも命拾いしたがじゃないかえ」

彼らは佐々木の言葉を聞くと、おおいに怒り、負傷したところを見せ、痛みに耐えないといいつつその場に倒れ、大声で泣きだした。

佐々木はのちに『昔日談』で語っている。

「いやしくも文明国と誇負する国民が、他国の堂々たる官衙《かんが》において、かくのごとき醜態を演じたのは、実に一驚を喫せざるを得なかった。

いかに下等人民とはいえ、その国の体面に関することとすくなからずと思うた」

証人喚問をすると、外国人が乱暴することを知っているので、皆震えているばかりで、しきりにうながすと、ようやく小声で事実を述べた。

ある洋酒店主が、外国人をおそれず申したてた。

「朝早く、あの英米人がきて洋酒をたらふく飲み、代金を支払わずに出ていったが、まもなくあの事件がおこった」

　この事件は、十月半ばに土佐商会側の勝利になったが、このとき龍馬はすでに長崎にいなかった。

　京都では大政奉還を主張する後藤象二郎の活動が、イカルス号事件のため遅れるうち、薩摩を中心とする討幕勢力が、京都でいつ戦争をおこすかも知れないという。

　龍馬はその情報を、九月初旬に長崎で耳にしていた。

　土佐藩では、乾退助が洋銃三百挺をそなえる、精鋭な銃隊を組織しているが、それだけでは薩長にくらべ、いかにも弱体である。

　龍馬は佐々木に相談した。

「大政奉還がうまいことといかんかったら、薩長が討幕にとりかかるがは必然ぜよ。うかうかしよったら、土州は薩長に置いてきぼりをくらわされるきに、いまのうちにせめて千挺ばあでも、新式の洋銃を手に入れちょきたいがのう」

　佐々木は考えこむ。

「そうじゃけんど、いま商会にも俺の手もとにも、そげな余裕金はないぜよ」

「そうかえ。ほんじゃ、俺がなんとか工面の道をつけてくらあ」

　まもなくイギリス製ミニエー銃が数千挺、長崎の武器商人のもとに到着したという噂《うわさ》を、龍馬が聞きこんできた。

「こりゃあ、ぼっちり渡りに船というもんじゃ」

龍馬は金策に駆けまわり、九月十三日に佐々木のもとへ駆けつけてきた。

「薩邸から大坂へ送る為替金《かわせきん》があるそうじゃが、ちくと考えてみんかよ。お前《ま》さんの名で借用証文をいれりゃ、なんとかならんかえ」

薩摩藩長崎藩邸へ出向いた龍馬は、留守居役汾陽《かわみなみ》五郎右衛門に事情をうちあけ、為替金のうちから五千両を借りうけ、それを大坂で返済する約束をとりつけた。

購入の交渉は、陸奥陽之助にさせることにした。

九月十四日、陸奥はオランダ商人ハットマンに会い、ライフル千三百挺、代価一万八千八百余両で購入の契約をさだめ、手付金四千両を渡し、残額は九十日以内に支払うことにした。

「海援隊商事秘記」によれば、次のようである。

「蘭商ハットマン商会より、ライフル目録書付ならびに品位請合書を出せり。末永氏翻訳書も相添えり。（中略）ハットマンに出せる証文左ニ記す。

証文之事
一、ライフル　　千三百丁

但シ九十日延払《のべばらい》之事

代価壱万八千八百七拾五両

内　金四千両入

又　金三百六拾両（九十日分歩引）

差引残り

金壱万四千四百九十両

右ハ今般入用ニ付、其許《そこもと》より買請候処実正也。九十日限り皆納可レ申候。以上。

一三年　　　　　　　　　　　　　　　　　　松平土佐守内

九月十四日　　　　　　　　　　　　　　　　才谷梅太郎　印

ハットマン商社　　　　　　　　　　　　　　　　　　　」

故郷をあとに

ハットマン商会からのライフル購入契約には、陸奥陽之助（源二郎）とともに菅野覚兵衛の名もある。

「海援隊商事秘記」に、つぎの記載がある。

「才谷梅太郎取入候《そうろう》ライフル千三百丁之《の》内、百挺丈《ちょうだ》け、長崎商人鋏屋《はさみや》与一郎、広瀬屋丈吉両人ニ、相預り置候始末。

覚

一、先日才谷梅太郎買主をもって、蘭人ハットマン商社より取入候、一千三百丁之ライフル銃之内、百挺丈け其許《そこもと》御両人ニ御任せ申候間、惣金《そうきん》払入之期限迄《まで》ニ可レ然《しかるべく》御《お》取捌被レ下度《とりさばきくだされたく》候。為レ念証書仍《よっ》而如レ件《てくだんのごとし》。

年号

月日

陸奥源二郎　印

菅野覚永　無印」

菅野が無印であるのは、長崎を留守にしていたためである。

「海援隊商事秘記」には、つぎの通り記されている。口語に訳し内容をしるす。

「今度丹後《たんご》国田辺《たなべ》藩と商取引契約をむすぶことになった。

この秋八月中に、田辺藩士松本検吾より、わが隊士菅野、渡辺、陸奥らに相談があったので、それによって互いにつぎの条約を取りかわした。

条約

一、今度貴藩と商取引をいたすうえは、以後継続してたがいに平等に公道を守り、信用を重んじて取りはからうので、左の条目を定めることにする。

一、貴藩のご産物を長崎へお出しになるときは、売りさばきの手続きは当方で一切引きうけお世話申します。

もしまた品物について、時価相当でない品があるときは、その品の代価に応じ、世界の定則とされる歩割金《ぶわりきん》をさしだし置き、直接取引のうえで、総会計を精算いたします。

一、貴藩がご産物の仕入れにつき、金子《きんす》がご入用の節は、当方においてご相談いたします。

もっとも品物が長崎へ到着のうえで、会計精算いたします。

一、貴藩よりご産物ご運送になるときには、当方で商船などをご用立ていたします。

一、丹波《たんば》、丹後ならびに但馬《たじま》、若狭《わかさ》両国の産物など、当方で買入れする節は、ご隣国のよしみをもって、貴藩よりお世話下さい。

一、貴藩において西洋器械及び諸品物などご入用の節は、当方がかねて取引している西洋人より買入れいたします。

右の通り互いに契約条項を守り、違反なきよう、契約をいたします。

慶応三年　　松平土佐守内

卯《う》九月　　才谷

牧野《まきの》豊前守《ぶぜんのかみ》様御内

松本――殿」

龍馬は海援隊長として、契約に従い産物仕入金を松本に渡すことにした。

まず長崎で金子五百両を渡し、残余の金は大坂で渡すことにして、松本からつぎの請取証書を取った。

「　証書

一、金五百両也《なり》

右はこのたび商取引をお願いするにつき、産物仕入金の内として借用いたしたことに相違ありません。

こののちは大坂でご融通いただく分とともに、十一月中旬までに産物を長崎へ積み出し、たしかにご返済いたします。後日のための証書として、さしだします。

丁卯《ひのとう》九月十四日

牧野豊――内

松本――印

松平土――

才――殿」

龍馬は海援隊の貿易活動を開始しようとしていた。

この契約で、丹後田辺藩と但馬、若狭の産物運送をおこなおうとしている。海援隊が急速に貿易の組織を拡大する機会は、眼前に来ていた。

龍馬たちは社中、海援隊を経営するあいだ、不運な海難事故、激変する政治情勢への対処などによって、貿易活動に力を傾けることができず、常に資金難に苦しめられてきた。

だがようやく飛躍の時機にさしかかった。

慶応三年九月十三日、龍馬が陸奥源二郎あてに送った、つぎの書状がある。

「三四郎（佐々木）及《および》、龍も一所に大兄の御咄《おはな》し相聞しに、芸州の方へは別段に三四郎が参るに不レ及《およばぬ》かのよふ存込ミ居候。

然《しかる》ニ今日右よふの手紙が参り候得《そうらえ》ば、もしつがふ《（都合）》あしくはあるまいかと存候へバ、御相談申上候。
今日は三四郎も病気ニ候へバ、たれでも代人つかハし候間、御同行奉レ願候。
御帰り次第、佐々木の宿ニ御成奉レ願候。早々頓首《とんしゅ》。

十三日　　　　　　　　　　龍
楳太郎《うめたろう》

〆
奥陸《（ママ）》元二郎様
左右」

陸奥は亀山社中にいた頃《ころ》から、秀才として衆にぬきんでていた。社中で勉学を好んだのは、上杉宗次郎（近藤昶次郎）、沢村惣之丞と陸奥であった。陸奥は年上の沢村に数学、英語を教わったが、理解力の迅速なことは、沢村がおどろくほどであったといわれる。

陸奥の才能は、海援隊が商業活動を開始するに至って重用されるようになった。陸奥は九月中旬、龍馬が芸州藩船震天丸《しんてんまる》で大坂へむかうまえ、「商法の愚案」という海援隊の海運業活動についての提案をしていた。

海援隊は軍備の拡充を急いでいる諸藩の要望をうけ、兵器銃砲の仲買をおこない、利益をあげていた。陸奥はこの分野での活動を主として分担していた。丹後国田辺藩との商業取引の契約をとりつけたのも、陸奥であった。彼の「商法の愚案」は、「商船運送之事」「取組商売之事」「商船ヨリ船持ニ運上ヲ出サセシムル事」の三項目に分けられていた。

「商船運送之事」は、西洋では店引負《みせひきおい》という方式をとる。たとえば長崎の英商グラバーがオールトの商船を借り、他の土地へ品物を運送するとき、その品の金高を定め、運賃を定めたうえは、破船の際にオールトの商会より荷主にまったく損害をかけないよう、保険証券を出す。

このため荷主は破船したときも、荷物の原価を失うことがない。これは西洋人貿易における一般の定則で、日本にはない。

この方式がなければ、将来激増するであろう西洋人の荷物を運送できない。早く引負所「保険会社」を建て、西洋人の荷物を運送するようにしなければならない。

日本ではこれまでに保険証券にかわるものとして、淡路船《あわじぶね》をはじめとして諸国の運送船に船為替《ふながわせ》という制度をおこなってきた。

船為替では、船主が為替金という資金を、荷主に高利で貸しつける。これは荷主からすれば運賃のほかに高利の借金をしなければならないが、遠国へ荷を送るときは、一万両の商品の原価は三、四千両であるので、為替金の負担は軽いものである。

この方式では、船主が積荷を目的地に届けたとき、為替金に高利をつけて返済してもらえるが、破船したとき、為替金は船主の損失となる。

資金の豊かな船主は、為替金にあてる一定の貯《たくわ》えができるが、資金の乏しい海援隊では、そのために海上輸送の商談に応じられない場合がしばしばあった。

「取組商売」とは、海援隊でも西洋の商社のような組織をつくり、隊士一人を常駐させ、商事に専念させる。

隊士は大坂、兵庫、下関、敦賀《つるが》、新潟、箱館など貿易港にある問屋を頻繁にたずね、代理店組合の契約を結ぶ。陸奥は記す。

「(此《こ》ノ商事ニ預ル)隊士ハ、閑時ヲ以《もつ》テ諸国ニ往来シ、商事ヲ帯テ(中略)親シク自ラ取組ヲ結ビ来《きた》ルベシ。

此ノ商事ニ預ル隊士ハ商事ノ外、決シテ他事ニ関係ス可《べ》カラズ。故《ゆえ》ニ兵商ヲ両《ふた》ツニ分チ、商事ヲ司《つかさど》ルモノハ兵事ニ関セズ、兵事ニ関スルモノハ商事ヲ司ル可カラズ。

而《しこう》シテ両様トモニ隊長ノ免許ヲ受ケ、隊長ノ指揮ニ随《したが》フベシ」

「商船ヨリ船持ニ運上ヲ出サセシムル事」は、船持(船主)の海援隊長坂本龍馬が政治活動に多忙で、長崎に不在のことが多く、一船ごとの商事につき相談する暇もない。このような場合スウェーデンの船持は、自分の船を一切船長に任せ、その利益損失とも関知せず、一年に若干両もしくは運送した荷物の金高につき、若干金を運上として出させる。龍馬に一定の上納を怠った船長は、退職させるというのである。

陸奥は、海援隊の用務を果たすため、京都、大坂でもかなり危険なはたらきをしていたようである。

昭和六年「実話雑誌」一ノ六所載、安岡重雄著「阪(坂)本龍馬の未亡人」に、晩年のおりょうが語ったというつぎの記述がある。

「『世間にはあまり知られていないけれども、お登世(勢)さんよりもおりせさんのほうが、どれほど勤王の人たちを助けたか知れません。

寺田屋のように目に立つ事件がおこらなかったから、自然世間の注意をひかなかったけれども、おりせさんは侠客肌《きようかくはだ》の女で、熱心な勤王びいきでした。

そのおりせさんにいちばん世話を焼かせたのは、伊達《だて》陽之助(陸奥宗光)さんでしたよ』」

このおりせは、良人《おっと》の万吉とともに、大坂にある薩摩の花屋敷のお出入りで、屋敷の門前に薩摩屋という屋号で、人足差入れの稼業をいとなんでいた。

同志の人々は、その頭字をとって『薩万《さつまん》』と呼んだ。

坂本や、中岡や、その他海陸両援隊の人々は、京都で伏見の寺田屋、大坂でこの薩万を隠れ家にしていた。

おりせはお登世に一層輪をかけた男まさりで、度胸もあったし、利巧で勝気で、浪人の世話はいっさいおりせが引きうけてやった。

万吉も、こうした女の亭主にありがちな、お人よしの無口の男だった。

稼業が人足の差入れだから、薩万の二階にはいつも若い奴がごろついていた。足しげく他人が出入りしても、怪しまれる憂いがなかったので、浪人たちはここを屈強の隠れ場所にした。

伊達陽之助は、幕府方に追われてこの薩万に逃げこんだ。

詮議《せんぎ》がきびしい。岡っ引が鵜《う》の目、鷹《たか》の目である。薩万の周囲を夜となく昼となく、うさん臭い男が徘徊《はいかい》する。片時も油断はできないので、おりせは陽之助を押入のなかに隠して、三度の食事を自分が運んだ。

着のみ着のまま、垢《あか》にまみれ、虱《しらみ》がわいて、押入の戸をあけると強烈な臭気が鼻をつく。こうした押入の生活が月余にわたると、陽之助は退屈でたまらなくなった。

陽《ひ》の光が見たい、晴れた空を仰ぎたい。そういう衝動が、全身をうずうずさせた。

ええどうなるものか！　と捨てばちになって、ある日こっそり押入のなかから這《は》いだすと、窓をあけて、手すりの外へ首を出した。

そこは裏二階の、下が川で、どす黒く濁った水が、ゆるい流れを見せて大川につづいていた。

その時である。陽之助は挙動不審の男を見た。

男は中年の紙屑買《かみくず》いであったが、河岸にたたずんで二階を見あげた瞳《ひとみ》に、陽之助の魂をわななかす鋭い光があった。

しまった、と思った陽之助は、すぐ首を引いた。

おりせが夜の食事を運んできた。

陽之助の話を聞くと、おりせはたちまち顔色を変えた。

『あの紙屑買いなら、私もふしぎな奴だと思っていました。毎日のようにやってきて、うす気味のわるい目付きで奥をのぞくのです。もうこうしてはいられません。今晩すぐ船でお逃げなさい』

『とんだことをしてしまった。つい明るい世界が見たくなったものだから』

夜更けて陽之助は、裏河岸からこっそり小舟に乗り移った。船頭は薩万腹心の若い男だった。

『ひとかたならぬ世話になった。かたじけない』

『気をつけていらっしゃいよ。では、お達者で』

見送るおりせの眼《め》に、熱いしずくがあった。それからわずか二十分ばかりもたって、不意に薩万に捕方《とりかた》が踏込んで、天井裏から縁の下まで捜査したが、おりせは眉《まゆ》ひとつ動かさなかった」

このおりょうの話を信じると、何事にも要領よく立ちまわり、危険に近づかなかったといわれる陸奥宗光も、かなりきわどい命の瀬戸際にのぞんだ、志士活動をしていたことになる。

だが陸奥は戦場に出て、命を的のはたらきをすることは、望まなかったようである。

「商法の愚案」の末尾に、彼はつぎのような意見を付した。

「僕ハ測量士官ナレバ其《その》職ヲ勉励スレバ然ルベキ事ニ候ヘドモ、又ヒソカニ思フニ軍艦ヲ使用スルニハ、軍略ニ長ジタル人ニアラザレバ進退向背ノ術《すべ》ヲ失シ、商船ヲ運送スルニ商法ニアキラカナラザル時ハ、利損懸引《かけひき》ノ機ヲ誤リ申スベク候。然ル時ハ則《すなわ》チ我ガ隊ヲ富マシ、我ガ隊ヲ強クスルモマタコノ道ニヨラザルベカラズト存ジ奉リ候」

陸奥は自ら海援隊の貿易活動にたずさわりたいと表明した。

龍馬は、このような陸奥の才能をたかく評価していた。いろは丸沈没事件のあと、陸奥も紀州出身であるため、日頃の才気縦横を龍馬に愛され、遊里にしばしば遊ぶなどの行状を隊士から憎まれていた彼は、紀州藩と海援隊との紛争に乗じ殺害されようとした。

このとき陸奥を救ったのは、土佐出身の隊士中島作太郎であったといわれる。

慶応三年の夏から秋にかけて、京都の政情はしだいに討幕に傾いていった。大政奉還建白を進めていた後藤象二郎が、イカルス号事件の折衝のため高知へ帰ったまま戻ってこないあいだ、幕府との講和交渉が中断されたままの長州が、討幕のほかに混沌《こんとん》とした局面打開の方策はないと考え、しきりに薩藩に開戦を督促する。

薩藩の大久保一蔵が、岩倉具視の王政復古の方策につよく動かされた。九月十一日、薩摩藩主忠義《ただよし》の弟島津備後《しまづびんご》（珍彦《うずひこ》）が、千余人の兵を率い入京した。大久保、西郷が国許《くにもと》家老たちの反対を押しきって、幕府がもっとも警戒する一個大隊の兵力を呼び寄せたのである。

将兵は、まもなく戦闘がはじまると見て、殺気を帯びている。

九月なかば、大久保一蔵が山口をおとずれ、開戦の時機をうちあわせる交渉をおこなった。

九月十七日、山口藩庁に入った大久保は、日記にしるしている。

「今晩、木戸、広沢両士がたずねてきた。明日の昼過ぎに両君公（毛利《もうり》敬親《たかちか》・広《ひろ》封《あっ》父子）に拝謁を仰せつけられ、京都の近情、薩藩の趣意を申しあげよとのことであった。だが風邪をひき月代《さかやき》を剃《そ》らず、入浴できないので、趣意は諸先生（木戸・広沢ら）にくわしく申しあげたうえ、ご沙汰《さた》を承りたいとお願い申しあげた。しかし両君公には是非にも謁見を望むということであったので、やむをえずお受けした」

長州では藩主以下重職たちが、薩藩の方針を一時も早く確認したがっていた。『松菊《しょうぎく》木戸公伝』には、つぎのようにしるされている。

「薩長両藩がともに薪《たきぎ》のうえに坐《すわ》り、烈火を防ぐような状況である。いずれかの一藩が協力せず傍観すれば、両藩は結局共倒れになってしまう。天下の回復などは望むべくもない。両藩が協力し、すみやかに策を決するにしかず。たまたま幕府は命令を下し、長州の末藩を大坂へ呼び出そうとしている。兵を出す名目ができているではないか。

しかし反対する者が百出し、討幕論はようやく決した。しかしまだ機が熟しているとはいえないが、猶予できない状況であるので、断然大久保に答え、死地に投ずる方針をきめた。この間の藩論は紛紜《ふんうん》をくりかえし、苦情はすさまじいものであった」

大久保は長州藩主父子に言上《ごんじょう》した。

「幕府は天下の公論を拒み、私意増長いたすばかりにて、ついに決策（開戦）に及ぶこととあいなり申した」

京都の制圧は薩藩で引きうけ、敵を倒しつくして巣窟《そうくつ》を挫《くじ》き、禁闕《きんけつ》警衛の任を遂げる覚悟であるが、薩藩のみの微力では、残念ながら見通しをつけがたい。

ちょうど貴藩ではご末家のご召命を受けておられるので、兵を上京させご協力下されば、皇国のために大慶これに過ぎないことであると、長州藩兵の上京を懇請した。

長州世子《せいし》広封がたずねた。

「ついに決策に及ぶとは、今日まで手段をつくし献言したが、聞かれなかったため、最後の覚悟となったものであるか」

大久保が答えた。

「献言が行われぬゆえ決策と申すわけでは、ござりませぬ。全体、幕府のこれまでの罪跡顕然たるにつき、決策いたすのでござい申す。

こんうえ傍観座視いたしておりますれば、皇国の廃滅を座視いたすばかりにて、忍び難しと存ぜし次第にござい申す」

列席している木戸準一郎（孝允）が聞いた。

「実に容易ならぬお話であるが、ついては尊藩ご策略の次第は、当然ご内決になっておらるると存ずるが、いかがお手を下されまするか」

大久保は即座に戦略の大要を述べた。

木戸はそれを聞いたのち、重大な質問をした。

「実に御大事の御事である。決挙のうえは、時宜により（天皇の）御動座もあらせらるべきと存じ奉りますが、そのときはいずかたへ御供奉《おんぐぶ》なされるか」

大久保は、天皇の遷座は大坂城を幕軍から奪い、そこにおこなう予定であると答えた。

木戸は、幕府がフランスと結んだとき、京都、大坂からしばらく僻遠《へきえん》の地にご潜幸なさる場合もあろう、そのときはどこへお供するのかとたずねた。

大久保は、情勢しだいで勤王列藩のうち、しかるべき土地へ御動座を願い奉ると答えた。両公は大久保に念をおした。

「手抜かりは万々なきことであろうが、禁闕奉護のところは、実に大事のことで、玉《ぎょく》を奪われては実に致しかたなきことと、はなはだ懸念いたしておる」

玉とは天皇のことである。

大久保は答えた。

「ここは死をもって尽くし奉り申しまする」

大久保は長崎で、アメリカの古船を八万両で買う契約を急いでいた。商船であるが、大砲も積んでおり、それに藩主を乗せ、上京させたい。芸州藩も薩藩が挙兵すると同時に、広島から五百人の部隊を上坂させる予定であった。

土佐藩で大政奉還建白が藩論と定まったのは、八月二十日。容堂は藩儒に命じ案文をつくらせ、後藤象二郎に持たせ、出京させた。八月二十五日、後藤は寺村左膳、真辺栄三郎と、浦戸から空蟬で出帆しようとしたが、台風の季節で連日海が荒れ、九月一日に出帆した。

途中、荒天がつづき、阿波の椿泊《つばきどまり》、答島《こたえじま》に風浪を避け、二日に大坂に到着した。後藤と寺村が心斎橋筋《しんさいばしすじ》を歩いていると、行く手から大兵肥満《だいひょうひまん》の侍が歩いてきた。西郷吉之助である。

吉之助は笑いながらいった。

「相撲《すもう》見物にいった帰り道でごわす。後藤どん、待ちかねておい申したぞ」

五日の朝、後藤たちは西郷の宿舎をたずね、その後の経緯を語った。

「イカルス号の揉《も》めごとで、パークスと談判しよりましたきに、存外、日数がかかりました。坂本龍馬は、まだ長崎におりよります。大政返上は老公より拙者どもに取扱いが一任されました」

西郷はうなずき聞いていたが、

「ところで、尊藩出兵の二大隊は、いつ入京いたし申すか」

後藤は容堂が率兵上京をおこなわない方針をきめたことを、西郷に隠した。

「人数はすべて国許に集めちょりますけんど、まだ発しちょりません。こちらから一左右《いっそう》（要請）を出ししだい、派兵となりますろう」

西郷は後藤の返答を聞くと、そっけなく、

「一両日中に上京いたし申す。そんときにお目にかかり申んそ」

といっただけであった。

後藤は早急な談合を求めた。

「かねてご示談の建白の筋を、早々にご相談したいですけんど、どうですろう」

西郷は乗り気でない様子であったが、賢侯会議の諸侯の動静については、語ってくれた。

「大隅《おおすみ》さあ（島津久光）は、脚気《かっけ》養生で大坂におとどまりでごわす。越前侯（松平春嶽）は国許へ引きとられ申した。宇和島老侯（伊達宗城）もご帰国なされたが、家老松根図書《まつねずしょ》にすすめられてのことでごわす」

越前侯は、大政奉還の談合を土佐、薩摩、安芸の三藩ですすめていることが不満であるという。

二日後の九月七日、後藤は薩藩二本松藩邸をおとずれた。

「一、同七日小松帯刀宅へ、象次郎《ママ》一人参りくるよう申しきたり、同人参り候ところ、帯刀、吉之助、一蔵列座」（「寺村左膳日記」）

吉之助がまず意見を申し述べた。

「かねて大条理ご建白の節は御同意つかまつり、貴兄ふたたびの上京をお待ちしちょい申したが、段々世上の形勢が変わっちょい申す。ただいまとなっては、所《しょ》詮《せん》建白などで事を運べる見込みもなかごわす。

ついては、弊藩では兵力をもって尽力いたし申す心得になっちょい申す。これまでのご約定については、不都合と存じ申すが、ご返約申しあぐっ事になり申した。ご承引下さるっか否やの段、おうかがい申しあげる」

後藤は率直に意見を述べた。

「弊藩は両君公に決して挙兵のご趣意はなく、建白書をもって、どこまでも貫徹いたすよう、申しつけられちょります。

拙者の愚存《ぐぞん》においても、挙兵の儀はご同意いたしがたく存じます」

双方の意見は分かれ、つぎの会談で決論をつけることになった。

九月十日、後藤は薩邸へおもむき、ふたたび小松、西郷、大久保と会い、土佐藩の意向を述べた。

「前件の筋をもって、当家中にて弁論いたしましたけんど、承引されんかったがです。このうえは、尊藩には随意に兵力をもって御尽力下さい。弊藩では君命の通り建白書を差しだします。かようにご不同意にあいなっても、国是《こくぜ》を振起いたしたき存念はご同意なれば、尊藩の挙兵一条につき、決して妨げはいたしません」

薩藩の三人は、後藤に対し丁重な態度を変えなかった。

鹿児島の国許で、守旧派の老臣たちが派兵に頑強に反対しているので、西郷たちの足もとは不安定であった。

薩藩が挙兵するとの噂《うわさ》は、公然と知れわたっている。大久保が長州へ出向いたのは、長州の出兵を促すためであると、噂されていた。

薩藩は九月二十日に、長州藩と協力して挙兵するといっていたが、その日がきても動かなかった。親幕諸藩の兵が市中に溢《あふ》れていて、挙兵できるような状況ではなかった。

後藤象二郎は、二十日に幕府若年寄格永井《ながい》主水正《もんどのかみ》尚志《なおゆき》から出頭を求められた。面会すると、永井はさっそくたずねた。

「このたび土州にて献言の筋があると聞いておるが、いかようなることか」

後藤は答えた。

「容堂公においては、大政奉還の建白書を、大樹公《たいじゅこう》（将軍）に捧呈《ほうてい》したいと考えちょります」

永井はいった。

「さようの儀ならば、なるたけ早々に差しだすように」

このとき後藤は、新選組局長近藤勇を永井から引きあわせられた。

近藤は後藤の大政奉還の活動を知っていて、両眼に満々と殺気をたたえていた。

後藤は近藤と初会の挨拶《あいさつ》を述べあったあとでいった。

「拙者は貴殿が傍《わき》に横たえちゅう長いもんが、性来はなはだ嫌いでのう。まずそれを遠ざけられてのち、心おきなくお話を承りたいけんど、どうですろうか」

近藤は大声で笑い、佩刀《はいとう》を遠ざけ、たがいに膝《ひざ》をつきあわせて時勢を語りあった。

近藤は後藤の磊落《らいらく》な豪傑風の態度が気にいり、二十二日、再会を求めるつぎの書状を送ってきた。

「（前略）一昨夜ははからず対面を得、大慶斜めならず。併《しか》し失敬恐懼《しっけいきょうく》の至り、その時に御約諾申上候（件に）就き、明二十三日昼頃より参館すべき心得これ有り候えども、お差支えこれなきや、この段貴意を得候。

余は拝眉《はいび》に譲り縷々《るる》申しあげたく、かくの如《ごと》くにござ候（後略）」

後藤は折り返し二十三日頃参上すると返書を送ったが、風邪のためと称し、面会を避け、贈物と書状の交換があったにとどまった。

後藤は幕府勢力のなかで最右翼の近藤と交際して、後難をこうむるのをはばかったのである。

二十三日、閣老板倉勝静《いたくらかつきよ》から後藤のもとへ、二十四日五つ（午前八時）頃、建白書提出のため二条城に出頭するよう、達しがとどいた。

後藤は慎重を期して、建白を提出するまえに、薩藩の了解をとることにし、板倉閣老に後藤、寺村がともに病気のためとして日延べを願い出た。

二十三日、福岡藤次が西郷をたずね、建白書を見せて、内容の説明をした。

西郷は建白については何の意見も述べず、無気味な後味のこる返答をした。

「建白をお出しなされば、幕府が先手をうついきおいとあいなり申す。それでは弊藩の軍略が変わってき申《も》んで、困り申す。来月五日頃には兵を発したいと思うちょい申したが、早い出兵もやむをえん。建白お差し出しの前日に、当方へ知らせてやったもんせ」

後藤は京都薩藩邸で、大政奉還論に共鳴している高崎《たかさき》左京（左太郎、のちの正《まさ》風《かぜ》、男爵）にはたらきかけた。

高崎は二十六日に後藤に会い、約束した。

「今日より三日のうちに、家中を周旋してお返事いたし申んそ」

薩藩大監察町田民部《まちだみんぶ》（久成《ひさなり》）も高崎とおなじく、平和解決を支持しており、

「西郷の挙動は児戯にひとし」

と極論した。

後藤らは備後公子と小松帯刀が高崎、町田におおいに説得され、小松は進退に窮して妾宅《しょうたく》に逃げこみ、誰《だれ》にも会わないでいるとの情報をつかんでいた。

高崎左京から後藤のもとへ何の返事もこなかったが、十月二日、小松帯刀からつぎの書状が届いた。

「貴藩より御建白書御指出にあいなり候《そうらい》ても、弊藩動揺いたすまじく、御安心下されたし」

高崎左京、島津珍彦（備後）、小松帯刀が、西郷、大久保を説き、激発を避けさせたのである。


龍馬が芸州藩船震天丸を借りうけ、長崎から大坂へむかう支度をととのえたのは、九月十五日であった。翌十六日に出帆する予定であったが、英商オールトの依頼で延期し、十八日に長崎を離れた。

震天丸には坂本龍馬、陸奥源二郎、菅野覚兵衛、田辺藩士松本検吾、中島作太

郎のほか、太宰府から長崎にきていた三条実美《さんじょうさねとみ》の衛士戸田雅楽《とだうた》（のちの尾崎三良《おざきさぶろう》）も便乗した。

龍馬は陸奥らとともに丹後田辺藩をたずね、商取引の契約をするつもりであった。

大坂に着けば、あらたな商談をまとめる機会も待っている。

「ここらで軍資金を集めちょかんかったら、これからどげな大波をかぶらんといかんようになるか、分からんき、空《す》き腹じゃへたりこむぜよ」

龍馬はラム酒を口に、機嫌よく笑い声をあげる。

「俺《おれ》らあが驥足《きそく》をのばすがは、これからじゃ。いままでの苦労を、万倍にもして取り返さんといかん」

菅野が力づよく応じる。

龍馬は、酒が腹中に沁《し》みわたってゆくのをこころよく味わいつつ、まもなく逢《あ》えるおりょうの俤《おもかげ》を眼前に浮かべる。

――お前《ま》んと離ればなれに暮らすがも、もう終わりじゃ。俺はお前んが目をまわすばあ大けな商いをして、いっしょに暮らすき、待ちよりや。お前んの青筋立てた顔を見るによばん（及ばん）ならあえ――

下関に着いた龍馬が、波止場にあがると、伊藤俊輔《いとうしゅんすけ》（のちの博文《ひろぶみ》）がいて、黒煙をあげ出港してゆく蒸気船を見送っている。

「伊藤さん、ここで何しゆうがぜ。誰ぞ見送りにきたがかえ」

伊藤は胸を張っていった。

「薩の大久保どんを見送りにきたんじゃが」

「なに、あの船に大久保どんが乗っちゅうがか」

伊藤はうなずいた。

伊藤は嘘《うそ》をついていた。遠ざかってゆく蒸気船に大久保は乗っていない。

山口政庁で毛利敬親、広封両公に拝謁し、京都での挙兵につき重要な協議を終えた大久保は、九月十七日から十九日までの山口滞在を終え、二十日午前九時、三田尻《みたじり》から乙丑丸《いっちゅうまる》で大坂へむけ戻っていった。

伊藤は、長崎から出てきた龍馬に、薩長が協力して挙兵すると決したことを知らせ、おどろかせたかったのである。

龍馬はたずねた。

「薩藩の使者は、大久保どんばあか」

「大山格之助《おおやまかくのすけ》がついてきよったのう」

「そいで何を談合しにきたがぜよ」

「出兵上京の打ちあわせじゃ」

「そりゃまことかよ。大政奉還の建白はどうなっちゅう」

伊藤は鼻先で笑ってみせた。

「それは土州に任せときゃええんじゃ。こっちは勝手に戦争をはじめて、将軍らを京都から叩《たた》き出すんよ」

「なにをいいよる。もっと詳しゅう話してみいや」

伊藤は龍馬に語った。

大久保は山口政庁で長州藩主父子、木戸準一郎、広沢兵助と討幕の盟約をとりきめ、ともに上京する手筈《てはず》をととのえた。薩藩の部隊が上京の途次、中継の場所を長州領内に置くとりきめまでしたという。

龍馬は唇をふるわせたが、内心の動揺を隠して笑った。

「そうかえ、お前んらあはしょう（かなり）手廻《てまわ》しがえいのう。俺も長崎で、ライフル千二百挺を買うて、これから高知へ持っていくがじゃ。お前んらあにゃ、遅れをとらんぜよ」

伊藤は平然と応じた。

「俺は京都から戻ってきたばかりじゃが、土州も後藤や福岡がはたらきよるようでは遅れをとるぞ。爆裂弾の口火は、もうついとるけえの。貴公が高知へ持っていくライフルは、もし買うてもらえなんだら、こっちへ廻せや。いくらでも引き取るけえの」

「えらいふといことというのう。長崎じゃ、木戸氏に千両も貸しちゃっちゅうに」

龍馬は菅野、陸奥、中島ら海援隊士、佐々木三四郎の部下岡内俊太郎と、近所の船宿で相談した。

「京都の様子は、えらい切迫しちゅう。鹿児島から蒸気船でやってくる薩藩歩兵が、三田尻で長州の歩兵と出会うて、ともに大坂にむかうといいよるけんど、京都にもたいて薩摩の人数がおる。芸州も味方するとなりゃ、激発の機は間近と思わんといかん。こりゃとろいことしよられん。

俺はまず菅野らあと丹後へいったのち、高知へ戻《も》んてくるつもりじゃったが、そげなことをしよったら間尺にあわん。ここからまっすぐ高知へいくき、菅野と源二郎は、便船を求めて大坂へいっとうせ。ライフル二百挺を持っていって、京坂の間におる同志に使わせちゃってくれ。旅の雑用《ぞよう》には、百五十両渡すきに」

龍馬の命をうけた菅野と陸奥は、緊張した顔を見あわせる。菅野がいった。

「ほんなら、これから港で便船を雇うて、すんぐに発《た》ちますきに」

「うむ、そうしてや」

菅野たちには、勝手を知った大坂の町であるが、二百挺のライフルを運び、便船で出向くのは、決死の覚悟を要する。危険に満ちた旅であった。

龍馬は打ちあわせを終えると、砂浜を走って長浜の東本陣、阿弥陀寺町の伊藤家へむかった。

砂まじりのつよい浜風をまともに浴びた龍馬は、松林のなかへ駆けこむと、太い松の幹に額を打ちつけ、こぶをつくった。

「おおの、痛い」

近眼の龍馬は立ちどまり、額に唾《つば》をぬりつけ、また走り出す。

龍馬は伊藤家の門のうちへ入ると、番人に頭を下げる。

「いっつも、世話になるのう。おおきに」

自然堂の縁側に、すばやい動作で飛びあがった龍馬は、障子をあけた。

地味な紺地の着物の背を見せたおりょうが、畳にひろげた衣裳《いしょう》をたたんでいたが、ふりむくと大きく目をひきあけ、龍馬の胸に飛びついてきた。

「あんた、ほんまにあんたか。逢いたかった、逢いたかった。逢いたかったのや」

おりょうは身を揉んで悲鳴のような声をあげる。

「俺も、お前んのことが気がかりでのう。達者な顔を見たら、一遍に気が弛《ゆる》んでしもうたぜよ」

おりょうと龍馬は抱きあい、畳に身を横たえる。

「わては、狂うてるのやおへんどすやろ。あんた、ほんまにあんたやなあ。うれしい、うれしゅうおす」

われを忘れた半刻《はんとき》（一時間）ほどが過ぎると、おりょうは閨《ねや》のなかで龍馬とかたく抱きあっていた腕をほどき、天井をむいた。

龍馬は懸命におりょうが気鬱《きうつ》の発作をおこさないように、おだやかな声でいう。

「おりょう、ながいこと淋《さぶ》しい思いをさせたのう。けんど、こんどこそはいっしょに暮らせるきに、もうひとがんばりよえ」

おりょうは頬《ほお》につめたい笑みをきざんだ。

「そんなことといって、また明日になったら、どこぞへいってしまうのどすやろ」

「いんにゃ、あさってまでここにおるき」

「あさって、それまでいてくれはるのどすか。えらいお気遣いやなあ。そのあとは、三月先か半年先か分からへんのどっしゃろ」

龍馬は言葉につまり、うなだれしぼりだすような声でいった。

「俺はいままで、お前んに淋しい思いばっかしさせてきた。けんど、今度は出口の明かりが見えちゅう。俺はいんま乗ってきた震天丸に、千挺のライフルを積んじょって、それを高知へ運び、銃隊をつくって京都へいくがじゃ。

薩、長、土が力をあわせ、いよいよ幕府を討ち滅ぼすときがきたがよ。それがすんだら、お前んの好きな土地で暮らすぜよ。もう、どこっちゃあいきはせん。

ほんまに離しはせんきに」

龍馬は、おりょうがたぶん罵声《ばせい》をあげるだろうと思っていた。またいつにかわらず口先だけでごまかして、どこぞへいってしまうのやろと、頬に平手打ちをくわせるのを待っていた。

だが、おりょうは龍馬の予想を裏切って静かであった。彼女は龍馬の裸の胸に顔をおしあてている。胸にあたたかい濡《ぬ》れた感触がひろがる。

おりょうは身を震わせ、泣いていた。

「あんたが、体がいくつあっても足らん命がけの仕事をしてるのは、充分知ってまっせ。知ってるのに、淋しがったり、嫉《や》いたり、せんど厄介ばっかりかけて、おりょうは阿呆《あほ》な女どした。

いまあんたがいうてくれたことは、嘘やないと、わてにも分かりまっせ。分かるさかい、これからはごてごていわずに、おとなしゅう待ってまっさかい、きっと帰っとくれやす。きっとだっせ」

「うむ、かならずお前んを迎えにきて、これまでの埋めあわせをするき、待ちよりよ」

「それ、ほんまに約束どっせ」

おりょうのすばしこいはたらきをする肉づきのいい手の小指が、龍馬の指にからんだ。

その日、おりょうがかいがいしく手料理をつくるあいだ、龍馬は文机《ふづくえ》にむかい、木戸準一郎あての書状を書いた。

「一筆啓上　仕《つかまつり》候。

然ニ先日の御書中、大芝居の一件、兼而《かねて》存居候所とや、実におもしろく能《よく》相わかり申候間、弥《いよいよ》憤発可レ仕奉レ存候。

其後於ニ長崎ニも、上国の事種々心にかゝり候内、少〻存付候旨も在レ之《これあり》候より、私し一身の存付ニ而《て》手銃一千廷（ママ）買求、芸州蒸気船をかり入、本国（土佐）につみ廻さんと今日下の関まで参候所、不レ計《はからず》も伊藤兄（俊輔）上国より御かへり被レ成《なされ》、御目かゝり候て、薩土及云々《うんぬん》。

且《かつ》、大久保が使者に来りし事迄承り申候より、急に本国をすくわん事を欲し、此所ニ止り拝顔を希《ねが》ふにひまなく、残念出帆仕候。

小弟思ふに是《これ》よりかへり乾退助に引合置キ、夫《それ》より上国に出候て、後藤庄次（ママ）郎を国（土佐）にかへすか、又は長崎へ出すかに可レ仕と存申候。

先生の方ニハ御やくし申上候時勢云々の認《したため》もの御出来に相成居申候ハんと奉レ存候。

其上此頃の上国の論は先生に御直《おんじき》にうかゞい候えば、はたして小弟の愚論と同一かとも奉レ存候得ども、何共《なんとも》筆には尽かね申候。
彼是《かれこれ》の所を以、心中御察可レ被レ遣《つかわさるべく》候。
猶《なお》後日の時を期し候。誠恐謹言。
九月廿日　　　　　　　　　　　　龍馬

木圭先生
左右」

ライフル一千挺を至急に国許へ届け、武断派の乾退助に銃隊を率い上洛《じょうらく》させ、至急大政奉還を推進していた後藤象二郎を帰国させるか、長崎に出張させるか、至急に手をうたねばならない。

そう木戸に告げる龍馬は、時局が討幕にむかっている実態を知り、土佐藩が薩長に遅れをとってはならないとする、焦慮をあらわしている。

龍馬は先を急ぐ旅であったが、翌日も下関に滞在した。龍馬はいま一日をおりょうと過ごしたかった。おりょうは、その一日が永遠につづくかのようにおだやかな表情で、龍馬の身辺にいてこまごまと世話をした。

暮れ六つ（午後六時）の鐘が、近所の寺院で鳴りだしたとき、おりょうはにわかに畳に身を伏せ、むせび泣いた。

「今日限りや、明日はあんたが土佐へいってしまう。いつ迎えにきてくれるのどす。いまのうちだけでも離さんと、しっかり抱いてておくれやす」

龍馬はおりょうの体を抱きしめ、暗くなってくる庭面《にわも》に眼をやり、過ぎてゆく時を恨んだ。

翌朝、龍馬らの乗った震天丸は、土佐へむけ出帆した。

震天丸は追風に乗って船脚早く、九月二十三日の夜明けまえ、高知の浦戸龍《りゅう》頭《ず》岬沖にあらわれた。

ここからの叙述は、山田一郎著『坂本龍馬――隠された肖像』を中心におこなうことにする。

桂浜《かつらはま》の港口《みなとぐち》である龍頭岬には、常夜灯があった。

震天丸を最初に見つけたのは、灯明台《とうみようだい》の番人であった。

「ありゃ、どこの船じゃろう」

それは黒塗りの鉄船で、マストが三本立っていた。太い煙突から黒い煙がたなびいている。

番人が見たのは、文久元年に、イギリスのグラスゴーで製造された鉄製蒸気内輪船で、長さ二十五間、幅三間半、文久三年に芸州藩が八万九千ドルで購入した震天丸であった。

龍頭岬の鼻から五、六百メートルの南東の海域には、沖の礁《はえ》、米食礁《よねくいはえ》、雀《すずめ》が礁《はえ》などと呼ばれる岩礁《がんしょう》が、港口をふさぐようにつらなっている。

満潮のときは、見え隠れするほどであるが、干潮のときには海面にあらわれ、その一帯は白い波頭が立つ。

蒸気船は干潮であったので、その岩礁を避けるため、沖の礁の南側に錨《いかり》を下ろし、潮待ちしていた。

桂浜の対岸、種崎《たねざき》の浜でも震天丸が碇泊《ていはく》しているのを見つけた人がいた。もと土佐藩御船手方《おふなてかた》、大廻《おおまわ》し船《ぶね》御船頭《がしら》の中城《なかじょう》助蔵である。

助蔵は手記「年々随筆」（十巻）に次のように記述している。

「○九月二十五《（ママ）》日早朝、車輪船沖遠ク来而《テ》碇《いかり》ヲ下ス。
午《うま》時（正午）に袙渡《あこめと》合《あい》ニ入而碇泊。芸州船之由。
才谷梅太郎、中島作太郎、小沢庄助京人等三人、使者之趣《おもむき》トテ上陸」

震天丸が沖の礁で潮待ちしたのは、龍馬の指図だったかも知れない。龍馬は種崎の地続きの仁井田《にいだ》浜で徳弘孝蔵《とくひろこうぞう》指導のもとに、砲術の稽古《けいこ》に励んだことがあった。沖の礁は砲撃の目標であった、と山田一郎氏は記す。

龍馬はその夕刻、中城家を訪れた。

このとき中城助蔵は五十六歳、その子亀太郎は二十七歳、中城家の近くにある龍馬の義母伊与《いよ》の里方川島《かわしま》家の、今は亡き猪三郎《いさぶろう》の子粛《すすむ》は二十五歳、龍馬は三十三歳であった。

中城助蔵の孫直正は慶応四年（九月八日、明治と改元）生まれ、東京帝国大学文学部国史科出身で、初代高知県立図書館長をつとめた人物であるが、母早苗から聞いた龍馬訪問のときの記憶をつぎのように控えている。

「○坂本龍馬、才谷梅太郎。母二十二ノ時、直正出生ノ前年来宅。（母妊娠五ヵ月ノ時）坂本ハ権平ノ弟ニシテ郷士御用人本丁ニ住ス。才谷ハ色黒満面ヨミアザ（注・ソバカス、アザ）アリ。

惣髪《そうはつ》ニテ羽二重《はぶたえ》紋付羽織袴《はおりはかま》（白キ様ナル縞《しま》ノ小倉袴《こくらばかま》）、梨地《なしじ》大小。髪ウスク柔和ノ姿ナリ。一絃琴《いちげんきん》ヲ玩《もてあそ》ベリ。

△小沢荘二（ママ）（本名戸田雅楽）。戸田ハ眉目清秀《びもくせいしゅう》△中島作太郎、髪ハ亀ニ結フ。外ニ町人体《てい》ノ男一人（注・薩摩商人広瀬屋丈吉）。

刀ハ坂本ノ外ハ朱鞘《しゅざや》大小、中島ハ外套《がいとう》ヲ着ス。小沢ハ頗《すこぶ》ル痩《や》セ、水色紋付羽二重ノ被装。氏神（注・仁井田神社）神事ノ日ニ来宅（旧九月二十三日）。

旧浴室ニテ入浴。何《いず》レモ言語少シ。

当時、坂本ハ小銃ヲ芸州藩ノ船ニ積込、佐々木（ママ）ニ面会ノ為ニ土佐ヘ来レリ。本船ハ袂石《たもといし》（注・種崎の対岸御畳瀬《みませ》浦の小岬にある）ノトコロニ着。父上（注・亀太郎）、其ノ朝召ニ応ジテ行カレシガ、能勢作太郎（平田為七ノ甥《おい》、後楠左衛門）ト共ニ一行ヲ案内シテ、藪《やぶ》ノ方ヨリ宅ニ導キシナリ」

龍馬一行は中城家裏の大竹藪から、亀太郎に案内されてきた。その日は氏神、仁井田神社の祭礼で、表通りの人の往来が多かったので、人目を避けたのであろうか。

中城家の二十二歳の若妻早苗の目に映った龍馬たちの肖像は興味深いと、山田氏は記しておられる。

彼女の記憶は四十年の歳月を隔てているのに鮮明であるとの感想であるが、まったくその通りである。

早苗が龍馬たちを見たとき、その胎内にいた直正が記した聞書の色彩は色あせず、あざやかである。

「父上サキ入リ、坂本、中島ガ未《いま》ダ湯ハ沸テヲルカト云ヒシニ、皆入浴セシ後ナリシガ、再ビ沸カセリ。

坂本ハ土藩論ヲ奮起セシメントテ帰国セシナリ。（当時、時勢切迫ノ時機ヲ気遣ヒ）

祖父ニ叔父《おじ》ノブッサキ羽織ヲ着セタリ。

宴会ノ席ニテ御歩行《おかち》松原長次、頻《しき》リニシャベリ居タリ。一同茶ノ間ニテ食事、小沢ハ自ラ井戸ヲ汲《く》ム。

中島ハ津野へ、坂本ハ小島へ寄リ、舟へ帰ルトテ宅ヲ出タリ。小沢ノ宿ハ紺屋広次方ナリ。

浜田祖父（注・医師、早苗の父）診察ス。

二、三日間、母ハ湯ノ加減等ヲナセリ。坂本氏ヨリ鏡ヲモラヒシト云フ。

坂本ハ入浴後、裏ノ部屋ニ休憩（雑踏ヲ避ケシナルベシ）、襖《ふすま》ノ張付ケヲ見居

リタリ。母火鉢ヲモチ行シニ『誠ニ不図《はからず》御世話ニナリマス』ト云ヘリ」

早苗は、龍馬の孤独なかげを、敏感に認めている。

龍馬がたずねた小島家の当主、二人扶持《ぶち》、切米《きりまい》八石の御歩行小島亀次郎の息子玄吉は、川島家の次女田鶴《たず》を嫁にむかえていた。

亀次郎の妻千蘇《ちそ》は川島猪三郎の妹であったので、玄吉と田鶴は従兄妹《いとこ》で、ともに嘉永《かえい》二年（一八四九）生まれの同い年であった。

田鶴は十七歳で結婚し、このときは十九歳であった。前年八月に生んだ女児国《くに》がいた。

龍馬と田鶴が再会したときの様子を伝える話は、残っていない。

田鶴は玄吉と夫婦になってのちも、龍馬を慕い、彼の没後もその思いは変わらなかったと、親戚《しんせき》のあいだでいまも語られていると、山田氏はいう。その事情を

記した手紙を、親戚の人から貰《もら》ったこともあるそうである。

龍馬が小島家をたずねたとき、日根野弁治《ひねのべんじ》道場で師範代として彼を鍛えてくれた土居楠五郎《どいくすごろう》が、孫の九歳になる木岡一《はじめ》を連れて訪れていた。

楠五郎はこのとき六十歳であった。

三里《みさと》尋常高等小学校編『村のことゞも』に、木岡一の回想をもとにした文章が掲載されている。

「九歳の頃、外祖父土居楠五郎とともに小島宅へ行きしに、夕刻突然龍馬来りしなり。その夜、土居との対面実に劇的シーンなりしも少年一は、『偉丈夫何ぞ涙するぞ』と思いしという。

翌二十四日、城下へ行くとて出《い》でたりしが、その夕刻土居氏再び会わんと馳《は》せ参ぜしに、龍馬すでに出帆の後なりきという。少年一がギヤマンの鏡をもらいしはこの夜なり」

龍馬たちは、実際には十月五日まで高知に滞在していた。

私は、たしかこの木岡一が龍馬とともに入浴した情景を記した資料を目にした記憶があり、山田氏の著作にあると思っていたのだが、見つからない。

龍馬は胸と背中の三ヵ所に刀疵《かたなきず》があり、風呂《ふろ》のなかで少年にそれを見せ、

「おんちゃんは痛うても泣かんぜよ」

といったというのである。

ライフル銃一千挺を積んだ芸州藩船震天丸には、芸州藩兵三百人が乗っている。浦戸　袙《あこめ》の浦《うら》に入港したのは、土佐藩の許可がなくてはできないことである。

震天丸は潮待ちしていた位置から、九つ（正午）の上げ潮に乗り、種崎と浦戸のあいだの狭い瀬戸をくぐり、入港した。そうするためには、水先案内人が必要で、わずかでも針路を誤れば、暗礁に乗りあげる。

浦戸、長浜、御畳瀬、種崎を管轄する浦奉行の許可をとっていなければ、震天丸は入港できない。そのような手続きをとったのは、龍馬ではなかったであろうと、山田氏は推測する。

龍馬はこの年の二月、長崎で福岡藤次、後藤象二郎の尽力で脱藩の罪をゆるされ、四月に海援隊隊長に任命されたが、高知へ戻れば、まだ人目につくのをはばからねばならない立場であった。

後藤象二郎は京都へ出ており、乾退助は過激な武力倒幕論が容堂の逆鱗《げきりん》に触れ、大目付の座を追われ、家中重役のなかには保守、佐幕派が多い。上士のうちでは勤王派が数すくない。

龍馬のためにはたらいたのは、龍馬と同行していた佐々木三四郎の部下、岡内俊太郎であった。

岡内俊太郎は、龍馬より七歳年下の二十六歳、高知城下潮江村の出身で、下横目という、足軽と同格の下級藩士であったが、明敏な資質をそなえている。

岡内は土佐勤王党、海援隊のいずれにも属していないが、勤王の志があつい。

彼は佐々木の使者として、芸州藩震天丸に便乗してきたことを藩庁に告げ、入港の許可を得たのち、長崎の事情を報告した。

藩庁の様子をうかがうと、佐幕派のいきおいがきわめてつよく、軽率に龍馬が震天丸に乗船していること、一千挺のライフルを積載してきた事情をうちあければ、いかなる反撥《はんぱつ》をうけるか、予断をゆるさない気配がみなぎっている。

岡内は長崎の佐々木にあてた書状に、当時の状況をつぎのように述べている。

「浦戸港に着し、藩論の成行き聞きあわせ見候ところ、いよいよ二派に分かれ、双方ともなかなか激烈にて、かえって始め私ども御国元出の時より烈《はげ》しく、同志の方もなかなか憤発いたしおり、また俗論も撓《たわ》まず候有様にて……」

岡内は龍馬のもとへ帰ると、土佐藩家中の動静を報告し、今後の手筈をうちあわせた。

龍馬は、長崎で木戸準一郎から送られた、「このたびの狂言の大舞台には、乾頭取、西吉（西郷吉之助）座元の手筈をきめることが、もっとも急務であると思っている」という内容の書状に、自分の書状を添え、勤王の志がある参政渡辺弥久馬《わたなべやくま》、大目付本山只一郎《もとやまただいちろう》に、岡内の手によって届けさせようとした。
龍馬の書状は、つぎの通りであった。

「渡辺先生　　　左右

一筆啓上仕候。

然ニ此度云々の念在レ之、手銃一千挺芸州蒸汽船に積込候て、浦戸に相廻申候。

参《まいり》がけ、下ノ関に立より申候所、京師《けいし》の急報在レ之候所、中々さしせまり候勢、一変動在レ之候も、今月末より来月初《はじめ》のよふ相聞へ申候。

二十六日頃は薩州の兵は二大隊上京、其節長州人数も上坂（是も三大隊斗《ばかり》かとも被レ存候。）との約定相成申候。

小弟下ノ関居の日、薩大久保一蔵長（州）ニ使者ニ来り、同国の蒸汽船を以て本国（薩摩）に帰り申候。御国（土佐）の勢はいかに御座候や。

又後藤参政はいかゞに候や。（京師の周旋くち下関にてうけたまわり実に苦心に御座候。）乾氏はいかゞに候や。早々拝顔の上、万事申述度《もうしのべたく》、一刻を争て奉二急報一候。謹言。

九月廿四日　　　坂本龍馬　」

岡内は高知郭中《かちゆう》で、高知城の北方大川筋《おおかわすじ》にある、渡辺弥久馬宅を訪れた。渡辺家は御馬廻《おうままわり》、禄高《ろくだか》三百五十石。弥久馬は四十六歳の参政である。のちに斎藤利行と名を改め、元老院議官となり、明治十四年六十歳で世を去った。

岡内は、こんど龍馬とともに入国し、ライフルを持参していること、薩長が一致協力して討幕の戦いをはじめようとしている事情を詳しく説明した。天下の形勢はこの先いかなる変化をあらわすやも知れないので、土佐藩は大政奉還論のみを固執することなく、和戦両様の準備をととのえておかねば、時勢にとり残されかねないため、龍馬に会い、容易ならない形勢を直接にお聞きとり願いたいと申し出た。

岡内はさらに北与力町《きたよりきまち》の大目付本山只一郎の私宅を訪れ、同様の内容をうちあけた。本山は四十二歳、容堂と豊範の側近で勤王派の重鎮である。

渡辺と本山は岡内の話を聞くと、龍馬と秘密裡《ひみつり》に会うことを承知した。

渡辺たちは、二十四日暮れ六つ（午後六時）、松ケ鼻《まつはな》の茶店某で会うことにきめた。

渡辺弥久馬の日記には、つぎのようにしるされている。

「慶応三年九月二十四日、晴。例刻出勤。九ッ（正午）過ぎ、会所へ呼びに来る。同役一所に行く。芸州蒸汽船にて下横目駿太郎《（ママ）》（岡内俊太郎）下着《げちやく》。

長崎喧嘩《けんか》（イカルス号事件）一件、且つ京師変動の模様聞こえ候由。才谷梅太郎乗組み来り居り、自分に書状を着け越し、対面を乞《こ》い来る」

この内容には、二十四日朝、岡内が渡辺、本山邸を訪れたことが記載されていない。

山田一郎氏は、藩論が佐幕、尊王に分かれ激しく対立しているとき、岡内が渡辺、本山と相談のうえ、龍馬から預かってきた書状を、まず藩庁へ届けるのが、もっとも穏便な手順であろうと考え、そのような形式を踏んだのであろうと推測する。

渡辺は執政に呼び出され、同役の由比猪内とともに出向き、龍馬の自分にあてた書状と木戸準一郎の書状を見せられた。

このとき、藩政を総括する執政という役職には、山内下総《やまうちしもうさ》、柴田備後《しばたびんご》、山内隼人《はやと》、福岡宮内、深尾左馬之助らが就いていた。

弥久馬は執政たちから命令をうけた。

「直《す》ぐ様《さま》立ち越し候様、御奉行中仰せ聞かされ、直ちに帰る」

彼は家老たちから、すぐ龍馬に会うように指示され、ただちに帰宅したが、龍馬と暮れ六つに会う約束をしていたので、自宅で待機した。

日記には、つぎのようにしるしている。

「自船にて夕飯後行く。半船楼《はんせんろう》、第一楼まで相尋ね候ところ、え行き逢い申さず。

それよりアコメに懸り居り候芸船へ相尋ね候ところ、上陸致し居り候由に付き、再び吸江《ぎゅうこう》、下田川《しもだがわ》尋ね帰る。九ツ（午前零時）頃也」

渡辺の自船というのは、魚釣りに用いる船で、屋敷の前の江ノ口川につないでいたものであろうと、山田氏は推測する。

弥久馬は吸江へ下り、龍馬と待ちあわせていた半船楼と第一楼へ出向いたが、行きちがったのか、龍馬はきていない。

弥久馬は吸江から袙浦に碇泊している震天丸に舟を走らせたが、龍馬は不在であった。

「龍馬さんと俊太郎さんは、吸江へいくいうて、舟で出ていっちゅう」

弥久馬は、やむなく吸江へとひきかえし、半船楼に戻ってようやく龍馬に会えた。

明治期は、潮時が悪いときは、高知から種崎まで三、四時間もかかったという。龍馬と弥久馬が会えたのは、夜半過ぎであったのであろう。

弥久馬は、翌二十五日の日記に、つぎのようにしるした。

「二十五日、晴。早朝、西野彦四郎方へ行く。帰り支度致し、五ツ半（午前九時）ごろ南会所へ出勤。御奉行、両府出居り、御家老中、同役も出る。九ツ（午前零時）ごろ帰る」

るのである。

弥久馬は龍馬についての記述を、一句もしるさない。極秘事項として扱ってい

渡辺弥久馬がこの朝面会した西野彦四郎は、容堂側近の大目付であった。弥久馬は西野に容堂への報告を依頼したにちがいない。龍馬がライフル銃をたずさえ、帰国している事実を、佐幕派重役たちの妨害をうけず、容堂の耳にいれる唯一の手段であった。

弥久馬は、龍馬の件につき、執政、参政、大目付らと夜が明けるまで相談をかさねていた。

二十六日には、会所ではなく、帯屋町《おびやまち》の参政間《はざま》忠蔵宅で会合をひらいた。出席者は、弥久馬の日記によれば、つぎの通りである。

「二十六日、晴。五ツ（午前八時）頃申し来り、間忠蔵方に行く。森権次（大目付）、由比猪内（参政）、堀部左介（大目付）、西野彦四郎（大目付）、下村銈太郎《けいたろう》（大目付）、中山左衛士（小目付）、行き居り。

昨日、猪内、彦四郎、只一郎、才谷梅太郎（龍馬）面会の一条につき種々詮議致す。九ツ（午前零時）前帰る」

土佐藩の司法行政の責任者が集まり、執政たちは出席していない。

前日、龍馬は参政の由比、大目付の西野、本山と会っているので、事情はよく

分かっている。

土佐藩の政情は不安定であった。容堂は、後藤象二郎の大政奉還策を推進する意向をあらわしている。

藩内では武力討幕を主張する乾退助と、佐幕派上士が対立していた。大政奉還を後藤にすすめた龍馬が、ライフル銃を運んできた理由を、かたくなな家老、中老たちに説明するのは、たやすいことではない。

幕府が大政奉還に応じないとき、薩長はただちに武力行動を開始する。そのとき、土佐藩は遅滞なく討幕の兵をすすめなければ、薩長に先を越されるという事情を、理解させるのに手間がかかる。

土佐藩は、慶応二年四月に、長崎キニッフル商会からライフル銃一千百挺を購入しており、それに加え、龍馬の運んできたライフル銃一千挺があれば、藩内洋式銃隊の充実に、大きな飛躍を見ることになる。

龍馬は半船楼に潜み、事態の推移を注視していた。海風が吹きこんでくる料亭の一室で、岡内俊太郎の知らせる家中の動静を、龍馬は歯ぎしりする思いで聞いた。

「早う京都へいかんかったら、大政奉還をやりゆう象やんらあに、力を貸せんじゃいか。芸州の兵も、一日も早う上京せんといかんといいよる。事はせくぜよ」

龍馬はみぞおちに鈍い痛みのように残っている、おりょうへの思いと、ひさびさに会った田鶴へのなつかしみを反芻《はんすう》する余裕も消えうせ、岡内にするどい口調で迫った。

二十七日の九つ（午前零時）過ぎに半船楼へ帰った岡内は、龍馬をなだめた。

「明日は散田のお屋敷で評定《ひょうじょう》が開かれますき、すべての事が決しますろう。両殿（容堂と藩主豊範）が出座なされ、奉行、家老以下の重役一同が伺候しますき」

二十七日、龍馬は大目付本山只一郎へのつぎの手紙を、岡内に托《たく》した。

「一筆啓上仕候。

然ニ先日御直《おんじき》申上置候二件の御決儀（議）、何卒《なにとぞ》明朝より夜にかけ拝承仕度。将《はた》、芸州士官（戸田雅楽）の者共も京師の急ニ心せき、出帆の日を相尋られ居申候。彼是《かれこれ》の所、御察被レ遣《つかわされ》候。早ミ御決の上、出帆の期、御命じ相願候。誠恐謹言。

九月廿七日　　直柔

本山先生　　左右」

龍馬は藩論を和戦いずれにも変えられるよう統一し、ライフル銃を買いあげる件につき、至急の確答を求めた。

京都では、後藤象二郎が、薩摩とのかけひきに苦労しているのではないか。芸州兵三百人が出京を急ぐのも事実であろうが、龍馬自身が一日も早い出京を望んでいた。土佐藩がライフル銃の購入に踏みきれないのであれば、長州藩へ売ればいいと、龍馬は強硬な態度をあらわした。

渡辺弥久馬の日記。

「二十七日、晴。例刻出勤、四ツ半（午前十一時）ごろ、散田御屋敷へお出で遊ばさる。同役両人、御跡より出る。御奉行中、御家老中始め、近外両役場一同召され出勤」

山田一郎氏は、『山内家史料』に、「坂本龍馬ノ時勢報告」の頭注をつけ、同日付の「御直筆日記」の記載があると指摘されている。

「『御直筆日記』

九月二十七日。

一、此度、薩長芸三藩中合せ、討幕師上京の段、一昨二十五日、坂本龍馬より告げ来る。依《より》て右用向きこれ有るに付き、今日散田屋敷に奉行、近習《きんじゅ》、家老、近外両役場一同出勤。我等も出る」

山田氏は、山内家第十八代当主山内豊秋《やまうちとよあき》氏に疑問点を尋ねられ、つぎの回答をうけた。

「御直筆日記とは、藩主豊範の直筆日記で、坂本龍馬より告げ来ると記したのも豊範である。従って豊範は龍馬の存在を熟知していた。日記のなかに、我等も出る、という我らは、豊範自身をさす。

二十七日の会議は大評定で、これほどの顔触れを集めるとなれば、本来なら城中でひらくところである。

しかし、隠居の容堂を城中へ呼び寄せるわけにもゆかないので、散田屋敷に自ら出向き、重役たちを呼び集めたのであろう」

近外両役場一同という記述につき、山田氏は、土佐藩の職制には内官と外官があったと説明される。

内官は藩主側近の近習家老、側用役、近習目付。外官は十一家の家老のうちから選ばれる奉行職（執政）、その下に参政、町、郡《こおり》、浦などの諸奉行がいる。このほかに執政直属の大目付、小目付。散田屋敷には容堂の側用役がいる。

この日の会議により、龍馬の要請がすべて認められた。

九月二十九日、龍馬は五年ぶりに本丁筋一丁目の坂本家へ戻り、兄権平、姉の乙女、姪《めい》の春猪と会うことができた。

龍馬は京侍の戸田雅楽を連れ、日が暮れてのち、実家の表戸を叩いた。乙女は龍馬を抱きしめ、夢かとよろこぶ。

「お前《ま》さんが吸江のどこぞへきちゅうと噂に聞いちょったけんど、ほんまに逢えたがやねえ。こげにうれしいことはないちや。達者でおったかね」

「おう、寿命はまだ尽きちゃあせんぜよ。この通りじゃ」

龍馬はひさびさに土佐の白酒を口にして、

「ああ、旨《うま》い、旨いのう。家へ戻《も》んたら腹の底から気がゆるんでくるぜよ」

戸田雅楽、のちの男爵尾崎三良《おざきさぶろう》は、坂本の家に滞留すること二日とも数日とも記している。

龍馬は脱藩するまで起居していた離れの茶座敷に泊まった。龍馬が帰宅したことは、城下の評判となった。大目付の保護下にいる龍馬のもとへ、旧知の人々がたずねてきた。

「龍馬さんが戻《も》んてきちゅう」

噂はたちまちひろまった。

井上静照著「真覚寺日記」慶応四年一月二十一日の項に、つぎの記載がある。

「水通《すいどう》に坂本了馬（ママ）という郷士有り。御用人の子なり。先年故あって御国を出奔し、諸国を流浪し、しだいに芸能長じ、手下弐、三百人もでき、一旦《いったん》薩州へ身を寄せ、蒸気船弐、三艘《そう》を求め、交易などをせしにや、金銀もたくさんになり、一昨年後藤象次郎（ママ）といえる仕置役、御用にて長崎へ行きたるとき、右の良馬（ママ）ニ逢い、御国益の件〻を聞くより御国へ戻る道を明けたれども、帰国もせざりしか、去年冬蒸気船にて帰国し、浦戸より上り御前へ出でけるに、金五拾両大義料として下しおかるる。

ありがたしとてお請け申して水通へ戻り、三日ほど祝席をひらき、ひさしぶりに一家集まり歓をつくせり。

さて、かの拝領の五拾両を姉につかわし、何なりとも買いたまえという。またその身の幼少の時の乳母を呼び、これへも土産として銀子《ぎんす》多く与え、そのほかなにかと心づけいたし、また右の船にて出帆す」

このような噂が城下から須崎まで聞こえていたのである。

『尾崎三良自叙略伝』「史談会速記録」七九号に、龍馬帰国の数日間についての回想が語られているという。そのなかに、元治元年甲子《かっし》の変《へん》で討死にした人々の未亡人がたずねてきたという挿話があると、山田氏は記されている。

元治元年七月、長州兵が上京し、会津、桑名、薩摩藩兵らと御所の蛤御門《はまぐりごもん》で戦った禁門《きんもん》の変《へん》で、長州に流寓《りゅうぐう》していた土佐藩浪士十人が、参戦して戦死、自刃《じじん》した。

そのうちに、龍馬が弟のようにかわいがっていた小高坂《こだかさ》森ノ下の尾崎幸之進二十五歳、同じく柳井健次《やないけんじ》二十三歳、中新町《なかしんまち》の安藤真之助《あんどうしんのすけ》二十二歳がいた。

彼らの未亡人が会いにきたのである。皆年若い美人で、涙をこぼしつつ龍馬と語りあっていたという。

慶応二年五月、肥前潮合崎《ひぜんしおやさき》沖で難破した、亀山社中の帆船ワイルウェフ号に乗り組んでいて亡くなった池内蔵太は享年二十六であった。その妻も訪れてきたであろう。

岡内俊太郎が、龍馬の高知にきていることを二、三の同志に知らせると、同志たちが多数会いにきた。

土佐勤王党の領袖《りようしゆう》であった大石弥太郎《おおいしやたろう》がたずねてきた。龍馬より六歳年長の弥太郎は、郷士から新留守居組に昇格していたが、龍馬の顔を見ると、言葉が出なかった。

龍馬も黙ったままである。どちらも顔を紅潮させている。さまざまの思いがこみあげてきて、口をきけば涙が噴きこぼれそうになったためであろう。

間を置いて、ようやく龍馬がいった。

「お前んはまだに若いねや」

大石も応じた。

「いや、お前んも若いぜよ」

長岡《ながおか》郡西野地《にしのち》村（現・南国《なんこく》市）の池知退蔵《いけちたいぞう》は、意気さかんに語った。

「今度、薩長と共にやらんかったら、土佐は焼跡の釘拾《くぎひろ》いじゃ。龍やん、俺らあはこじゃんとやるぜよ」

酒に酔い、震天丸を奪い取って京都へ出ようと暴言を吐く者もいた。

龍馬は京都で十月中旬頃、国許で土佐藩から貰った金について書状にしるしている。

「小弟者《は》御国にて五十金、官よりもらいしなり。夫《それ》お廿金人につかハし自ら拾金計《ばかり》つ（か）い申、自分廿金計持居候。中島作（太郎）につかハさんと思ふニよしなし」

龍馬はあいかわらず懐中不如意をこぼしている。

龍馬たちが震天丸で浦戸港を出帆したのは、十月一日であった。戸田雅楽、中島作太郎、岡内俊太郎、土佐藩士の野本平吉が同行した。

港を出てみると、猛烈な逆風が吹いていて、浪《なみ》が逆巻いている。水先案内に乗船していた地元の水夫が、出帆を思いとどまったほうがいいという。

「こりゃ、なんぼいうたち無理むっちゃじゃ。いったん引き返して、二、三日風が治まるがを待たんと、いかん」

だが震天丸船長は、浦戸港での滞在が長引いたので、上京を急いだ。

彼らは瀬戸内の海を航行した経験しかないので、外洋の気象、風波について無知である。水先案内の忠告を聞きいれず、沖へ出ていったが、風波は烈《はげ》しくなるばかりで、まったく航行不能の状況になった。

震天丸は怒濤《どとう》のなかに沈んでは浮きあがるような、危険きわまりない航行をつづけ、かろうじて室津《むろつ》の港に入った。室戸岬を西へ廻りこむのは、とても不可能であったので、碇泊して夜を明かしたが、船体が風波に翻弄《ほんろう》され、浸水が多く沈没の危険にさらされた。

龍馬が船長を説得した。

「一刻も早う京都へいきたいお前《ま》さんの気持ちは分かるけんど、この風と浪を押しきっていくがは、命を捨てるようなもんぜよ。いったん引き返さんと、しょうことがないろう」

震天丸は浦戸沖まで帰ってきたが、潮回りがわるいので入港できない。やむをえず須崎に入港した。震天丸は機関、舵《かじ》が故障しており、修繕しなければ航行できない。

十月二日夜、須崎に上陸した龍馬は岡内に高知への連絡を頼んだ。岡内は昼夜兼行で山越えして高知城下に戻り、藩庁に事情を告げた。

藩庁は早速蒸気船胡蝶丸《こちょうまる》（空蟬）を須崎へ廻航させた。龍馬たちと芸州藩兵は、胡蝶丸で十月五日早朝に須崎を出航した。胡蝶丸は十月九日に大坂へ入港した。

戸田雅楽は、「自叙略伝」で当時の追憶談を記している。

「坂本初め我々京師に上ったとき、予も又土州藩小沢庄次（という名義）で河原町四条上ル醬油屋《しようゆや》某方に同宿した。其時、坂本の評判が高くなり、其頃散じ紙の新聞様《よう》のものを時々発行する事がある。それを見ると、今度坂本龍馬が海援隊の壮士三百人をつれて上ったと書いてある。実際我々瘠士《やせざむらい》がわずか五、六人であるとおおいに笑いたり」

醬油屋某に龍馬が泊まったというのは、誤伝である。

十月九日、龍馬は権平あてにつぎの書状を送った。

「其後芸州の船より小蝶《（ママ）》丸ニ乗かへ須崎を発し、十月九日ニ大坂に参り申候。則《すなわち》今朝上京仕候」此頃京坂のもよふ以前とハよ程相変、日〻にごて〳〵と仕候得ども、世の中は乱んとして中〻不㆑乱ものにて候と、皆〻申居候事に御座候」先《まず》は今日までぶじなる事、幸便ニ申上候。謹言。

十月九日　　梅太郎

〆

上町《かみまち》本一丁目

坂本権平様　　坂本龍馬

御直披　　」

この書状が、龍馬の坂本家へあてた最後の消息となった。

龍馬は中島作太郎を連れ、海援隊屯所である京都河原町三条下ル、東入ル北側の材木商酢屋、中川嘉兵衛《かへえ》方におちついた。

長岡謙吉、白峰駿馬、長岡の従者である相撲取りあがりの雲井龍《くもいりゆう》藤吉《とうきち》が、龍馬の到着を待っていた。

岡内は土佐藩邸、戸田雅楽は三条卿邸内に入った。

龍馬は九月十八日に震天丸で長崎を出帆するとき、海援隊士石田英吉に命じていた。

「はよう石炭を買い集め、横笛に積めるばあ積んで、兵庫へ廻航《かいこう》しちょきや」

海援隊の所有する風帆船《ふうはんせん》横笛丸は、すでに兵庫に到着していた。

龍馬は胡蝶丸で土佐から上坂する船中で、乗り組んでいる上田楠次《うえだくすじ》に教えていた。

「もうまあしよったら、薩長が兵隊を蒸気船で運ぶきに、ようけ石炭を使うようになるろう。値があがらんうちにお前んもできるだけ、石炭を買うちょきや」

龍馬は翌日、岡内と中島を連れ、土佐藩白川本邸に出向き、中岡慎太郎に会い、京都の政情、各藩の状況を聞いた。

中岡は、薩長がいよいよ武力倒幕の挙に出るとの藩論が一決したと語った。

「薩長の協力は、鉄ばあ固い。そりゃお前んらあが下関で伊藤俊輔に聞いたがと寸分変わらんぜよ。まっこと愉快じゃのう。けんど後藤象二郎はご隠居（容堂）の献言に尽力するばっかしやき、薩長の同志が、後藤の因循姑息《いんじゅんこそく》なやりかたを嫌《きろ》うちょる。大久保一蔵、西郷吉之助らあが、俺にいうがよ。貴公の藩はもういかん。山内老公も老い、俺らあはとてもやないけんど、土佐藩とともにはたらく気にはなれんとのう。俺はこの際、後藤を斬《き》り捨てようと思いよる」

龍馬はおどろいて中岡をなだめた。

「いや、そげに怒るがも考えもんぜよ。後藤も悪意のある男やないがやき、ちったあ手柄をたてるまで、待っちゃってくれ。俺らあもお前んに力を貸して、薩長とともに動かあえ。

長岡謙吉は筆をもって俺を助け、俺は後藤を論議に引きこむき。とにかくご建白はこのまま進め、薩長の挙兵論もそのまま進めるきのう」

龍馬は酢屋の宿にいては、人との応対に不便であると考え、河原町藩邸に近い醬油屋近江屋新助《おうみやしんすけ》の家に移った。

中岡は白川藩邸から近江屋にたずねてきて、時事について協議をかさねた。

新選組が、龍馬たちをつけ狙《ねら》い、諜者《ちょうじゃ》を放っているので、危険きわまりない。河原町、白川両藩邸のあいだの往来も、夜中はおこなわないようにしていた。

龍馬は着京の翌日十日には、早くも政治活動をはじめていた。

後藤象二郎はすでに十月三日に、将軍に対する大政奉還建白書をさしだしている。

龍馬が福岡藤次の紹介により、幕府若年寄格の永井尚志と面会したという話がある。永井はかつて勝麟太郎の上司として、長崎海軍伝習所を監督していたこともあり、龍馬についてはかねて知るところがあったようである。

福岡藤次の直話であるといわれるが、龍馬は永井に質問したという。

「はなはだ露骨なことを申しあげますけんど、永井さまがご自身で幕府の兵隊を引き連れて、薩長両藩との戦いに勝つと思うておられるがですろうか」

永井はふと溜息《ためいき》をついていった。

「残念ながら勝算はない」

龍馬は単刀直入に心中を述べた。

「然らば容堂の献策をご採用なされるよりほかに、道はなしと存じまするが」

永井は声もなくうなずいたという。

『伯爵後藤象二郎』に、つぎのようにしるされている。

「坂本龍馬土佐を経て、京に上り来り、伯（後藤）を助けておおいに運動し、しきりに永井に迫れり。坂本、永井の人物を評して曰《いわ》く、『薩の小松は国家老のみ。然るに国事を談ずるに至っては、少しく城府を設くれども、永井は天下の若年寄なるに、洒々落々《しゃしゃらくらく》、赤心を人の腹中に置くの雅量あり。さすがに幕府中の人物なり』と」

これらの挿話は、どれほどまで信じられるものかは分からないが、龍馬が永井尚志と交渉をかさねていた事実は推測しうる。

龍馬は十月十日頃、後藤象二郎あてにつぎの書状を送っている。

「去ル頃御健《(建)》言書ニ国躰《こくたい》を一定し、政度ヲ一新シ云々の御論被レ行《おこなわれ》候時ハ、先ヅ将軍職云々の御論は兼而《かねて》も承り候。

此余幕中の人情に不レ被レ行《おこなわれざる》もの一ヶ条在レ之候。其儀は江戸の銀座を京師ニうつし候事なり。此一ヶ条さへ被レ行候得バ、かへりて将軍職は其まゝにても、名ありて実なけれバ恐るゝにたらずと奉レ存候。

此所に能々《よくよく》眼を御そそぎ被レ成、不レ行と御見とめ被レ成候時は、義《(ママ)》論中ニ於《おい》て何か証とすべき事を御認被レ成、けして破談とはならざるうち御国より兵をめし、御自身は早〻御引取、老侯（容堂）様に御報じ可レ然《しかるべく》奉レ存候。破談とならざる内ニ云々は、兵を用るの術ニて御座候。謹言。

十月　　　楳《うめ》　拝首

後藤先生

左右」

龍馬は将軍が大政奉還をしても、江戸の銀座をそのまま温存し、貨幣鋳造をおこなっておれば、幕府の権威はすたれないと見ていた。

慶喜が将軍の座にひきつづきとどまったところで、江戸の銀座を京都へ移せば、幕府は無力になる。

幕府がこれを認めなければ、談判が破談になるまえに、国許から兵を派遣し、自身はただちに高知に戻り、老公の容堂に報告せよというのである。

破談とならないうちに、戦争の支度をするのが用兵の術であるとする。

幕府は建白書に対する返答を、容易に出さなかった。建白書に述べられた八カ条の第一条に、

「天下の大政を議決する全権は朝廷にあり。則ちわが皇国の制度法則、一切万機、かならず京師の議政所《ぎじょうしょ》より出ずべし」

と記されているのが、王政復古を示唆しているだけで、大政奉還という文字は建白書のどこにもなかった。

このような内容であるが、幕府が無視すれば、土佐藩の面目は立たず、天下に恥をさらすことになる。

十月五日、後藤は若年寄格永井尚志をたずね、建白書が採用されるかとたずね

たが、

「大樹公（慶喜）はご満足であるので、うまく運ぶであろうが、何分重大な事件ゆえ、急速には運びかねる」

と、当然ともいえる返事であった。

六日、七日の二日にわたり、後藤と福岡藤次が老中板倉勝静をたずねたが、面会を許されなかった。

八日にも出向いてようやく対面できたが、板倉は建白書に大政返上の文字がないので、それに気づかぬふりをして、枝葉のことばかりをたずねる。

落胆した後藤らは、九日朝、永井尚志をたずねると、本日中に建白採用の有無がきまるので、夕刻に知らせようといった。後藤が会津藩士手代木直右衛門《てしろきなおえもん》、外島機兵衛《としまきへえ》を藩邸に招き、意向を聞いているところへ、採用が決まったという知らせがきて、ようやく愁眉《しゅうび》をひらいた。

その頃、薩藩大久保一蔵、長州藩品川弥二郎《しながわやじろう》らは、挙兵の支度を急いでいた。

『岩倉公実記』に、その間の消息が記されている。岩倉とともに、討幕運動に参画していた権中納言《ごんのちゅうなごん》中御門経之《なかみかどつねゆき》は、十月五日、大久保一蔵を呼んで告げた。

「幕府要路の者どもは非常の事変にそなえ、警戒している様子であると、芸州藩家老辻将曹《つじしょうそう》が麿《まろ》に告げた。それで弊藩はしばらく長州人の上坂を停《と》めようと思

う と申しておる。

かように薩、長、芸三藩の連盟が変動するようなことがあれば、これまでの計策は画餅《がべい》に帰することとなる」

一蔵は動揺の色を見せず答えた。

「安芸の藩論が変動いたすとも、弊藩と長州藩の連盟は、確乎《かっこ》として変わり申《も》はん。二藩の力をあわせれば、王政復古の大業をなすに不足はあり申はん」

経之は心を安んじ、翌日岩倉村の具視の別荘で会談しようと誘った。

六日、一蔵は長州藩品川弥二郎とともに岩倉の別荘におもむき、四人で謀議をかさねた。

岩倉は太政官の職制をもうけ、熾仁《たるひと》親王を知太政官事、入道純仁親王（仁和寺宮《にんなじのみや》、のちの小松宮彰仁親王《こまつのみやあきひと》）を征討大将軍とすることを提案し、一蔵、弥二郎は同意した。

具視は腹心の玉松操《たままつみさお》がつくった錦旗《きんき》の図を、一蔵、弥二郎に示した。

「この通り、日月章の錦旗それぞれ二旒《りゅう》、菊花章の紅白旗それぞれ十旒を、ひそかにこしらえてくれい」

一蔵たちは、岩倉別荘を辞去したのち、大和錦《やまとにしき》、紅白緞子《どんす》を買いもとめた。

品川弥二郎はそれをたずさえ帰国し、諸隊会議所で旗をつくり、その半ばを山口城に置き、半ばを京都薩摩藩邸に搬入した。

慶喜は政権返上に、内心では同意していた。しかし、幕府のあとを継ぎ、諸外国と交流して国政を司ってゆける力量のある者がいなかった。

公卿《くぎょう》、堂上《とうしょう》は世情にうとく、物の用に立たない。諸大名も同様である。そうかといって諸藩士でも治められまい。朝廷、幕府ともに有能な者は身分が低く、上席の者はすべて無能である。

それで下役の者を抜擢《ばってき》して、国事を議論させればよいと思うが、その方法については何の定見もない。

慶喜は容堂の建白書の二条に、

「議政所上下を分ち、議事官は上《かみ》公卿より、下陪臣《しもばいしん》庶民に至るまで、公明純良の士を選挙《せんきょ》すべし」

とあるのを見て、いかにも良案であると思った。

上院に公卿、諸大名、下院に諸藩士を選挙し、公論によって政治をおこなえば、王政復古の実があがると考えて、慶喜は勇気と自信をとりもどし、大政返上を断行する気になった。

その頃、慶喜は側近の者に語ったことがあった。

「日本も行末は西洋のように郡県制度となるだろう」

しかし、それは漠然とした考えで、そのように改革してゆく順序、方法などはまったく思いうかばない。ただちに実行することなどは到底不可能であると考えていたので、将来の趨勢《すうせい》を口にしただけであった。

このような一大事にのぞみ、慶喜の謀臣として薩藩の大久保一蔵らを相手に一歩も譲らず、幕府のために鋭利な刃物のような政治手腕を発揮してきた、原市之進が暗殺されていたことが、幕府側の大きな痛手となっていた。

原市之進はおよそ二カ月前の八月十四日の朝、幕臣の手で殺された。当時の記録では、つぎの事情が語られている。

十四日朝、遊撃隊の者と称し、二人の旗本が、原の旅館をたずね、拝謁を願い出たが、すぐには会えないと取次ぎの者がことわった。

だが一言申しあげたいことがあるので、ご登城のまえにちょっと拝謁したいと頼んだので、それならばと、原市之進の居間の次の間へ通した。

市之進は朝食を終え、月代《さかやき》をあたっているところであった。家来たちは台所で食事をしており、市之進は鏡も見ず鬚《ひげ》を剃っていた。

次の間へ通された二人は、家来たちが出入りしている廊下から居間へ踏み込み、市之進は家来がきたのだろうと思い、ふりむきもしなかったのを、無言でうしろから両肩へ脇差《わきざし》で斬りつけ、首をはねた。

二人は首級を提げ、玄関へはずしておいた大刀を取るのも忘れて駆けだし、板倉老中の屋敷へむけて駆けた。

市之進の若党二人、中間《ちゅうげん》一人は物音で椿事《ちんじ》を知り、すぐにあとを追う。逃げた下手人二人は、板倉侯の屋敷の門が閉じられていて、追手が迫ってゆくと、一人が門前で切腹をした。

一人はうろたえていたのか、脇差もどこかへ取り落としてきており、自刃できないので逃げようとしたが、市之進の若党に追いつかれて斬られ、二人とも首をとられた。若党たちは市之進の首をとり返した。

狼藉者《ろうぜきもの》は、鈴木豊次郎、依田《よだ》雄太郎という者で、雄太郎は陸軍奉行依田佐助の倅《せがれ》であった。

彼らが所持していた趣意書には、原市之進が、慶喜側近の奸悪《かんあく》な賊臣であるため、誅殺《ちゅうさつ》すると記されていた。

慶喜を憎む幕臣は多かった。市之進が殺されたのち、九月十日、紀州藩邸の塀に「徳川家恩顧の士」と称し、落書した者がいた。

「慶喜が将軍家定《いえさだ》を毒殺、将軍家茂《いえもち》を窮地に陥れ、刃物を用いることなく殺した。このまま推移すれば徳川家は滅亡する。

そのため、いまより百日を出でずして江戸表に馳せ下り、尾州《びしゅう》大納言玄同《げんどう》公

（徳川茂徳《とくがわもちなが》）を奉戴《ほうたい》つかまつり、御連枝《ごれんし》、御家門、御譜代方、御旗本八万の士を糾合戮力《きゅうごうりくりょく》、大挙して一橋の邸館に討ちいり、云々」

という内容であった。

原市之進という明敏な側近を失った慶喜は、大政奉還をたやすくうけいれた。幕府の地位、権力が瓦解《がかい》するなどとは考えられなかったからである。

慶喜は十月三日に山内容堂の建白書をうけ、諸藩重役を二条城へ呼び寄せた。召喚状はつぎの通りである。

「国家の大事見込お尋ねの儀これあり候間、詰合《つめあい》の重役、明後十三日四ッ時（午前十時）二条御城へまかり出ずべく候。

もっとも重役詰合これなき向きは、国家にたずさわり候者まかり出ずべく候。この段申し達し候。以上。

十月十一日

設楽岩次郎

戸川伊豆守」

十月十三日、二条城へ登城する後藤象二郎に、龍馬はつぎの書状を送っている。

「御相談被レ遣《つかわされ》候建白之儀、万一行ハれざれば固《もと》より必死の御覚悟故《ゆえ》、御下城無レ之《これなき》時は、海援隊一手を以て大樹（将軍）参内の道路ニ待受《まちうけ》、社稷《しゃしょく》の為、不《ふ》

（倶《ぐ》）戴天《たいてん》の讐《あだ》を報じ、事の成否ニ論なく、先生（後藤象二郎）に地下ニ御面会仕《つかまつり》候。

○草案中ニ一切政刑を挙て朝廷ニ帰還し云〻、此《この》一句他日幕府よりの謝表中ニ万一遺漏有レ之歟《これあるか》、或《あるい》ハ此一句之前後を交錯し、政刑を帰還するの実行を阻障せしむるか、従来上件ハ鎌府（鎌倉）已来《いらい》武門ニ帰せる大権を解かしむる之重事なれバ、幕府に於てハいかにも難レ断《だんじがたき》の儀なり。是故《これゆえ》に営中の儀（議）論の目的唯《ただ》此一欸（款）已耳《のみに》あり。万一先生一身失策の為に天下の大機会を失せバ、其罪天地ニ容るべからず。果して然らバ小弟亦《また》薩長二藩の督責を免れず。豈徒《あにいたずら》ニ天地の間に立べけんや。

誠恐誠懼《せいく》

龍馬

十月十三日

後藤先生　左右」

将軍慶喜が建白をうけいれなければ、生還を期していない。後藤が帰らないときは、龍馬は海援隊士を率い、慶喜の参内途上を待ち伏せして仇《あだ》を報じるという、激烈な内容の書状である。

後藤象二郎は、ただちに返書を龍馬に送った。

「華書拝披。於レ僕《ぼくにおいて》万々謝領す。文中政度を朝廷に帰還云々之不レ被レ行《おこなわれざる》時は、勿論《もちろん》生還するの心無ニ御座一候。

併《しかしながら》　今日之形勢に因《よ》り、或は後日挙兵之事を謀り、飄然《ひようぜん》として下城致哉《いたすや》も不レ被レ計《はかられず》候得共、多分以レ死廷論するの心事。

若《もし》僕死後海援隊一手云々は、君之見ニ時機一《じきをみて》投レ之《これにとうずる》に任す。妄軽挙勿レ破レ事《みだりにけいきよしてことをやぶるなかれ》。已《すで》に登営程度に迫れり。

大意書レ之。奉答頓首。

十月十三日　　　後藤元燁
坂本賢契」


後藤は、龍馬の激励にこたえるが、たやすくは死を撰《えら》ばない図太さをもあらわしている。

十月十三日、召命に従い参集した四十藩の重役たちは、大広間で老中板倉伊賀守、大目付戸川伊豆守、目付設楽岩次郎から、諸士の意見を求める諮問書《しもんしよ》を回覧させた。

諸藩重役は、「畏《おそ》れいり奉る」というのみであった。諮問書は大政奉還をおこなうべきか否かを審議するものではなく、将軍慶喜がすすんで同意するが、他に意見のある者は申し出よという内容であったためである。

文中にいわく。

「当今外国の交際日に盛んなるにより、いよいよ朝権一途に出でず候ては、綱紀立ちがたく候間、従来の旧習を改め、政権を朝廷に帰し、広く天下の公儀を尽し、聖断を仰ぎ、同心協力、共に皇国を保護せば、必ず海外万国と並立すべく、我が国家に尽すところ、これに過ぎず候。さりながら猶、見込みの義もこれあり候わば、いささかも忌諱《きい》を憚《はばか》らず申聞くべく候」

板倉老中が、申し渡した。

「銘々見込みの儀もあらば、御直に御尋ね遊ばさるべければ、腹蔵《ふくぞう》なく申し上ぐべし。また勘考のうえ、申し上げたき者は追々にも申し上ぐべし」

将軍に拝謁を願い出たのは薩藩の小松帯刀、芸州藩の辻将曹、土佐藩の後藤象二郎、福岡藤次、宇和島藩の都築荘蔵《つづきそうぞう》（温《あつし》）、備前岡山藩の牧野権六郎《まきのごんろくろう》の六人であった。

慶喜は大広間に出座して、小松、辻、後藤、福岡を呼び、謁見をゆるした。

小松帯刀が最初に申し述べた。

「今日仰せ出されたる政権御返上の上意は、恐れながら時勢を御洞察遊ばされての御英断にて、千古御卓絶の御見識、まことに敬服し奉りぬ。ありがたき御事なり」

　後藤象二郎も、つづいて同意の言上をおこなった。

　このとき板倉老中が膝を進めて小松帯刀をうながした。

「帯刀、それにつきては定めて考うる所あるべし。腹蔵なく申しあげよ」

　帯刀は板倉に向かい、念をおした。

「さらば申しあげてもよろしきや」

「何か苦しかるべき。遠慮に及ばず」

　帯刀はむき直り、かたちをあらため慶喜に言上した。

「政権を御返上遊ばされしとても、昨今の朝廷には大勢をとりおこなわるることは、出来がたくや候わん。いずれにても諸大名を召され、とくと存意をお尋ねあるべきなり。

　それまでの間は、外国事務、ならびに国家の大事件は、朝廷の御評議によりて決行し、その他はすべて従来の如く御委任をこうむらせ給《たま》うこと然るべしとこそ存じ候え」

　慶喜は、「もっともなる次第なり」とみじかく応答する。

「かしこみてありがたく存じ奉る」

　小松帯刀につづき、後藤象二郎も一言、二言申しあげただけで、御前を退いた。

将軍謁見がいかに平穏のうちに終わったか。その現状を実見した者がいた。

のちに元老院議官となった石州津和野藩士西周《せきしゅうつわのはんしにしあまね》である。彼はオランダ留学を終え、幕府開成所《かいせいしょ》教授となっていたが、慶喜の命により奥祐筆詰《おくゆうひつづめ》となり、四条大宮《おおみや》の更雀寺《きょうしゃくじ》に住み、幕臣、諸藩士に西洋法学の講義をするかたわら、万国公法、外交文書の翻訳をしていた。

弟子は五百人もあったというが、毎日二条城へ出仕しても政治に関する相談などは一切なく、酒ばかり飲んで鬱を晴らす毎日であったが、十月十三日、にわかに二条城大広間へ呼びだされた。

何事かと出てみると、将軍は大広間の上段の間の敷居際まで身をのりだし、その下にひとりの侍が平伏して何事か陳述している。

その両側にはすこし離れて老中、諸臣が列座して聞いている。

西周は、目付設楽備中守《しだらびっちゅうのかみ》とともに筆硯《ひっけん》を持ちだし、侍のいうことを記録しようとしたが、ひれ伏して申し述べているので、まったく聞きとれなかった。あとで、西はその侍が小松帯刀であったことを知った。慶喜が大政奉還を決するときに、居あわせていたのである。

西周は、夕方にまた召し出された。

慶喜は大広間の廊下に障子屏風《びょうぶ》をめぐらし、そのなかに坐っていて、西に国家三権の分立、イギリス議院の制度などをたずねたので、そのあらましを述べ、退座してのち、詳細を「西洋官制略考」と題してまとめ、翌日さしあげた。

慶喜は大政奉還により、まったく政権を朝廷に委《ゆだ》ね、隠退するつもりはなかったと『昔夢会筆記《せきむかいひっき》』にしるしている。

「真の考えは、大政を返上してそれで自分が俗にいう肩を抜くとか、安を偸《ぬす》むとかいうことになっては済まない。大政を返上したうえは、実はあくまでも国家のために尽そうという精神であった。

しかし返上した上からは、朝廷の御指図を受けて、国家の為に尽すというのだね、精神は。

それで旗本などの始末をどうするとか、こうするとかいうことまでには、考えが及ばない。ただ返上した上からは、これまでの通りに一層皇国の為に尽さぬではならぬ。肩を抜いたようになっては済まぬというのが、真の精神であった。

あとで家来をどうしようとか、こうしようとかいうことまでには、考えがまだ及ばなかった」

慶喜は大政返上によって、あらたなかたちでの最高権力者となり、国政の危局を乗りこえてゆこうと考えていた。

薩長の指導者らが望んでいるような、政局から引退してしまうという考えは、まったく持っていなかった。幕府が消滅するなどとは思わず、これまで重きに過ぎた幕府の責任がやや軽くなり、行動しやすくなると考えていたのである。

西周は、このあとでイギリス公使への書翰《しよかん》を英文に訳するよう命じられた。その内容は、

「今度政権を朝廷に返還するが、旧来の幕府の地位に変化はない」

という意味のものであった。

当時、京都の政情は不穏きわまりなかった。刻一刻と流動変化しているのである。

十月九日に、新選組局長近藤勇が京都守護職のもとに、急報をもたらした。新選組隊士となっている土州浪人村山謙吉《むらやまけんきち》が探知したものであった。

「今度長州が、召命に応じ上京するにあたって、薩州が謀《はかりごと》をくわだて、すすめた。目下、容易に出京すべきときではない。ただ軍装して大坂にくるべきである。

幕府はかならずその軍装を咎《とが》めるだろう。その際、歎願《たんがん》を名目として入京すれば、この機に薩州勢は二条城を攻め、土州浪士、十津川《とつがわ》浪士は守護職邸を襲い、新選組下宿は、他の浮浪の徒に襲撃させよう」

近藤は村山謙吉の密告のほかに、本圀寺《ほんこくじ》にいた水戸《みと》人で、土州浪士と内通して

いる者を捕縛拷問して、同様の情報を得た。

慶喜はその報告を受けても、まったく動揺しなかった。浮浪の激徒がたとえおびただしい数であろうとも、烏合《うごう》の徒を排除するのはたやすいことであると考えていた。

京都所司代桑名《くわな》藩主松平定敬《まつだいらさだあき》は、十月十三日、小松、後藤らが慶喜に謁見するとき、もっとも近い場所に坐っていて、一部始終を見ていた。慶喜が「近《ちこ》う、近う」というと、小松らは膝行《しっこう》し平伏する。

さらに「これへ、これへ」と招くと、三尺ばかりの所まで進んだが、慶喜を仰ぎ見ることもできなかった。

定敬は、後藤の様子につき、記している。

「後藤はすこし畏縮《いしゅく》の様子ともいわんか、余の前にて手の届くばかりの所に座しいたれば、終始の動作等に注意して、目も放さで視《み》いたりしが、なるほど、額、首筋の流汗ははなはだしかりき。

当時、後藤の汗話《あせばなし》は、同列とも噂したることにてありしなり」

後藤、福岡は夕方に藩邸に戻った。

後藤はすぐ龍馬に書状をしたため、藩邸で待っていた長岡謙吉に渡した。

「唯今下城。今日の趣、不㆓取敢《とりあえず》㆒奉㆓申上㆒候。大樹公（慶喜）政権を朝廷に帰すの号令を示せり。
此事を明日奏聞、明後日参内、勅許を得て直様《すぐさま》政事堂を仮に設け、此に上院下院を創業する事に運べり。実に千歳の一遇、為二天下万性（ママ）一、大慶不レ過レ之《これにすぎず》、此段迄不二取敢一奉二申上一候。匆々《そうそう》頓首。
十月十三日　　後藤象二郎
才谷梅太郎様
報復　」

後藤は後年の大風呂敷《おおぶろしき》といわれた傾向を、文中にあらわしている。

議事堂を設け、上下二院をひらくなどのことは、慶喜の口から出ていないのであるが、よろこびのあまり、表現が大げさになったのである。

坂崎紫瀾《さかざきしらん》著『鯨海酔侯《げいかいすいこう》』によれば、龍馬は後藤の書状を一読したのち、しばらく黙然としていたが、やがて傍《そば》にいた中島作太郎にいった。

「将軍家、今日の御心中さこそと察し奉る。よくも断じ給えるものかな。余は誓ってこの公のために一命を捨てん、とて覚えず大息《たいそく》した」

岩崎鏡川《いわさききょうせん》著『後藤象二郎』には、龍馬は長岡謙吉に、「先ず序幕をひらく。これよりなすべきは中幕の幕くみにあり」といったとされる。

どちらが真実であったのか。

帰らぬ道を

徳川慶喜が二条城で大政奉還を表明した十月十三日、薩藩大久保一蔵は、長州藩広沢兵助とともに京都寺町今出川《いまでがわ》の岩倉具視の本邸をおとずれたと、日記にしるしている。

「一、十三日昼後、北岡公へ参殿、云々《うんぬん》の義拝承。広沢同道、今晩参殿、山卿《きょう》より御渡の筈《はず》候得共《そうらえども》、云々付《につき》、同卿より御渡相成候《そうろう》趣《おもむき》を以《もつ》て、秘物を広沢へ下し玉ふ。

小臣へも一品の秘物を下し玉ひ、肝要の御品は、明朝正三卿より云々。両人感涙無他」

北岡公というのは岩倉具視である。日記の内容を、わかりやすく解釈すればつぎの通りである。

「岩倉具視から、広沢兵助とともに屋敷へくるようとの連絡があったので、二人で今夜出向いてみると、岩倉は、本来ならば、権大納言中山忠能《なかやまただやす》から渡すべき秘物を、ある事情があって、自分が代理となって広沢に渡された。私にも秘物一品を下賜された。重要な御品は、明朝正親町三条実愛《おおぎまちさんじょうさねなる》より下されるとのことで、両人は感涙にむせんだ」

中山忠能は、今上《きんじょう》（明治）天皇の外祖父である。

大久保一蔵と広沢兵助が岩倉から受けとった秘物は、毛利敬親《もうりたかちか》父子の官位を旧に戻すとの宣旨《せんじ》であった。

摂政二条斉敬《にじょうなりゆき》らは、まったくこの事実を知らない。

大久保の日記にある通り、中山忠能は十月十三日に宣旨を広沢兵助に授与しようとしたが、新選組隊士が中山邸付近を徘徊《はいかい》して離れず、邸内に出入りする諸藩士を見張っているので、どうすることもできない。

中山忠能は急ぎ岩倉のもとに書状を送り、協力を乞《こ》う。

岩倉は三男八千丸《やちまる》（具経《ともつね》）を中山邸におもむかせ、宣旨を受けとらせた。八千丸は髪を総角《あげまき》に結った少年で、宣旨を受けとると、下着の背に納め、新選組に咎《とが》められることもなく戻った。岩倉は大久保、広沢を屋敷に招き、官位復旧の宣旨を広沢に授けた。

大久保一蔵が、岩倉具視から受けた秘物は、何であったのか。岩倉の腹心、玉松操が起草した、討幕の密勅の草案であったのであろう。密勅はすでに中山忠能が天皇に密奏し、宸裁《しんさい》を経ており、翌十四日に下げ渡されることになっていた。

大久保一蔵は十四日の日記にしるしている。

「一、十四日辰《たつ》刻（午前八時）正三卿へ参殿、秘物拝戴《はいたい》、なおまた北岡公へ参殿」

大久保はこの日、広沢と議奏、正親町三条実愛の屋敷をおとずれ、徳川慶喜討伐の詔書と松平容保《まつだいらかたもり》、松平定敬《さだあき》を誅戮《ちゅうりく》する宣旨をうけ、錦旗《きんき》がまだできあがっていなかったため、その目録を受けた。

詔書は、つぎの通りであった。

「　左近衛権中将源久光《ひさみつ》
左近衛権少将源茂久《もちひさ》（忠義《ただよし》）

詔、源慶喜、累世の威を藉《か》り、闔族《こうぞく》の強をたのみ、みだりに忠良を賊害し、しばしば王命を棄絶し、ついに先帝の詔を矯《た》めて懼《おそ》れず、万民を溝壑《こうがく》（みぞと谷）に擠《おと》してかえりみず、罪悪の至るところ、神州《しんしゅう》まさに傾覆《けいふく》せんとす。

朕《ちん》今、民の父母となり、この賊を討たずして、何をもって上《かみ》先帝の霊に謝し、下《しも》万民の深讐《しんしゅう》に報ぜんや。

これ朕の憂憤の在る所、諒闇《りょうあん》（服喪期間）にして顧みざるは、万已《や》むをえざるなり。汝《なんじ》宜《よろ》しく朕の心を体すべく、賊臣慶喜を殄戮《てんりく》し、以てすみやかに回天の偉勲を奏し、生霊《せいれい》（人民）を山岳の安きに措《お》くべし。
此《こ》れ朕の願いなり。敢えて或懈《わくかい》することなかれ。
慶応三年十月十三日
正二位　藤原忠能
正二位　藤原実愛
権中納言藤原経之《つねゆき》
奉ず」

長州藩にも同様の詔書が下されたが、薩摩藩に対するものより、日付が一日遅い十四日となっていた。薩を長よりも重視する、朝廷の意向であった。

これは摂政以下朝廷諸臣がまったく知らされず、忠能、実愛、中御門《なかみかど》経之の三人が奉じただけの密勅で、のちに偽勅と噂《うわさ》されたのも、そのためであった。

この詔書と同時に、薩長につぎの宣旨が下された。

「　　会津宰相
　　桑名中将
右二人久しく輦《れん》下《か》に滞在、幕賊の暴を助け、その罪軽からず候。これに依《よ》ってすみやかに誅戮を加うべき旨、仰せ下され候事。」

密勅については、三人の公卿《くぎょう》しか知らなかった。

しかも、密勅が薩長に下されたのち、どのような結果があらわれるかを知っていたのは岩倉だけで、他の二人はその後に展開するであろう事態を、はっきりと見通していたわけではなかった。

明治二十四年六月、嵯峨《さが》侯爵（かつての正親町三条実愛）は、旧館林《たてばやし》藩士の岡谷繁実《おかのやしげざね》という人の質問に応じて語った。

「討幕の勅書を薩長二藩に賜ったのは、余と中御門との取りはからいで、中山は名ばかりの加名で、岩倉の骨折りであった」

天皇の外祖父中山忠能は、勅裁を願うために必要な人物であったが、それが名目上の取りはからいをしたのみで、実際に事を進めたのは岩倉であったというのは、やはり密勅降下が岩倉と大久保の協力の成果であったと考えるしかない。

龍馬は討幕の密勅が薩長に下された事実を、まったく知らなかった。幕府は、不穏な動静を察知し、新選組、見廻組《みまわりぐみ》など強力な捜査能力をそなえる警察機関が、薩摩藩を中心とする反幕勢力の動きを内偵していたが、密勅降下の情報はつかんでいない。

龍馬は近江屋の二階に集まる同志たちとともに、大政奉還後の政治体制につき、議論を交わしていた。幕府が政権を朝廷に奉還すれば、国政をおこなうあらたな官制が、たちまち必要になる。

これまで外国人に会ったこともない公卿たちは、幕府にかわって内政、外交をとどこおりなく進める能力が皆無といっていい実情は、周知の事実である。

龍馬とともに長崎から上京した、三条実美の家来戸田雅楽《とだうた》が、時勢を鋭敏にとらえた意見をのべた。

「今度大政が奉還されたけど、有名無実の結末におちつくのやおへんか」

龍馬はおなじ思いである。

「お前《ま》さんはおもしろいことをいうのう。どういてそう思うがぜよ」

「いま天下の大勢を動かす力を持ってるのは、朝廷の関白以下の有司ではないどっしゃろ。西南雄藩の二、三が持っとる。表向きは政権が朝廷に戻っても、実のところはこれらの藩の侍らが、すべてを動かしよりまっしゃろ。その連中が決めたことを、廟議《びょうぎ》に持ちだそうとしたら、まず公卿をたずね、平身低頭して思うところを申し述べることになりますわな。

この侍らの存念が一致しておるうちは、朝政はとどこおりなくおこなわれてるように見えますやろ。

しかし、もし一朝《いっちょう》その連中の意見がくいちごうてしもうたら、皆おのれの藩に帰ってしまい、朝廷はゆきづまって収拾でけまへん。

そのときは国じゅうが乱れて、外人がその隙《すき》につけこんでくるに、ちがいおへん」

龍馬は、戸田雅楽の口にするところが、するどく国情をとらえていると認めた。

「ほいたらお前さんは、どうしたらえいと思うぜよ」

戸田雅楽は言下に答えた。

「これらの侍たちを朝臣に加え、公卿諸侯とともに、直接朝政に参与させたらええのどす」

龍馬は、さらにきびしく問いをかさねる。

「そうじゃのう、俺《おれ》もそこらあたりのこたあ、気がつかんこともなかった。諸藩の陪臣《ばいしん》やら、町人、百姓らあのなかから人材を募って、朝政にあずからせりゃ、それこそ文殊《もんじゅ》の智恵《ちえ》を出す者《も》んが出てこんとも限らんきに。けんど、そげな連中をにわかに公卿諸侯と並べてはたらかせるいうこたあ、ちくと無理があるとちがうかえ」

雅楽は龍馬が耳にしたことのない言葉を口にした。

「昔から門地やら位の低い者で、朝政の場につらなる者を、参議というたのや。この主旨をひろく解釈してあらたに職制を定めて、陪臣やら百姓町人から参議をえらび出したら、ええのどす」

「ほう、そりゃまっことええ考えじゃ。お前さん、俺らあといっしょに官制案をこしらえてみんかよ」
戸田は即座に同意した。
龍馬、長岡謙吉、中島作太郎、岡内俊太郎らとともに、数日をついやし、つぎのような職制案をつくった。
「職制案。
関白　　一人
公卿中もっとも徳望智識兼備の人を以て、之《これ》に充《あ》つ。上一人《かみいちにん》を輔弼《ほひつ》し、万機を関白し、大政を総裁す。（暗に三条公を以て、之に擬す）
内大臣　　一人
公卿諸侯中、徳望智識兼備の人を以て、之に充つ。関白の副弐とす。（暗に徳川慶喜を以て之に擬す。時に内大臣たり）
議奏　　若干人
親王、諸王、公卿、諸侯のうち、もっとも徳望ある人を以て之に充つ。
万機を献替し、大政を議定敷奏《ふそう》し、兼て諸官の長を分掌す。
議奏には、宮方には有栖川宮《ありすがわのみや》（熾仁《たるひと》親王）、仁和寺宮《にんなじのみや》、山階宮《やましなのみや》。諸侯には島津、毛利、越前春嶽、山内容堂、鍋島閑叟《なべしまかんそう》（直正《なおまさ》）、徳川慶勝《とくがわよしかつ》、伊達宗城。公卿には正親町三条、中山、中御門を以て之に擬す。

参議　若干人
公卿、諸侯、大夫《たいふ》、士庶人の才徳ある者を以て、之に充つ。

（岩倉、東久世《ひがしくぜ》、大原《おおはら》〈重徳《しげとみ》〉、長岡良之助《ながおか》〈細川護美《ほそかわもりよし》〉、西郷、小松、大久保、木戸、広沢、横井、三岡〈八郎、由利公正〉、後藤、福岡、坂本等を以て、之に擬す）

このほか六官を置き、諸政を分掌す。

神祇官《じんぎかん》。内国官。外国官。会計官。刑部官《ぎょうぶ》。軍務官。

以上長官は親王、諸王、公卿、諸侯を以て之に任じ、次官は公卿、諸侯、大夫、士庶人を以て之に任ず。（後略）」

龍馬はこの職制案を見て、手を打っておおいによろこんだ。

「これはすんぐにやらんといかんぜよ。俺はこの職制を実行するよう、力のかぎりやるき、お前《ま》さんは俺といっしょに周旋してや」

戸田雅楽は、龍馬のすすめに同意できなかった。まず太宰府へ帰り、幕府が大政奉還したことを三条公に報告しなければならない。

龍馬は戸田雅楽をひきとめなかった。

「お前さんも、主人が大事じゃろうき、はよう去《い》んできいや」

龍馬は長岡謙吉とともに、戸田雅楽の意見よりもなお徹底した国政改革の方針を、ひそかに「藩論」という題名の冊子にまとめていた。

戸田雅楽の職制案をほめたのは、三条実美の家来である彼の立場を利用して、朝政をつかさどる公卿たちに、はたらきかけようと考えたためであった。

「藩論」には、龍馬らの時代に先行した考えかたが、詳しく述べられている。

「幕府が国政を辞したため、王政となったが、天下国家を治めることは、人民がこれをおこなってもよい。王政によって天下を乱すときは、至尊といえども許さるべきことではない。

天下国家を治める権は、人心の望むところに帰すべきで、藩内を治めるのも、これと同様である」

政治は人民の望むところに従いおこなうべきで、王政も乱れたときは許すべきではない。藩政も同様であるとする。

当時としては、きわめて大胆きわまりない民主政治の主張である。

「諸藩の実情は、みだりに当世の流行に追随して、にわかに和訳の洋書を読みあさり、洋行した者に西欧の事情をたずね、西欧の風習をすべての面で取りいれようとする。

あるいは王政復古の真意を理解せず、史籍を読みあさって、昔の政治を復活させ、民衆を治めようとする。

家来たちが右往左往するなか、凡庸きわまりない藩主は治政の指針を失い、頼るところが分からなくなり、国家の盛衰興廃に理のあることが分からない。無能の家来どもも、どのように時勢の急変に対処してゆけばよいのか分からないまま迷っている」

龍馬、謙吉らは、時弊をするどく指摘し、社会の上層部に人材がいないことを慨嘆する。

「藩主たちは、生まれてのち挿頭《かざし》の花、掌上の珠《たま》と愛されつつ成長したため、小児のように世間にうとく大事に遭遇してもなすところを知らない。

何のはたらきをもあらわさないまま、祖先の封土をうけつぎ、身に錦繡《きんしゅう》をまとい、冬の寒気も知らず、人民が饑寒《きかん》に悩んでいる実情を目にしたこともない。美しい妻妾《さいしょう》にとりかこまれ、弦歌の声ばかりを楽しみ、すべてのことが望むがままになり、いまのような乱世になっても暮らしむきを変えず、不老不死を鬼神神仙に願うに至る」

当時、藩公は生まれながらの特権に恵まれた貴人であると、現状を肯定するのが世間の常識であったが、藩を不要と見る龍馬たちに説かれてみれば、なるほどと矛盾に気づくのである。

「藩臣もまた高禄《こうろく》を食《は》む家に生まれた者は同様である。この藩主にして、この藩臣あり。そのため無能の士が要職に就き、おろかで欲深い官吏があとを絶たないことになる。

こんな有様で、国家富強の道をどうして辿《たど》れようか。見るがいい。いま天下の大事にのぞみ、よくその任を全うできる藩が、どれだけあるか」

今後、藩政を改革するには、

「第一、藩主はまず藩臣に命じ、旧規を廃し新律をたてるため、藩内に異論を立てさせないよう、誓約の儀式をおこなわせる」

誓約をおこなわせるのは、大藩では数万、小藩でも百人ほどの家臣である。彼らと藩主とのあいだに、好悪《こうお》の念の厚薄はかならずある。

それゆえ、あらかじめ誓約をおこなっておけば、藩主があとで約を違《たが》えたいと思ってもできなくなる。そのため、君臣のあいだに誓約を交わすのである。

「第二、右のように藩主がまず臣下に誓約したうえで、家格の制、世禄《せいろく》の法を廃し、すべての階級を撤して同じ立場に置く。

そのうえで藩士の大集会をひらき、その藩の大小に応じ選挙人の数をさだめ、彼らの望む人物をえらばせる。世俗の入札のしかたを用い、衆人が徳望する人をえらぶのである」

龍馬たちは、ここまで徹底した民主主義理論を考えていた。彼らはそれをあえて進めようとしない。大政奉還を推しすすめた後藤象二郎、その献策を許した山内容堂にしても、朝政に参与するのは、公卿、諸侯を中心とすると思いこんでいたためである。

「第三、ひとたびこの公選の法を用いたならば、その札数に差が出てくる。藩主はこの初回選挙を通過した人物のうちから、さらに定数の人員をえらぶのである。(複式選挙)」

政治にあずかる人物を公選する制度は、西洋文明諸国では子供でも知っていることであるが、わが諸藩ではその制度をまったく知らない。そのため、藩士たちに了解させることは実に困難である。

彼らは選挙に際し、えらばれる人の才能を論ぜず、日頃《ひごろ》の交際の親疎によって、あるいは有力者の意向によって取捨しようとする。

このため藩主は、初回の選挙を通過した者のうちから、さらに有能者をえらびだすのである。

京都の情勢は、大政奉還のあと、緊迫の気配がつよまっていた。当時広島藩士であった船越《ふなこし》洋之助（のちに衛《まもる》、男爵・枢密顧問官）が大正《たいしょう》元年（一九一二）に語った、旧友池田徳太郎《いけだとくたろう》の事歴のなかで、つぎのように述べている。（菊地明《きくちあきら》・山《やま》村竜也《むらたつや》編『坂本龍馬日記』）

「私は近藤勇とはたびたび議論を致したことがありまして、それが為に注意人物となったことがございます。

それは別として、此中に御存じの方もございましょうが、近藤勇と共に名を等しゅうしておりました伊東甲子太郎《いとうきねたろう》と申す者がおりまして、私は今に之を残念に思います。

御承知の通り維新にならんとする慶応三年十一月中旬、石川清之助（中岡慎太郎）が近藤勇らのために暗殺されました。

其《その》前月に、伊東甲子太郎は石川清之助の旅寓《りょぐう》に行って石川に面会して、私は新選組の一人であるが、お前を殺すということになっている。（中略）

それでお前らは天下の名士であって国家のために尽すということは承知している。承知しているので助けたい。今日私はその方針に向って天下の名士を助けようと思うから、どうかお前も私の言を用いて、なるべく危険を避けてもらいたいと忠告した。

そこで石川清之助はこれを聞いて、これは自分の心を引きにきたのか、どういう趣意であるか分らぬから、一考して答えていうには、そのご厚意はかたじけないが、私も天下のために尽すのであって、身を惜しむという考えはない。

万一の事があれば天なり、命なり。決して私は志を変えるようなことはしない、とよほど強くいって帰した。

その夕方、私どもの所に石川がきて、今朝伊東甲子太郎がきて、親切げにかく〳〵のことをいったが、あれは必ず我を試みるのであろうと考えたから、つよくいって別れたが、それはあるいは、ほんとうかも知れぬ。万一の事があるかも知れぬから、しばらく私の宿に潜伏しようということで、その夜は私の宿に泊りました。

然《しか》るところ、私は急に用事があって国へ帰り、彼はまた自分の宿へ帰りました。それから私は十一月末に上京しますと、坂本龍馬と石川清之助の両人がこのあいだ暗殺されたということを聞き、おどろきました。

前に伊東甲子太郎が忠告したのはまったく作意ではない、それが事実であったのでございます」

龍馬らが、新選組に狙《ねら》われていたというのは事実であろう。

龍馬はこの頃、薩摩藩士林 謙三《はやしけんぞう》（のちの海軍中将、呉鎮守府《くれちんじゅふ》長官、安保清康《あぼきよやす》）に、前途にいかなる変動がおこるかも知れないと語った。

「大政奉還がすんだけんど、天下の現況はまあ、危機一髪というところぜよ。薩長芸土の四藩一致の運動やち、どうも二派に分かれたようじゃ。薩長の団結は、薩ひとつも弛《ゆる》んじゃあせん。両国を焦土としたち、目的を達成すべく、断乎《だんこ》と志を変えちょらん。

芸藩ははじめこそ薩長と意見を一にしたけんど、いまになって土州に同意する色を見せゆう。けんど、薩長、芸土ともにその目的は変わっちょらん」

「薩長と尊藩のご見解は、いかように違い申すか」

「そりゃ、幕府と戦うか否かにあるぜよ。数百年間睡《ねむ》りこんだままの天下太平の夢は、尋常な手段じゃ醒《さ》めやせん。驚かせ、目をひらかせようとするには、砲声天をゆるがし、万雷の銃声をほとばせるがが、えい方策じゃ。

兵を動かさんかったら、王政を復古し、積年の旧弊をすべて洗い流して、諸外国と併立できんというがが、薩長の説よ。

けんど弊藩の論拠は、そげなもんじゃない。いまや外敵は、日本の内乱のときを虎視眈々《こしたんたん》と待ちゆう。内乱はどいたち避けんといかん。それに兵を動かせば、相手を脅迫することになるじゃいか。あくまでも正道平和の手段をとって、目的を達成せんかったらいかんぜよ。

俺は双方の中間に立って、木戸、西郷、大久保はもちろん、土佐の後藤、芸州の辻将曹と謀議したけんど、連中は各々おのれの意見を固執するきに、四藩提携して運動する見込みは、まずないろう。

将来、開戦は到底避けられん。ここへきて、四藩が以前のように合同して素志をつらぬくか、また正反対の立場になるか、まっこと気がかりじゃ」

「今度の大政奉還も、幕府一時の策略との説もあり申すが」

「いんや、西郷、木戸、大久保らあが計略に乗ることたあない。幕府もそれをよう知っちゅう。大政奉還は幕府の真意ぜよ。

けんど、かならず開戦となるがは、目に見えちゅう。お前《ま》さんは開戦になったち、戦場に出ることのう、わが海援隊の船に乗って蝦夷《えぞ》に難を避け、内乱をかえりみず、本来希望するところの海軍術を学びや。いつかは外敵と戦うて、国家のために忠死せんといかん。

今は、お前さんらあの死ぬべき時とちがうちや。内乱はじきに鎮定するきのう」

龍馬は連日、後藤象二郎、福岡藤次、薩摩藩の小松帯刀、芸州藩の辻将曹らと会い、今後の方針につき、相談をかさねていた。

龍馬は十月十八日、池田屋《いけだや》騒動のとき闘死した望月亀弥太《もちづきかめやた》の兄清平《せいへい》に、つぎの書状を送っている。

「拝啓
然《しかる》ニ小弟宿の事色々たずね候得ども、何分無レ之《これなく》候所、昨夜（薩摩）藩邸吉井幸輔より、こと伝《づたえ》在レ之候ニ、未《いまだ》、屋鋪《やしき》（土佐屋敷）ニ入事あたハざるよし。四条ポント町《ちょう》（四条河原町二筋東近江屋）位ニ居てハ、用心あしく候。其故《そのゆえ》ハ此三十日計《ばかり》後《あ》ト、幕吏ら龍馬の京ニ入りしと謬伝《びゅうでん》して、邸江（土佐藩邸へ）もたずね来《きた》りし。されバ二本松薩邸ニ早々入候よふとの事なり。

小弟思ふニ、御国表の不都合（土佐藩脱藩罪）の上、又、小弟さへ屋鋪（土佐藩邸）ニハ入ルあたハず。又、二本松邸ニ身をひそめ候ハ、実ニいやミで候得バ、万一の時も在レ之候時ハ、主従共ニ此所ニ一戦の上、屋鋪ニ引取申べしと決心仕《つかまつり》居《おり》申候。

又、思ふニ、大兄ハ昨日も小弟宿の事、御聞合被レ下《くだされ》候。彼《かの》御屋鋪の辺の寺、松山下陳（ママ）（松山藩下陣）を、樋口真吉ニ二（ママ）周旋致させ候よふ、御セ話被レ下候得バ、実ニ大幸の事ニ候。

上件ハ、唯《ただ》、大兄計《ばかり》ニ内々申上候事なれバ、余の論を以て、樋口真吉及《および》其他の吏々ニも御御（ママ）申聞《もうしきけ》被レ成《なされ》候時ハ、猶《なお》幸の事ニ候。不一。

宜敷《よろしく》　頓首《とんしゅ》〱

十八日　龍馬

望月清平様　龍

机下

」

龍馬は近江屋に泊まっていて、身に迫る危険を感じとっていたのである。書状を現代文にすると、龍馬が刺客の襲撃をきわめて警戒していた様子が、よく分かる。

「私は宿のことを色々尋ね探しているが、いいところが見つかりません。昨夜薩摩藩邸の吉井幸輔から伝言がとどき、

『あなたはまだ河原町の土佐藩邸に入ることができないそうだが、四条ポント(先斗)町あたりに住んでいては、きわめて用心がわるい。ひと月ほどまえ(九月なかば頃)、幕吏らが龍馬が京都へ入ったという誤った情報によって、土佐藩邸にたずねてきたそうだと聞いている。それでとりあえず、二本松の薩摩藩邸へ至急おはいり下さい』

ということでした。

私は考えてみると、文久二年春に脱藩し、元治元年冬に帰藩を拒否するなど、藩に対し不都合をした者で、土佐藩邸には入ることができない。

といって薩摩藩邸に入ることは土佐藩にあてつけがましく、ここにとどまり、万一のときには主従(従者は相撲《すもう》取《と》りあがりの雲《くも》井龍《いりゅう》藤吉《とうきち》)ともにここで戦ったのち、土佐藩邸へ逃げこむつもりです。

大兄は、昨日も私の宿を探していて下さるそうですが、土佐藩邸附近の寺、蛸《たこ》

薬師《やくし》通りの松山藩陣屋を、樋口真吉に周旋させるようお世話いただけるなら、実にありがたいことです」

土佐藩幡多《はた》郡郷士の出身である樋口真吉は、松山藩に知人が多かったので、下宿の斡旋《あっせん》をしてもらえると、龍馬は思ったのである。

十月十九日、龍馬はその日、山内容堂を朝廷に召す勅書を奉じ、高知に帰る望月清平と、長崎へむかう中島作太郎を伏見まで送った。

清平たちは、伏見の寺田屋で龍馬と酒をくみかわしつつ、身辺を警戒するよういましめた。

「龍やんは町奉行所、新選組、見廻組、紀州藩の者んらあに、目をつけられちゅうきに、決して油断したらいかんぜよ」

「まっことそうですらあ。隊長は用心深いと思いよったけんど、存外おいさがし（いい加減）なところがあるき、はたでみよっても隙が多うて危のうてたまらん、くれぐれも気を弛められん」

龍馬は笑って盃《さかずき》を干した。

「人にゃあ定《じょうみょう》命いうもんがある。それがのうなるまでは、どげに危ないことをやったち、死にゃあせんぜよ」

中島作太郎は、いろは丸沈没事件につき、紀州藩軍事方岩橋轍輔《いわはしてつすけ》と、長崎で交渉するため、急行するのである。

紀州藩庁は、勘定奉行茂田一次郎《しげたいちじろう》が、龍馬と後藤象二郎の脅迫に屈し、不当な賠償金支払いに応じたことを認め、岩橋に談判をやりなおさせようとした。

岩橋轍輔が大勢の護衛を伴い、長崎に到着したのは、十月上旬であった。十月九日、岩橋は土佐商会責任者の佐々木三四郎、海援隊士官の小田小太郎をたずねた。

岩橋はさっそく談判をはじめた。

「過日、明光丸衝突の一条は、まことに天下へ対し失礼の至りである。よってともかくお話を申しあげたい」

佐々木は、この件に関与していないので、事情を知らない。

商会では後藤の留守中、営業の管轄をしている岩崎弥太郎がいるが、彼もまた談判の当事者ではなかったので、交渉の相手をつとめることができない。

この事情を岩橋へ告げると、是非土州藩の人々にご対面願いたいというので、岩崎弥太郎が小田小太郎立会いのもとで、会うことにした。

岩橋轍輔は、薩藩五代才助へ再三、周旋を依頼したが、才助はとりあわない。討幕戦争がいまにもおこりかねない緊迫した情勢のもと、いったん締結した賠償契約の再検討などに、かかずらわっていられないというのである。

岩橋は十一日に土佐商会で岩崎弥太郎に会い、償金支払いを再検討すべきであると述べた。

「過日茂田一次郎が因循《いんじゅん》の取りはからいにて、容易ならざる紙面を差しだし、まことにこの段申しわけもござらぬ。

ついてはなにとぞ万国の公法にもとづき、しかるべきご談判を申したい」

弥太郎は答えた。

「私は先日の論議には、一切立ち会うちゃあしません。約定はすでにとりかわされ、御償金を拝領いたすばかりと心得ちょりました。それゆえ、なんともお答え申しあげかねます」

賠償金支払期限は十月末である。

土佐藩の主立った家臣は、幕府の大政奉還をまえに、上京しているという。岩橋はやむなく藩士三宅精一を京都へ派遣し、後藤象二郎に再度の談判を促させることにした。

三宅が上京し、木屋町の後藤の旅宿を訪れると、不在といって会わず、代理の橋本某に応接させた。

三宅は烈《はげ》しく追及する。

「海援隊は談判に負けたとき、明光丸に斬《き》りこみ、同艦を押奪すると威嚇《いかく》したというではありませんか。

海上のことに証跡なしとして、偽りの航海日記をこしらえ、事を枉《ま》げたのはあきらかです。再度長崎にて談判いたし、明光丸右舷《うげん》の破壊がいかにしておこったかを、外国水師提督立ちあいのもとにて、たしかめねばなりません」

橋本が反論に窮すると、女中が襖《ふすま》の外から声をかける。

「橋本さま、お役向きの御用がおますよって、しばらくお外し下はりませ」

橋本は二階座敷から階下へ下りる。

階下には後藤がいて、橋本に指南をしているにちがいないと、三宅は思った。

橋本は座敷に戻ると、三宅の申し出をきびしくはねつけた。

「この件は、紀土両藩の重役があい対し、薩藩士が仲裁して、談判がととのうたがじゃき、約定を破棄することはないですろう。十月末に償金の授受をすることになっちゅうがじゃに、再度の談判など、受けられません」

三宅は猛然といいつのる。

「茂田がやったような、口先だけの談判ではなく、いろは丸が北西からきたものとして、それに衝突した明光丸が、なぜ右舷を破壊したか、理をあきらかにしたいのだ。長崎には外国軍艦の提督が幾人もおれば、彼らの判断を聞き、黒白《こくびゃく》を決しましょう。

蒸気船の衝突は、皇国にいまだその例を見ません。また公規も定められていません。西洋各国にては、蒸気船を運航しはじめてより百数十年のあいだに、法規航法が定められておる。

弊藩はいま一度各国提督に曲直を問い、そののち必要とあらば、賠償いたそう」

女中が橋本を呼びにきた。

階下へ下りた橋本は、しばらくを経て戻ると、眼《め》をいからせ三宅に告げた。

「いまさら再談などとは思いもよらんことじゃ。こんうえは、後藤が紀伊侯に対面し、弁ずるよりほかはないですろう」

三宅は激怒し、階下に聞こえるほどの大声でいった。

「後藤殿は他出《たしゅつ》なされているとのことですが、きっとお伝え願おう。当方もまた土州侯に、じきじきにこの事件につき申しあげます。成りゆきによって、いかなる争いになろうとも、当方は一歩も退《ひ》きませんぞ」

後藤は三宅が紀州藩庁へ交渉の結果を報告し、あらためて長崎にいる岩橋轍輔に連絡するまえに、賠償金をいくらか減額して、岩橋から受領しておけばよいと考えた。龍馬も同意した。

「そうよ、これからなんぼじゃち金がいるようになるき、それがえい。八万三千五百二十六両を思いきって七万両に負けちゃれ。そうすりゃ岩橋も話に乗ってくるろう。紀州から使者が長崎へ走って、岩橋が呼び戻されたら、金は一両も入ってこん。こっちのほうから先に使いを長崎へ走らせ、岩橋から賠償金をとりあげんといかんぜよ。話がこじれりゃ、金がいつ手に入るか分からんなる。早う手を打った者んが勝ちじゃ」

龍馬は中島作太郎に事情をいいふくめ、急遽《きゆうきよ》長崎へむかわせることにしたのである。

十月二十日、長岡謙吉、中井弘三は、後藤と龍馬の命により、横浜へ出発した。横浜の英国領事館にいるアーネスト・サトウに会い、英国の国家体制、議会制度を学ぶのである。外交、憲法、上下議政局、財政の詳細について、教わらねばならない。

アーネスト・サトウの『一外交官の見た明治維新』に、つぎの叙述がある。

「その前夜、後藤象二郎から手紙がとどいた。これは後藤久二郎《ママ》（休二郎）とその連れの者（長岡謙吉）が持参したもので、久二郎というのは、私が後に親しくなった中井弘蔵（弘三）の変名であった。

彼らは、土佐藩が先月大君《タイクーン》（将軍）に提出した覚書の写しを見せたが、それは大君《タイクーン》に対し、従来の方針で進むように勧告し、あわせて種々の改革を提案したものであった。

これらの提案の中で最も重要なことは、両院からなる議会の開設、主要都市に科学と文学の学校を設けること、諸外国と新条約の商議をおこなうことなどであった。

彼らは私に、議会の運用に関する詳細な知識を求めたが、私にはその知識がなかった。そこで、こんど開港のことで大坂へ行くから、その節ミットフォードから議会の知識が得られるようにしてやると約束して、うまくその場をはずした」

ミットフォードとは、イギリス公使館書記官である。

中井は薩摩藩脱藩者で、後藤象二郎に保護され、慶応二年に渡英、翌年帰国し、宇和島藩に招かれ周旋方となった人物である。

龍馬は京都に陸奥源二郎、白峰駿馬を置き、大坂へ沢村惣之丞、小野淳輔（高松太郎）、神戸、堺《さかい》に菅野覚兵衛、安岡金馬、野村辰太郎らを派遣し、各地の情勢を探らせた。

『昔日談』には、中島作太郎が龍馬の命をうけ、十月二十六日に長崎に到着したと記されている。

龍馬は時勢が切迫しており、いつどういうことがおこるか分からないから、多少は減額しても現金を取るのが得策だと考えているという。

佐々木三四郎は七万両ぐらいまでの減額はよかろうといい、交渉については一切中島に任せた。

「談判の方は二回ばかりで局を結んだが、岩橋はなおしつこく中島に向っても、『茂田は理非を明かにせず賠償の約をした故、是非前約を破棄して新に談判を開くことにしてもらいたい。且《か》つ汽船の衝突は我国には前例がないから、従って公規もない。

西洋にはその例も多かろうから、海軍提督の在留する者について曲直を定め、其の上賠償するとも、どうともしたい。これが我藩の希望である』というたそうであるが、自分はもちろんそれを承知せず、（中略）

『今日はただ償金受渡の事のみである。また談判する必要はないが、折角《せっかく》長崎までおいでの事で、空しく帰国するわけにも参りますまいから、壱万両減額して七万両にお負け申そう。今日は幕府政権を返上して、中原《ちゅうげん》また変革あらんとし有為の士の大いに活動すべき時機である。区々たる小事に汲々《きゅうきゅう》する時ではない。やむをえず譲歩して、それで局を結ぼう』と、十一月七日、岩橋もとうとう屈して両三回にわたって七万両を支払った。

で、その大部を海援隊に下付すると、中島はじめ大悦《おおよろこ》び、其他はそれぞれに処分して、久しく決しない問題も、ようやく局を結んだ」

岩橋に談判中止を命ずる紀州藩の使者は、中島作太郎に先んじられ、長崎に到着したとき、すでに償金の受渡しは終わっていた。

龍馬は十月二十二日、大坂に滞在している陸奥源二郎を京都へ呼び寄せる書状を書いた。

その内容は、海援隊で仙台藩の産物を西国へ運送し、丹波、丹後の物産取引をもおこなって、坂神、長崎に海援隊の商事組織を置く相談であった。

龍馬は十月二十三日に、後藤から越前福井訪問を依頼された。元越前藩主松平春嶽に、山内容堂の親書を届け、出京して容堂とともに緊迫してきた京都の政局に対処してもらいたいという、後藤の願いを申し述べる役目で出向くのである。

翌二十四日、龍馬は京都藩邸詰の下横目の岡本健三郎《おかもとけんざぶろう》とともに、初冬の越前へむかった。越前では、横井小楠門下の俊才として知られた旧知の財政家三岡八郎に会い、新政府の財政につき助言を求めるつもりでいた。

明治三十年、子爵由利公正（三岡八郎）は、龍馬と最後に会ったときの記憶を語っている。

「慶応三年十一月朔日《ついたち》に、龍馬が福井に着いて、同藩の岡本健三郎と二人がやって参りました。その時分は明治維新のよほど間際でありましたから……福井藩は全体佐幕いちまくの時でありました。

　そこに勤王の坂本がきたのであるから、家老共は大変心配した。私は藩で幽閉されておって、他国人に会うことはできない体であった。ところで坂本は福井の烟草屋《たばこや》という宿屋に泊っておりて、政府（福井藩）へじかづけに三岡八郎に面会したいから逢《あ》わせてくれというたから、政府においては非常に心配をいたして、私の所へ徒士目付《かちめつけ》をよこした。

　これは十一月一日の朝です。

　そして私にいうに、坂本が貴君にお目にかかろうというが如何《いかが》であるかというう」

　三岡は藩庁で不穏な勤王派の疑いをうけているので、

「私が坂本に面会するからには、どうかお立会い願いたい」

　と答えた。

　家老たちが集まり、相談したあげく、用人月番《つきばん》の松平正直《まつだいらまさなお》と月番目付出淵伝之丞が立ちあうことになった。

「いつでもいいというから、翌朝五つ（午前八時）を期し、烟草屋という旅宿に行くからきてくれというておりましたから、私が参りますると、龍馬も待っていたと見えまして、『オー汝乎《なんじか》、待っていた。話したいことがたくさんあってきた』とこう云うのです。

それから入ろうとするときに、『政権返上はできた』ということを坂本がいったです。

『それも聞いたが、大分遣《や》りつけたな』と私はいった。『まあそこで話すから、こっちへ入ってくれ』と申します。私は入って龍馬にいうには、『私は咎《とが》をうけているから、今日立会人をつれてきた』というと、『それは妙じゃ、俺も嫌疑をうけてここに探偵をつれてきているのだ』という。

俺もついてる、君もついているならば、ここへ出そうということで、私等両人は寒いから炬燵《こたつ》にずり込んだ。

しかし立会人は役人じゃから床の間に坐《すわ》らせ、次に岡本健三郎が坐っている。それから段々政権返上の手続を話すために、そこらに他人のいることも忘れて、龍馬は朝飯前であるからというので、酒を取寄せて飲みながら話した。彼はいう。『まずここまでは遣《や》ったが、これからあとはどうするか』と私に突きつけていう。私は、『君らはどうする』というと、『これまでは遣ったが、これから先は仕方がない』ということであった。

私は、『戦争の用意をしたか』というと、彼は戦争はせぬつもりだという。私、慶喜公は戦争をするおつもりはなかろうが、之を承知せぬ者がたくさんあるから、戦う用意なしには何事もできなかろうといったが、彼『それでも用意はないのじゃ』という。

私『然らば戦争になると逃げるつもりか』といえば、『それはできぬ』というです。私『果して逃げぬとすれば、是非戦わねばならぬ』と申して段々詰め寄ると、彼『戦わぬつもりだけれども……たとえ戦争するにしても、人も金もない。これは実に致し方がないが、定めて君は何ぞ分別しているだろう』という。

私『それは今、有、無ということではあるまい。朝廷が政権をお持ちになって、天下の人民に君臨して、それで戦争ができぬというはずはない。天下の人民は徳川の政治を厭《いと》い、皆朝廷の人民となることを渇望しているから、この事さえ明らかになったならば、決して用度に不足することはない』

彼『なるほどそういえばそうだが、それを済《すま》す手段如何』ということになって、私も幾分か考え置いたことがあったから、よほどくわしい談話になりました。

しかしくわしい事は今日お話し致したいが、十分に覚えておりませぬ。ただ大要をいえば、私がかねて考えておった経済なるものは、決して金銀に限らぬ。金でも石でも信用が基だということを考えた。

朝廷の信用を損じないように定まったなれば、天下の財用に不足をきたす気遣いはないという私の論であった。もっともその話の段取りが長くなって、朝五つ時からはじめて夜半過ぎまでかかりました」

三岡は自分の話す方法を、ぜひこの機会に龍馬に伝えておかねばならないと思ったので、一心不乱に説明し、「もう腹にはいったか」と聞いて、龍馬が「はいった」といったのを聞き、ようやく話を終えた。

「それはちょうど十一月三日の事でしたが、それから坂本に別れてしまいました。そのときに龍馬が自分の写真を私に呉《く》れました。

彼いう『写真を一枚やろうか』『おお呉れ』というので、写真を貰《もら》って懐中して帰った」

数日後、三岡は家老に呼ばれ、そばをふるまわれ、月夜に川を渡って帰った。彼は懐中にいれていた龍馬の写真を川のなかへ落としてしまった。

あとから考えると、写真を落としたのは、龍馬が刺客の凶刃《きょうじん》に倒れた刻限であった。三岡は虫が知らせたのか、何か凶事があったのではないかと、胸騒ぎがしたという。

龍馬は京都へ戻ってのち、岩倉具視に三岡八郎を登用するよう推薦していたので、三岡は龍馬の死後十二月十五日に朝廷から召し出され、朝政の枢機に参与することになった。

龍馬に残された時間はみじかくなった。十一月五日、京都に帰った龍馬は、薩長の勤王党と諮《はか》り、新政府の組織につき討議をかさねていた。陸援隊長中岡慎太郎ともしばしば会っている。慎太郎は武力倒幕派として知られており、岩倉具視の身辺警固にあたっていた。

『維新土佐勤王史』に記されている。

「坂本、しばしば人に語りて曰《いわ》く。『我の常に事を中岡に謀るや、その意見往々一致せず。然れども今の天下、中岡を除きてはまた共に国家の前途を語るべき真人物なきこと、これをいかんせん』

けだし、その同じからざるして和せしこと、これを志士の神交とはいうべけれ」

龍馬よりも岩倉に近い中岡は、密勅の秘事を知らされていたのではないか、と山田一郎氏は、『海援隊遺文』のなかで推測されている。

「彼（中岡）は、それをまだ龍馬に語っていなかった。いつ事実をあかすべきか、その時期を慎太郎は待っていたのではないだろうか。あるいは二人が凶刃に倒れる日に、初めてこの秘事が語り合われたのかもしれない。

それまでの龍馬の行動には、薩長の武力行使を防ごうという努力よりも、新しい日本を築くための議会制度や財政制度をどうするかという、未来図をえがくことに思考がむかっていたと考えられるからだ」

龍馬と中岡の最後の話しあいの様子が、さまざまに推測される。

龍馬が河原町三条の材木商酢屋から、河原町三条下ル醬油屋近江屋新助方へ転宿したのは、多数の浪人が頻繁に出入りし、幕吏の注目するところとなったためであるといわれる。転宿したのは、越前から京都へ戻った十一月五日以降のことである。近江屋は、土佐藩邸とは蛸薬師通りをはさんだ、近所にあった。

『海援隊遺文』によれば、龍馬の身辺は暗殺の危険が満ちているというような状態ではなかったようである。

近江屋は、土佐藩邸とは一丁ほどの近所で、土佐藩出入りの醬油屋である。主人の新助は三十過ぎの壮年で、裏手の土蔵から塀を越えると誓願寺《せいがんじ》、称名寺《しょうみょうじ》の境内に出られる。

土佐藩重役たちは諸事窮屈な藩邸暮らしをきらい、近所の民家に下宿していた。後藤象二郎は河原町三条上ル東入ル醬油屋壺屋《つぼや》にいたが、龍馬が暗殺されてのち藩邸に入った。

真辺栄三郎《まなべえいざぶろう》は河原町四条上ル西側の越後屋、神山左多衛《こうやまさだえ》（郡廉《くにきよ》）は木屋町通り二条通りにいた。

彼らの住居は木屋町、先斗町、祇園の繁華街に近く、先斗町の近喜、瓢亭《ひょうてい》、大駒、木屋町の松力、伊勢竹、祇園の万亭《よろずてい》、下河原《しもがわら》の噲々堂《かいかいどう》などで、他藩重役をもまじえ遊興していた。

歌舞音曲《かぶおんぎょく》、芝居、浄瑠璃《じょうるり》も自由に楽しめる。いくらかの危険を冒しても、藩邸外で気儘《きまま》な生活をしたいのである。

後藤の愛人《といち》は、先斗町の貸座敷丸梅《まるうめ》の娘で自前芸者の小仲《こなか》、福岡藤次は下河原の芸者おかよ、神山左多衛は芸妓《げいぎ》菊尾をそれぞれ愛人としていた。

中岡の愛人は、祇園の芸者お蘭であった。長岡謙吉は先斗町の魚卯《うおう》へ、よく足を運び、そこで出前持ちをしていた相撲取りあがりの雲井龍藤吉の人柄が気にいって、家来にした。藤吉が龍馬の従僕になったのは、謙吉のはからいによるといわれる。

奔放な生活を好む龍馬は、どれほど切迫した状況のうちに身を置いているか、自覚していなかったのではないか。

十一月七日付の陸奥源二郎あての書状に、「世界の咄《はな》しも相成可レ申《もうすべき》か」と記し、遠大な夢想を語ろうとした龍馬は、十一月十一日、林謙三あての書状に、

「大兄御事も今しバらく命を御大事ニ被レ成度《なされたく》、実は可レ為《なすべき》の時ハ今ニて御座候。やがて方向を定め、シユラか極楽かに御供可レ申《もうすべく》奉レ存候」

と、わが前途を暗示するかのような文字を綴《つづ》った。

長岡謙吉は横浜から十一月十二日に戻り、十四日に海援隊士宮地彦三郎《みやじひこさぶろう》とともに淀川を下って大坂へ向かった。横浜で英国公使パークスから預かった容堂あての親書一通とピストル一挺《ちよう》を、大坂藩邸にいる参政真辺栄三郎に届けるためである。宮地はかつて土佐藩下横目であったが、勤王派の志士として八月に海援隊に入隊した。

宮地は大坂に逗留《とうりゆう》する謙吉と別れ、十五日の夕方、近江屋へ帰京を知らせた。階段下から「坂本先生」と呼ぶと、龍馬は二階から「ご苦労。ちくとあがらんかえ」という。中岡も「あがってきいや」とすすめたが、旅支度のままであった宮地は、「宿へ戻《も》んてから、また出直してきますらあ」といって、近江屋を出た。

龍馬は前日に幕府若年寄格の永井尚志をたずね、慶喜を関白職に就任させ、新政権を発足させる案を披露した。永井は、「象二郎ト八又一層高大ニ候て、説も面白くこれあり」と翌日おとずれた越前藩中根雪江《なかねゆきえ》に語った。

十五日には午後三時頃、隣家の酒屋に下宿している福岡藤次をたずねたが、不在であったので、さらに午後五時頃たずねたが、まだ帰っていない。そのとき福岡の従者和田が、龍馬に告げた。

「さっき名刺を持った使者が、坂本先生はお宅にきておらぬかと訪ねてきました」

龍馬はちょうどそこにきていた福岡の愛人である芸者おかよに、「先生の帰りは遅うなるろうき、うちへ遊びにこんかえ」と誘った。

おかよはいこうとしたが、不安に思った和田にとめられ、同行しなかった。

当日は寒気がきびしく、雪催《ゆきもよ》いであった。龍馬は真綿の胴着に舶来絹の綿入れを重ね、そのうえに黒羽二重《くろはぶたえ》の羽織をかぶっていた。

中岡はその日午後三時頃、白川村の陸援隊屯所を出て、河原町四条上ルの書肆《しょし》菊屋《きくや》に立ち寄った。菊屋の主人はかねて土佐藩邸に出入りし、藩士のあいだに知人が多い。中岡も同志とともに一時菊屋に寄寓したことがある。倅《せがれ》の峰吉《みねきち》は、同志の間の使い歩き、買い物などを頼まれ、藩士からかわいがられている。

中岡は峰吉に一通の封書を渡し、麩屋町《ふやちょう》錦小路《にしきこうじ》上ルの薩藩御用達《ごようたし》の薩摩屋という呉服屋へそれを届け、返事をもらってこいといった。

中岡は菊屋を出て、河原町四条上ルの谷守部の寓居をたずねたが、留守であったので、近江屋へおもむき龍馬をたずねた。

峰吉が薩摩屋の返信を持って近江屋に着いたのは、午後七時頃であった。表の八畳の間では、坂本の下僕藤吉があぐらをかき、楊子《ようじ》を削っていた。

龍馬は二階奥八畳の北側の床を背に、火鉢を中に、南面して中岡と対座していた。龍馬の右手に行灯《あんどん》があり、龍馬たちは峰吉が持ってきた返書を光に近づけ読みおわり、薩摩屋の様子などを聞いた。

そこへ下横目の岡本健三郎が入ってきたので、峰吉は龍馬のほうへ寄り、岡本は中岡の傍に坐った。しばらく話しあううち、龍馬は峰吉を見ていった。

「おお、腹がへった。峰、軍鶏《しゃも》を買うてきとうせ」

中岡も応じた。

「俺も減ったき、いっしょに食うぜよ。お前《ま》んも食うていかんかえ」

岡本を誘ったが、

「俺はまだ食いとうない。ちくと出ていく所があるき、峰吉といっしょに出かけるぜよ」

中岡は岡本をからかった。

「また例の亀田へいくがじゃろ」

亀田とは、河原町四条下ル売薬商太兵衛のことである。娘のお高が美人なので、諸藩の若侍たちは用もないのに薬を買いにゆく者が多かったが、岡本がついにお高の心を射とめたのである。

岡本と峰吉が出ていこうとすると、表八畳にいた藤吉が声をかけ、「御用ならわてがいきまっせ」といったが、峰吉はことわり表に出て、四条の辻《つじ》で岡本と別れ、四条小橋の鳥新で軍鶏を買おうとした。

軍鶏を潰《つぶ》すのに小半刻《こはんとき》（三十分）ほど待って、軍鶏の竹皮包みを提げ、近江屋へ引きかえしたのは、午後九時過ぎであった。

峰吉が帰ってみると、門口が四、五寸ほどひらき、土間に見なれない下駄《げた》がある。来客かと思い、家内に入ろうとして、入口の壁に沿い、抜き身を手にして立っている大男に気がついた。

峰吉はびっくりして一間余も飛びのく。大男も身構える様子である。表の明りにすかして見れば、土佐藩邸の役人島田庄作であった。

「島田はんか」

といぅと、

「峰吉か、静かにしい。坂本がやられたぞ。賊はまだ二階におる。下りてきたら斬ろうと待ちよるがじゃ」

「なにいうてはりますのや。中岡はんもいやはる。わては頼まれて軍鶏を買うてきたところどっせ」

答える峰吉の耳に、藤吉らしい唸《うな》り声が聞こえた。息をひそめ様子をうかがうと、ほかに物音が聞こえない。

階段を登ってゆくと、峰吉の足袋《たび》に粘りつくのは血のようである。二階に上ってみれば、龍馬は次の間の六畳の欄干のそばに、うつぶせに倒れていた。峰吉は腰が抜け、畳に坐りこんだが、気をとりなおし、行灯を手に中岡を探した。畳は血にひたされているが、中岡はどこにもいない。

無事に逃げたのかと思ったとき、隣家井筒屋の屋根で苦痛の呻《うめ》き声がした。眼をこらして見ると、屋根に倒れているのは中岡慎太郎であった。

「悪い奴《やつ》らはおらへん。皆あがってきてくれ。中岡はんが大怪我《おおけが》や」

島田庄作、近江屋新助、その弟妹が上ってきた。裏の納屋にかくれた新助の妻も、子供を抱いてくる。

皆で力をあわせ、隣家の屋根から中岡を八畳にかつぎこんだ。龍馬は前額に脳漿《のうしよう》が白く流れ出るほどの創《きず》を負い、右の肩先から背筋にかけ、大袈裟《おおげさ》に斬られ、すでに絶命していた。

中岡は駆けつけてきた谷守部、毛利恭助、陸援隊士らに、遭難の模様を語ったというが、藤吉は十六日夕刻、中岡は十七日夕刻に落命した。

これから国政の檜舞台《ひのきぶたい》に立ち、日本海運の興隆に縦横のはたらきをあらわすべき出発点にあった龍馬が、通り魔のような刺客に斬られ、にわかに冥界《めいかい》へ去った。

龍馬を斬った下手人は、見廻組今井信郎《いまいのぶお》らであったという説が、もっとも事実に近いといわれている。

明治三年四月十五日付の「海舟日記」にしるす。

「松平《まつだいら》勘太郎《かんたろう》に聞く。今井信郎糺問《きゅうもん》に付、去る卯《う》の暮（慶応三年十一月十五日）於二京師《けいし》一、坂本龍馬暗殺は、佐々木唯《ささきただ》（只）三郎《さぶろう》首《はじめ》として、信郎などの輩《やから》、乱入という。

もっとも佐々木も上よりの指図有レ之につき、挙レ事。或《あるい》は榎本対馬《えのもとつしま》（慶応三年に目付だった榎本道章）の令か。不レ可レ知《しるべからず》と云々」

龍馬は中岡とともに、新時代の扉をひらく先導者としてのはたらきを充分になしとげ、その結実を手中にすることなく、二個の流星のように宇宙のいずこかへ飛び去っていった。

龍馬を斬ったとされる今井信郎は、幕府直参で慶応三年五月から京都見廻組を拝命し、十月に着任、慶応四年一月、鳥羽伏見《とばふしみ》の戦《いくさ》に敗れ、江戸に戻った。

今井は直心影《じきしんかげ》流第十四世宗家榊原鍵吉《さかきばらけんきち》の高弟で、二十歳で免許皆伝となった剣の遣い手である。

今井は当時二十七歳。師匠の榊原は上膊《じょうはく》の太さが五十五センチあり、明治天皇の御前で明珍桃形兜《みょうちんももなりかぶと》に、胴田貫《どうたぬき》の剛刀で三寸五分斬りこんだといわれるおそろしい剣客である。桃形兜は鍛えあげた鋼鉄製で、天辺《てっぺん》の八幡座《はちまんざ》からの傾斜が急で、とても斬りこめるようなものではない。

兜のなかに粘土をいれ、土壇《どたん》のうえに置き、滑りどめの木で両側からはさんで斬るのであるが、私の抜刀術の師である中村流宗家中村《なかむら》泰三郎《たいざぶろう》師範はいう。

「そんなものは、とても常人には斬れないよ。そんな無茶なことができるほどの荒稽古《あらげいこ》をやれば、体をこわして長生きできないね」

榊原は十五貫の振り棒を、毎日千回振ったという。振ると手首にかかる重量は、六倍の九十貫になる。

江戸下谷車坂《したやくるまざか》の道場では、門人たちが防具をつけたまま、鮪《まぐろ》を転がしたようにゴロゴロ転がっていたという。

まともに打てば面金《めんがね》をヘシ曲げたといわれる、榊原の一撃を頭にうけ、失神するのである。門人たちも赤樫《あかがし》の三貫匁の振り棒を振った。私もそれを振ってみたことがあるが、握りに半分だけ指がかかるほどの太さであった。

今井は慶応四年三月、幕軍衝鋒隊《しょうほうたい》副隊長として北関東、会津に転戦、十月に榎本武揚《えのもとたけあき》軍に合流し、箱館戦争に参加した。

明治二年十一月、降伏人として兵部省辰《ひょうぶしょうたつ》ノ口《くち》糺問所へ身柄を移され、同三年二月、龍馬殺害の刑事犯として刑部省伝馬町《てんまちょう》牢《ろう》に移され、裁判をうけ同九月、禁錮《きんこ》刑に処された。

同五年正月、箱館降伏人一同とともに特赦放免された。同十一年、静岡県榛原《はいばら》郡初倉《はつくら》村に入植、牧之原《まきのはら》士族の一人となり郡農会長、村長などをつとめ、また改宗してクリスチャンとなる。大正七年没、七十八歳。

この経歴は、今井信郎の孫にあたる今井幸彦《いまいさちひこ》氏の、「『龍馬暗殺事件』と今井信郎」（『坂本龍馬のすべて』所収）という記述によるものである。

信郎が刑部省の訊問《じんもん》をうけた際の口書《くちがき》（自供書）には、自分はたしかに現場にいたが、直接手を下さなかったと語り、判決もそれを認めた形になっているようである。

自供の内容は、およそつぎのようなものである。

「慶応三年十一月中頃、与頭《くみがしら》佐々木唯三郎から呼びだされ、自分と渡辺吉太郎《わたなべきちたろう》、高橋安次郎《たかはしやすじろう》、桂《かつら》隼之助、土肥仲蔵《どひちゆうぞう》、桜井大三郎《さくらいだいざぶろう》の六人が出向くと、坂本龍馬がいま河原町三条下ルの土州屋敷向かいの町家に泊まっているので、今日は抜かりないようにせよといった。

土州藩の坂本は不審の儀があり、先年伏見で捕縛しようとしたが、短筒《たんづつ》を放ち奉行所同心《どうしん》二人を倒し逃走した人物である。

龍馬は二階にいて同泊者もいるというので、渡辺、高橋、桂の三人は二階へ踏みこみ、自分と土肥、桜井は台所で見張り、救援の者がきたときは防ぐ手筈《てはず》をきめた。

同日午後二時頃、龍馬の隠《かく》れ家《が》へ出向き、在否をたしかめると、留守居の者が不在であるといった。

東山辺りの茶店で時をすごし、午後十時頃ふたたびおとずれた。

佐々木が偽の手札を出し、先生に面会したいと申しいれると、取次ぎの者が二階へあがったので、かねての手筈に従い、渡辺、高橋、桂の三人は二階へ踏みこみ、佐々木は二階あがり口、自分と土肥、桜井はその辺りの見張り役となった。

奥の間にいた家人が騒ぎだしたのでとり静め、二階あがり口へ戻ると、渡辺、高橋、桂が下りてきて、龍馬のほかに二人ほどいて手にあまったので、龍馬を討ちとめ、二人を斬ったが、このほうの生死は分からないと報告していた。

佐々木もそれは仕方がないといい、引き揚げを命じたので、それぞれ旅宿へ帰ったが、その後は一切存じない」

今井信郎は放免されてのち、静岡県に出仕し、明治十年西南《せいなん》の役《えき》がおこると、官職を辞し、新撰《しんせん》旅団第七団の大隊副長となり、九百五十余人を率い、熊本へむかった。

今井家家伝によると、信郎は龍馬殺害裁判のあいだ、西郷隆盛が個人的に彼の命乞いに奔走してくれたので、恩返しをするため西郷討伐の名目で西下し、熊本に着くと西郷方へ寝返るつもりであった。

だが熊本へむかう途中、戦局はほぼ終熄《しゅうそく》したので、旅団は解団し、今井は剣を捨て入植したのであるという。

この家伝を読むと、西郷隆盛がなぜ今井信郎の命乞いに奔走したのであろうかという疑問が湧《わ》くが、それは別個の問題としておく。

自供書とは別に、今井信郎が明治三十三年に、旧知の新選組隊士であった結城《ゆうき》無二三《むにぞう》と山梨で会い、一夜歓談したとき語った龍馬暗殺の様子が、甲斐《かい》新聞に連載され、世間の大評判となった。この打ちあけ話では、

「十五日の晩、桑名藩の渡辺吉太郎、京都の与力桂迅之助《ママ》と、いま一人の四人ででかけた。（その一人というのは、現に生きている。）

まだ早かったので、先斗町で時間をつぶし、夜十時にめざす近江屋につき、われわれは松代《まつしろ》藩の者だが、坂本先生に火急にお目にかかりたいというと、取次ぎがハイといって立ちあがったから、しめた、いるにちがいないと思い、取次ぎがこちらへというので後について二階へあがった。

見ると二階は八畳と六畳の二間になっており、六畳には書生が三人、八畳には坂本と中岡が机を囲んでいた。

自分はどっちが坂本だか分らないので、や、坂本さんしばらくというと、入口に坐っていたのが、どなたでしたかねえと答えた。

そこでソレといいざま最初横ビンを一つ叩《たた》いて、体をすくめる拍子、横に左の腹を斬って、それから踏みこんで右からまた一つ腹を斬った。

これで坂本がウンといって倒れたので、息絶えたと思った。中岡（あとでそれと知ったのだが）の方は、坂本をやってから手早く脳天を三つほど続けて叩いたら、そのまま倒れてしまった。

後続の渡辺と桂は、書生たちが騒ぎだしたので斬りたてたところ、窓から屋根伝いに逃げていった。そのスキに私どもは八畳のほうでやったわけである。本来なら四人そろって斬りこむはずの手順が、このため多少狂った」

事件のおこった直後に、現場へかけつけ中岡の臨終に立ちあった谷干城、田中光顕、毛利恭助らの話が、『坂本龍馬関係文書』のなかにある。

それによれば、階下には家人がおり、二階奥八畳に龍馬と中岡、表八畳に下僕藤吉がいた。階下で誰かのおとなう声がしたので、内職の楊子けずりをしていた藤吉が下りると、武士がいて名札をさしだした。

「十津川の者だが、坂本先生にお目にかかりたい」

藤吉は二階の龍馬に名札を渡し、階段まで戻ってくるといきなり斬りつけられ、一声叫んで昏倒《こんとう》した。

奥八畳で名札を眺めていた龍馬は、はげしい物音を聞き、「ほたえな」といった。騒ぐな、ふざけるなという土佐弁である。

そこへ疾風のように飛びこんできた二人の刺客のうち、ひとりが龍馬の額を斬り、ひとりが中岡の後頭部へ斬りつけたというのである。

この話とは別に、つぎのような今井家の家伝がある。

「近江屋へ入って案内を乞うと藤吉が出てきて、名札を渡すと、少々お待ちをといい二階へとって返す。

信郎は龍馬在宅まちがいなしと見て、藤吉につづいて階段を上り、上りきったところで藤吉を袈裟がけの一刀で倒した。

そして刀を納め、なにくわぬ顔で奥八畳の襖をあけると、火鉢を囲んで二人の男が話しこんでいた。

どちらがめざす龍馬か分からず、とっさの機転で「坂本先生お久しぶりです」と坐ったままていねいに挨拶《あいさつ》をした。

すると右手の男が顎《あご》を撫《な》でながら「ハテ、どなたでしたかなあ」と顔をむけたので、これぞ龍馬にまちがいなしとその前額を抜きうちざまに真横に払った。

おどろいた左手の男（中岡）が脇差《わきざし》をつかんで立ちあがろうとしたので、抜く暇《いとま》を与えず拝みうちに連打した。
中岡は半抜きにした脇差を捧《ささ》げ持つような形で懸命にうけたが、ついに倒れる。
その間、気をとりなおした龍馬は離れている大刀をとろうとにじり寄ったが、
これが敵に背後をさらす形となり、後ろ袈裟の一刀を浴び、つづいて真向《まっこう》から打
ちおろされた三の太刀《たち》をかろうじて鞘《さや》ごと受けたものの、信郎の太刀はそれをそ
いで打ちこまれたので倒れた。そのとき龍馬は実に気味わるい悲鳴をあげたとい
う。
信郎が階段のところまで戻ると、つづく二番手以下の面々が、抜き身をきらめ
かせ突進してくるのにぶつかり、狭い場所（三尺幅の廊下）でかわすことができ
ず、味方の持つ刀で右手人差指を切った。
佐々木唯三郎が、『早すぎてオレの出る間がなかった』といいながら、一同表
へ出ると土佐の巡邏隊《じゅんらたい》らしい一団に会ったが、さいわい『ええじゃないか』の
群衆が通りかかったので、それにまぎれこみ現場から遠ざかった」
三つの話のなかで、これがもっとも真実に近いと思われる。
この話を裏づける、信郎の妻いわの述懐談がある。
いわが慶応三年十一月十五日の朝、自宅にいると、氷雨《ひさめ》が降っては止《や》む底冷え
のする空模様であったが、桑名藩士渡辺吉太郎がたずねてきた。

信郎は渡辺となにやら小声で話しあっていたが、「ちょっと出てくる」といい、渡辺と連れだって出かけた。

　信郎はその日から二日外泊した。三日めに帰宅すると黙って奥へ通り、背をむけてなにか一人でゴソゴソやっている。

　いわがうしろからのぞきこんでみると、右手人差指がパックリ口をあけていて、その手当てをしている。「どうなされた」と聞いても、「うるさいっ」の一言で、そのうえは問えなかった。

　十二月九日に王政復古の大号令が発せられ、見廻組は二条城に入った。やがて暮れもおし迫った頃、見廻組が将軍慶喜に従い大坂へ移る直前、信郎は突然帰宅した。

「お前はいますぐ早駕籠《はやかご》で江戸へ発《た》て。荷造りは俺が手伝ってやる」

　いわが江戸へ出発するとき、信郎は一振《ふり》の大刀を彼女に渡した。

「これで坂本龍馬を斬ったのだと榊原先生にお目にかけてくれ」

　その刀が長く、まっすぐ駕籠に入らないので、いわは斜めにして持ち帰った。刀は榊原に見せたあと、刃こぼれがひどいため湯島《ゆしま》の研《と》ぎ師に出したが、彰《しょう》義隊《ぎたい》の変《へん》で研ぎ師の家がやられ、ゴタゴタの末に行方不明になったという。

　いわの話が、ほんとうのように思える。とすれば、やはり龍馬を斬ったのは今井ということになる。犯人は、大洲藩士、薩摩藩士、新選組隊士ほか、さまざまの流説があるが、今井信郎がやったと見て、ほぼまちがいはないというのが定説になっている。私は大洲藩士であったという説も捨てきれない。

京間の八畳で坂本と中岡が火鉢を囲んで坐っているとすれば、たがいの距離は一メートルほどであろう。行灯も置かれており、中岡の背後には二枚折りの貼《は》りまぜ屏風《びょうぶ》がある。

そこへ襖をあけ、二人の刺客が乱入すれば、刀をふりまわせない。迅速に坂本と中岡の行動を封じるほどの打ちこみをするためには、刀を大きく振らねばならないので、そうすれば、味方同士が彼らの刀で傷つく。

刺客が一人であったであろうことは、八畳間で刀を振ってみれば、すぐわかることである。今井家口伝の通りであれば、信郎は襖をあけたとき、おそらくは抜き身の大刀をわがうしろに隠し、手をつき挨拶したのであろう。

つぎの瞬間、刀をとって右手の龍馬を斬り、つづいて左手の中岡を返す刀で斬れば、二秒とかからずに二人の行動力を封じることができる。

刀を右肩に担ぎ、先に中岡を斬り、刀を返して龍馬を斬れば、動きはもっと早くなる。

龍馬にはふりむいて床の間の刀をとることも、膝《ひざ》のまえに置いた六連発短銃を手にとる余裕もない。はっとして膝を立てかけたときには、首から上のどこかを斬られていたのであろう。

綿入れの丹前を着ていたという、龍馬の胴に刀を打ちこんでも斬れない。信郎は刀を肩に担ぐようにして横一文字の左右の打ちこみで、二人の行動を瞬間に奪ったのである。

かりに斬りあいが一分間もつづいたらどうなるか。座敷じゅうに血が飛散し、畳が血ですべって歩けないほどになる。

天井まで血が飛び、龍馬のうしろの床の間にあった掛け軸も、中岡の背後の屏風もズタズタに斬り裂かれ、血に染まっていたにちがいない。

暗殺現場では、掛け軸下方に血が五、六滴かかったのみである。屏風も最下部に五十三滴の血が飛んでいる。

これは龍馬、慎太郎の二人が、立つ間もないうちにやられた事実を物語っている。右に払った刀を左へ払えば、剣の強豪といわれた二人が瞬間に斬られたわけが理解できる。この形での打ちこみは、天井の高さなどは問題にはならない。刀を担ぎ、横なぎにすれば、頭がつかえるほどの舟底天井の下でも自在に操刀できる。

私は中村師範のご協力を得て、龍馬と中岡のいた座敷に近い条件の日本間で、巻藁《まきわら》を試斬《しざん》してみた。

刀をうしろに隠し、約一メートルの間隔を置く二本の巻藁にむかい、正座して手をつく。つぎの瞬間、刀を抜き、右手の巻藁を左袈裟、右袈裟、左一文字に斬り、左手の巻藁を二度右袈裟に斬りおとす。

台木の関係で、座位の高さの巻藁は斬れなかったが、左右に五度斬る太刀はこびが五秒でできるか実験してみたのである。太刀はこびは今井信郎が語ったことに従ったものである。

立った位置から座位の高さの目標を斬るとき、目標の位置と手の位置、眼の位置がちがうので、その誤差を修整しなければ、上部をかすったり、下方へ斬りこんだりするが、今回のはその点で斬りやすかった。

巻藁は胴ひとつといわれるものを使ったので、下手人の打撃は巻藁を両断するよりも軽く、すばやいものであったであろう。

まず両人の頭を払い斬りにし、抵抗を奪ったのち幾度か斬ったというのが事実であろう。

巻藁は八十分の一秒のスピードでなければ斬れないので、肘《ひじ》を伸ばして刀を大きく振らねばならない。

実験をした座敷は十二畳で、京間の十畳ほどの広さであるが、ライトなどが置かれていて、写真とビデオの撮影も行われていたので、実際に動ける空間は、京間八畳よりいくらか狭いくらいであった。

今井信郎の使った刀は、当時流行していた刃渡り二尺八寸ほどの剛刀であったのであろうが、私は刃渡り二尺四寸の刀を使った。

ストップウォッチで時間を計ってもらったが、刀を背後に置き、手をつき挨拶してから斬り終えるまでが十二秒。巻藁を五回斬るのに五秒を要した。一本を両断し、むきを変えてつぎの一本を斬り、五本を斬りおえるのに五秒はかかると見ていたが、推測通りであった。

龍馬は中岡とともに、通り魔のような刺客により命を断たれたのである。

（完）

主な参考文献

『維新土佐勤王史』瑞山会編纂　睦書房
『南紀徳川史』第四冊　堀内信編輯　清文堂出版
『写真集・坂本龍馬の生涯』土居晴夫・前田秀徳・一坂太郎著　新人物往来社
『徳川慶喜公伝』1〜4　渋沢栄一著　東洋文庫
『村のことども』復刻版　三里尋常高等小学校編
『坂本龍馬　隠された肖像』山田一郎著　新潮社
『いのちなりけり』山田一郎著　高知新聞社
『陸奥宗光』上・下　萩原延壽著　朝日新聞社
『中岡慎太郎先生』尾崎卓爾著　陽明社出版部
『坂本龍馬・いろは丸事件の謎を解く』森本繁著　新人物往来社
『龍馬百話』宮地佐一郎著　文春文庫
『海援隊遺文　坂本龍馬と長岡謙吉』山田一郎著　新潮社
『幕末の挑戦者・坂本龍馬　その人脈と行動力のすべて』宮地佐一郎著　PHP研究所
『坂本龍馬と明治維新』マリアス・ジャンセン著　平尾道雄・浜田亀吉訳　時事通信社
『増訂　明治維新の国際的環境』石井孝著　吉川弘文館
『京都の歴史　七　維新の激動』京都市編　學藝書林

『遠い崖　アーネスト・サトウ日記抄』1〜14　萩原延壽著　朝日新聞社
『坂本龍馬写真集』宮地佐一郎著　新人物往来社
『横井小楠　その思想と行動』三上一夫著　吉川弘文館
『坂本龍馬大事典』新人物往来社
『坂本龍馬・中岡慎太郎』土佐史談会復刻叢書　平尾道雄著　土佐史談会
『坂本龍馬全集』平尾道雄監修　宮地佐一郎編集・解説　光風社出版
『山内容堂のすべて』山本大編　新人物往来社
『武市佐市郎集』第五巻、第九巻　高知市民図書館
『維新史』全六冊　維新史料編纂会編修　吉川弘文館
『坂本龍馬と刀剣』小美濃清明著　新人物往来社
『武市半平太伝　月と影と』松岡司著　新人物往来社
『大阪商人太平記　明治維新篇』宮本又次著　創元社
『幕末維新大阪町人記録』脇田修・中川すがね編　清文堂出版
『坂本龍馬伝』千頭清臣著　新人物往来社
『京都守護職始末　旧会津藩老臣の手記』1・2　山川浩著　遠山茂樹校注　金子光晴訳　東洋文庫
『坂本龍馬と薩長同盟』芳即正著　高城書房
『山内容堂』平尾道雄著　吉川弘文館
『一外交官の見た明治維新』上・下　アーネスト・サトウ著　坂田精一訳　岩波文庫

『高知県史　民俗編』高知県編　高知県
『ある海援隊士の生涯　菅野覚兵衛伝』佐藤寿良著　私家版
『帆船時代』田中航著　毎日新聞社
『海辺　高知の民俗写真1』『山間　高知の民俗写真2』田辺寿男著　高知市民図書館
『坂本龍馬日記』上・下　菊地明・山村竜也編　新人物往来社
『龍馬　最後の真実』菊地明著　筑摩書房
『物語　龍馬を愛した七人の女』新人物往来社編　新人物往来社
『坂本竜馬』山本大著　新人物往来社
『龍馬のすべて』平尾道雄著　高知新聞社
『吉田東洋』平尾道雄著　吉川弘文館
『漂巽紀略』川田維鶴撰　高知市民図書館
『高知の研究　七　民俗篇』山本大編　清文堂出版
『坂本龍馬　脱藩の道を探る』村上恒夫著　新人物往来社
『勤王秘史佐佐木老侯昔日談』津田茂麿編　國晃館
『坂本龍馬関係文書』1・2　日本史籍協会編　東京大学出版会
『土佐群書集成　真覚寺日記』第一七、二二、二六、二七、二九、三〇、三二〜三五巻
井上静照著　高知市民図書館
『土佐藩』平尾道雄著　吉川弘文館
『龍馬が愛した下関』一坂太郎著　新人物往来社
ほか

この作品は二〇〇五年五月に角川文庫で刊行されました。
初出誌　「本の旅人」二〇〇二年一月号から一二月号まで連載
単行本化にあたり加筆
単行本　二〇〇三年七月、角川書店刊

集英社文庫

龍《りょう》　馬《ま》　五　流星篇《りゅうせいへん》

2009年12月20日　第1刷
2010年1月25日　第2刷

定価はカバーに表示してあります。

著　者　津本《つもと》　陽《よう》

発行者　加藤　潤

発行所　株式会社 集英社

東京都千代田区一ツ橋2-5-10　〒101-8050
電話　03-3230-6095（編集）
03-3230-6393（販売）
03-3230-6080（読者係）

印　刷　中央精版印刷株式会社　株式会社美松堂

製　本　中央精版印刷株式会社

フォーマットデザイン　アリヤマデザインストア　　マークデザイン　居山浩二

ISBN978-4-08-746519-8 C0193